RIO ABAIXO

John Hart

RIO ABAIXO

Tradução de
Francisco Innocêncio

EDITORA RECORD
RIO DE JANEIRO • SÃO PAULO
2010

CIP-Brasil. Catalogação-na-fonte
Sindicato Nacional dos Editores de Livros, RJ

H262r   Hart, John, 1965-
        Rio abaixo / John Hart; tradução de Francisco R. S. Innocêncio. – Rio de Janeiro: Record, 2010.

        Tradução de: Down river
        ISBN 978-85-01-08513-9

        1. Ficção norte-americana. I. Innocêncio, Francisco R. S. II. Título.

10-1636.   CDD: 813
                                        CDU: 820(73)-3

Título original em inglês:
Down river

Copyright © John Hart, 2007

Editoração eletrônica: Abreu's System

Texto revisado segundo o novo Acordo Ortográfico da Língua Portuguesa.

Todos os direitos reservados.
Proibida a reprodução, no todo ou
em parte, através de quaisquer meios.

Direitos exclusivos de publicação em língua portuguesa somente para o Brasil
adquiridos pela
EDITORA RECORD LTDA.
Rua Argentina, 171 – Rio de Janeiro, RJ – 20921-380 – Tel.: 2585-2000,
que se reserva a propriedade literária desta tradução

Impresso no Brasil

ISBN 978-85-01-08513-9

Seja um leitor preferencial Record.
Cadastre-se e receba informações sobre nossos lançamentos
e nossas promoções.
Atendimento e venda direta ao leitor:
mdireto@record.com.br ou (21) 2585-2002

EDITORA AFILIADA

Para Katie, como sempre

AGRADECIMENTOS

Eu descreveria meus livros como suspenses ou mistérios, mas eles giram, também, em torno da família. Isso não ocorre por acidente. Todos nós temos famílias. Boas, más, ausentes, indiferentes. Para os meus propósitos, isso quase não importa. A relação é fácil de fazer, e os leitores podem encontrá-la, mesmo sem se dar conta. Tenho afirmado com frequência que a disfunção familiar propicia um rico solo literário, e isso é verdade. Seu terreno fértil, lugar perfeito para cultivar segredos e delitos, faz com que estes germinem histórias explosivas. As traições cortam mais fundo, a dor persiste por mais tempo, e a memória torna-se algo atemporal. Para um escritor, tal coisa é uma dádiva.

Portanto, antes de mais nada, eu gostaria de agradecer à minha família por tolerar isso. Meus pais não são pessoas más — eles são maravilhosos. Assim como meus sogros e cunhados, meus irmãos, minha esposa e minhas filhas. Todos foram incrivelmente incentivadores durante todo este processo, e eu não teria conseguido concluí-lo sem eles. Isso é especialmente verdade com Katie, minha esposa, a quem este livro é dedicado. Amo você, baby. Obrigado por estar sempre ao meu lado.

A boa equipe da Thomas Dunne Books/St. Martin's Press também se tornou uma espécie de família. Agradecimentos especiais ao meu editor, Pete Wolverton, um incansável advogado e colaborador. Katie Gilligan, outra editora de olhar arguto, também merece minha gratidão sincera. Vocês dois formam um grande time. Há outros que passei a conhecer, e cujo apoio tem sido inestimável: Sally Richardson, Matthew Shear, Thomas Dunne, Andy Martin, Jennifer Enderlin, John Murphy, Lauren Manzella, Christina Harcar, Kerry Nordling, Matt Baldacci, Anne Marie Tallberg e Ed Gabrielli. Obrigado a vocês todos. Obrigado também a Sabrina Soares Roberts, que preparou o original, e às pessoas que trabalharam com tanto afinco na produção do livro: Amelie Littell, Cathy Turiano, Frances Sayers e Kathie Parise. É preciso muita gente para trazer um livro a público, e sei que não mencionei todo mundo. Mesmo assim, vocês todos foram fabulosos.

Também gostaria de dar um alô para os profissionais esforçados e dedicados da distribuidora VHPS, que fazem mais para garantir o sucesso de um livro do que os leitores jamais saberão. Obrigado por sua energia e apoio.

Meu agente, Mickey Choate, merece um lugar especial nestas páginas. Obrigado, Mickey. Você tem sido um bom amigo e conselheiro. Obrigado também a Jeff Sanford, meu agente cinematográfico, que é culto, confiante e não tem medo de contar uma boa história.

A cidade de Salisbury também é digna de menção especial. Como minha família, Salisbury não merece as trevas que infligi a ela. É uma ótima cidade e eu me orgulho de ter sido criado ali. Encorajo todos os leitores a lembrar que, embora a cidade seja real, as pessoas que eu crio não são: nem os juízes e oficiais de polícia, nem o xerife e seus agentes. Tomei emprestados, porém, três nomes de pessoas reais: Gray Wilson, meu cunhado; Ken Miller, com quem uma vez trabalhei; e Dolf Shepherd, que conheci quando criança. Obrigado a Gray e Ken, por cederem seus nomes, e à família de Dolf, que me deu permissão para usar o dele.

Agradeço às seguintes pessoas, que tentaram fazer com que a mágica acontecesse: Brett e Angela Zion, Neal e Tessa Sansovich, Alex Patterson e Barbara Sieg. Vocês foram além do esperado, todos vocês, e não os esquecerei.

Escrever um livro requer muito tempo em isolamento. Agradeço aos seguintes amigos, que se desdobraram para conservar a minha sanidade: Skipper Hunt, John Yoakum, Mark Witte, Jay Kirkpatrick, Sanders Cockman, Robert Ketner, Erick Ellsweig, James Dewey, Andy Ambro, Clint Robins e James Randolph, que também revisou meu contexto legal.

Gostaria, ainda, de agradecer a Peter Hairston e ao falecido juiz Hairston, por me permitirem passar algum tempo com eles em Cooleemee Plantation, um lugar verdadeiramente memorável.

Por fim, um agradecimento especial a Saylor e Sophie, minhas garotas.

CAPÍTULO 1

O rio é minha lembrança mais antiga. Da varanda diante da casa de meu pai era possível avistá-lo do alto de uma pequena colina, e eu tenho fotos, amareladas, dos meus primeiros dias naquela varanda. Ali eu dormia nos braços de minha mãe enquanto ela se balançava em sua cadeira, brincava na terra enquanto meu pai pescava; e experimento a sensação causada por aquele rio ainda agora: o lento revolver da argila vermelha, os redemoinhos sob as margens recortadas, os segredos que ele sussurrava ao duro granito rosado de Rowan County. Tudo o que fez de mim o que sou aconteceu diante daquele rio. Eu perdi minha mãe à vista dele, apaixonei-me às suas margens. Podia sentir seu cheiro no dia em que meu pai me expulsou. Ele era parte da minha alma, e eu pensei que o havia perdido para sempre.

Mas as coisas podem mudar, foi o que eu disse a mim mesmo. Enganos podem ser desfeitos; injustiças, corrigidas. Foi o que me trouxe de volta para casa.

Esperança.

E raiva.

Eu estava acordado havia 36 horas e dirigindo ao longo de dez. Semanas de desassossego, noites sem sono, e a decisão se insinuou furtivamente em mim como um ladrão. Meu plano nunca foi voltar para a Carolina do Norte — eu a havia enterrado —, mas num pestanejar surpreendi-me com as mãos no volante, e Manhattan era uma ilha afundando ao norte. Eu tinha uma barba de uma semana, usava o mesmo jeans havia três dias, sentia-me tenso por uma irritação que beirava a dor, mas ninguém deixaria de me reconhecer. É isso o que se espera do velho lar, para o bem ou para o mal.

Meu pé recuou do acelerador quando cheguei ao rio. O sol ainda estava abaixo das árvores, mas eu senti a sua ascensão, sua investida árdua e quente. Parei o carro do outro lado da ponte, caminhei sobre o cascalho triturado e baixei meus olhos até o rio Yadkin. Ele nascia nas montanhas e se estendia entre as duas Carolinas. A 13 quilômetros de onde eu estava, ele tocava o limite norte da fazenda Red Water, terra que estava em poder de minha família desde 1789. Mais 1 quilômetro, e ele deslizava diante da casa de meu pai.

Não nos falávamos havia cinco anos, meu pai e eu.

Mas isso não era culpa minha.

Levei uma cerveja até a margem e sentei-me à beira do rio. Lixo e terra aplanada se espalhavam debaixo da ponte aos pedaços. Salgueiros se debruçavam por cima dele e eu vi garrafas de leite amarradas aos galhos mais baixos, flutuando na correnteza. Elas mantinham os anzóis pouco acima do lodo e uma delas boiava mais baixo na água. Observei-a esperando vê-la se movimentar. Abri a cerveja. A garrafa afundou mais e voltou-se contra a correnteza. Ela se moveu no sentido oposto ao rio e traçou um V na água atrás de si. O galho sofreu um puxão e a garrafa parou, plástico branco manchado de vermelho pelo rio.

Fechei meus olhos e pensei nas pessoas que haviam me forçado a partir. Depois de tantos anos, esperava que seus rostos tivessem se apagado, suas vozes se tornado mais tênues, mas não era assim. A lembrança se avivou, completa e vigorosa, e eu não podia negá-la.

Não mais.

Quando saí de sob a ponte, encontrei um menino numa bicicleta empoeirada. Tinha um dos pés apoiado no chão e um sorriso hesitante. Devia ter 10 anos e usava jeans rotos e velhos tênis de lona de cano alto. Um balde pendia de seus ombros por uma corda com nós. Ao lado dele, meu grande carro alemão parecia uma espaçonave de outro mundo.

— Bom-dia — falei.

— Sim, senhor. — Ele fez um aceno de cabeça, mas não desceu da bicicleta.

— Pescando com garrafas de leite? — perguntei-lhe, apontando para os salgueiros.

— Deixei duas ontem — disse ele.

— Há três garrafas lá embaixo.

Ele sacudiu sua cabeça.

— Uma delas é do meu pai. Essa não conta.

— Há alguma coisa bem pesada na do meio. — O rosto dele se iluminou, e eu soube que a garrafa era dele, não do seu velho. — Precisa de ajuda?

— Não, senhor.

Eu tirava alguns peixes-gatos do rio quando era garoto, e com base no puxão constante daquela garrafa do meio, achei que o garoto devia ter um monstro nas mãos, uma besta de pele negra sugando o lodo do fundo, que poderia facilmente chegar a dez quilos.

— Esse balde não vai ser suficiente — disse a ele.

— Eu vou limpá-lo aqui mesmo.

Os dedos do garoto se deslocaram com orgulho até uma faca fina em seu cinto. Tinha um cabo de madeira manchado, com rebites de um pálido metal escovado. A bainha era de couro preto e exibia rachaduras esbranquiçadas onde ele havia deixado de engraxar apropriadamente. Ele tocou uma vez a empunhadura e eu notei sua ansiedade.

— Está bem, então. Boa sorte.

Eu dei uma ampla volta em torno do garoto, e ele ficou na sua bicicleta até que eu destranquei meu carro e embarquei. Ele olhou de mim para o rio e o sorriso se alargou enquanto tirava o balde do ombro e fazia com que sua perna fina descrevesse um arco por cima da garupa da bicicleta. Quando tomei a estrada, olhei-o pelo retrovisor: um garoto empoeirado num mundo difusamente amarelado.

Eu quase conseguia recordar como era essa sensação.

Percorri 1 quilômetro antes que o sol tivesse completado sua plena investida. Ele era forte demais para os meus olhos ressecados, e pus meus óculos escuros. Nova York havia me ensinado a dureza da pedra, a mesquinhez e as sombras cinzentas. Ali era tão aberto. Tão luxuriante. Uma palavra dedilhou o fundo da minha mente.

Verdejante.

Tão danadamente verdejante.

Por algum motivo eu havia esquecido, e isso era injusto em mais sentidos do que eu conseguia avaliar.

Fiz várias curvas sucessivas, e a estrada se estreitou. Meu pé apertou o acelerador e eu atingi o limite norte da fazenda de meu pai a 110 quilômetros por hora; não pude evitar. A terra tinha cicatrizes emocionais. Amor e perda, e uma silenciosa e corrosiva angústia. A entrada passou rapidamente por mim, um portão aberto e uma longa estrada cortando a ondulação do verde. O ponteiro tocou a marca dos 130, e tudo o que havia de ruim caiu sobre mim, de modo que mal pude ver o resto. A parte boa. Os anos antes que tudo aquilo desmoronasse.

O limite da cidade de Salisbury surgiu 15 minutos depois, e eu reduzi a velocidade até um avançar arrastado enquanto vestia um boné de beisebol para ajudar a esconder meu rosto. Meu fascínio por aquele lugar era mórbido, eu sabia, mas havia sido meu lar e eu o amava, e por isso rodei pela cidade a fim de reconhecê-la. Ainda era um local histórico e rico, ainda pequeno e sulista, e eu me perguntei se ela ainda sentia o meu gosto, tantos anos depois de ter-me cuspido fora.

Passei pela estação de trem reformada e pelas velhas mansões abarrotadas de dinheiro, desviei meu rosto de homens sentados em bancos familiares e mulheres com roupas vistosas. Parei num semáforo, observei advogados subindo largos degraus com grandes pastas, depois dobrei à esquerda e me demorei diante do tribunal. Eu me lembrava dos olhos de todas as pessoas no júri, sentia a textura da madeira da mesa onde me sentara durante três longas semanas. Se fechasse meus olhos naquele momento, poderia sentir a pressão dos corpos nas escadas do tribunal, a bofetada quase física de palavras ferozes e o lampejo de dentes brilhantes.

Inocente.

As palavras haviam desencadeado uma reação de fúria.

Lancei um último olhar. Estava tudo ali, e era injusto, e eu não podia negar o ressentimento que ardia dentro de mim. Meus dedos se afundaram no volante, o dia se cobriu de sombras, e a raiva se expandiu no meu peito até eu pensar que ela iria me sufocar.

Rodei pela Main Street, depois tomei a direção oeste. Oito quilômetros adiante encontrei o hotel barato Faithful. Na minha ausência, e de maneira nada surpreendente, ele havia prosseguido sua trajetória descendente até a completa decadência. Vinte anos antes era um empreendimento em rápido progresso, mas o movimento minguou quando as beatas e os pastores da igreja promoveram uma inquisição contra o drive-in pornográfico do outro lado da rua. Agora ele era uma espelunca, uma longa fileira de portas carcomidas pelo tempo alugadas por hora, inquilinos semanais e trabalhadores migrantes apertados aos quatro em cada quarto.

Eu conhecia o cara cujo pai era dono do lugar: Danny Faith, que havia sido meu amigo. Nós crescemos juntos, divertimo-nos bastante. Ele era um encrenqueiro, um bêbado e trabalhava em meio período na fazenda quando o serviço apurava. Três semanas antes ele havia me telefonado, a primeira pessoa a buscar meu paradeiro depois que fui escorraçado da cidade. Eu não fazia ideia de como ele me descobriu, mas não devia ter sido tão difícil. Danny era um cara firme, bom em situações difíceis, mas não era de pensar muito. Ele me telefonou à procura de ajuda e pediu-me que voltasse para casa. Eu lhe disse não. A cidade natal estava perdida para mim. Toda ela. Perdida.

Mas o telefonema foi apenas o começo. Ele não podia saber o que aquilo causaria em mim.

O estacionamento era pura sujeira, o edifício era longo e baixo. Eu desliguei o motor e entrei por uma porta de vidro imunda. Minhas mãos se encontraram com o balcão e eu observei o único ornamento da parede: um prego de 10 centavos com uma dúzia de aromatizadores de ambiente amarelados em forma de pinheiro. Eu inspirei, não senti cheiro de nada que lembrasse pinho, e vi um velho sujeito hispânico sair de uma sala dos fundos. Ele usava os cabelos bem penteados, um suéter de professor e uma grande amostra de turquesa presa a uma tira de couro em volta do pescoço. Seus olhos correram por cima de mim com uma naturalidade forçada, e eu soube o que ele via. Final da casa dos 20, alto e em boa forma. Barba por fazer, mas com um bom corte de cabelo e um relógio caro. Sem aliança. Nós dos dedos com cicatrizes.

Seus olhos esvoaçaram para além de mim, focalizaram-se no carro. Eu o vi fazer as contas.

— Sim, senhor? — disse ele, num tom respeitoso que era raro naquele lugar. Ele baixou o olhar, mas eu notei a postura ereta das suas costas, a imobilidade das suas mãos pequenas e apergaminhadas.

— Estou procurando por Danny Faith. Diga-lhe que é Adam Chase.

— Danny foi embora — respondeu o homem.

— Quando ele voltará? — Eu disfarcei meu desapontamento.

— Não, senhor. Ele se foi já faz três semanas. Não creio que volte. Porém, o pai dele ainda administra este lugar. Eu posso chamá-lo se o senhor quiser.

Tentei processar essa informação. Rowan County produzia dois tipos de pessoas: aqueles que nasciam para ficar ali e aqueles que precisavam partir. Danny era um dos primeiros.

— Para onde ele foi? — perguntei.

O homem encolheu os ombros, fazendo um gesto aborrecido com o lábio para baixo e as palmas das mãos para cima.

— Ele bateu na namorada. Ela caiu daquela janela. — Ambos olhamos para o vidro atrás de mim, e ele deu outro encolher de ombros quase gaulês. — Isso fez com que ela sofresse um corte no rosto. Ela conseguiu um mandado de prisão e ele partiu. Ninguém mais o viu desde então. Quer que eu chame o Sr. Faith?

— Não. — Eu estava cansado demais para continuar dirigindo e não estava preparado para enfrentar meu pai. — Você tem um quarto livre?

— *Sí.*

— Apenas um quarto, então.

Ele me examinou novamente.

— Tem certeza? O senhor quer um quarto aqui? — Ele me mostrou as palmas das mãos pela segunda vez.

Eu saquei a carteira e coloquei uma nota de 100 dólares em cima do balcão.

— *Sí* — respondi-lhe. — Um quarto aqui.

— Por quanto tempo?

Os olhos dele não estavam em mim ou nos 100 dólares, mas na minha carteira, onde um grosso maço de notas graúdas ameaçava romper as costuras. Eu a fechei e coloquei de volta no bolso.

— Eu sairei até hoje à noite.

O homem pegou os 100, deu-me 77 dólares de troco e disse-me que o quarto 13 estava livre, se eu não me importasse com o número. Respondi-lhe que o número não era problema. Ele me entregou a chave e eu saí. O homem ficou observando enquanto eu estacionava o carro ao final da fileira de quartos.

Entrei e fechei o trinco de corrente.

O quarto cheirava a bolor e ao banho do último cara que ficou ali, mas era escuro e tranquilo, e depois de dias sem dormir, parecia servir. Eu puxei as cobertas, chutei fora meus sapatos e caí nos lençóis frouxos. Pensei brevemente sobre esperança e rancor e me perguntei qual deles era mais forte em mim. Nada parecia definido, por isso fiz uma escolha. Esperança, decidi. Eu despertaria para um sentimento de esperança.

Fechei meus olhos e o quarto oscilou. Eu parecia me elevar, flutuar, depois tudo se dissolveu e eu apaguei, como se nunca fosse voltar.

Acordei com um ruído sufocado na garganta e a imagem de sangue numa parede, um crescente escuro que escorria até o chão. Ouvi pancadas, não sabia onde estava e percorri o quarto escuro com olhos arregalados. O tapete fino estava franzido ao lado das pernas de uma cadeira quebrada. Uma luz fraca fazia curtas incursões por sob a borda da cortina. As pancadas cessaram.

Alguém estava batendo à porta.

— Quem é? — Minha garganta parecia irritada.

— Zebulon Faith.

Era o pai de Danny, um homem facilmente irascível, que sabia mais do que a maioria sobre uma porção de coisas: o interior da cadeia municipal, a estreiteza de espírito, a maneira mais eficiente de se bater no filho quase adulto.

— Um segundo — gritei.

— Eu queria falar com você.

— Espere aí.

Fui até a pia e joguei um pouco d'água no rosto, expulsei o pesadelo. No espelho eu parecia esgotado, mais velho que meus 28 anos. Eu me enxuguei enquanto ia até a porta, senti o sangue fluir dentro de mim e a abri. O sol estava baixo. Final da tarde. A face do velho parecia quente e irritadiça.

— Olá, Sr. Faith. Quanto tempo.

Ele basicamente não havia mudado: um pouco mais acabado, mas igualmente desagradável. Olhos devastados percorreram meu rosto, e seus lábios se contorceram sob os bigodes baços. O sorriso fez minha pele se arrepiar.

— Você parece o mesmo de sempre — disse ele. — Imaginei que o tempo tivesse tirado do seu rosto alguma coisa do garotinho bonito.

Engoli meu dissabor.

— Eu estava à procura de Danny.

Suas palavras seguintes saíram vagarosamente, numa fala arrastada:

— Quando Manny me falou que era Adam Chase, eu não acreditei. Disse que era impossível que Adam Chase estivesse hospedado aqui. Não com aquela grande e antiga mansão cheia de familiares situada logo ali, à beira do rio. Não com todo aquele dinheiro dos Chase. Mas as coisas mudam, eu calculo, e aqui está você. — Ele abaixou a cabeça e seu hálito fétido saiu numa baforada. — Não achei que você tivesse peito para voltar.

Eu refreei minha raiva súbita.

— Quanto a Danny...? — falei.

Ele afastou o comentário com um gesto, como se o desagradasse.

— Está deitado numa praia em algum lugar da Flórida. O merdinha. Danny está bem.

Ele parou de falar, encerrando o assunto do filho com uma determinação destituída de qualquer cerimônia. Por um longo instante ele apenas me olhou fixamente.

— Jesus Cristo. — Ele meneou a cabeça. — Adam Chase. No meu estabelecimento.

Eu dei de ombros.

— Um lugar é tão bom quanto qualquer outro.

O velho deu uma gargalhada cruel.

— Este motel é uma ratoeira. Ele está sugando a minha vida.

— Se o senhor diz.

— Você está aqui para falar com seu pai? — perguntou ele, com um brilho súbito nos olhos.

— Eu pretendo vê-lo.

— Não foi isso o que perguntei. Você está aqui para *falar* com ele? Quero dizer, cinco anos atrás você era o príncipe herdeiro de Rowan County. — Um sorriso mesquinho. — Depois você teve aquele seu probleminha e simplesmente caiu fora. Pelo que eu podia ver, você jamais voltaria. Deve haver uma razão depois de todo esse tempo, e ter uma conversa séria com aquele filho da puta orgulhoso e cabeçudo é a melhor em que eu consigo pensar.

— Se o senhor tem alguma coisa a dizer, Sr. Faith, por que não diz logo?

Ele chegou mais perto, trazendo consigo o cheiro de suor amanhecido. Seus olhos eram de um cinza endurecido sobre um nariz de bêbado, e sua voz ficou mais aguda.

— Não banque o esperto comigo, Adam. Eu me lembro de quando você não passava de um moleque com merda na cabeça exatamente como o meu garoto, Danny, e vocês dois não eram capazes nem de cavar um buraco na terra com uma pá. Eu vi você bêbado e também o vi sangrando num chão de bar. — Ele me olhou da cabeça aos pés. — Você tem um carro de luxo e o cheiro da cidade está em você, mas não parece melhor que ninguém. Não para mim. E pode contar ao seu velho que eu disse isso. Diga-lhe que ele está ficando sem amigos.

— Acho que não gosto do seu tom.

— Eu tentei ser educado, mas vocês não vão mudar nunca, vocês, os Chase. Acham que são tão melhores que todos os outros que vivem aqui, só porque têm toda aquela terra e porque estão neste condado desde a criação. Nada disso significa que você é melhor do que eu. Ou melhor do que o meu garoto.

— Eu nunca disse que era.

O velho balançou a cabeça e sua voz ficou trêmula de frustração e raiva.

— Diga ao seu papaizinho que ele precisa deixar de ser tão estupidamente egoísta e pensar no resto das pessoas deste condado. Eu não sou o único que diz isso. Uma porção de pessoas por aqui está de saco cheio. Diga-lhe isso por mim.

— Já chega — falei, avançando um passo.

Ele não gostou disso, e suas mãos se ergueram.

— Não fale assim comigo, garoto.

Alguma coisa quente chamejou nos olhos dele, e eu senti uma raiva profunda se agitar quando as lembranças vieram à tona. Eu revivi a insignificância e a negligência do velho, suas mãos rápidas e prontas quando seu filho cometia algum erro inocente.

— Vou lhe dizer uma coisa — falei. — Por que você não vai se foder?

Avancei ainda mais um passo, e ainda que o velho fosse alto, ergui-me acima dele. Seus olhos dardejaram para a esquerda e a direita quando viu a raiva que havia em mim. Seu filho e eu havíamos posto aquele condado de pernas para o ar, e apesar do que ele dissera, raramente havia sido eu a sangrar em algum chão de bar.

— Os negócios do meu pai não são da sua conta. Nunca foram e nunca serão. Se você tem algo a dizer, sugiro que diga pessoalmente a ele.

Ele recuou, e eu o segui para o ar sufocante. Ele manteve as mãos erguidas, os olhos em mim, e sua voz era aguda e áspera.

— As coisas mudam, garoto. Elas mínguam e morrem. Mesmo em Rowan County. Isso vale até mesmo para os malditos Chase!

E então ele se foi, passando rápido pelas portas descascadas do seu império de beira de estrada. Olhou para trás duas vezes, e na sua face talhada a machado eu vi astúcia e medo. Ele me mostrou o dedo médio, e eu me perguntei, não pela primeira vez, se voltar para casa teria sido um erro.

Observei-o desaparecer no seu escritório, depois entrei para lavar o fedor.

Levei dez minutos para tomar banho, fazer a barba e vestir roupas limpas. O ar quente se moldou à minha passagem quando dei o primeiro passo para fora. O sol ia se pondo sobre as árvores do outro lado da estrada, brando e baixo, como se estivesse se achatando de encontro ao mundo. Uma neblina de pólen pairava à luz amarelada, e cigarras cantavam à margem da rodovia. Eu fechei a porta e, quando me voltei, notei duas coisas quase ao mesmo tempo. Zebulon Faith apoiado de braços cruzados à parede do escritório. Tinha dois caras consigo, colegiais grandalhões com ombros largos e sorrisos abobalhados. Essa foi a primeira coisa que vi. A segunda foi o meu carro. Grandes letras, cinzeladas no capô empoeirado.

Assassino.

Sessenta centímetros, no mínimo.

A esperança já era.

O rosto do velho se abriu e ele pronunciou as palavras através de um sorriso.

— Dois garotos vadios — disse ele. — Foram naquela direção.

Ele apontou para o outro lado da rua deserta, na direção do velho estacionamento do drive-in, que agora era um mar de macadame sufocado por ervas daninhas.

— Que infelicidade — concluiu.

Um dos rapazes deu uma cotovelada no outro. Eu sabia o que eles viam: o carro de um homem rico com placa de Nova York, um garoto da cidade com os sapatos engraxados.

Eles não faziam ideia.

Fui até o porta-malas, coloquei minha mochila dentro dele e peguei a chave de roda. Eram 60 centímetros de metal maciço com uma chave de torque num dos lados. Comecei a atravessar o estacionamento, a pesada barra pendendo de encontro à minha perna.

— Você não devia ter feito isso — falei.

— Vai se foder, Chase.

Eles saíram do alpendre pisando duro, Zeb Faith no meio. Abriramse em leque e seus pés se arrastavam na terra batida. O homem à direita de Faith era o mais alto dos dois e parecia assustado, por isso me concentrei no homem da esquerda, um erro. O golpe veio da direita, e o cara era rápido. Foi como ser atingido por um bastão. O outro o acompanhou quase com a mesma rapidez. Ele viu que eu me curvei e avançou com um direto que teria fraturado meu queixo. Mas eu brandi a barra de ferro. Ela subiu veloz e com força, apanhando o braço do homem no meio do golpe, quebrando-o da maneira mais instantânea que eu já vi. Cheguei a ouvir os ossos se partirem. Ele foi abaixo, gritando.

O outro homem me bateu novamente, pegou-me do lado da cabeça, e eu brandi a barra contra ele também. O metal se encaixou à parte carnosa do seu ombro. Zebulon Faith avançou um passo para me dar um soco, mas eu fui mais rápido, apliquei-lhe um golpe curto na ponta do queixo e ele caiu. Então as luzes se apagaram. Eu me vi de joelhos, com a visão embaçada, sendo chutado com gosto.

Faith estava acabado. Também o homem com o braço quebrado. Mas o outro cara estava se divertindo. Eu vi a bota descrever um arco novamente e desferi um golpe com toda a minha força. A chave de roda atingiu sua canela, e ele aterrissou na poeira. Eu não sabia se ela estava quebrada, e de fato não me importava. Ele estava fora de combate.

Tentei ficar de pé, mas minhas pernas estavam bambas e fracas. Pus minhas mãos no solo e senti Zebulon Faith se erguer acima de mim. O fôlego roncava como um serrote em sua garganta, mas sua voz era forte o bastante.

— Chases de merda — disse ele, e pôs os pés para trabalhar. Eles volteavam para a frente e para trás. Volteavam novamente para a frente e voltavam ensanguentados. Eu estava derrubado de verdade, não conseguia encontrar a chave de roda, e o velho grunhia como se estivesse no fim de uma foda que durou a noite inteira. Eu dobrei meu corpo, comprimi meu rosto contra o chão e aspirei um bocado de areia da estrada.

Foi então que ouvi as sirenes.

CAPÍTULO 2

A viagem de ambulância passou como um borrão, vinte minutos de luvas brancas, dolorosos chumaços de algodão e um paramédico gordo com pingos de suor pendendo do nariz. Flashes de luz vermelha e eles me ergueram e me puxaram para fora. O hospital se solidificou à minha volta: sons que conhecia e odores que um dia sentira demais. O mesmo teto que eles tinham durante os últimos vinte anos. Um residente com cara de bebê murmurou sobre velhas cicatrizes enquanto me punha os curativos.

— Não é a sua primeira briga, é?

Ele não esperava realmente uma resposta, por isso mantive minha boca fechada. As brigas começaram em algum momento por volta dos 10 anos. O suicídio de minha mãe teve muito a ver com isso. Assim como Danny Faith. Mas fazia algum tempo desde a minha última briga. Durante cinco anos havia passado meus dias sem um só confronto. Nada de discussões. Nada de palavras duras. Cinco anos de torpor, e agora isso: três contra um no meu primeiro dia de volta. Eu devia ter entrado no carro e partido, mas tal pensamento nunca me ocorreu.

Nem uma vez.

Quando saí, três horas depois, tinha costelas enfaixadas, dentes faltando e 18 pontos na cabeça. Eu estava dolorido como nunca. Estava puto.

As portas automáticas se fecharam atrás de mim e fiquei parado, curvado para a esquerda, favorecendo as costelas desse lado. Luz se derramou entre os meus pés e alguns automóveis passaram na rua. Eu os observei por alguns segundos, depois me dirigi ao estacionamento.

A porta de um carro se abriu a 10 metros de mim, e uma mulher saiu dele. Ela deu três passos e parou ao lado do capô do carro. Reconheci cada parte dela, mesmo àquela distância. Tinha 1,75 metro, era atraente, com cabelos ruivos e um sorriso que poderia iluminar uma sala escura. Uma nova dor brotou dentro de mim, mais profunda, mais urdida. Eu achei que teria tempo de encontrar a abordagem correta, as palavras certas. Mas sentia-me vazio. Dei um passo e tentei disfarçar o coxear. Ela me encontrou no meio do trajeto, e seu rosto era todo lacunas e incertezas. Estudou-me de alto a baixo, e a ruga entre suas sobrancelhas deixava pouca dúvida sobre o que viu.

— Oficial Alexander — falei, forçando um sorriso que saía como uma mentira.

Os olhos dela percorreram minhas feridas.

— Detetive — corrigiu-me ela. — Promovida há dois anos.

— Parabéns — falei.

Ela pausou e procurou alguma coisa no meu rosto. Demorou-se nos pontos no meu couro cabeludo e, por um instante, seu rosto se suavizou.

— Não foi assim que eu pensei que nos reencontraríamos — disse ela, seus olhos novamente nos meus.

— Como foi, então?

— Primeiro, eu via uma longa corrida e um forte abraço. Beijos e pedidos de desculpas. — Ela deu de ombros. — Depois de alguns anos sem nenhuma notícia, imaginei algo mais conflituoso. Gritos. Alguns ligeiros chutes, talvez. Não ver você assim. Não ambos sozinhos no escuro. — Ela apontou para o meu rosto. — Não posso nem mesmo dar um tapa em você.

O sorriso dela também se desvaneceu. Nenhum de nós podia ter previsto que aconteceria assim.

— Por que não entrou?

As mãos dela pousaram nos seus lábios.

— Eu não sabia o que dizer. Pensei que as palavras me viriam.

— E?

— Não veio nada.

Não pude responder a princípio. O amor morre em sofrimento, quando morre, e não havia nada a dizer que já não se tivesse dito muitas vezes no passado distante daquela outra vida. Quando falei, as palavras saíram com dificuldade.

— Eu precisava esquecer este lugar, Robin. Precisava enterrá-lo.

— Não comece — disse ela, e reconheci a raiva. Eu convivera com a minha por tempo suficiente.

— Então, e agora? — perguntei.

— Agora, eu levo você para casa.

— Não para a do meu pai.

Ela chegou mais perto, e um brilho do velho calor apareceu nos seus olhos. Um sorriso flertou com as linhas de sua boca.

— Eu não faria isso a você — disse ela.

Nós contornamos o carro dela, e eu falei por sobre a capota.

— Eu não estou aqui para ficar.

— Não — disse ela com ar pesado. — É claro que não.

— Robin...

— Entre no carro, Adam.

Abri a porta e afundei dentro do carro. Era um grande sedã, um carro de policial. Olhei para os rádios e o laptop, a escopeta presa ao painel. Eu estava grogue. Analgésicos. Exaustão. O banco parecia me engolir, e eu olhava as ruas escuras enquanto Robin dirigia.

— Não parece grande coisa para um retorno para casa — disse ela.

— Podia ter sido pior.

Ela balançou a cabeça, e eu senti seus olhos sobre mim, breves olhares quando a estrada se estendia em linha reta.

— É bom ver você, Adam. É difícil, mas bom. — Ela meneou a cabeça novamente, como se ainda tentasse convencer a si própria. — Eu não tinha certeza se algum dia isso aconteceria novamente.

— Nem eu.

— Isso traz uma grande pergunta.

— Qual é? — Eu sabia qual era a pergunta, apenas não gostava dela.

— Por que, Adam? A pergunta é por quê? Faz cinco anos. Ninguém ouviu uma só palavra sobre você.

— Eu preciso de um motivo para voltar para casa?

— Nada acontece sem motivos. Você deveria saber disso melhor do que ninguém.

— Isso é só conversa de tira. Às vezes não há razão alguma.

— Eu não acredito nisso. — O ressentimento persistiu no seu rosto. Ela esperou, mas eu não sabia o que dizer. — Você não tem de me contar — disse ela.

Um silêncio caiu entre nós enquanto o vento se abria à passagem do carro. Os pneus bateram num ponto esburacado do asfalto.

— Você planejava ligar para mim? — perguntou ela.

— Robin...

— Deixa para lá. Esquece.

Mais um tempo sem dizer uma palavra, um embaraço que nos intimidou.

— Por que você estava naquele hotel barato?

Pensei em quanto poderia contar a ela e decidi que antes tinha de arrumar as coisas com meu pai. Se não pudesse ajeitar as coisas com ele, não poderia ajeitá-las com Robin.

— Você tem alguma ideia de onde Danny Faith pode estar? — perguntei.

Eu estava mudando de assunto, e ela percebeu isso. Mas deixou passar.

— Você sabe sobre a namorada dele? — perguntou. Eu balancei a cabeça e ela deu de ombros. — Não seria o primeiro canalha em situação ruim a se esconder de um mandado de prisão. Ele vai voltar. Pessoas como ele geralmente voltam.

Olhei para o rosto dela, seus traços duros.

— Você jamais gostou de Danny.

Isso foi uma acusação.

— Ele é um perdedor — respondeu ela. — Um jogador, bêbado, com uma ficha corrida de violência com 1 quilômetro de extensão. Como eu poderia gostar dele? Ele arrastou você para baixo, alimentou o seu lado sombrio. Brigas de bar. Bravatas. Ele o fez esquecer o que havia de bom em você. — Ela sacudiu a cabeça. — Pensei que você tivesse superado Danny. Você sempre foi bom demais para ele.

— Ele me dava apoio desde a quarta série, Robin. Não se abandona os amigos assim.

— No entanto, você fez isso. — Ela deixou o resto sem dizer, mas entendi.

Assim como abandonou a mim.

Eu olhei pela janela. Não havia nada que eu pudesse ver que afastasse a dor. Ela sabia que eu não tivera escolha.

— Que diabo você esteve fazendo, Adam? Cinco anos. Uma vida. Pessoas disseram que você estava em Nova York, mas tirando isso, ninguém sabia de nada. Falando sério, que diabo você esteve fazendo?

— Isso importa? — perguntei, porque para mim não importava.

— É claro que importa.

Ela jamais poderia entender, e eu não queria a sua piedade. Mantive a solidão em segredo, optei pela história mais simples.

— Eu cuidei de um bar por algum tempo, trabalhei em alguns ginásios, em estacionamentos. Só empregos ocasionais. Nada durava mais de um ou dois meses.

Pude ver a sua descrença, ouvir o desapontamento em sua voz.

— Por que você desperdiçou seu tempo trabalhando em empregos como esses? Você é inteligente. Tem dinheiro. Poderia ter estudado, ter se tornado alguém.

— Nunca teve a ver com dinheiro ou prosperidade. Eu não me importava com isso.

— Com o quê, então?

Não pude olhá-la no rosto. As coisas que eu perdera não poderiam ser recuperadas jamais. Eu não tinha de assumir isso. Não para ela.

— Empregos temporários não exigem raciocínio — falei, e fiz uma pausa. — Faça esse tipo de coisa por tempo suficiente, e até mesmo os anos podem passar sem que se perceba.

— Meu Deus, Adam!

— Você não tem o direito de me julgar, Robin. Ambos fizemos escolhas. Eu tive de conviver com as suas. Não é justo me condenar pelas minhas.

— Você está certo. Desculpe.

Nós rodamos em silêncio.

— E quanto a Zebulon Faith? — perguntei, por fim.

— É assunto do município.

— No entanto, você está aqui. Uma detetive da cidade.

— O escritório do xerife recebeu o chamado. Mas eu tenho amigos lá. Eles me telefonaram quando seu nome veio à baila.

— Eles se lembravam de mim?

— Ninguém esqueceu, Adam. Muito menos as forças da lei.

Eu refreei as palavras raivosas. É assim que as pessoas são: apressadas em julgar e lentas para esquecer.

— Eles encontraram Faith? — perguntei.

— Ele fugiu antes que os policiais chegassem, mas encontraram os outros dois. Fico surpresa de que você não os tenha visto no hospital.

— Eles estão presos?

Robin me olhou de lado.

— A única coisa que os policiais encontraram foram três homens caídos no estacionamento. Você terá de prestar queixa sob juramento se quiser que alguém seja preso.

— Ótimo. Isso é ótimo. E o estrago feito no meu carro?

— A mesma coisa.

— Perfeito.

Observei enquanto Robin dirigia. Ela estava mais velha, mas ainda era bela. Não havia nenhum anel nos seus dedos, o que me entristeceu. Se ela estava sozinha neste mundo, em parte era culpa minha.

— Que diabo foi tudo aquilo, afinal? Eu sabia que tinha um alvo nas costas, mas não esperava que pulassem em cima de mim no primeiro dia de volta à cidade.

— Você está brincando, não é?

— Não. O velho canalha sempre foi truculento, mas parecia que ele estava procurando uma desculpa.

— Provavelmente estava.

— Eu não o via há anos. O filho dele e eu somos amigos.

Ela riu com amargura e sacudiu a cabeça.

— Eu quase esqueço que há um mundo fora de Rowan County. Não há razão para que você saiba, creio. Mas tem sido o assunto por aqui há meses. A companhia de energia. Seu pai. A cidade está dividida ao meio.

— Não entendo.

— O estado está crescendo. A companhia de energia planeja construir uma nova usina nuclear para compensar. Eles procuraram vários lugares, mas Rowan County é a primeira escolha. Eles precisam de água, por isso tem de ser à beira do rio. Ela iria ocupar uns mil acres, e todos os outros concordaram em vender. Mas eles precisarão de um grande naco da fazenda Red Water para fazê-la funcionar. Uns 400 ou 500 acres, acho. Ofereceram cinco vezes o que ela vale, mas ele não quer vender. Metade da cidade o adora. A outra metade o odeia. Se ele mantiver a posição, a companhia elétrica vai puxar o fio da tomada e se mudar para algum outro lugar. — Ela encolheu os ombros. — Pessoas estão sendo demitidas. Fábricas estão fechando. É uma instalação de bilhões de dólares. Seu pai está parado no caminho dela.

— Você está falando como se quisesse a vinda da usina.

— Eu trabalho para o município. É difícil ignorar os possíveis benefícios.

— E Zebulon Faith?

— Ele possui 30 acres à margem do rio. São sete dígitos se o negócio se concretizar. Ele tem posto a boca no mundo. As coisas ficaram feias. As pessoas estão zangadas, e não só pelos empregos ou pela arrecadação de impostos. É um empreendimento grande. Companhias de concreto. Empreiteiras de terraplanagem. Construtoras. Há rios de dinheiro em jogo e as pessoas estão ficando desesperadas. Seu pai é um homem rico. A maioria das pessoas acha que ele está sendo egoísta.

Formei uma imagem mental de meu pai.

— Ele não vai vender.

— A oferta vai aumentar. A pressão também. Muitas pessoas estão dependendo dele.

— Você disse que está ficando feio. Feio a que ponto?

— A maior parte é inofensiva. Editoriais em jornais. Palavras ásperas. Mas têm ocorrido algumas ameaças, vandalismo. Alguém baleou umas reses certa noite. Instalações foram incendiadas. Você é o primeiro a se machucar.

— Além das vacas.

— É só barulho, Adam. Vai se resolver logo, de uma maneira ou de outra.

— Que tipo de ameaças? — perguntei.

— Telefonemas no meio da noite. Algumas cartas.

— Você as viu?

Ela fez que sim.

— São bem descritivas.

— Zebulon Faith poderia estar por trás de algo?

— Ele se adiantou comprando terrenos adicionais. Acho que ele precisa desse dinheiro desesperadamente. — Ela me olhou com firmeza.

— Eu tenho me perguntado com frequência se Danny não pode estar envolvido. O dinheiro que receberiam seria imenso, e ele não tem exatamente uma ficha limpa.

— Não mesmo — falei.

— Sete dígitos. É bastante dinheiro, até mesmo para pessoas com posses.

Eu olhei para fora da janela.

— Danny Faith — disse ela — não tem dinheiro nenhum.

— Você está enganada — disse eu.

Ela tinha de estar.

— Você *o* abandonou também, Adam. Cinco anos. Nenhuma notícia. Lealdade só dura até haver dinheiro em jogo. — Ela hesitou. — As pessoas mudam. Assim como Danny lhe fazia mal, você fazia bem a ele. Não acho que ele tenha ido lá muito bem desde que você foi embora. Ele ficou só com o velho dele, e ambos sabemos como é o relacionamento dos dois.

— Alguma coisa específica? — Eu não queria acreditar no que ela dizia.

— Ele bateu na namorada, atirou-a contra o vidro de uma janela. É assim que você se lembra dele?

Ficamos em silêncio por algum tempo. Eu tentei abafar o clamor que ela despertou na minha mente. Sua conversa sobre Danny me deixou perturbado. A ideia de meu pai recebendo ameaças me intrigou ainda mais. Eu devia ter estado presente.

— Se a cidade está dividida ao meio, então quem está do lado de meu pai?

— Ambientalistas, principalmente, e pessoas que não querem que as coisas mudem. Muitos dos velhos ricos da cidade. Fazendeiros cujas terras não estão em disputa. Preservacionistas.

Eu esfreguei o rosto com as mãos e dei um longo suspiro.

— Não se preocupe com isso — disse Robin. — A vida tem suas confusões. Não é problema seu.

Ela estava errada quanto a isso.

Era problema meu.

Robin Alexander ainda morava no mesmo condomínio, no segundo andar de uma construção da virada do século, a um quarteirão da praça central de Salisbury. A janela da frente dava para um escritório de advocacia. A dos fundos, para as janelas gradeadas de uma loja de armas local, do outro lado de um beco estreito.

Ela teve de me ajudar a sair do carro.

Do lado de dentro, ela desligou o alarme, acendeu algumas luzes e me conduziu até o seu quarto. Estava imaculado. A mesma cama. O relógio sobre a mesa marcava 21h10.

— O lugar parece maior — falei.

Ela parou, encolhendo novamente os ombros.

— Ficou assim depois que eu joguei suas coisas fora.

— Você podia ter ido comigo, Robin. Não foi por falta de pedidos.

— Não vamos começar com isso novamente — disse ela.

Eu sentei na cama e tirei os sapatos. Curvar-me era dolorido, mas ela não me ajudou. Olhei para as fotografias no quarto dela, vi uma foto minha na mesa de cabeceira. Estava numa pequena moldura de prata; eu aparecia sorrindo. Estendi a mão para pegá-la, mas Robin atravessou o quarto em dois grandes passos. Apanhou-a sem dizer uma palavra, virou-a para baixo e guardou-a numa gaveta da penteadeira. Quando se voltou, pensei que ela iria sair do quarto, mas parou na porta.

— Vá para a cama — disse ela, e algo tremeu na sua voz. Eu olhei para as chaves que ela ainda segurava.

— Você vai sair?

— Vou dar um jeito no seu carro. Ele não deve passar a noite lá.

— Está preocupada com Faith?

Ela deu de ombros.

— Tudo é possível. Vá dormir.

Havia coisas por dizer, mas nós não sabíamos como dizê-las. Por isso eu despi minhas roupas e me enfiei entre os lençóis da cama dela; pensei na vida que tivéramos e no modo como acabara. Ela podia ter ido embora comigo. Disse isso para mim mesmo. Repeti, até que o sono finalmente me tomou.

Adormeci profundamente, mas em dado momento despertei. Robin estava de pé ao meu lado. Seus cabelos estavam soltos, os olhos brilhavam, e ela segurava a si própria, como se pudesse se desfazer a qualquer momento.

— Você está sonhando — sussurrou ela, e eu pensei que talvez estivesse. Deixei que a escuridão me arrastasse, me levasse aonde Robin chamava meu nome, e procurei por olhos tão brilhantes e úmidos quanto moedas num leito de rio.

Acordei sozinho, triste e com frio, e pus meus pés no chão. Havia sangue na minha camisa, por isso eu a descartei; mas as calças estavam boas. Encontrei Robin à mesa da cozinha, olhando para as grades enferrujadas das janelas da loja de armas. O cheiro da ducha ainda estava nela; usava jeans e uma camisa azul-clara com os punhos dobrados. O café fumegava diante dela.

— Bom-dia — falei, procurando os olhos dela e me lembrando do sonho.

Ela estudou meu rosto, o peito massacrado.

— Há Percocet aqui, se você precisar. Café. Biscoitos, se quiser.

A voz se fechava para mim. Assim como os olhos.

Sentei diante dela; a luz batia em cheio em seu rosto. Ela ainda nem havia completado 29 anos, mas parecia mais velha. As rugas formadas pelo riso haviam sumido, e seu rosto ficara mais fino, os lábios outrora carnudos transformaram-se em algo emaciado. Quanto dessa mudança viera dos cinco anos como policial? Quanto viera de mim?

— Dormiu bem? — perguntou ela.

Eu dei de ombros.

— Sonhos estranhos.

Ela desviou os olhos, e eu soube que não havia sido um sonho. Ela estivera me observando dormir e chorara sozinha.

— Eu me estiquei no sofá — disse ela. — Estou de pé há algumas horas. Não estou acostumada a ter pessoas em casa.

— Fico feliz em ouvir isso.

— Fica mesmo? — A névoa pareceu se dissipar dos seus olhos.

— Sim.

Ela me olhou atentamente por cima da caneca, o rosto cheio de dúvidas.

— Seu carro está lá fora — falou, por fim. — As chaves estão no balcão. Você é bem-vindo para ficar aqui o tempo que quiser. Durma um pouco. Tem TV a cabo, alguns bons livros.

— Você está de saída? — perguntei.

— Os malvados não dão trégua — disse ela, mas não se levantou.

Eu me ergui para pegar uma xícara de café.

— Vi seu pai a noite passada. — As palavras dela pesaram nas minhas costas. Eu não disse nada, não podia deixá-la ver o meu rosto, não queria que ela soubesse o que suas palavras provocavam em mim.

— Depois que peguei o seu carro. Eu dirigi até a fazenda, falei com ele na varanda.

— É mesmo?

Tentei evitar que a tristeza súbita transparecesse na minha voz. Ela não devia ter feito isso. Mas eu podia vê-los lá, na varanda — o distante redemoinho de águas escuras e a viga onde meu pai gostava de se apoiar quando olhava para elas.

Robin sentiu meu desprazer.

— Ele ficaria sabendo, Adam. Ainda bem que ele ouviu de mim que você está de volta, e não de algum idiota num balcão de lanchonete. Não do xerife. Ele tinha de ser informado de que você foi ferido, para não se surpreender caso você não aparecesse hoje. Eu consegui algum tempo para você se curar, se recompor. Achei que você ficaria agradecido.

— E minha madrasta?

— Ela ficou na casa. Não quis saber de mim. — Ela se deteve.

— Ou de mim.

— Ela testemunhou contra você, Adam. Deixe para lá.

Eu ainda não havia mudado de opinião. Nada estava acontecendo como eu havia esperado. Minhas mãos pousaram na borda do balcão e apertaram-na. Pensei no meu pai e no abismo que havia entre nós.

— Como ele está? — perguntei.

Um silêncio momentâneo, e então:

— Está velho.

— Ele está bem?

— Não sei.

Havia algo na voz de Robin que fez com que eu me virasse para ela.

— O que foi? — perguntei, e ela ergueu os olhos para mim.

— Foi uma coisa tranquila, entende, e muito digna. Mas quando contei a ele que você havia voltado, seu pai chorou.

Tentei esconder minha consternação.

— Ele estava chateado? — perguntei.

— Não foi isso o que eu quis dizer.

Esperei.

— Acho que ele chorou de alegria.

Robin esperou que eu dissesse algo, mas não pude responder. Olhei pela janela antes que ela visse que as lágrimas subiam aos meus olhos, também.

Robin saiu poucos minutos depois para pegar as instruções das 7 horas na chefatura de polícia. Tomei um Percocet e puxei os lençóis dela sobre mim. A dor abria galerias através da minha cabeça; golpes de martelo nas têmporas, um prego gelado no couro cabeludo. Em toda a minha vida, apenas duas coisas haviam feito meu pai chorar. Quando minha mãe morreu, ele chorou durante dias; lágrimas lentas, constantes, como se brotassem das rugas do seu rosto. Depois lágrimas de alegria, uma vez.

Meu pai havia salvado uma vida.

O nome da garota era Grace Shepherd. O avô dela era Dolf Shepherd, capataz da fazenda e o amigo mais antigo de meu pai. Dolf e Grace moravam num pequeno chalé no limite sul da propriedade. Eu nunca soube o que aconteceu aos pais da criança, apenas que eles se foram. Qualquer que fosse o motivo, Dolf se apresentou para criar a menina sozinho. Era uma provação para ele — todos sabiam —, mas estava se saindo bem.

Até o dia em que ela se perdeu.

Era um dia frio, no começo do outono. Folhas secas crepitavam e roçavam umas sobre as outras sob um céu opaco e pesado. Ela mal chegava a 2 anos e saiu pela porta dos fundos enquanto Dolf pensava que estivesse dormindo no andar de cima. Foi meu pai que a encontrou. Ele estava no alto de uma das pastagens quando a viu no embarcadouro abaixo da casa, observando as folhas girarem na correnteza ondulante. Nunca vi meu pai se mover tão rápido.

Ela caiu sem espirrar uma gota. Inclinou-se demais e a água simplesmente a engoliu. Meu pai caiu no rio com um mergulho canhestro e voltou à tona sozinho. Eu cheguei ao embarcadouro quando ele voltou a mergulhar.

Encontrei-o 500 metros rio abaixo, com as pernas cruzadas na lama e Grace Shepherd no colo. A pele dela tinha um brilho pálido, como o de alguma coisa já morta, mas seus olhos estavam arregalados e ela choramingava. Sua boca aberta era o único talho de cor naquela margem de rio descolorida. Ele apertava a criança como se nada mais importasse; e estava chorando.

Eu olhei para ele por longos segundos, sentindo, mesmo então, que o momento era algo sagrado. Quando me viu, porém, ele sorriu.

— Que droga, filho — disse ele. — Esta foi por pouco.

E então ele beijou a cabeça da garotinha.

Nós envolvemos Grace na minha jaqueta, enquanto Dolf chegava correndo. O suor se derramava pelo seu rosto e ele parou, incerto. Meu pai entregou a criança para mim, deu dois passos rápidos e derrubou o avô da menina com um só soco. O nariz estava arrebentado, não havia dúvida, e Dolf ficou sangrando ali na beira do rio, enquanto seu melhor amigo se arrastava, molhado e esgotado, até sua casa no alto da colina.

Esse era meu pai.

O homem de ferro.

CAPÍTULO 3

Dormi para afastar um pouco da dor e acordei com uma tempestade que sacudia as velhas janelas e lançava um quebra-cabeça de sombras na parede a cada vez que os raios faiscavam. Ela varreu a cidade, verteu rios de água, depois seguiu violentamente para o sul rumo a Charlotte. O asfalto ainda fervia quando eu saí para pegar minha mochila no carro.

Pousei meus dedos na pintura riscada e tracejei a palavra.

Assassino.

De volta para o interior da casa, percorri silenciosamente os pequenos recintos. Uma energia inesgotável ardia através de mim, mas sentia-me em desacordo comigo mesmo. Queria ver minha casa, mas sabia como isso seria dolorido. Queria falar com meu pai, mas temia as palavras que se seguiriam. As palavras dele. As minhas. Palavras que não se pode retirar ou esquecer; do tipo que cria cicatrizes profundas que custam a sarar.

Cinco anos.

Cinco malditos anos.

Abri a porta de um armário, fechei-a sem ver o que havia dentro. Bebi água de gosto metálico, olhei os livros, mas meus olhos passaram por eles sem vê-los; porém devem ter ficado gravados em mim. Devem ter tido algum impacto porque enquanto andava de um lado para o outro, pensei no meu julgamento: o ódio que se incendiava contra mim a cada dia; os argumentos construídos para me enforcar; a perplexidade daqueles que me conheciam melhor, e como ela aumentou quando minha madrasta subiu ao banco das testemunhas, fez seu juramento e tentou enterrar-me com as suas palavras.

A maior parte do julgamento foi obscura: acusações, negativas, testemunho de peritos sobre a força do traumatismo por objeto contundente e os respingos de sangue. Do que eu me lembrava eram os rostos no tribunal, a ira fácil de pessoas que um dia alegaram me conhecer.

O pesadelo de todo homem inocente acusado injustamente.

Cinco anos atrás, Gray Wilson tinha 19 anos, recém-saído do colégio. Era forte, jovem e belo. Um herói do futebol americano. Um dos filhos favoritos de Salisbury. Então alguém abriu um buraco em sua cabeça com uma pedra. Ele morreu na fazenda Red Water, e minha madrasta disse que fui eu.

Eu caminhava em círculos pela sala, ouvia de novo aquelas vozes — *inocente* — e senti o golpe violento da emoção em mim: o reconhecimento e o alívio, a simples convicção de que as coisas podiam voltar a ser o que eram. Eu devia saber que estava errado, devia ter sentido isso no ar sufocante do tribunal abarrotado.

Não havia retorno.

O veredito que devia ser um ponto final, não foi. Houve também o confronto definitivo com meu pai, e o breve e amargo adeus ao único lugar que algum dia chamei de lar. Uma partida forçada. A cidade não me queria. Ótimo. Excelente. Por mais que doesse, eu podia conviver com aquilo. Mas meu pai fez uma escolha, também. Eu disse a ele que não fizera aquilo. Sua nova esposa disse-lhe que sim. Ele escolheu acreditar nela.

Não em mim.

Nela.

E me mandou embora.

Minha família estava na fazenda Red Water havia mais de duzentos anos, eu havia sido criado desde a infância para assumir sua administração. Meu pai estava se afastando dos negócios; Dolf também. Era um empreendimento multimilionário e eu praticamente o estava gerenciando quando o xerife chegou para me prender. O lugar era mais do que uma parte de mim. Era minha identidade, meu amor, aquilo para o qual havia nascido. Eu não podia permanecer em Rowan County se a fazenda e minha família não fizessem parte da minha vida. Eu não poderia ser Adam Chase, o banqueiro, ou Adam Chase, o farmacêutico. Não naquele lugar. Jamais.

Por isso deixei as únicas pessoas que amei um dia, o único lugar que chamei de lar. Procurei perder-me numa cidade que era alta, cinzenta e incessante. Estabeleci-me ali e respirei o barulho, o tráfego e a pálida fuligem branca dos dias intermináveis e vazios. Durante cinco anos eu consegui. Por cinco anos eu pisoteei as lembranças e a perda.

Então Danny me telefonou, e tudo desmoronou.

Estava na quarta prateleira, grossa e com a lombada saliente. Descorada. Branca. Eu a tirei da prateleira, um calhamaço, encadernada em plástico.

O Estado contra Adam Chase.

A transcrição do julgamento. Cada palavra dita. Registrada. Para sempre.

As páginas estavam intensamente gastas, enodoadas e redobradas nos cantos. Quantas vezes Robin a havia lido? Ela ficou ao meu lado durante o julgamento, jurou que acreditava em mim. E sua fé quase lhe havia custado o único emprego com que ela algum dia se importou. Todos os tiras do município achavam que eu havia feito aquilo. Todos os tiras, menos ela. Ela se mantivera inflexível, e, no final, eu a deixei.

Ela podia ter vindo comigo.

Isso era verdade, mas de que importava? O mundo dela. O meu mundo. Não teria funcionado. E ali estávamos nós, quase estranhos.

Deixei que a transcrição se abrisse aleatoriamente nas minhas mãos; ela o fez com tanta facilidade, escancarou-se no testemunho que quase me condenou.

TESTEMUNHA: Uma testemunha convocada pelo Estado,
tendo sido antes devidamente solicitada a jurar dizer a verdade,
foi inquirida e prestou o seguinte depoimento:

Transcrição exata do interrogatório de Janice Chase
pelo promotor público do município de Rowan.

P: Queira, por favor, declarar seu nome para a corte?
R: Janice Chase.

P: Qual o seu grau de parentesco com o réu, Sra. Chase?

R: Ele é meu enteado. O pai dele é meu marido, Jacob Chase.

P: A senhora tem outros filhos com o Sr. Chase?

R: Gêmeos. Miriam e James. Nós o chamamos Jamie. Eles têm 18 anos.

P: Eles são meios-irmãos do réu?

R: Irmãos adotivos. Jacob não é o pai natural. Ele os adotou pouco depois que nos casamos.

P: E onde está o pai natural deles?

R: Isso é relevante?

P: Estamos apenas tentando estabelecer a natureza desses relacionamentos, Sra. Chase. Para que o júri possa entender quem é cada um dos envolvidos.

R: Ele foi embora.

P: Para onde?

R: Apenas foi embora.

P: Muito bem. Há quanto tempo a senhora é casada com o Sr. Chase?

R: Treze anos.

P: Então, a senhora conhece o réu há um bom tempo.

R: Treze anos.

P: Que idade tinha o réu quando a senhora e o pai dele se casaram?

R: Ele tinha 10 anos.

P: E seus outros filhos?

R: Tinham 5 anos.

P: Ambos?

R: Eles são gêmeos.

P: Ah, é verdade. Agora, eu sei que isso deve ser difícil para a senhora, testemunhar contra o seu enteado...

R: É a coisa mais difícil que eu já fiz.

P: Vocês eram muito ligados?

R: Não. Nunca fomos muito ligados.

P: Hum... É por isso que ele tem ressentimento da senhora? Por ter tomado o lugar da mãe dele?

Defensor: Objeção. Isso dá margem a especulações.

P: Retiro a pergunta.

R: *Ela se matou.*

P: *Perdão?*

R: *A mãe dele se matou.*

P: *Hum...*

R: *Eu não sou uma destruidora de lares.*

P: *Certo...*

R: *Eu só quero deixar isso bem claro daqui para a frente, porque o advogado dele tenta fazer com que isto pareça algo que não é. Nós nunca fomos ligados, isso é verdade, mas ainda assim somos uma família. Eu não estou inventando nada e não estou aqui para prejudicar Adam. Eu não tenho segundas intenções. Eu amo o pai dele mais do que tudo. E tentei me dar bem com Adam. Nós apenas nunca fomos íntimos. É só isso.*

P: *Obrigado, Sra. Chase. Eu sei que é difícil para a senhora. Conte-nos sobre a noite em que Gray Wilson foi assassinado.*

R: *Eu sei o que vi.*

P: *Nós chegaremos a isso. Conte-nos sobre a festa.*

Eu fechei a transcrição e a repus na prateleira. Conhecia as palavras. A festa acontecera no meio do verão: ideia da minha madrasta. Uma festa de aniversário para os gêmeos, seus 18 anos. Ela pendurou luzes nas árvores, contratou o melhor bufê e trouxe uma banda de swing de Charleston. Começou às 16 horas e terminou à meia-noite; no entanto, algumas almas se demoraram ali. Às 2 horas da manhã, ou pelo menos foi o que ela declarou sob juramento, Gray Wilson caminhou até o rio. Aproximadamente às 3 horas, quando todos haviam partido, eu subi a colina, coberto pelo sangue do rapaz.

Ele foi morto por uma pedra de borda cortante do tamanho do punho de um homem. Eles a encontraram à margem do rio, perto de uma mancha vermelho-escura na terra. Souberam que era a arma do crime porque estava coberta com sangue do rapaz e porque correspondia perfeitamente, em forma e tamanho, ao buraco no seu crânio. Alguém bateu com ela na parte de trás da cabeça de Gray, com força suficiente para fazer com que lascas de osso penetrassem profundamente em seu cérebro. Minha madrasta declarou que havia sido eu. Ela descreveu o crime no banco das testemunhas. O homem que ela vira às 3 horas da manhã vestia uma camisa vermelha e um boné preto.

Assim como eu.

Ele andava como eu. Parecia-se comigo.

Ela não chamou os tiras, alegou, porque não se deu conta de que o líquido escuro nas minhas mãos e na minha camisa era sangue. Não fazia ideia de que um crime havia sido cometido até a manhã seguinte, quando meu pai encontrou o corpo parcialmente dentro do rio. Segundo declarou, só mais tarde que ela ligou as coisas.

O júri debateu durante quatro dias, depois o martelo desceu e eu caminhei para fora. Nenhum motivo apresentado. Foi para onde a votação se inclinou. A promotoria apresentou um grande show, mas o caso se embasava inteiramente no testemunho de minha madrasta. A noite estava escura. Seja lá quem ela viu, enxergou de uma certa distância. E eu não tinha nenhuma razão no mundo para querer Gray Wilson morto.

Nós mal nos conhecíamos.

Eu limpei a cozinha, tomei um banho e deixei um bilhete para Robin sobre a mesa da cozinha. Dei-lhe o número do meu celular e pedi-lhe que me ligasse quando saísse do trabalho.

Eram pouco mais de 14 horas quando finalmente peguei a estrada de cascalho da fazenda de meu pai. Eu conhecia cada centímetro dela, mas senti-me como um intruso, como se a própria terra soubesse que eu renunciara aos meus direitos sobre ela. Os campos ainda brilhavam pela chuva que caíra e a lama preenchia as valetas que corriam ao lado da estrada. Rodei por pastos cheios de gado, atravessei um trecho de velha floresta e depois entrei nos campos de soja. A estrada seguia uma cerca até o topo de uma elevação, e quando alcancei o cume, pude ver 300 acres de soja espalhados abaixo de mim. Migrantes trabalhavam no campo, assando sob o sol quente. Não vi nenhum supervisor, nenhum caminhão da fazenda; e isso significava nada de água para os trabalhadores.

Meu pai possuía exatamente 1.400 acres, uma das maiores fazendas produtivas que restavam na região central da Carolina do Norte. Seus limites não haviam mudado desde a compra original, em 1789. Eu rodei através de campos de soja e pastos ondulantes, cruzei riachos transbordando e passei por estábulos antes de chegar ao topo da última colina e avistar a casa. Em certo aspecto, ela era surpreendentemente pequena, uma velha propriedade rural castigada pelo tempo; mas a casa que eu lembrava de minha infância há muito se fora. Quando meu pai se casou novamente, sua nova esposa trouxe ideias diferentes consigo, e a casa agora se espalhava pela paisagem. A varanda da frente, porém, mantinha-se intocada, como eu sabia que iria estar. Várias gerações da família Chase haviam se postado naquela varanda para olhar o rio, e eu sabia que meu pai jamais permitiria que ela fosse demolida ou substituída.

"Todo mundo tem um fraco", dissera-me ele uma vez, "e esta varanda é o meu."

Havia um caminhão da fazenda na entrada para carros. Eu estacionei ao lado dele, vi os radiadores na parte de trás, com suas laterais úmidas pela condensação. Desliguei a ignição, desembarquei, e um milhão de peças da minha antiga vida se aglutinaram à minha volta. Uma infância demorada e afetuosa e o sorriso luminoso de minha mãe. As coisas que meu pai gostava de me ensinar. Os calos que cresciam nas minhas mãos. Longos dias ao sol. Depois o modo como as coisas mudaram, o suicídio de minha mãe e os meses negros desbotando até se tornarem cinzentos enquanto eu combatia o choque que se seguiu a ele. O segundo casamento de meu pai, novos irmãos, novos desafios. Depois Grace no rio. A maioridade e Robin. Os planos que fizemos partindo-se inteiramente aos pedaços.

Subi na varanda, olhei para o rio e pensei em meu pai. Perguntei-me o que restaria entre nós, depois fui procurá-lo. Seu escritório continuava vazio e intocado: assoalho de pinho, escrivaninha abarrotada, prateleiras altas e pilhas de livros no chão ao lado delas, botas enlameadas na porta de trás, fotografias de cães de caça mortos há muito tempo, espingardas perto da lareira de pedras, jaquetas penduradas em cabides, chapéus; e uma fotografia de nós dois, tirada 19 anos antes, seis meses depois que minha mãe morreu.

Eu havia perdido nove quilos nos meses que se seguiram ao enterro. Eu mal falava, mal dormia, e ele decidiu que havia limite para tudo e era hora de mudar aquilo. Simplesmente assim. *Vamos fazer alguma coisa*, dissera ele. *Vamos sair desta casa.* Eu nem mesmo levantei os olhos. *Pelo amor de Deus, Adam...*

Ele me levou para caçar num dia claro de outono. Céu limpo e azul, as folhas ainda não haviam mudado de cor. O gamo apareceu na primeira hora, e era diferente de qualquer outro gamo que eu já vira. Sua pelagem tinha um pálido resplendor branco, sob galhadas amplas o bastante para carregar um homem adulto. Ele era imponente e exibiu-se, com a cabeça erguida, a 5 metros de nós. Ele olhou fixamente na nossa direção, depois bateu com os cascos no chão, como se estivesse impaciente.

Era perfeito.

Mas meu pai se recusou a atirar. Ele abaixou o seu rifle e eu vi lágrimas marejarem seus olhos. Ele sussurrou para mim que alguma coisa havia mudado. Ele não podia fazer aquilo. *Um gamo branco é um sinal,* disse, e eu soube que ele estava falando de minha mãe. No entanto, o animal estava na minha mira, também. Eu travei os dentes com força, expirei parcialmente e senti os olhos de meu pai Ele meneou a cabeça uma vez, pronunciando a palavra: *Não.*

Eu disparei.

E errei.

Meu pai tomou o rifle das minhas mãos e pôs um dos braços sobre o meu ombro. Apertou com força e ficamos sentados assim por um longo tempo. Ele pensou que eu havia decidido errar, que no último segundo eu também havia chegado à conclusão de que a vida, de qualquer maneira, era mais preciosa, e que a morte de minha mãe tivera esse efeito em nós dois.

Mas não era isso. Não chegava nem perto disso.

Eu queria ferir aquele gamo. Eu queria tanto que minhas mãos tremeram.

Foi por isso que estraguei o tiro.

Olhei novamente para a fotografia. No dia em que ela foi tirada, eu tinha 9 anos, minha mãe ainda estava fresca debaixo da terra. O velho pensou que nós havíamos vencido as dificuldades, que aquele dia na floresta fora nosso primeiro passo, um sintoma de cura. Mas eu não entendia nada de sintomas ou de perdão. Eu mal sabia quem era.

Coloquei a fotografia de volta na prateleira, deixei-a exatamente no lugar. Ele pensou que aquele dia era nosso novo começo e guardou a foto todos aqueles anos, sem nunca imaginar que era uma grande, gigantesca mentira.

Eu havia achado que estava preparado para voltar para casa, mas agora já não tinha certeza. Meu pai não estava ali. Não havia nada para mim ali. No entanto, quando me virei, vi a folha em sua escrivaninha, papel de carta fino ao lado de uma cara caneta bordô que minha mãe um dia lhe dera. "Querido Adam", estava escrito. Depois mais nada. Vazio. Por quanto tempo ele contemplara aquele papel em branco, me perguntei, e o que ele teria dito, se as palavras tivessem saído?

Deixei o escritório como o encontrei e voltei para a parte principal da casa. Novos quadros adornavam as paredes, incluindo um retrato de minha irmã adotiva. Ela tinha 18 anos da última vez que a vira, uma jovem frágil que comparecera todos os dias ao tribunal, porém fora incapaz de olhar-me nos olhos. Ela era minha irmã, e nós não nos falávamos desde o dia em que parti, mas eu não guardara rancor dela por isso. A culpa era minha tanto quanto dela. Mais minha, na verdade.

Ela estava com 23 agora, uma mulher adulta, e eu olhei novamente para o retrato: o sorriso fácil, a confiança. Podia acontecer, pensei. Talvez.

O retrato de Miram fez meus pensamentos se voltarem para Jamie, seu irmão gêmeo. Na minha ausência, a responsabilidade sobre os trabalhadores teria cabido a ele. Fui até a grande escadaria e gritei seu nome. Ouvi passos e uma voz abafada. Então, pés calçados de meias no alto da escada, seguidos por calças jeans com a barra encardida e um tronco impossivelmente musculoso sob cabelos claros e finos espetados com alguma espécie de gel. O rosto de Jamie havia ficado mais cheio, perdido as feições da juventude, mas os olhos não haviam mudado, e eles se enrugaram nos cantos quando caíram sobre mim.

— Eu não acredito no que estou vendo — disse ele. Sua voz era tão volumosa quanto o resto dele. — Céus, Adam, quando foi que você chegou?

Ele desceu as escadas, parou e olhou para mim. Media 1,95 metro e ganhava de mim por vinte quilos, todos eles em músculos. Da última vez que o vira, ele tinha o meu tamanho.

— Que droga, Jamie. Como foi que você ficou tão grande?

Ele flexionou os braços e examinou os músculos com evidente orgulho.

— Preciso ter minhas armas, cara. Sabe como é. Mas olhe só pra você. Não mudou nada. — Ele apontou para o meu rosto. — Alguém andou lhe dando porrada, estou vendo, mas tirando isso, até parece que foi embora daqui ontem.

Passei os dedos pelos pontos.

— Foi aqui? — perguntou ele.

— Zebulon Faith.

— Aquele velho bastardo?

— E dois de seus rapazes.

Ele balançou a cabeça, com as pálpebras baixas.

— Queria ter estado lá.

— Da próxima vez — falei.

— Ei, papai já sabe que você voltou?

— Ele foi informado. Nós ainda não nos falamos.

— Incrível.

Estendi minha mão.

— É bom ver você, Jamie.

A mão dele engoliu a minha.

— Que se foda — disse ele, e puxou-me para um abraço de urso, noventa por cento do qual eram tapas dolorosos nas costas. — Ei, quer uma cerveja? — Ele apontou para a geladeira.

— Você tem tempo?

— Qual é a graça de ser o patrão se você não puder sentar à sombra e tomar uma cerveja com seu irmão? Estou certo?

Pensei em manter minha boca fechada, mas ainda podia ver os migrantes, suando nos campos abrasados pelo sol.

— Alguém deveria estar com os trabalhadores.

— Faz apenas uma hora que eu saí de lá. Os trabalhadores estão bem.

— Eles são responsabilidade sua...

Jamie deixou uma das mãos cair sobre o meu ombro.

— Adam, você sabe que eu estou feliz em vê-lo, certo? Mas eu saí da sua sombra faz um bom tempo. Você fez um bom serviço enquanto estava aqui. Ninguém negaria isso. Mas eu administro o trabalho do dia a dia agora. Você estaria sendo injusto se aparecesse de repente e esperasse que todo mundo se curvasse a você. Esse é o meu trabalho. Não me diga como fazê-lo. — Ele apertou meu ombro com dedos de aço. Eles encontraram as escoriações e se afundaram nelas. — Isso seria um problema entre nós, Adam. Eu não quero que haja um problema entre nós.

— Certo, Jamie. Eu entendi.

— Ótimo — disse ele. — Assim está bem. — Ele foi até a cozinha e eu o segui. — Que tipo de cerveja você gosta? Eu tenho de todos os tipos.

— Qualquer uma — falei. — Escolha você.

Ele abriu a geladeira.

— Onde está todo mundo? — perguntei.

— Papai está em Winston por algum motivo. Mamãe e Miriam estavam no Colorado. Acho que elas viajariam para cá ontem e passariam a noite em Charlotte. — Ele sorriu e me deu um cutucão. — Uma dupla de garotas indo às compras. Elas provavelmente vão chegar tarde em casa.

— Colorado?

— Sim, para passar algumas semanas. Mamãe levou Miriam para alguma clínica de emagrecimento por lá. Custa uma fortuna, mas ei, eu não tenho a última palavra, você sabe.

Ele se voltou com duas cervejas nas mãos.

— Miriam nunca esteve acima do peso — falei.

Jamie deu de ombros.

— Um spa de saúde, então. Banhos de lama e algas marinhas. Sei lá. Esta é uma belga, um tipo de *lager*, acho. E esta é uma *stout* inglesa. Qual delas?

— A *lager*.

Ele a abriu e entregou-a a mim. Tomou um trago da sua.

— A varanda? — perguntou.

— Sim. A varanda.

Ele atravessou a porta primeiro, e quando eu emergi para o calor do sol atrás dele, encontrei-o apoiado na viga de nosso pai com ar de proprietário. Um brilho entendido apareceu nos seus olhos, e seu sorriso se estreitou num brinde.

— Saúde — disse ele.

— Claro, Jamie. Saúde.

As garrafas tilintaram, e nós bebemos nossas cervejas no ar pesado e imóvel.

— Os tiras sabem que você está de volta? — perguntou Jamie.

— Sabem.

— Cristo.

— Eles que se fodam — falei.

Em dado momento, Jamie levantou seu braço, salientou os músculos e apontou para o bíceps.

— Vinte e três polegadas — falou.

— Legal — respondi.

— Armas, cara.

Os rios procuram sempre o terreno mais baixo — eles existem para fazer isso —, e, olhando para o que definia as nossas fronteiras, pensei que talvez o talento tivesse sido apagado de meu irmão. Ele falou sobre o dinheiro que havia gasto e as mulheres que havia comido. Ele as enumerou para mim, um punhado delas. Nossa conversa não se aventurou além disso até que me perguntou o motivo do meu regresso. A pergunta chegou ao final da segunda cerveja, e ele a deixou sair como se não significasse nada. Mas seus olhos não sabiam mentir. Era a única coisa que importava a ele.

Eu havia voltado de vez?

Contei-lhe a verdade da maneira que eu sabia: duvidosa.

É preciso reconhecer que ele mascarou bem o seu alívio.

— Vai ficar para o jantar? — perguntou ele, terminando a cerveja.

— Acha que eu deveria?

Ele coçou seu cabelo ralo.

— Pode ser mais fácil se apenas papai estiver aqui. Acho que ele vai perdoá-lo pelo que aconteceu, mas mamãe não vai ficar contente. E não estou mentindo.

— Não vim aqui para pedir perdão.

— Droga, Adam, não vamos começar com isso novamente. Papai tinha de escolher um lado. Ele podia acreditar em você ou em mamãe, mas não podia acreditar nos dois.

— Esta ainda é a minha família, Jamie, mesmo depois de tudo o que aconteceu. Ela não pode simplesmente me dizer para me manter longe.

Os olhos de Jamie adquiriram uma súbita simpatia.

— Ela tem medo de você, Adam.

— Este é meu lar. — As palavras soaram ocas. — Eu fui absolvido.

Jamie encolheu seus ombros imponentes.

— Você manda, mano. Vai ser interessante, de qualquer jeito. Estou contente por ter um assento na primeira fila.

O sorriso dele era evidentemente falso; mas ele estava tentando.

— Você é tão babaca, Jamie.

— Não me odeie porque sou bonito.

— Amanhã à noite, então. É melhor fazer isso de uma vez.

Mas aquilo era apenas parte da coisa. Eu estava sofrendo, sentindo uma dor profunda que ainda tinha espaço para crescer. Pensei no quarto escuro de Robin e depois em meu pai e no bilhete que ele havia sido incapaz de completar. Ninguém perderia nada por esperar.

— E então, como está papai? — perguntei.

— Ah, ele é à prova de balas. Você sabe como ele é.

— Não sei mais — falei, mas Jamie não deu atenção. — Eu vou descer até o rio, depois vou embora. Diga a papai que lamento não tê-lo encontrado.

— Cumprimente Grace por mim — disse ele.

— Ela está lá embaixo?

— Todos os dias. No mesmo horário.

Eu havia pensado muito sobre Grace, porém era quem mais me deixava inseguro sobre como me aproximar. Ela contava 2 anos quando chegou para morar com Dolf, ainda era uma criança quando parti, jovem demais para qualquer tipo de explicação. Durante 13 anos eu havia sido grande parte do seu mundo, e deixá-la sozinha era o mais próximo de uma traição. Todas as minhas cartas haviam voltado ainda fechadas. Por fim, eu havia parado de mandá-las.

— Como ela está? — perguntei, tentando não demonstrar o quanto a pergunta significava.

Jamie sacudiu a cabeça.

— Ela é uma índia selvagem, sem dúvida, mas sempre foi. Não vai ao colégio, ao que parece. Trabalha fazendo bicos, perambulando pela fazenda, vivendo da fartura da terra.

— Ela é feliz?

— Deveria ser. É a coisinha mais gostosa em três municípios.

— Você está falando sério? — perguntei.

— Diabos, eu a comeria.

Ele piscou para mim, não percebendo o quanto estava próximo de levar uma surra. Disse a mim mesmo que ele não falava por mal. Estava apenas bancando o espertalhão. Havia-se esquecido do quanto eu amava Grace. Como eu sempre a protegera.

Ele não estava tentando puxar briga.

— Foi bom ver você, Jamie. — Deixei cair uma das mãos sobre a protuberância rija do seu ombro. — Senti sua falta.

Ele dobrou seu corpo possante para dentro da picape.

— Amanhã à noite — disse, e arrancou rumo aos campos. Da varanda eu vi seu braço aparecer quando ele o pôs para fora da janela. Então lançou um aceno, e eu vi que ele me observava pelo espelho retrovisor. Saí para o gramado e fiquei olhando até que ele se foi. Depois desci a colina.

Grace e eu havíamos sido íntimos. Talvez em função daquele dia à beira do rio, quando a peguei no colo, choramingando, enquanto meu pai esmurrava Dolf e derrubava-o na poeira por tê-la deixado se perder. Ou da longa caminhada de volta para casa, quando as minhas palavras finalmente a acalmaram. Talvez tenha sido o sorriso que ela me deu, ou o aperto desesperado em volta do meu pescoço quando tentei colocá-la no chão. Qualquer que fosse o caso, éramos ligados; e eu assistia com orgulho enquanto ela tomava a fazenda de assalto. Era como se aquele mergulho no rio a tivesse marcado, pois ela era destemida. Sabia nadar no rio com 5 anos, cavalgar em pelo aos 7. Aos 10, conseguia controlar o cavalo do meu pai, uma besta grande e irascível que assustava a todos, menos ao velho. Eu a ensinei a atirar e a pescar. Ela passeava de trator comigo, implorava para dirigir um dos caminhões da fazenda, depois guinchava em gargalhadas quando eu a deixava fazer isso. Era selvagem por natureza e frequentemente voltava da escola com sangue em suas bochechas e histórias de algum garoto que a havia deixado zangada.

Em muitos sentidos, fora dela que sentira mais falta.

Segui a trilha estreita até o rio e ouvi a música muito antes de chegar lá. Ela estava escutando Elvis Costello.

O embarcadouro tinha 10 metros de extensão, uma falange acariciando o rio na metade da sua lenta curvatura para o sul. Ela estava na extremidade dele, uma esguia figura morena no menor biquíni branco que já vi. Estava sentada na lateral do píer, segurando com o pé a borda de uma canoa azul-escura e conversando com a mulher que estava sentada dentro desta. Parei sob uma árvore, hesitando em me intrometer.

A mulher tinha cabelos brancos, um rosto em forma de coração e braços magros. Parecia muito bronzeada numa camisa da cor dos narcisos. Vi quando ela deu tapinhas na mão de Grace e disse algo que não consegui ouvir. Depois ela fez um pequeno aceno, e Grace empurrou a canoa com o pé, fazendo com que deslizasse rio adentro. A mulher mergulhou o remo e manteve a proa contra a corrente. Disse suas últimas palavras para a mais jovem, depois ergueu os olhos e me viu. Parou de remar e a correnteza empurrou-a mais para baixo. Ela me olhou fixo, depois fez um aceno de cabeça, e foi como se eu tivesse visto um fantasma.

Ela conduziu a canoa rio acima, e Grace deitou-se sobre a madeira dura e branca. O instante conservava tanto esplendor que eu observei a mulher até que a curva do rio a tirasse de vista. Depois caminhei até o embarcadouro, meus passos soando alto sobre as tábuas. Ela não se moveu quando falou.

— Vá embora, Jamie. Eu não vou nadar com você. Não vou sair com você. Não vou dormir com você sob qualquer circunstância. Se quer ficar me olhando, volte para o seu telescópio no terceiro andar.

— Não é o Jamie — falei.

Ela se virou de lado, puxou os óculos escuros até a ponta do nariz e mostrou-me seus olhos. Azuis e penetrantes.

— Olá, Grace.

Ela declinou de sorrir e levantou os óculos para ocultar os olhos. Virou-se de barriga para baixo, estendeu a mão até o rádio e desligou-o. Seu queixo pousou sobre as costas das mãos entrelaçadas, e ela olhou para a água.

— Eu deveria saltar e atirar meus braços em você? — perguntou ela.

— Mais do que qualquer pessoa.

— Não vou sentir remorsos por sua causa.

— Você nunca respondeu minhas cartas.

— Pro inferno com as suas cartas, Adam! Você era a única coisa que eu tinha e foi embora. É assim que a história termina.

— Lamento, Grace. Se isso significa algo, deixar você sozinha partiu meu coração.

— Caia fora, Adam.

— Eu estou aqui, agora.

A voz dela se tornou aguda.

— Quem mais se importava comigo? Não a sua madrasta. Nem Miriam e nem Jamie. Não até que eu tivesse peitos. Só dois velhos atarefados que não entendiam nada de criar meninas. O mundo inteiro veio abaixo depois que você foi embora, e você me deixou sozinha para enfrentar isso. Tudo isso. Um mundo de merda. Guarde suas cartas para você.

As palavras dela me feriam.

— Eu fui julgado por assassinato. Meu próprio pai me chutou para fora de casa. Eu não podia ficar aqui.

— Não me interessa.

— Grace...

— Passe bronzeador nas minhas costas, Adam.

— Eu não...

— Apenas passe.

Ajoelhei-me na madeira ao lado dela. A loção saía quente do frasco, cozida ao sol e cheirando a bananas. Grace estava sob mim, um corpo rijo e moreno estendido, com o qual eu não podia me relacionar. Hesitei, e ela levou a mão às costas para desatar a parte de cima do biquíni. As amarras caíram e, por um instante, antes que ela se deitasse novamente de bruços, um de seus seios se revelou à minha visão. Então ela ficou estirada sobre a madeira, e eu continuei ajoelhado sem me mover, completamente perdido. Eram seus modos, a repentina mulher que havia nela, e a indubitável sensação de que a Grace que eu conhecia se perdera para sempre.

— Não leve o dia inteiro — disse ela.

Eu passei a loção nas suas costas, mas fiz um péssimo trabalho. Não conseguia olhar para as suas curvas suaves, suas longas pernas ligeiramente separadas. Por isso olhei também para o rio, e se vimos a mesma coisa, não podíamos saber. Não havia palavras para aquele momento.

Eu mal havia terminado quando ela falou:

— Eu vou nadar.

Ela tornou a amarrar o sutiã do biquíni e se levantou, a superfície macia de sua barriga a centímetros do meu rosto.

— Não vá embora — disse ela, depois virou-se e separou as águas num único movimento fluido. Fiquei de pé e assisti ao sol se pôr em seus braços enquanto ela dava fortes braçadas contra a correnteza. Ela percorreu 15 metros, depois virou-se e nadou de volta. Cortava o rio como se pertencesse a ele, e eu pensei no dia em que entrara nele pela primeira vez, como a água se abrira e a levara para baixo.

O rio escorreu por seu corpo enquanto ela subia a escada. O peso da água puxou seu cabelo para trás, e por um momento vi algo de feroz nas suas feições nuas. Mas então os óculos de sol voltaram ao seu lugar, e eu continuei mudo enquanto ela se deitava novamente e deixava que o sol começasse a assá-la até secar.

— Devo perguntar quanto tempo você planeja ficar aqui? — perguntou ela.

Sentei-me ao seu lado.

— O tempo que for necessário. Alguns dias.

— Tem algum plano?

— Uma ou duas coisas — falei. — Ver os amigos. Ver a família.

Ela deu uma gargalhada implacável.

— Não conte muito com isso. Eu tenho uma vida, você sabe. Coisas que não vou largar só porque você decidiu aparecer sem ser anunciado. Então, sem parar para tomar fôlego, ela me perguntou: — Você fuma? — Ela vasculhou a pilha de roupas ao seu lado... jeans cortados, camiseta vermelha, sandálias de dedo... e puxou uma pequena sacola plástica. Tirou um baseado e um isqueiro.

— Não desde a faculdade — respondi.

Ela acendeu o baseado, deu uma tragada.

— Bem, eu fumo — falou, com a voz apertada. Estendeu o baseado para mim, mas eu sacudi a cabeça. Ela deu outra tragada, e a fumaça se deslocou por sobre a água. — Você está casado? — perguntou ela.

— Não.

— Namorada?

— Não.

— E Robin Alexander?

— Já faz tempo.

Ela deu mais uma tragada, apagou o baseado e largou a ponta chamuscada novamente dentro da sacola plástica. Suas palavras eram moles no final.

— Eu tenho namorados — disse ela.

— Isso é bom.

— Um monte de namorados. Eu saio com um e depois com outro.

Eu não sabia o que dizer. Ela sentou-se, encarando-me.

— Você não liga? — perguntou.

— É claro que eu ligo, mas não é da minha conta.

Então ela ficou de pé.

— *É* da sua conta — disse ela. — Se não é da sua conta, então de quem mais é? — Ela chegou mais perto, parou a 10 centímetros de distância. Emoções poderosas emanavam dela, mas eram complexas. Eu não sabia o que dizer, por isso disse a única coisa que podia:

— Desculpe-me, Grace.

Então ela se encostou em mim, ainda molhada pelo rio. Seus braços envolveram meu pescoço. Ela me agarrou com uma intensidade repentina. Suas mãos encontraram meu rosto, apertaram-no, e depois seus lábios se comprimiram contra os meus. Ela me beijou — e fez isso com gosto. E quando sua boca se posicionou junto ao meu ouvido, ela me apertou ainda mais, de modo que eu não teria conseguido me afastar sem empurrá-la. Suas palavras mal se faziam ouvir, mas ainda assim elas me esmagaram.

— Eu odeio você, Adam. Odeio tanto que poderia matá-lo.

Então ela deu as costas e correu em direção à margem do rio, por entre as árvores, seu biquíni branco chispando como a calda de um gamo assustado.

CAPÍTULO 4

Algum tempo depois, fechei a porta do meu carro como se pudesse trancar o mundo do lado de fora. Estava quente dentro dele, e o sangue latejava nos pontos onde as suturas mantinham minha pele unida. Durante cinco anos eu vivera num vácuo, tentando esquecer a existência que havia perdido, porém mesmo na maior cidade do mundo os melhores dias haviam transcorrido de maneira rasa.

Mas não ali.

Dei a partida no carro.

Tudo ali era tão terrivelmente real.

De volta à casa de Robin, cortei os esparadrapos das minhas costelas e parei sob a pressão da água do chuveiro o máximo que pude. Encontrei o Percocet e tomei dois comprimidos, depois pensei melhor e engoli mais um. Então, com todas as luzes apagadas, caí na cama.

Quando acordei, estava escuro do lado de fora, mas havia uma luz acesa no corredor. Ainda estava sob o efeito das drogas, e, profundamente adormecido como estivera, os sonhos ainda haviam conseguido me encontrar: um arco escuro de borrifo vermelho e uma velha escova grande demais para mãos tão pequenas.

Robin estava de pé ao lado da cama, sombreada à contraluz. Ela estava completamente imóvel. Eu não podia ver seu rosto.

— Isto não significa nada — disse-me ela.

— O que não significa nada?

Ela desabotoou a camisa, depois despiu-a. Não estava vestindo mais nada. A luz se derramava pelos intervalos entre seus dedos, pelo espaço entre suas pernas. Ela era uma silhueta, uma boneca recortada em papel.

Pensei nos anos que passáramos juntos, no quanto havíamos chegado perto de nos unirmos para sempre. Queria poder enxergar o seu rosto.

Quando levantei o cobertor, ela deslizou para baixo dele, de lado, e pôs uma das pernas sobre mim.

— Tem certeza? — perguntei.

— Não diga nada.

Ela beijou meu pescoço, ergueu-se para beijar meu rosto e depois cobriu minha boca. Seu sabor era exatamente como eu recordava, a mesma sensação: firme, quente e ávida. Rolou por cima de mim, e eu me retraí quando senti seu peso sobre as minhas costelas.

— Desculpe — sussurrou ela, e lançou todo o seu peso sobre os meus quadris. Um estremecimento a percorreu. Ela se levantou sobre mim e eu vi um dos lados do seu rosto à luz do corredor, a pepita escura de um dos olhos e os cabelos pretos que reluziam onde a luz os tocava. Ela pegou minhas mãos e colocou-as em seus seios. — Isto não significa nada — repetiu; mas estava mentindo, e ambos sabíamos disso. A comunhão foi imediata e total.

Como dar um passo para o abismo.

Como uma queda.

Quando acordei de novo, ela estava se vestindo.

— Oi — falei.

— Oi, você.

— Quer conversar? — perguntei.

Ela atirou a camisa sobre o corpo e começou a abotoar. Não conseguia se obrigar a olhar para mim.

— Não sobre isso.

— Por que não?

— Eu precisava tirar uma dúvida.

— Você quer dizer sobre nós?

Ela meneou a cabeça.

— Não posso falar com você assim.

— Assim como?

— Nu, enrolado nos meus lençóis. Ponha calças, venha até a sala de estar.

Vesti as calças e uma camiseta, encontrei-a sentada sobre as pernas numa poltrona de couro.

— Que horas são? — perguntei

— Tarde — disse ela.

Uma lâmpada solitária estava acesa, deixando a maior parte da sala às escuras. Seu rosto estava pálido e indeciso, os olhos tomados por uma dura sombra cinzenta. Seus dedos se retorciam. Olhei pela sala enquanto o silêncio se prolongava entre nós.

— Então, o que há? — perguntei, por fim.

Robin ficou de pé.

— Não posso fazer isso. Não posso ficar de conversa fiada como se tivéssemos nos visto na semana passada. Passaram-se cinco anos, Adam. Você não telefonou nem escreveu. Não sabia se você estava vivo, morto, casado, ainda solteiro. Nada. — Ela passou os dedos pelos cabelos. — E mesmo com tudo isso, eu ainda não superei. No entanto, aqui estou eu, dormindo com você, e quer saber por quê? Porque sei que você vai embora; e precisava descobrir se ainda havia algo entre nós. Porque se tivesse acabado, então estaria tudo bem para mim. Apenas se tivesse acabado.

Ela parou de falar, virou o rosto, e eu entendi. Havia abaixado a guarda e agora estava ferida. Eu me levantei. Queria interromper o que estava por vir, mas ela falou antes:

— Não diga nada, Adam. E não me pergunte se acabou, porque eu já vou lhe dizer. — Ela voltou seu rosto para mim e mentiu pela segunda vez. — Acabou.

— Robin...

Ela enfiou os pés nos tênis desamarrados e apanhou as chaves.

— Eu vou sair para uma caminhada. Pegue suas coisas. Quando eu voltar, vamos procurar um hotel.

Ela bateu a porta atrás de si, e eu me sentei, novamente assombrado pela força das paixões que haviam crescido no rastro da minha fuga para o norte.

Quando ela voltou, vinte minutos depois, eu havia me banhado e barbeado; tudo o que possuía estava nas minhas costas ou no carro. Encontrei-a no vestíbulo, ao lado da porta. Seu rosto estava corado.

— Encontrei um quarto no Holiday — disse a ela. — Não queria sair sem me despedir.

Robin fechou a porta e apoiou-se nela.

— Espere um segundo — disse ela. — Eu lhe devo um pedido de desculpa. — Uma pausa. — Ouça, Adam. Eu sou uma policial, e isso implica manter o controle. Você entende? Implica lógica, e tenho treinado a mim mesma nesse sentido desde que você partiu. Foi a única coisa que me restou. — Ela deu um suspiro profundo. — O que eu falei há pouco foi o resultado de cinco anos de controle indo por água abaixo num minuto. Você não merecia. Não merece ser atirado para fora no meio da noite. Você pode ir amanhã.

Não havia ironia nela.

— Certo, Robin. Vamos conversar. Apenas deixe-me pegar minha mochila. Você tem vinho?

— Um pouco.

— Vinho seria bom — falei, depois saí para pegar minhas coisas. Parei no estacionamento. O céu estava se abrindo, uma escuridão baixa sustentada pelas luzes da cidadezinha. Tentei refletir sobre como me sentia a respeito de Robin e as coisas que ela havia dito. Tudo estava acontecendo tão rápido, e eu não estava nem perto de fazer aquilo para o que havia me programado.

Larguei meus apetrechos no corredor e fui até a sala. Ouvi a voz de Robin, vi que ela estava falando ao celular. Ela ergueu uma das mãos, e eu parei, percebendo que havia algo errado. Toda ela sinalizava isso.

— Certo — disse ela. — Estarei aí em 15 minutos.

Ela desligou o telefone, apanhou a arma em seu coldre a tiracolo e o vestiu.

— O que foi? — perguntei.

Sua expressão se fechou quando ela falou.

— Tenho de sair — disse.

— Alguma coisa séria?

Ela chegou mais perto. Senti a mudança nela, a repentina manifestação de um intelecto inflexível.

— Não posso falar a respeito, Adam, mas acho que sim. — Comecei a falar, mas ela me interrompeu: — Quero que você fique aqui. Fique perto do telefone.

— Algum problema? — Fiquei subitamente preocupado; havia algo nos olhos dela.

— Eu quero saber onde encontrá-lo — falou. — É só isso.

Tentei olhar nos olhos de Robin, mas ela os desviou. Não sabia o que estava acontecendo, mas sabia que era a terceira mentira dela naquela noite. Não sabia o porquê, mas não podia ser nada bom.

— Vou estar aqui — falei.

Então ela saiu.

Nenhum beijo. Nenhuma despedida.

Apenas trabalho.

CAPÍTULO 5

Eu me estendi no sofá, mas dormir era impossível. Levantei-me quando Robin abriu a porta. O cansaço estava estampado no seu rosto. Cansaço e o que parecia ser raiva.

— Que horas são? — perguntei.

— Mais de meia-noite.

Notei todas as coisas que não estavam bem: lama avermelhada nos seus sapatos, uma folha pendurada em seus cabelos, o rosto vermelho. A lâmpada da cozinha lançava alfinetadas nos seus olhos.

Algo estava muito errado.

— Eu preciso perguntar uma coisa a você — disse ela.

Eu me inclinei para a frente.

— Pergunte — falei.

Ela se empoleirou na borda da mesinha de centro. Nossos joelhos estavam próximos, mas não nos tocávamos.

— Você viu Grace hoje?

— Aconteceu alguma coisa com ela? — A adrenalina disparou em mim.

— Apenas me responda, Adam.

Minha voz estava alta demais.

— Aconteceu algo a ela?

Olhamos fixamente um para o outro. Ela nem piscava.

— Sim — falei, por fim. — Eu a vi na fazenda. No rio.

— A que horas?

— Quatro. Talvez 16h30. O que está acontecendo, Robin?

Ela suspirou.

— Obrigada por não mentir para mim.

— Por que eu mentiria para você? Só me diga que diabo está acontecendo. Aconteceu alguma coisa a Grace?

— Ela foi agredida.

— O que você está dizendo?

— Alguém a atacou, possivelmente a estuprou. Aconteceu esta tarde. Talvez no início da noite. À beira do rio. Parece que alguém a arrastou para fora da trilha. Haviam acabado de encontrá-la quando eu recebi a ligação.

Levantei-me de um salto.

— E você não me contou?

Robin levantou-se mais devagar. A resignação percorria sua voz.

— Eu sou uma policial em primeiro lugar, Adam. Não podia contar a você.

Eu olhei em volta, apanhei meus sapatos e comecei a calçá-los.

— Onde está Grace agora?

— Ela está no hospital. O seu pai está com ela. E também Dolf e Jamie. Não há nada que você possa fazer.

— Que se foda!

— Ela está sedada, Adam. Não fará diferença alguma se você estiver lá ou não. Mas você a viu na tarde de hoje, pouco antes de acontecer. Pode ter visto algo, ouvido algo. Você precisa vir comigo.

— Grace vem em primeiro lugar.

Eu me voltei para a porta. Ela pôs sua mão no meu braço, me fez parar.

— Há perguntas que precisam ser respondidas.

Livrei meu braço com um puxão, ignorando sua raiva súbita, e senti minhas próprias emoções se inflamarem.

— Quando recebeu a ligação, você sabia que era Grace? Não sabia?

Ela não precisava responder. Era óbvio.

— Você sabia o que isso significaria para mim e mentiu. Pior, você me testou. Você sabia que eu havia visto Grace e me testou. O que foi? Jamie contou a você que eu estive lá? Que eu a vi à beira do rio?

— Não vou me desculpar. Você foi o último a vê-la. Eu tinha de saber se você me contaria.

— Cinco anos atrás — lancei. — Você acreditou em mim?

Os olhos dela me evitaram.

— Eu não estaria com você se pensasse que havia matado aquele garoto.

— Então, onde está a confiança agora? Onde está a maldita fé?

Ela viu minha raiva, mas nem sequer piscou.

— É isso que eu faço, Adam. É o que eu sou.

— Foda-se isso, Robin!

— Adam...

— Como você pôde sequer pensar isso?

Eu me afastei com violência; ela ergueu a mão para me deter, mas não conseguiu. Abri a porta bruscamente e a atravessei, para dentro da noite espessa que reservava tão perfeita ruína.

CAPÍTULO 6

Foi um trajeto curto. Eu passei pela igreja episcopal e pelo velho cemitério inglês. Virei à esquerda na caixa d'água, não dei atenção às grandes residências de outrora que haviam se dividido em cortiços; e então já estava no distrito médico, entre consultórios, farmácias e vitrines de lojas que ofereciam calçados ortopédicos e andadores. Parei no estacionamento de emergência e me dirigi para as portas tipo vaivém. A entrada estava iluminada, todo o resto, escuro. Vi um vulto encostado na parede, o brilho de um cigarro. Olhei uma vez e virei o rosto. A voz de Jamie me surpreendeu.

— Oi, mano.

Ele deu uma última tragada e atirou a bituca no estacionamento. Alcancei-o perto da porta, sob uma das muitas luzes.

— Oi, Jamie. Como ela está?

Ele enfiou suas mãos nos bolsos e deu de ombros.

— Quem sabe? Eles ainda não nos deixaram vê-la. Acho que ela está consciente e tudo mais, mas está tipo... catatônica.

— Papai está aqui?

— Sim, e Dolf.

— E quanto a Miriam e sua mãe?

— Elas estavam em Charlotte. Foram do Colorado para lá na noite passada e ficaram para fazer compras. Deverão estar aqui em breve. George saiu para buscá-las.

— George? — perguntei.

— George Tallman.

— Não entendo.

Jamie fez um gesto com a mão.

— É uma longa história. Vai por mim.

Balancei a cabeça.

— Vou entrar. Eu preciso conversar com papai. Como Dolf está encarando isso?

— Todo mundo está um trapo.

— Você vem?

Sua cabeça se moveu.

— Não aguento ficar lá.

— Vejo você daqui a pouco, então.

Dirigi-me para a porta e senti a mão dele no meu ombro.

— Adam, espere. — Eu me voltei, e ele parecia arrasado. — Eu não estava aqui fora apenas para fumar um cigarro.

— Não entendi.

Ele olhou para cima e depois para os lados, para qualquer lugar menos para o meu rosto.

— Não vai ser muito fácil lá dentro.

— O que você quer dizer?

— Dolf a encontrou, certo? Grace não voltou para casa, e ele saiu à procura dela. Encontrou-a no lugar para onde foi arrastada, fora da trilha. Estava ensanguentada, quase inconsciente. Ele carregou-a para casa, colocou-a no carro e a trouxe para cá.

Ele hesitou.

— E então?

— E ela falou. Não disse uma palavra desde que chegou aqui... pelo menos não para nós... mas falou com Dolf. Ele contou aos tiras o que ela disse.

— E o que foi?

— Ela está fora de si, confusa, talvez, e não se lembra de muita coisa, mas disse a Dolf que a última coisa de que se lembra foi que você a beijou, que depois ela lhe disse que o odiava e fugiu de você.

Suas palavras desabaram sobre mim.

— Os tiras dizem que ela foi atacada a cerca de 800 metros do embarcadouro.

Vi tudo escrito no seu rosto. Oitocentos metros. Uma simples corrida.

Estava acontecendo novamente.

— Eles acham que eu tenho alguma coisa a ver com isso?

Jamie me olhou como se preferisse estar em qualquer outro lugar que não ali. Ele parecia se contorcer por dentro do próprio corpo.

— Não está nada bom, não é, mano? Ninguém esqueceu o motivo da sua partida.

— Eu jamais machucaria Grace.

— Eu estava dizendo agora mesmo...

— Eu sei o que você estava dizendo, droga. O que papai está dizendo?

— Nem uma palavra, cara. Ele entrou numa espécie de mutismo estranho. Nunca vi nada parecido. E Dolf, meu Deus, parece que alguém o espancou com um tijolo. Não sei. A coisa está feia.

Ele parou. Ambos sabíamos aonde aquilo iria chegar.

— Estou aqui fora há uma hora. Só achei que você deveria saber... antes de entrar lá.

— Obrigado, Jamie. Mesmo. Você não precisava.

— Somos irmãos, cara.

— A polícia ainda está aqui?

Ele sacudiu a cabeça.

— Eles ficaram aqui um tempão, mas é como eu disse, Grace não está falando. Acho que eles foram até a fazenda, Robin e um cara chamado Grantham. Ele trabalha para o xerife. É o que faz todas as perguntas.

— O xerife — falei, sentindo a emoção subir ao meu rosto: o desprazer, as lembranças. Foi o xerife de Rowan quem lavrara a acusação de assassinato contra mim.

Jamie balançou a cabeça.

— Ele mesmo.

— Espere um minuto. Por que Robin está envolvida nisso? Ela trabalha para o município.

— Acho que ela pega todos os casos de crime sexual. Algum tipo de parceria com o escritório do xerife quando o caso está fora da sua jurisdição normal. Ela sempre está nos jornais. Aquele Grantham, porém, não deixe que ele o faça de bobo. Ele só está aqui há alguns anos, mas é afiado.

— Robin me interrogou.

Eu ainda não conseguia acreditar nisso.

— Ela foi obrigada, cara. Você sabe quanto custou a ela ficar do seu lado quando todo mundo queria enforcá-lo. Ela quase foi demitida por isso. — Jamie enfiou as mãos mais fundo dentro dos bolsos. — Quer que eu entre lá com você?

— Está se oferecendo?

Ele não respondeu, mas pareceu constrangido.

— Não se preocupe — falei, e me afastei.

— Ei — chamou Jamie. Eu parei. — O que eu falei antes, sobre estar contente por ter um lugar na primeira fila... Eu não quis dizer isso. Não desta forma.

— Está certo, Jamie. Fique tranquilo.

Atravessei as portas vaivém. As lâmpadas zumbiam. Pessoas ergueram os olhos e depois me ignoraram. Dobrei um canto do corredor e vi primeiro meu pai. Estava sentado como um homem destruído. Sua cabeça pendia solta e seus braços envolviam os ombros como se tivessem articulações de sobra. Dolf estava sentado ao lado dele, muito ereto, e olhava fixamente para a parede em completa imobilidade. A pele sob seus olhos havia se retraído em uma pálida tonalidade rosada, e ele também parecia esmagado. Foi o primeiro a me ver e se encolheu como se o tivessem surpreendido fazendo algo que não devia.

Aproximei-me da área que eles ocupavam.

— Dolf. — Fiz uma pausa. — Pai.

Dolf levantou-se, ficou de pé com esforço e esfregou as mãos nas coxas. Meu pai ergueu os olhos para mim, e eu vi que seu rosto parecia também destruído. Ele sustentou meu olhar e endireitou as costas como se só isso pudesse reconstruir uma compleição desmoronada. Pensei no que Robin dissera, que meu pai havia chorado quando soube que eu tinha voltado. Não via nada disso naquele momento. Seus punhos estavam lívidos e duros. Nervos esticavam a pele de seu pescoço.

— O que você sabe sobre isto, Adam?

Eu tinha esperança de que isso não fosse acontecer, de que Jamie estivesse errado.

— O que o senhor está querendo dizer?

— Não banque o esperto comigo, filho. O que você sabe sobre isto? — Ele levantou a voz. — Sobre Grace, droga.

Por um instante eu gelei, mas então senti a paralisia em minhas mãos, a descrença que fazia minha pele arder. Dolf parecia em choque. Meu pai deu um passo adiante. Ele era mais alto que eu, tinha ombros ainda mais largos. Vasculhei seu rosto atrás de uma razão para ter esperança, mas não encontrei nada. Que assim seja.

— Eu não vou discutir isso — falei.

— Ah, sim, você vai sim. Vai falar conosco e vai nos dizer o que aconteceu.

— Eu não tenho nada a dizer sobre isso.

— Você esteve com ela. Você a beijou. Ela fugiu de você. Não negue. Eles descobriram as roupas dela ainda no embarcadouro.

Ele recuperou o controle. A calma era apenas um verniz. Não iria durar.

— A verdade, Adam. Ao menos uma vez. A verdade.

Mas eu não tinha nada a lhe contar; por isso falei a única coisa que ainda importava para mim. Conhecendo meu pai e sabendo o que viria, eu disse:

— Quero vê-la.

Ele saltou sobre mim. Agarrou-me pela camisa e bateu-me contra a dura parede do hospital. Cada detalhe do seu rosto era claro, mas eu vi principalmente o estranho que havia nele, o ódio puro e esmagador enquanto o que restava de sua fé em mim caía por terra.

— Se você fez isso — disse ele —, eu vou matá-lo.

Eu não reagi. Deixei que ele me empurrasse contra a parede até que o ódio se transformasse em algo menos intenso. Como dor e perda. Como se algo nele simplesmente morresse.

— Você não deveria precisar perguntar — falei, retirando suas mãos da minha camisa. — E eu não deveria precisar responder.

Ele se virou para o outro lado.

— Você não é meu filho — respondeu.

Ele me deu as costas, e Dolf não conseguia enfrentar os meus olhos; mas eu me recusei a ser humilhado. Não naquele momento. Não de novo. Por isso lutei contra a urgência premente de dar explicações. Eu firmei minha posição e, quando meu pai se voltou, sustentei seu olhar até que ele o desviasse. Sentei num dos lados da sala de espera e meu pai sentou no lado oposto. Em dado momento, Dolf fez menção de atravessar a sala para falar comigo.

— Sente-se, Dolf — ordenou meu pai.

Dolf obedeceu.

Por fim, meu pai se levantou.

— Vou sair para uma caminhada — disse ele. — Preciso de ar que não esteja poluído.

Quando o som dos seus passos se afastou, Dolf veio sentar-se ao meu lado. Ele estava com pouco mais de 60 anos, um homem que havia trabalhado muito, com mãos possantes e cabelos grisalhos. Dolf estivera presente desde que me era possível lembrar. Minha vida inteira. Ele havia começado a trabalhar na fazenda quando ainda era um jovem, e quando meu pai herdou o lugar manteve Dolf como seu braço direito. Eles eram como irmãos, inseparáveis. Sempre fora a minha crença, na verdade, que sem Dolf, nem meu pai nem eu teríamos sobrevivido ao suicídio de minha mãe. Ele nos deu apoio, e eu ainda podia me lembrar do peso de sua mão sobre o meu ombro estreito nos duros dias depois que o mundo desapareceu num átimo de fumaça e estampido.

Analisei seu rosto assimétrico, os pequenos olhos azuis e as sobrancelhas polvilhadas de branco. Ele deu um tapinha no meu joelho e inclinou a cabeça para a parede. De perfil, parecia ter sido entalhado a partir de um naco de carne seca.

— Seu pai é um homem passional, Adam. Ele age no calor do momento, mas geralmente se acalma e passa a ver as coisas de maneira diferente. Gray Wilson foi assassinado e Janice viu o que viu. Agora você voltou e alguém fez isso a Grace. Ele está de cabeça quente. Vai passar.

— Você acha mesmo que palavras podem fazer com que fique tudo bem?

— Eu não creio que você tenha feito nada errado, Adam. E se o seu pai estivesse pensando direito, veria as coisas dessa forma, também. Você precisa entender que quando Grace entrou na minha vida, eu não tinha ideia do que fazer. Minha esposa foi embora quando minha filha era jovem, eu não sabia nada de nada. Seu pai me ajudou. Ele se sente responsável. — Dolf virou as palmas da mão para cima. — Ele é um homem altivo, e homens orgulhosos não demonstram sua dor. Eles partem para o ataque. Fazem coisas de que acabam por se arrepender.

— Isso não muda nada.

Dolf meneou a cabeça novamente.

— Todos temos arrependimentos. Você tem. Eu tenho. Mas quanto mais velhos ficamos, mais temos a carregar. Tanto peso pode quebrar um homem. É a única coisa que eu tenho a dizer. Dê uma chance ao seu velho. Ele nunca acreditou que você tivesse matado aquele rapaz, mas não podia simplesmente ignorar as coisas que a esposa dele declarou.

— Ele me expulsou.

— E queria consertar isso. Não consigo nem contar as vezes que ele quis ligar para você ou escrever-lhe. Ele até me pediu uma vez para viajar a Nova York com ele. Disse que havia coisas a dizer e que nem tudo poderia ser confiado ao papel.

— Querer não é o mesmo que fazer.

— Isso é verdade.

Pensei na página em branco que encontrara na mesa de meu pai.

— O que o deteve?

— Orgulho. E a sua madrasta.

— Janice. — O nome saiu com dificuldade.

— Ela é uma mulher honesta, Adam. Uma mãe devotada. Boa para o seu pai. Apesar de tudo, ainda creio nisso, assim como ela acredita no que viu naquela noite. Posso garantir que esses cinco anos também não foram fáceis para ela. Ela não tinha escolha. Todos agimos de acordo com o que acreditamos.

— Você quer que eu o perdoe? — perguntei.

— Quero que você lhe dê uma chance.

— A lealdade dele deveria ter sido para comigo.

Dolf suspirou.

— Você não é a única família que ele tem, Adam.

— Eu cheguei primeiro.

— Não é assim que funciona. Sua mãe era bela e ele a adorava. Mas as coisas mudaram quando ela morreu. Você mudou mais do que tudo.

— Tive minhas razões.

Um brilho repentino passou pelos olhos de Dolf. O modo como ela morreu havia abalado duramente a todos.

— Ele amava sua mãe, Adam. Casar novamente não foi algo que ele fez com tranquilidade. A morte de Gray Wilson deixou-o em uma situação difícil. Ele teve de escolher entre acreditar em você ou na esposa dele. Você acha que isso poderia ser fácil ou destituído de perigos? Tente ver por esse prisma.

— Hoje não há mais conflito. E veja o que está acontecendo agora!

— Agora é... complicado. Há as coincidências, as coisas que Grace falou.

— E quanto a você, então? É complicado para você?

Dolf virou-se em seu assento. Ele me olhou com uma expressão embotada e um olhar firme.

— Eu acredito no que Grace me contou, mas conheço você, também. Por isso, enquanto não sei exatamente no que acreditar, creio que tudo isso será resolvido no devido tempo. — Ele olhou para o outro lado. — Pecadores geralmente pagam por seus pecados.

Eu estudei sua face rústica, os lábios rachados e os olhos abatidos que mal ocultavam o pesar.

— Você honestamente crê nisso? — perguntei.

Ele ergueu os olhos para o zunido das luzes, de modo que um reflexo brilhante e cinzento pareceu cobri-los. Sua voz vacilou e estava opaca como fumaça.

— Sim — disse ele. — Eu creio.

CAPÍTULO 7

Dez minutos depois, os policiais se materializaram na porta. Robin parecia diminuída, enquanto o outro tira fazia movimentos pequenos e ansiosos. Alto e de ombros arredondados, ele estava perto da casa dos 50 anos, usando calças jeans desbotada e uma jaqueta vermelha. Cabelos castanhos se distribuíam ralamente sobre uma testa baixa e um nariz afilado. Um distintivo pendia do seu cinto e pequenos óculos arredondados luziam sobre olhos abatidos.

— Podemos conversar lá fora? — perguntou Robin.

Dolf se endireitou no lugar, mas não disse nada. Eu me levantei e os acompanhei até lá fora. Não se via Jamie em lugar algum. O outro policial estendeu a mão.

— Sou o detetive Grantham — disse ele. Nós apertamos as mãos. —Trabalho para o xerife, por isso não deixe que as roupas o enganem.

Seu sorriso se alargou, mas eu sabia muito bem que não podia confiar nisso. Nenhum sorriso poderia ser verdadeiro aquela noite.

— Adam Chase — falei.

Sua expressão se tornou vazia.

— Eu sei quem você é, Sr. Chase... Li o processo... e farei todos os esforços para que esse conhecimento não interfira na minha objetividade.

Eu mantive a calma, mas isso exigiu algum esforço. Ninguém sabia absolutamente nada sobre mim em Nova York. Eu havia me acostumado a tal coisa.

— Você é capaz disso? — perguntei.

— Eu não conheci o rapaz que foi morto. Sei que ele era querido, que era um herói do futebol americano e tudo mais; que tinha muitos familiares por aqui. Sei que eles fizeram um barulho danado sobre a justiça dos ricos. Mas tudo isso foi antes do meu tempo. Você é como qualquer outro para mim, Sr. Chase. Sem ideias preconcebidas.

Ele apontou para Robin.

— Agora, a detetive Alexander me contou sobre o seu relacionamento com a vítima. Nenhum de nós gosta de ver casos como este acontecerem, mas é importante agir o mais rapidamente possível quando ocorre algo assim. Eu sei que é tarde e que você provavelmente está transtornado, mas eu espero que possa me ajudar.

— Vou fazer o que puder.

— Ótimo. Assim está bem. Agora, parece-me que você se encontrou com a vítima hoje?

— O nome dela é Grace.

Ele sorriu novamente, mas dessa vez havia uma certa rispidez no sorriso.

— Claro — falou. — Sobre o que você e Grace conversaram? Qual era o estado de espírito dela?

— Não sei como lhe responder — disse. — Eu não a conheço mais. Passou-se muito tempo. Ela nunca respondeu às minhas cartas.

Robin falou:

— Você escreveu para ela?

Pude sentir a dor súbita na sua voz.

Você escreveu para ela, mas não para mim.

Voltei-me para Robin.

— Eu escrevi para ela porque era jovem demais para entender minhas razões para partir. Eu precisava que ela entendesse por que eu não estava mais aqui ao lado dela.

— Conte-me apenas sobre hoje — disse Grantham. — Conte-me o resto.

Imaginei Grace: o calor de sua pele sob as palmas das minhas mãos. O ressentimento feroz, a sugestão de algo mais. Eu sabia o que aquele tira estava procurando. Ele tinha a história de Grace e queria corroboração; ao inferno com a objetividade. Parte de mim queria dá-la a ele. Por quê? Foda-se o porquê.

— Eu passei bronzeador nas costas dela. Ela me beijou. Ela disse que me odiava. — Olhei Grantham nos olhos. — Ela fugiu.

— Você a perseguiu? — perguntou Grantham.

— Não foi esse tipo de fuga.

— Não parece o tipo de encontro que seria de se esperar, também.

Minha voz saiu baixa e dura.

— Pensar que estuprei Grace Shepherd é como dizer que estuprei minha própria filha.

Grantham nem piscou.

— No entanto, filhas são estupradas com grande frequência pelos pais, Sr. Chase.

Eu sabia que ele estava certo.

— Não é o que parece — falei. — Ela estava zangada comigo.

— Por quê? — perguntou Grantham.

— Porque eu a deixei. Ela estava criando caso.

— Que mais?

— Ela disse que tinha um monte de namorados. Queria que eu soubesse disso. Queria me ofender, também, eu acho.

— Você está dizendo que ela é promíscua? — perguntou Grantham.

— Não estou dizendo nada disso. Como eu poderia saber de algo assim?

— Ela lhe disse.

— Ela também me beijou. Estava magoada. Estava me agredindo. Eu era sua família e a deixei quando ela tinha 15 anos.

— Ela não é sua filha, Sr. Chase.

— Isso é irrelevante.

Grantham olhou para Robin, depois novamente para mim. Entrelaçou suas mãos à altura da cintura.

— Muito bem. Prossiga.

— Ela estava usando um biquíni branco e óculos escuros. Mais nada. Estava molhada, tinha acabado de sair do rio. Quando correu, foi na direção sul ao longo da margem. Há uma trilha que sempre esteve ali. Ela leva à casa de Dolf, cerca de 1 quilômetro dali.

— Você violentou a Srta. Shepherd?

— Não.

Grantham comprimiu os lábios.

— Certo, Sr. Chase. Isso basta por enquanto. Nós nos falaremos novamente mais tarde.

— Eu sou um suspeito? — perguntei.

— Eu raramente especulo tais coisas tão cedo durante uma investigação. Porém, a detetive Alexander afirmou, com bastante ênfase, que não acredita que você faria isso.

Ele fez uma pausa, olhou para Alexander, e vi caspa nos seus óculos.

— É claro, eu tenho de considerar o fato de você e a detetive Alexander aparentemente terem algum tipo de relacionamento. Isso complica as coisas. Teremos uma ideia melhor de tudo isso quando pudermos conversar com a vítima — ele se corrigiu —, com Grace.

— Quando isso vai acontecer? — perguntei.

— É uma questão de esperar que o médico autorize.

O celular de Grantham tocou e ele olhou o identificador de chamadas.

— Preciso atender.

Ele atendeu ao telefone e se afastou. Robin chegou mais perto de mim, mas eu achei difícil olhar para ela. Era como se tivesse dois rostos: o que eu vi sobre mim na meia-luz do quarto e o que eu vira mais recentemente, a policial.

— Eu não devia ter testado você — disse ela.

— Não.

— Peço desculpas.

Ela parou na minha frente, e sua expressão era a mais afável que eu vira desde o meu regresso.

— É complicado, Adam. Durante cinco anos, a única coisa que eu tive foi o trabalho. Eu o levo a sério. Sou boa nisso, mas não é um trabalho totalmente bom. Não o tempo todo.

— O que quer dizer?

— Você fica isolado. Vê sombras. — Ela encolheu os ombros, procurou mais intensamente por uma explicação. — Até os caras bons mentem para um policial. Com o tempo, você acaba se acostumando. Depois começa a esperar por isso. — Ela se esforçava. — Eu sei que não é direito. Também não gosto disso, mas é quem eu sou. É o que me tornei depois que você foi embora.

— Você nunca duvidou de mim, Robin, nem mesmo durante o pior.

Ela pegou minha mão. Deixei que a segurasse.

— Ela era tão inocente — disse eu. Falava de Grace.

— Ela vai superar isso, Adam. As pessoas superam coisas piores.

Mas eu já estava meneando a cabeça.

— Não estou falando sobre o que aconteceu hoje. Estou falando de quando eu parti. Quando ela era uma criança. Era como se uma luz emanasse dela. Era o que Dolf costumava dizer.

— Como assim?

— Ele dizia que a maioria das pessoas caminha na luz e na escuridão. É assim que o mundo geralmente funciona. Mas algumas pessoas carregam a luz com elas. Grace era assim.

— Ela não é a criança de que você se lembra, Adam. Já não é mais há um bom tempo.

Havia algo na voz de Robin.

— O que quer dizer? — perguntei.

— Cerca de seis meses atrás, um patrulheiro a pegou a 190 pela interestadual às 2 horas da manhã numa motocicleta roubada. Ela não estava nem mesmo usando capacete.

— Estava bêbada? — perguntei.

— Não.

— Foi autuada?

— Não por roubar a moto.

— Por que não?

— Era a moto de Danny Faith. Acho que ele não sabia que havia sido ela quem pegou. Ele comunicou o roubo, mas não apresentou queixa. Eles a detiveram, mas o promotor público largou o caso. Dolf contratou um advogado para lidar com a acusação de excesso de velocidade. Ela perdeu a carteira.

Eu me lembrava da moto, uma grande Kawasaki que Danny tinha. Grace ficaria muito pequena nela, mas eu podia imaginá-la, também: a velocidade, a torrente de ruído e seus cabelos esticados atrás dela. Como na primeira vez que montou o cavalo de meu pai.

Destemida.

— Você não a conhece — falei.

— Cento e noventa quilômetros por hora, Adam. Às 2 da manhã. Sem capacete. O patrulheiro levou 8 quilômetros para alcançá-la.

Eu pensei em Grace naquele momento, ferida num daqueles quartos assépticos às minhas costas. Esfreguei os olhos.

— O que eu deveria sentir, Robin? Você já viu isso antes.

— Raiva. Vazio. Não sei.

— Como você pode não saber?

Ela deu de ombros.

— Nunca foi com alguém que eu amasse.

— E Grace?

Os olhos dela eram impenetráveis.

— Eu não encontro Grace há algum tempo, Adam.

Fiquei em silêncio, pensando nas palavras de Grace no embarcadouro. *Quem mais se importava comigo?*

— Você está bem? — perguntou Robin.

Não estava, não chegava nem perto de estar.

— Se eu encontrasse o cara que fez isso, eu o mataria. — Olhei-a nos olhos. — Eu mataria o filho da puta.

Robin olhou em volta; não havia ninguém por perto.

— Não diga isso, Adam. Não aqui. Jamais.

Grantham terminou seu telefonema e se juntou a nós na porta do hospital. Entramos juntos. Dolf e meu pai estavam conversando com o médico de plantão. Grantham interrompeu-os.

— Já podemos vê-la?

O médico era um homem jovem, com ar sério, óculos de aros pretos e nariz afilado. Ele parecia pequeno e prematuramente curvado; segurava uma prancheta de encontro ao peito como se ela pudesse servir como armadura contra os ferimentos que estavam à sua volta. Sua voz era surpreendentemente firme.

— Fisicamente, ela está bastante bem. Mas não sei se vai reagir. Ela não disse absolutamente nada desde que entrou aqui, a não ser num primeiro momento. Ela perguntou por alguém chamado Adam.

Todos se viraram ao mesmo tempo: meu pai, Dolf, Robin e o detetive Grantham. Por fim, o médico também olhou para mim.

— Você é Adam? — perguntou ele. Eu fiz que sim, e a boca de meu pai se abriu em silêncio. O médico parecia hesitante. — Talvez, se você falar com ela...

— Nós precisamos falar com ela primeiro — disse Grantham.

— Muito bem — disse o médico. — É preciso que eu esteja no quarto também.

— Sem problema.

O médico nos conduziu por um corredor estreito com macas vazias ao longo da parede. Dobramos um canto e ele parou ao lado de uma porta clara de madeira com uma pequena abertura. Tive uma visão de Grace sob um cobertor fino.

— O resto de vocês espere aqui — disse ele, depois segurou a porta para os detetives.

O ar fresco soprou contra o meu rosto e então eles entraram. Dolf e meu pai observaram pela janelinha enquanto eu caminhava em pequenos círculos e pensava na última coisa que Grace me dissera. Cinco minutos depois, a porta se abriu. O médico olhou para mim.

— Ela está chamando você — disse ele.

Eu comecei a me dirigir à porta, mas Grantham me deteve com uma das mãos sobre o meu peito.

— Ela não quis falar conosco. Nós concordamos em deixá-lo entrar porque o doutor aqui acha que isso poderá ajudá-la a sair disso. — Olhei nos seus olhos e sustentei seu olhar. — Não apronte nada que me faça lamentar minha decisão.

Soltei meu peso contra a sua mão até que ele foi forçado a tirá-la. Passei por ele para entrar no quarto, ainda com a sensação dos seus dedos ali e de como ele empurrara com força no último segundo. A porta girou sobre suas dobradiças silenciosas; os dois velhos se juntaram de encontro ao vidro. Então ela estava diante de mim, e senti meu ressentimento definhar e morrer. Nada daquilo importava.

A luz do hospital drenava a cor do seu rosto. Seu peito subia e descia, com longas pausas onde eu sentia que não deveria haver nenhuma. Fios de cabelo louro cruzavam sua bochecha e havia sangue seco em sua orelha. Olhei para Robin, que estava de cara fechada.

Contornei a cama. Suturas perfuravam os lábios de Grace. Ela apresentava escoriações intensas, seus olhos estavam tão inchados que mal se abriam, apenas um vislumbre de azul que parecia pálido demais. Um esparadrapo segurava o tubo nas costas da sua mão, que parecia frágil quando a toquei. Tentei encontrar algum indício dela naqueles olhos, e quando falei seu nome, a lâmina de azul se expandiu no mesmo instante, e eu soube que ela estava ali. Contemplou-me por um longo tempo.

— Adam? — perguntou ela, e eu ouvi todas as coisas que sabia que ela havia sentido, a sutil nuance entre dor e perda.

— Eu estou aqui.

Ela virou a cabeça para o outro lado, não querendo que eu visse as lágrimas que escorreram, fartas e silenciosas, pelo seu rosto. Eu me estiquei para que ela pudesse me ver quando abriu os olhos. Foi necessário um certo tempo para que ela fizesse isso. Grantham mudou de posição. Ninguém mais se moveu.

Ela não tornou a olhar para mim até que as lágrimas tivessem cessado, mas quando nossos olhos se encontraram, eu soube que elas viriam novamente. A batalha estava ali, no rosto dela, e eu observei impotente enquanto ela a perdia. Ela levantou os braços e eu me curvei para o meio deles enquanto a represa se rompia novamente; e ela me apertou ao mesmo tempo que começava a soluçar. Seu corpo estava quente e convulso; passei meus braços em torno dela o melhor que pude. Disse-lhe para não se preocupar. Falei que tudo ficaria bem. Depois ela levou a boca ao meu ouvido uma vez mais e sussurrou algo tão baixo que eu mal pude escutá-la.

— Desculpe — disse ela.

Eu me afastei para que ela pudesse ver meu rosto. Balancei a cabeça porque não tinha palavras; então ela me puxou de volta e me abraçou, enquanto tremores a convulsionavam.

Eu ergui os olhos e encontrei o rosto do meu pai na janelinha. Ele esfregou os olhos com uma das mãos e se afastou, mas não antes que eu percebesse o entorpecimento dos seus dedos. Dolf observou-o sair e depois sacudiu a cabeça, como se sentisse grande tristeza.

Voltei minha atenção para Grace e tentei envolvê-la com meus braços. Por fim, ela se recolheu ao remoto abrigo que sua mente construíra para si própria. Não disse nem mais uma palavra, apenas se virou de lado e fechou os olhos.

Os policiais não conseguiram nada.

De volta ao corredor, Grantham me empurrou novamente.

— Acho que precisamos ir lá para fora — disse ele.

— Por quê?

— Você sabe por quê.

Sua mão se fechou em torno do meu braço. Eu o tirei com um safanão e ele o agarrou novamente.

— Parem com isso — disse Dolf.

Grantham se conteve.

— Eu disse para você não me irritar — falou.

— Por favor, Adam — disse Robin. — Vamos lá para fora.

— Não. — Tudo havia caído sobre mim: a perda da inocência de Grace, a suspeita que me acuava e a escuridão que pairava sobre o meu retorno àquele lugar. — Eu não vou a lugar algum.

— Eu quero saber o que ela disse. — Grantham se deteve antes de realmente me tocar. — Ela falou alguma coisa para você. Eu quero saber o quê.

— É verdade? — perguntou Robin. — Ela falou com você?

— Não me pergunte, Robin. Não é importante.

— Se ela disse algo, nós precisamos saber o que foi.

Avaliei os rostos que me circundavam. O que Grace havia dito era só para mim, e eu não sentia necessidade de compartilhar. Mas Robin pôs a mão no meu braço.

— Eu me responsabilizei por você, Adam. Entende o que isso significa?

Eu a afastei ligeiramente para o lado e olhei para Grace, dentro do quarto. Ela havia se encolhido como uma bola, as costas voltadas para o mundo exterior. Eu ainda podia sentir as lágrimas quentes quando ela se apertou contra mim. Falei com Grantham, mas voltei o olhar para o meu pai. Contei-lhes exatamente o que ela me disse.

— Ela pediu desculpas.

Meu pai desabou.

— Desculpas por quê? — perguntou Grantham.

Eu lhes contei a verdade, exatamente o que ela dissera; mas interpretar aquele pedido de desculpas não era problema meu. Por isso, ofereci uma explicação que eu sabia que seria aceita, ainda que fosse uma mentira.

— Quando estávamos no rio, ela disse que me odiava. Imagino que esteja se desculpando por isso.

Ele pareceu pensativo.

— É só isso? — perguntou. — Isso foi tudo o que ela falou?

— Só isso.

Robin e Grantham se olharam e houve um momento tácito de comunicação entre eles. Depois, Robin falou.

— Há algumas outras coisas que gostaríamos de discutir com você. Lá fora, se você não se importa.

— Claro — falei, e dirigi-me para a saída. Dei apenas dois passos antes de ouvir meu pai chamar meu nome. Tinha as palmas das mãos viradas para cima, seu rosto consternado pela constatação de que seria improvável que Grace abraçasse o homem que havia abusado dela. Não havia perdão no meu rosto quando encontrei seu olhar. Ele avançou meio passo e pronunciou meu nome novamente, uma pergunta, um apelo, e por um momento eu pensei naquilo; ele estava aflito, tomado pelo arrependimento súbito e pelos anos que haviam marchado de maneira tão implacável entre nós.

— Acho que não — sentenciei e saí.

CAPÍTULO 8

Procurei Jamie quando saímos para o ar da noite, e o vi à beira do estacionamento. Ele estava sentado atrás do volante de um caminhão às escuras. Tomou um gole de uma garrafa e não desembarcou. Uma ambulância estacionou com as luzes apagadas.

— Preciso de um cigarro — disse Grantham, e saiu para procurar um.

Nós ficamos olhando ele se afastar e aguardamos naquele tipo de silêncio que as pessoas preocupadas conhecem tão bem. Ouvi uma buzina, uma luz se acendeu no caminhão de Jamie. Ele apontou para a direita, à entrada do estacionamento de emergência. Virei-me para ver um longo carro preto deslizar pela estreita paliçada de concreto e estacionar. O motor parou. Duas portas se abriram e eles desembarcaram: Miriam, minha irmã, e um homem atarracado usando botas pretas e um uniforme de polícia. Ambos me viram e pararam. Miriam pareceu alarmada e ficou ao lado do carro. O homem que estava com ela sorriu e se aproximou.

— Adam — disse ele, e tomou minha mão, apertando-a ferozmente.

— George.

George Tallman era um puxa-saco havia tanto tempo quanto eu podia lembrar. Era poucos anos mais jovem que eu e muito mais amigo de Danny que meu. Eu recuperei minha mão e examinei-o. Tinha 1,90 metro, talvez 95 quilos, cabelos fartos e louros e olhos castanhos. Era robusto, não gordo, e tinha um aperto de mão de que se orgulhava.

— Da última vez que o vi com uma arma, George, você estava bêbado e tentando derrubar latas de cerveja a tiros, de cima de um cepo, com uma carabina de ar comprimido.

Ele lançou um olhar para Robin e seus olhos se apertaram. O sorriso desapareceu.

— Isso foi há muito tempo, Adam.

— Ele não é realmente um policial — disse Robin.

Por um instante, George pareceu zangado, mas isso passou.

— Eu faço extensão escolar — disse ele. — Faço palestras para os garotos, falo sobre drogas. — Ele olhou para Robin. — E sou um policial. — Sua voz permaneceu inalterável. — Com balas e tudo mais.

Ouvi passos hesitantes e voltei-me para ver Miriam. Ela parecia abatida, usando calças largas e uma blusa de mangas compridas. Deu-me um sorriso nervoso, mas seus olhos não eram destituídos de esperança. Ela havia amadurecido, mas não se parecia com a fotografia.

— Olá, Miriam — falei.

— Oi, Adam.

Dei-lhe um abraço e senti seus ossos. Ela devolveu o aperto, mas eu pude perceber que a dúvida ainda a perturbava. Ela e Gray Wilson haviam sido bons amigos. Meu julgamento pelo assassinato dele a havia deixado profundamente dividida. Apertei-a mais uma vez e depois a soltei. No momento em que me afastei, George preencheu o vazio deixado por mim. Seu braço pousou sobre os ombros dela e ele a puxou de encontro ao seu corpo. Isso me surpreendeu. Ele costumava seguir Miriam de um lado a outro como um cachorrinho.

— Nós estamos noivos — disse ele.

Eu olhei para baixo, vi o anel na mão dela: um pequeno diamante engastado em ouro amarelo. Cinco anos, eu me lembrei. As coisas mudam.

— Parabéns — falei.

Miriam parecia desconfortável.

— Esta não é a hora nem o lugar para falar sobre isso — disse ela.

Ele a apertou com mais força, suspirou pelo nariz e ergueu os olhos do chão.

— Você tem razão — falou.

Olhei novamente para o carro, um reluzente Lincoln preto.

— Onde está Janice? — perguntei.

Miriam começou a falar.

— Ela queria vir...

— Nós a levamos para casa — interrompeu George.

— Por quê? — perguntei, sabendo a resposta.

George hesitou.

— A hora — disse ele. — As circunstâncias.

— Ou seja, eu? — falei.

Miriam afundou sob as palavras enquanto George completava o pensamento.

— Ela diz que isto condena você como o julgamento não conseguiu.

Miriam se pronunciou.

— Eu disse a ela que isso era injusto.

Deixei passar. Deixei passar tudo. Analisei minha irmã: o pescoço curvado, os ombros finos. Ela arriscou um olhar, depois baixou os olhos novamente.

— Eu disse a ela, Adam. Ela não quis escutar.

— Não se preocupe com isso — falei. — E você? Está bem?

Os cabelos se agitaram na sua cabeça quando ela fez que sim.

— Más lembranças — disse ela, e eu entendi. Meu regresso inesperado estava expondo antigas feridas.

— Eu superarei — falou ela, depois se dirigiu ao noivo. — Eu preciso falar com o meu pai. Estou feliz em vê-lo, Adam.

Eles se afastaram e eu os observei. Na porta, Miriam olhou novamente para mim; o queixo se apoiou em seu ombro e seus olhos estavam grandes, escuros e perturbados.

Olhei para Robin.

— Você não morre de amores por George, percebo.

— Falta de comprometimento — disse ela. — Vamos. Ainda temos coisas para discutir.

Eu a acompanhei até o carro de Grantham, que estava estacionado na rua lateral. O cigarro estava fumado pela metade e tingia a face dele de laranja a cada vez que dava uma tragada. Ele atirou a bituca na sarjeta e seu rosto caiu nas sombras.

— Fale-me sobre a trilha ao lado do rio — disse ele.

— Ela segue para o sul, ao longo do rio, até a casa de Grace.

— E além disso?

— É antiga, uma trilha de índios Sapona, e cobre quilômetros. Passa além da casa de Grace até o limite da fazenda, depois atravessa uma fazenda vizinha e diversas pequenas propriedades com cabanas de pesca. Depois disso, não sei.

— E ao norte?

— Quase a mesma coisa.

— Pessoas passam por ali? Andarilhos? Pescadores?

— Ocasionalmente.

Ele balançou a cabeça.

— Grace foi atacada a cerca de 800 metros do embarcadouro, onde a trilha faz uma curva sinuosa para o norte. O que você pode me dizer sobre essa área?

— O arvoredo é denso ali, mas não muito profundo. Na verdade, é apenas uma faixa de floresta que margeia o rio. Além das árvores, é pasto.

— Então, é mais provável que seja lá quem fez isso tenha vindo pela trilha.

— Ou saído do rio — respondi.

— Mas você não viu nada.

Eu já estava sacudindo a cabeça.

— Eu só estava no embarcadouro havia alguns minutos. Mas havia uma mulher.

— Que mulher?

Eu descrevi o que vira: os cabelos brancos, a canoa.

— Mas ela subiu contra a corrente, não a favor.

— Você a conhece?

Eu figurei o rosto dela, uma mulher de meia-idade que parecia jovem. Um tanto familiar.

— Não — respondi.

Grantham fez uma anotação.

— Vamos verificar isso. Ela pode ter visto algo. Alguém em outro bote, um homem. Ele poderia ter visto Grace e deixado uma canoa na margem rio abaixo. Ela é bonita, estava seminua num trecho solitário do rio...

Evoquei seu rosto inchado, os lábios em frangalhos recompostos por fios pretos amarrados. Ninguém que a visse naquele quarto de hospital poderia saber como ela era realmente bonita. A suspeita se inflamou em mim.

— Você a conhece? — perguntei.

Grantham olhou-me com os olhos mais imóveis que eu já vi.

— É uma cidade pequena, Sr. Chase.

— Posso perguntar como você a conhece?

— Isso não é relevante.

— Mesmo assim...

— Meu filho tem quase a idade dela. Isso o satisfaz? — Eu não respondi nada, e ele continuou no mesmo tom. — Nós estávamos falando sobre um bote. Alguém que pode tê-la visto do rio e ficado à espera.

— Ele teria de saber que ela voltava para casa por ali — falei.

— Ou poderia estar indo até ela, e então a encontrado na trilha. Ele poderia ter visto vocês dois no embarcadouro e esperado. Isso é possível?

— É possível — respondi.

— D.B. 72 significa algo para você? — Ele inseriu a pergunta, e por um longo momento eu não pude falar.

— Adam? — disse Robin.

Eu a olhei fixo enquanto um som alto e tribal começou a retumbar na minha cabeça. O mundo virou de cabeça para baixo.

— Adam?

— Você encontrou um anel.

Eu consegui pronunciar as palavras a custo. O efeito em Grantham foi imediato. Ele balançou sobre os calcanhares.

— Por que você diz isso? — ele perguntou.

— Um anel de ouro com uma pedra engastada.

— Como você sabe disso?

Minha voz saiu como se pertencesse a outro homem.

— Porque D.B. 72 está gravado na parte de dentro dele.

Grantham enfiou a mão num dos bolsos do casaco, e quando reapareceu ela continha um envelope plástico enrolado. Ele deixou que aquilo se estendesse entre seus dedos. O objeto reluziu sob a luz forte, e estrias de lama se salientavam dos lados. O anel estava ali: ouro maciço, uma pedra preciosa.

— Eu gostaria muito de saber o que isto significa — disse Grantham.

— Eu preciso de um minuto.

— Seja o que for, Sr. Chase, sugiro que você me conte.

— Adam? — A voz de Robin parecia ferida, mas eu não podia me preocupar com isso. Pensei em Grace, e no homem que supostamente era meu amigo.

— Isso não pode estar certo.

Rodei o filme em minha cabeça, a maneira como poderia ter acontecido. Eu conhecia o rosto dele, o seu perfil, o seu som. Por isso pude preencher as lacunas, e era como assistir a um filme, um show de horror, pois meu melhor amigo estuprara uma mulher que eu conhecia desde os 2 anos.

Eu apontei para o anel no saco plástico.

— Vocês encontraram isso no lugar onde aconteceu? — perguntei.

— Estava na cena do crime, onde Dolf a encontrou.

Eu me afastei e retornei. Não podia ser verdade.

Mas era.

Cinco anos. As coisas mudam.

E não restava nada de bom na minha voz.

— Setenta e dois era o número da camisa de futebol americano dele. O anel foi um presente da avó.

— Prossiga.

— D.B. vem do seu apelido: Danny Boy. Número 72. — Grantham balançou a cabeça enquanto eu concluía. — D.B. 72. Danny Faith.

Robin ficou em silêncio; ela sabia o efeito que aquilo produzira em mim.

— Você tem certeza? — perguntou Grantham.

— Lembra-se daquelas cabanas de pesca de que eu lhe falei? As que ficam rio abaixo depois da casa de Dolf?

— Sim.

— A segunda delas pertencia a Zebulon Faith. — Ambos ficaram olhando para mim. — O pai de Danny — concluí.

— A que distância dessa cabana ela foi atacada? — perguntou Grantham.

— Menos de 3 quilômetros.

— Bem, está certo.

— Eu quero estar presente quando vocês conversarem com ele — falei.

— Fora de questão.

— Eu não precisava contar a vocês. Eu poderia ter tido a conversa eu mesmo.

— Isto é assunto da polícia. Fique fora.

— Não é a sua família.

— Não é a sua também, Sr. Chase. — Ele chegou mais perto, e, embora sua voz estivesse controlada, a raiva vertia nas entrelinhas. — Quando quiser mais alguma coisa de você, eu direi.

— Você não chegaria a ele sem mim — disse eu.

— Fique fora disso, Sr. Chase.

Deixei o hospital enquanto uma lua baixa cobria as árvores de prata. Dirigi rápido, minha cabeça cheia de sangue quente e raiva. Danny Faith. Robin estava certa. Ele havia mudado, cruzado a linha divisória, e não havia mais volta. O que eu havia dito a Robin era verdade.

Eu podia matá-lo.

Quando tomei a direção da fazenda, ela parecia distante: a estrada muito estreita, curvas em lugares errados. Postes de cerca com arame farpado escuro e esticado entre eles se erguiam do capim desbotado. Passei pelo desvio para a casa de Dolf antes de perceber que ele estava ali. Dei a ré e virei à direita para uma longa reta onde um dia ensinara Grace a dirigir. Ela estava com 8 anos e mal conseguia enxergar por cima do volante. Eu ainda podia ouvir como ela ria, sentir o desapontamento quando eu lhe disse que estava indo rápido demais.

Agora ela estava no hospital, em posição fetal e debilitada. Visualizei as suturas nos seus lábios, as finas nesgas azuis quando ela tentou abrir os olhos.

Bati com a palma da minha mão aberta contra o volante, depois agarrei-o com ambas as mãos e tentei dobrá-lo ao meio. Pisei fundo no acelerador, ouvi as pancadas e estrondos das pedras na carroceria. Mais uma curva, depois um mata-burro que fez com que os pneus produzissem um ruído surdo. Patinei até parar diante de uma pequena casa de dois andares com revestimento branco e telhado de zinco. Meu pai era o proprietário, mas Dolf morava ali havia décadas. Um carvalho espalhava seus galhos pelo terreno e eu vi um carro velho sobre blocos dentro do galpão aberto, seu motor desmontado sobre uma mesa de piquenique debaixo de uma árvore.

Arranquei a chave da ignição, bati a porta e ouvi o alto queixume dos mosquitos, o bater de asas e o tartamudear dos morcegos voando baixo.

Travei minhas mãos em punhos fechados enquanto cruzava o terreiro. Uma luz solitária pendia acima da varanda. A maçaneta rangeu e a porta se abriu para o lado de dentro. Acendi as luzes, entrei e parei no quarto de Grace, absorvendo as coisas que ela amava: pôsteres de carros velozes, troféus de equitação, uma fotografia tirada na praia. Não havia desordem. A cama. A escrivaninha. Uma fileira de calçados utilitários, como botas de couro de cobra ou com canos até os quadris. Havia mais fotografias no espelho sobre a escrivaninha: duas de diferentes cavalos e uma do carro que eu tinha visto na garagem — ela e Dolf sorrindo, o veículo sobre uma carroceria.

O automóvel era para ela.

Saí e fechei a porta. Fui buscar minha mochila e atirei-a sobre a cama do quarto de visitas. Fiquei olhando para um ponto vazio da parede e pensando durante o que me pareceu um longo tempo. Esperava por algum tipo de calma, mas ela não veio. Perguntei-me o que realmente importava, e a resposta era Grace. Por isso eu procurei uma lanterna na cozinha de Dolf. Tirei uma carabina do armário de armas, abri-a, carreguei-a e depois vi o revólver. Era uma coisa feia e de cano curto que parecia adequada. Coloquei a arma longa no lugar, peguei uma caixa de balas calibre .38 e tirei seis delas. Eram robustas, pesadas e deslizaram para dentro dos orifícios torneados da arma como se eles estivessem lubrificados.

Detive-me na porta, sabendo que uma vez que saísse não haveria mais volta. A arma era quente na minha mão, pesada. A traição de Danny revolvia um tipo de raiva que eu não sentia havia anos. Eu planejava matá-lo? Talvez. Realmente não sabia. Mas iria encontrá-lo. Faria algumas perguntas terrivelmente difíceis. E, por Deus, ele iria respondê-las.

Desci a colina, atravessei o pasto e não precisei da lanterna até chegar às árvores. Acendi-a e segui a senda estreita até sua interseção com a trilha principal. Lancei a luz sobre esta. Tirando as raízes que se elevavam sobre ela, era plana e batida.

Fui até a curva fechada na trilha que Grantham havia mencionado, vi os galhos quebrados e a vegetação esmagada. Acompanhei o terreno enquanto ele descia para uma depressão estreita tomada por folhas remexidas e terra vermelha com marcas de dedos, um anjo de neve na lama.

Eu estava próximo do ponto onde meu pai havia tirado Grace do rio anos atrás, e enquanto olhava os sinais de sua resistência, meu dedo seguiu caminho até a alça do gatilho.

Ultrapassei o limite da fazenda de meu pai, tendo o rio à minha esquerda; depois a fazenda vizinha, a primeira cabana, vazia e escura. Vigiei-a por algum tempo. Nada. Depois estava novamente na mata, e a cabana dos Faith estava à frente. Oitocentos metros. Cinquenta metros. E a lua cheia abria um claro caminho entre as árvores.

A 30 metros eu deixei a trilha. A luz era excessiva, as árvores ficavam escassas. Fui de encontro à escuridão da floresta mais fechada e tomei um ângulo que se afastava do rio, de modo que atravessaria a clareira acima da cabana. Parei no limite das árvores e me posicionei no meio da vegetação rasteira. Podia enxergar tudo: a entrada de cascalho, a cabana às escuras, o carro estacionado diante da porta, o barracão próximo às árvores.

Os tiras.

Eles haviam deixado seus carros na entrada para carros acima de mim e estavam a pé, quase chegando na cabana. Andavam como eu achava que policiais se moveriam, curvados à altura dos quadris, com as armas abaixadas. Cinco deles. Seus perfis se confundiam uns com os outros, apartados. Eles aceleraram ao chegar no intervalo final, alcançaram o carro e dividiram-se. Dois avançaram até a porta. Três se dividiram rumo aos fundos. Perto. Droga, eles estavam perto. Preto sobre preto. Como se fizessem parte da cabana.

Esperei pelo som de madeira lascada, obriguei-me a respirar e vi alguma coisa errada: um rosto pálido, movimento. Estava ao lado do barracão à beira das árvores, alguém espiando pelo canto, depois recuando. A adrenalina disparou pelo meu corpo. Os tiras estavam escondidos, encostados nas laterais da porta, e um deles, talvez Grantham, segurava a pistola com ambas as mãos, o cano apontado para cima. E ele parecia estar balançando a cabeça, como se contasse.

Olhei novamente para o barracão. Era um homem vestindo calças escuras. Não pude distinguir seu rosto, mas era ele. Tinha de ser.

Danny Faith.

Meu amigo.

Ele se agachou mais e virou-se numa intensa corrida em direção às árvores, até a trilha que o levaria para longe. Eu não pensei. Eu corri pela borda da clareira em direção ao barracão, com a arma em punho.

Ouvi os ruídos dos policiais na cabana, vozes, madeira quebrada. Alguém gritou "Limpo!", e isso encontrou eco.

Nós estávamos sós, nós dois, eu podia ouvi-lo abrindo caminho através dos arbustos, os ramos chicoteando ao retomarem suas posições após a passagem dele. Consegui chegar até a fileira de árvores, o barracão se aproximando; então eu estava no local, e vi o clarão do fogo brilhar pelas frestas da porta e das janelas encardidas de terra. O barracão estava em chamas. Ardendo em chamas. Eu estava ao lado dele quando as janelas estouraram.

O choque me jogou por terra. Rolei de costas enquanto as chamas se derramavam para o céu e transformavam a noite em dia. Eu podia ver tudo até a beira da mata. As árvores ainda conservavam sua escuridão. Mas ele estava lá, e eu fui atrás dele.

Estava no limite das árvores quando ouvi Grantham gritar meu nome. Eu o vi na porta da cabana, depois mergulhei entre as árvores, meio cego. Porém eu havia crescido entre matas como aquela, conhecia-as, de modo que mesmo quando caía, eu me levantava como se tivesse molas. Mas então sofri uma queda mais forte e a arma girou, saiu de minha mão. Eu não conseguia encontrá-la, não podia perder tempo, por isso a deixei.

Vi-o na trilha, um lampejo de sua camisa quando ele fez uma curva. Alcancei-o em segundos. Ele me ouviu, voltou-se, e eu o atingi no peito em plena corrida. Caí sobre ele e vi o quanto estivera enganado. Senti isso quando minhas mãos se fecharam sobre seu pescoço. Ele era magro demais, franzino demais para ser Danny Faith; mas eu o conhecia, e meus dedos se fecharam mais fundo no pescoço mirrado.

Seu rosto exibiu a amargura do próprio ódio enquanto ele lutava por baixo de mim. Contorceu-se para me morder, mas não conseguiu me alcançar, e eu senti seus dedos nos meus pulsos enquanto ele tentava se livrar das minhas mãos. Seus joelhos se ergueram; seus calcanhares socavam a argila endurecida. Parte de mim sabia que eu estava errado. O resto de mim não se importava. Talvez tivesse sido Danny. Talvez ele estivesse na cabana, preso e algemado. Mas talvez todos nós estivéssemos errados e não tivesse sido Danny Faith quem estuprara minha Grace. Não Danny, mas este miserável velho de merda. Este lastimável, inútil, indigno filho da puta que chutava a terra enquanto eu espremia a vida para fora dele.

Apertei com mais força.

Suas mãos largaram meus pulsos, e eu senti que ele apalpava a cintura. Quando senti algo duro entre nós percebi o erro que cometera. Desvencilhei-me dele quando a arma disparou, duas pancadas enormes, que partiram a escuridão ao meio e me cegaram. Continuei rolando, para fora da trilha, para a umidade sob as árvores. Encontrei um tronco grosso e apoiei as costas nele. Esperei que o velho viesse para acabar o serviço. Mas o tiro não veio. Houve vozes e luzes, distintivos reluzindo, e canos de espingarda polidos como vidro. Grantham estava de pé acima de mim, sua lanterna focava o meu rosto. Tentei ficar de pé, então algo se chocou contra minha cabeça e eu caí de costas.

— Algemem este babaca — disse Grantham para um dos agentes.

O agente me agarrou, virou-me de barriga para baixo e pressionou o joelho no meio das minhas costas.

— Onde está a arma? — exigiu Grantham.

— Foi Zebulon Faith — falei. — A arma era dele.

Grantham olhou em torno, iluminou a trilha com sua lanterna.

— Só estou vendo você aqui — disse ele.

Eu sacudia a cabeça.

— Ele iniciou o incêndio e fugiu. Atirou em mim quando tentei detê-lo.

Grantham olhou para o rio, para o lento curso d'água que parecia alcatrão negro e pegajoso, depois escarpa acima, para o brilho oleoso do barracão em chamas. Ele sacudiu a cabeça e cuspiu na terra.

— Que bagunça — disse ele, depois se afastou.

CAPÍTULO 9

Eles me enfiaram no fundo de um carro de polícia e depois assistiram ao barracão arder até chegar ao solo. Por fim, bombeiros jogaram água nos detritos fumegantes, mas não antes que meus braços ficassem dormentes. Pensei no que eu quase havia feito. Zebulon Faith. Não Danny. Pés chutando a argila e a selvagem satisfação que experimentei quando a vida começou a deixá-lo. Eu poderia tê-lo matado.

Senti que isso deveria me deixar perturbado.

O ar dentro do carro ficou abafado, e eu assisti ao sol nascer. Grantham remexeu as cinzas encharcadas juntamente com um bombeiro de cabelos brancos. Eles recolhiam objetos e depois os deixavam cair. O carro de Robin surgiu do meio das árvores uma hora depois do alvorecer. Ela passou por mim na estrada esburacada e levantou uma das mãos do volante. Conversou durante um longo tempo com o detetive Grantham, que apontou para coisas no meio das ruínas e depois para o chefe dos bombeiros, que se aproximou e falou algo mais. Várias vezes eles olharam para mim, e Grantham recusou-se a ocultar seu desprazer. Depois de dez minutos, Robin entrou no seu carro e Grantham subiu a colina até o seu, dentro do qual eu estava sentado. Ele abriu minha porta.

— Fora — disse ele.

Eu deslizei pelo assento e pus os pés sobre a grama úmida.

— Vire-se. — Ele fez um gesto com o dedo. Eu me virei e ele retirou as algemas. — Uma pergunta, Sr. Chase: você tem alguma participação na propriedade da fazenda da sua família?

Eu esfreguei os pulsos.

— A posse da fazenda é tida como uma sociedade familiar. Eu tinha uma participação de dez por cento.

— Tinha?

— Meu pai a comprou de mim.

Grantham balançou a cabeça.

— Quando você foi embora?

— Quando ele me chutou para fora.

— Então, você não teria nada a ganhar se ele a vendesse.

— Correto.

— Quem mais tem participação?

— Ele deu a Jamie e Miriam dez por cento a cada um quando os adotou.

— Quanto vale uma participação acionária de dez por cento?

— Bastante.

— Quanto é bastante?

— Mais do que um pouco — falei, e ele deixou por isso mesmo.

— E sua madrasta? Ela tem direito de propriedade?

— Não. Ela não tem participação.

— Certo — disse Grantham.

Eu analisei o homem. Seu rosto era indecifrável; seus sapatos, pretos e destruídos.

— É só isso? — perguntei.

Ele apontou para o carro de Robin.

— Se tem perguntas, Sr. Chase, pode conversar com ela.

— E quanto a Danny Faith? — perguntei. — E quanto ao pai dele?

— Converse com Alexander — respondeu ele.

Ele bateu minha porta e foi para o lado do motorista; deu a volta no carro e partiu para o meio das árvores. Ouvi o fundo do carro tocar uma protuberância da estrada, depois desci para falar com Robin. Ela não saiu, por isso eu deslizei para o lado dela e meu joelho tocou a escopeta encaixada no painel. Ela estava cansada, ainda vestindo as roupas da noite anterior. Sua voz estava fatigada.

— Eu estava no hospital — disse ela.

— Como está Grace?

— Falou um pouco.

Eu balancei a cabeça.

— Ela disse que não foi você.

— Você está surpresa?

— Não, mas ela não viu um rosto. Inconclusivo, de acordo com o detetive Grantham.

Eu olhei para a cabana.

— Eles encontraram Danny? — perguntei.

— Nem sinal. — Ela ficou olhando para mim. Quando me voltei, sabia o que ela estava para dizer antes que as palavras deixassem sua boca.

— Você não deveria estar aqui, Adam.

Dei de ombros.

— Você tem sorte que ninguém tenha sido morto. — Ela olhou pelo para-brisa, claramente frustrada. — Por Deus, Adam. Você não pensa quando faz coisas como essa.

— Eu não pedi para que isso acontecesse, mas aconteceu. Não vou ficar sentado sem fazer nada. Isso aconteceu com Grace! Não com alguma estranha.

— Você veio até aqui para fazer mal a alguém? — perguntou ela.

Pensei na arma de Dolf Shepherd caída em algum lugar entre as folhas.

— Acreditaria em mim se eu negasse?

— Provavelmente não.

— Então por que se dá ao trabalho de perguntar? Está feito.

Estávamos ambos com as defesas abertas, com os nervos expostos. Robin vestia sua face de policial. Eu estava começando a reconhecê-la muito bem.

— Por que Grantham me liberou? — perguntei. — Ele podia ter tornado minha vida um inferno.

Ela pensou por um momento, depois apontou para a pilha de cinzas enegrecidas.

— Zebulon Faith estava mantendo um laboratório de produção de metanfetamina no barracão. Provavelmente estava usando o dinheiro para cobrir a dívida da propriedade que comprou. Ele mantinha o lugar sempre preparado para ser explodido. Devia saber que a polícia estava vindo para cá. Nós encontraremos algo que prova isso. Um sensor de movimento na estrada. Um telefonema de um dos trailers pelos quais a gente passa no caminho para cá. Algo que o avisou que ele tinha de cair fora. Não sobrou muita coisa.

— O suficiente? — perguntei.

— Para um processo? Talvez. Júris são inconstantes.

— E Faith?

— Ele desapareceu por completo, não há nada além de evidências circunstanciais para ligá-lo ao laboratório. — Ela olhou diretamente para mim, girando em seu assento. — Se ele for a julgamento, Grantham vai precisar de você para colocar Zebulon Faith na cena do crime. Ele levou isso em conta na sua decisão de liberá-lo.

— Ainda me surpreende que ele tenha feito isso.

— Metanfetamina cristalina é um grande problema. Uma condenação viria a calhar. O xerife é um político.

— E se Grantham acha que eu tive algo a ver com o estupro de Grace? Ele a venderia, também?

Robin hesitou.

— Grantham tem motivos para duvidar que você esteja envolvido no ataque a Grace.

Uma nova tensão surgiu no rosto dela. Eu a conhecia muito bem.

— Alguma coisa mudou — falei.

Ela pensou nisso, e eu esperei. Finalmente, ela cedeu:

— Seja lá quem atacou Grace, deixou um pedaço de papel no local do crime. Uma mensagem.

Um calafrio me tomou.

— E você sabia disso o tempo todo?

— Sim. — Sem sinal de arrependimento.

— O que estava escrito?

— "Diga para o velho vender."

Eu a encarei com descrença.

— É o que dizia.

Minha cabeça entrou em ebulição, saí do carro e comecei a caminhar.

Eu devia tê-lo matado.

— Adam. — Eu senti as mãos dela em meus ombros. — Não sabemos se foi Zebulon Faith. Ou Danny, para dizer a verdade. Muitas pessoas querem que seu pai venda a fazenda. Mais de uma pessoa fez ameaças. O anel poderia ser uma coincidência.

— Por alguma razão, duvido disso.

— Olhe para mim — disse ela. Eu me virei. Ela estava parada numa depressão do terreno, um lugar mais baixo, e sua cabeça mal alcançava o meu peito. — Você teve sorte hoje. Não entende? Alguém podia ter sido morto. Você. Faith. Podia ter acabado pior do que acabou. Nós vamos cuidar disso.

— Eu não lhe prometo nada, Robin.

Uma amargura súbita contorceu seus lábios.

— Não faria diferença se você prometesse. Eu sei quanto valem as suas promessas.

Então ela deu as costas e quando deixou as sombras das árvores, a luz do dia caiu como um peso sobre seus ombros. Ela desapareceu dentro do seu carro e lançou terra com os pneus traseiros ao derrapar o automóvel. Fui até a estrada atrás dela, observei seus faróis traseiros resplandecerem quando ela saiu em disparada.

Levou meia hora para que eu achasse a arma de Dolf, mas por fim eu a vi, um retalho preto entre milhões de outros. Encontrei a trilha logo depois e segui o rio, meus pés não produziam qualquer som na terra fofa. O rio corria, como sempre, mas seu som estava abafado, e depois de algum tempo parei de ouvi-lo. Deixei a violência para trás, procurei alguma paz, um silêncio que ia além do mero torpor. Estar na mata ajudou. Assim como as lembranças de Robin nos primeiros dias, de meu pai antes do julgamento, de minha mãe antes que a luz dela se apagasse. Caminhei vagarosamente e senti as cascas grosseiras das árvores sob meus dedos. Dobrei uma curva na trilha e parei.

A 5 metros de mim, com a cabeça abaixada para beber, estava um gamo branco. Sua pele reluzia, ainda úmida do ar da noite, e eu vi um estremecimento nos seus quartos dianteiros, onde ele suportava o peso do seu grosso pescoço e das galhadas que mediam 1,5 metro de uma ponta a outra. Contive minha respiração. Então a cabeça do animal se levantou, voltou-se para mim, e vi aqueles grandes olhos escuros.

Nada se movia.

A umidade se condensava em torno das suas narinas.

Ele bufou, e uma estranha emoção se revolveu no meu peito: consolo brotando em meio à dor. Eu não sabia o que aquilo significava, mas senti, como se pudesse me partir ao meio. Segundos transcorreram entre nós, e eu me lembrei daquele outro gamo branco e de como aprendi, aos 9 anos, que a raiva pode afastar a dor. Estendi uma das mãos, sabendo que estava longe demais para tocá-lo, que tempo demais havia se passado para que eu pudesse trazer aquele dia de volta. Avancei um passo e o animal inclinou sua cabeça, esfregando uma das galhadas contra uma árvore. Tirando isso, ele ficou perfeitamente imóvel e continuou a me avaliar.

Então o som de um disparo estrondeou através da floresta. Veio de longe, 3 quilômetros, talvez. Não tinha nada a ver com o gamo; mas ainda assim o animal se agitou. Ele saltou e descreveu um arco por sobre o rio, o peso de suas galhadas puxando sua cabeça para baixo; e então ele atingiu a água, lançando-se contra a correnteza e dando um bote ao chegar perto da margem oposta. Ele venceu possantemente a argila escorregadia e, no topo, parou e se virou. Por um momento, exibiu um olho escuro e selvagem e depois atirou a cabeça uma vez e deslizou para dentro da penumbra; um lívido tremular, um açoite esbranquiçado que, em alguns pontos, parecia cinzento. Por nenhuma razão que eu pudesse explicar, tive uma súbita dificuldade de respirar. Sentei-me no solo frio e úmido, e o passado me tomou.

Vi o dia em que minha mãe morreu.

Eu não queria matar nada. Nunca quis. Isso era minha mãe em mim, ou assim diria o velho, se soubesse. Mas morte e sangue faziam parte do ritual necessário para a passagem do menino para o homem, não importava o que minha mãe tivesse a dizer a respeito. Eu ouvira a discussão mais de uma vez: vozes abafadas tarde da noite, meus pais discutindo sobre o que era certo ou errado na criação de seu filho. Eu tinha 8 anos e conseguia atravessar uma tampa de garrafa a 5 metros de distância; mas treino era apenas treino. Todos nós sabíamos o que havia além dele.

O velho matou seu primeiro gamo aos 8 anos, e seus olhos ainda brilhavam quando falava sobre isso, sobre como seu pai havia esfregado sangue quente em sua testa naquele dia. Era um batismo, dissera ele, uma coisa que perdurava através do tempo, e eu acordei na manhã combinada com a boca do estômago gelada de medo e náusea. Mas me aprontei e encontrei Dolf e meu pai do lado de fora, na escuridão ao ar livre. Eles perguntaram se eu estava pronto. Falei que estava, e eles se colocaram cada um de um lado meu quando pulamos a cerca e partimos para o fundo da floresta cheia de segredos.

Quatro horas mais tarde estávamos de volta. Meu rifle cheirava a pólvora queimada, mas não havia sangue na minha testa. Nada para se envergonhar, eles disseram, mas eu duvidei da sinceridade deles.

Sentei-me na tampa traseira da caminhonete de meu pai quando ele entrou para ver como estava minha mãe. Ele retornou com um andar pesado.

— Como ela está? — perguntei, sabendo qual seria sua resposta.

— Na mesma.

A voz dele estava áspera, mas não conseguia esconder a tristeza.

— O senhor contou a ela? — perguntei, e indaguei-me se meu fracasso poderia trazer alguma rara alegria a ela.

Ele não me deu atenção, começou a tirar seu rifle.

— Sua mãe me pediu uma xícara de café. Leve para ela, sim?

Eu não sabia o que havia de errado com minha mãe, apenas que sua luz havia se apagado. Ela sempre havia sido calorosa e divertida, uma amiga nos longos dias em que meu pai trabalhava a terra. Nós jogávamos, contávamos histórias. Ríamos o tempo todo. Então alguma coisa mudou. Ela se tornou sombria. Perdi a conta das vezes em que a vi chorar e sentia-me assustado pelas muitas vezes em que as palavras que dirigia a ela caíam num silêncio de olhos vazios. Ela se consumiu até quase desaparecer, ficou pele e osso, e eu temi que um dia pudesse enxergar através de seu corpo se ela passasse diante de uma janela sem cortinas.

Era uma coisa assustadora, e eu não sabia o significado de nada daquilo.

Entrei na casa silenciosa, senti o cheiro do café de que minha mãe gostava. Servi uma xícara e subi cuidadosamente os degraus. Não derramei uma gota.

Até abrir a porta dela.

A arma já estava encostada na sua têmpora, seu rosto lívido e desesperançado sobre o penhoar rosa-pálido que ela vestia.

Ela puxou o gatilho quando a porta se abriu.

Meu pai e eu nunca falamos sobre isso. Sepultamos a mulher que amávamos, e foi como eu sempre soubera: morte e sangue faziam parte do que é necessário para a passagem do menino para o homem.

Eu matei uma porção de gamos depois daquilo.

CAPÍTULO 10

Encontrei Dolf na varanda, enrolando um cigarro.

— Bom-dia — falei, e ele se apoiou na balaustrada, observando seus dedos hábeis e atarefados. Ele me olhou com atenção enquanto lambia o papel e passava o cigarro entre os dedos uma última vez. Tirou um fósforo do bolso da camisa, acendeu-o com a unha de um polegar. Seus olhos pousaram sobre a pistola ainda enfiada no meu cinto. Ele soprou o fósforo.

— É minha? — perguntou.

Tirei a pistola e coloquei-a sobre a mesa. O cheiro doce do tabaco me envolveu quando me inclinei, e o rosto dele parecia entalhado sob a luz agressiva.

— Desculpe — falei.

Ele apanhou a arma e cheirou o cano; depois largou-a novamente.

— Não causou nenhum estrago. — Ele se reclinou para trás na cadeira, que rangeu sob seu peso. — Cinco anos é um longo tempo — disse ele, despreocupadamente.

— É.

— Aposto que você voltou por algum motivo. Quer me contar?

— Não.

— Talvez eu possa ajudá-lo.

Era uma boa oferta. Ele falava sério.

— Não desta vez, Dolf.

Ele apontou para o rio.

— Eu senti o cheiro da fumaça. Acho que talvez tenha conseguido ver o brilho das labaredas, também.

Ele queria conversar sobre aquilo, queria saber, eu não o culpava.

— O som se propaga rio abaixo. — Ele deu uma tragada. — Eu consigo sentir o cheiro da fumaça em você.

Sentei na cadeira de balanço ao lado da dele e pus meus pés na balaustrada. Olhei mais uma vez para a arma e depois para a xícara de café de Dolf. Pensei em minha mãe e no gamo branco.

— Alguém está caçando na propriedade — falei.

Ele balançou a cadeira vagarosamente.

— É seu pai.

— Ele está caçando novamente? Pensei que tivesse jurado não fazer mais isso.

— De certa forma.

— O que quer dizer?

— Há uma matilha de cães selvagens por aí. Eles apareceram depois que a primeira rês foi baleada. Sentem o cheiro de sangue a quilômetros de distância. Encontram as carcaças à noite. Agora eles tomaram gosto pela coisa. Ainda não encontramos um jeito de afugentá-los. Seu pai está determinado a matar até o último deles. É sua nova obsessão.

— Pensei que o gado tivesse sido baleado apenas uma vez.

— Foi a única que comunicamos ao xerife. Já ocorreu umas sete ou oito vezes.

— Que tipo de cães? — perguntei.

— Diabos, eu não sei. Dos grandes. Dos pequenos. Filhos da mãe sujos e esquivos. Todos são cruéis como o inferno. Mas o líder... merda... ele é diferente. Parece um cruzamento entre um pastor alemão e um dobermann. Quarenta e cinco quilos, talvez. Preto. Rápido. Esperto como o demônio. Não importa por onde seu pai se aproxime, o quanto se mantenha em silêncio, aquele cachorro preto sempre o vê primeiro. Ele desaparece. Seu velho não consegue acertar um tiro. Diz que aquele cão é o diabo em pessoa.

— Quantos cães na matilha?

— Talvez uma dúzia no início. Seu velho matou dois ou três. Restam cinco ou seis agora.

— Quem matou os outros?

— Aquele preto, eu acho. Nós os encontramos com as gargantas estraçalhadas. Todos machos. Rivais, eu acho.

— Meu Deus!

— É.

— Por que vocês não deram queixa contra a morte do gado?

— Porque o xerife é um inútil. Ele foi inútil cinco anos atrás e não encontrou motivo algum para mudar, pelo que sei. Da primeira vez que o chamamos, ele deu uma volta ao redor da carcaça, depois sugeriu que podia ser melhor para todos os interessados se o seu pai simplesmente vendesse a propriedade. Isso definiu as coisas para seu pai e para mim.

— Ainda há alguém no hospital?

— Não nos deixarão vê-la; portanto, não há razão para ficar por lá. Nós viemos para casa há algumas horas.

Eu me levantei, caminhei até o canto da varanda. O sol estava se erguendo acima das copas das árvores. Debati comigo mesmo sobre o que contar a Dolf e decidi que ele tinha de saber tudo.

— Foi Zebulon Faith — falei. — Ele ou Danny. Foram eles que fizeram aquilo.

Dolf ficou em silêncio por um bom tempo. Ouvi sua cadeira ranger novamente e senti seus passos no velho assoalho. Ele ficou parado ao meu lado e pôs suas mãos sobre a balaustrada, olhando para fora, onde uma neblina baixa se erguia do rio.

— Não foi Zebulon Faith — disse ele.

Eu me voltei para ele, incerto sobre o que pensar. Tirou um fiapo de tabaco de sua língua enquanto eu esperava que ele explicasse. Levou algum tempo para fazer isso.

— Ele é mau a ponto de cometer uma coisa dessas, eu acho, mas teve câncer de próstata há três anos. — Ele olhou para mim. — O velho não consegue mais pôr seu garoto de pé. Está impotente. Não tem mais bala na agulha.

— Como você sabe disso? — perguntei.

Dolf suspirou, manteve os olhos no rio.

— Nós consultamos o mesmo médico, fomos diagnosticados na mesma época; passamos por isso juntos. Não que fôssemos amigos ou coisa parecida, mas conversamos uma ou duas vezes. — Ele deu de ombros. — Coisas que acontecem.

— Tem certeza?

— Absoluta.

Pensei em Dolf lutando contra um câncer enquanto eu batalhava para encontrar algum propósito numa cidade distante, na qual eu não tinha nada a fazer.

— Lamento, Dolf.

Ele cuspiu outro fiapo de tabaco, afastando minha compaixão com um dar de ombros.

— O que o faz pensar que foi um deles? — perguntou.

Contei-lhe tudo o que sabia: o anel de Danny, o incêndio, minha luta com Zebulon Faith.

— Talvez tenha sido bom você não o ter matado — disse Dolf.

— Eu tive vontade.

— Não o culpo.

— Pode ter sido Danny quem fez aquilo.

Dolf pensou a respeito, falou com relutância.

— A maior parte das pessoas tem sombras em algum lugar dentro delas. Danny é um rapaz bastante bom em muitos aspectos, mas o lado obscuro dele está mais próximo da superfície que o da maioria.

— O que você está querendo dizer?

Ele me olhou com atenção.

— Eu passei muitos anos vendo você golpear as sombras, Adam. Dando murros em ponta de faca. Um pária em vários sentidos. Doía-me vê-lo daquele jeito, mas eu podia entender. Você viu coisas que nenhum garoto deveria ver. — Ele fez uma pausa e desviou o olhar. — Quando você voltava para casa todo ensanguentado, ou quando seu pai e eu pagávamos sua fiança, havia sempre uma tristeza em você, um mutismo. Droga, filho, você parecia quase perdido. É difícil para mim dizer-lhe essas coisas, mas aí está. Só que Danny era diferente. Ele tinha aquele ar de alegria mal contida. Aquele garoto, ele se metia em brigas porque gostava. Uma diferença e tanto.

Eu não discuti. Por uma variedade de motivos, o lado sombrio de Danny formava a base da nossa amizade. Conheci-o seis meses depois de minha mãe se suicidar. Eu já vinha brigando, matando aulas. A maior parte dos meus amigos havia se afastado de mim. Eles não sabiam como lidar comigo, não sabiam o que dizer para um garoto cuja mãe explodiu a própria cabeça. Isso doía, também, mas eu não me queixava. Eu me fechei ainda mais, desisti de todos. Danny entrou em minha vida como um irmão. Ele não tinha dinheiro, tinha notas ruins e um pai abusivo. Não via sua mãe ou uma refeição decente havia dois anos.

Consequências não significavam nada para Danny. Ele decididamente estava cagando e andando.

Eu queria ser como ele.

Nós nos dávamos bem. Se eu entrasse numa briga, ele me dava apoio. Eu fazia o mesmo. Garotos mais velhos. Garotos da nossa idade. Não fazia diferença. Uma vez, na oitava série, nós roubamos o carro do diretor e o estacionamos em plena vista numa casa de massagens na rodovia interestadual. Danny caiu por aquilo: suspenso por duas semanas, boletim no juizado de menores. Ele jamais mencionou meu nome.

Mas era um homem feito agora, e seu pai estava decidido a fazer uma pilha de dinheiro. Eu tinha de me perguntar o quanto aquele vale de sombras era profundo.

Sete dígitos, dissera Robin.

Profundo o bastante, eu achei.

— Você acha que ele poderia ter feito isso? — perguntei. — Atacado Grace?

Dolf pensou sobre a pergunta.

— Talvez, mas duvido. Ele cometeu alguns erros, mas ainda digo que é um rapaz bastante decente. A polícia está à procura dele?

— Sim.

Ele balançou a cabeça.

— Acho que então nós veremos.

— Havia uma mulher com Grace antes de ela ser atacada.

— Que mulher? — perguntou Dolf.

— Numa canoa azul, uma daquelas feitas de madeira como não se vê mais. Tinha os cabelos brancos, embora parecesse jovem demais para isso, por algum motivo. Elas estavam conversando.

— Estavam? — As sobrancelhas dele se fecharam.

— Você a conhece?

— Sim.

— Quem é ela?

— Você contou sobre ela à polícia?

— Contei.

Ele cuspiu por sobre a balaustrada.

— Sarah Yates. Mas você não soube isso de mim.

— Quem é ela?

— Eu não falo com Sarah faz um longo tempo. Ela mora do outro lado do rio.

— Você sabe mais do que está querendo falar — disse.

— É realmente tudo o que posso lhe dizer, Adam. Agora venha cá. Vou lhe mostrar uma coisa.

Deixei passar, segui-o para fora da varanda, rumo ao quintal. Ele me conduziu até o celeiro e pôs uma das mãos sobre o velho MG que estava pousado sobre blocos no meio do lugar.

— Sabe, antes deste carro, Grace nunca me pediu uma só coisa. Ela gastava os fundilhos de suas calças antes de pedir um remendo. — Ele passou a mão no para-lama do carro. — Este foi o conversível mais barato que ela conseguiu encontrar. Ele é temperamental e instável, mas ela não o trocaria por todo o ouro do mundo. — Ele me avaliou novamente.

— Estas palavras descrevem alguma outra coisa neste celeiro? Temperamental. Instável.

Eu sabia o que ele estava querendo dizer.

— Ela o ama, Adam; ainda que você tenha ido embora e apesar de a sua partida quase tê-la matado. Ela não o trocaria por nada.

— Por que você está me dizendo isso?

— Porque agora ela vai precisar de você mais do que nunca. — Ele pôs a mão no meu ombro e o apertou. — Não vá embora novamente. É isso que estou lhe dizendo.

Dei um passo atrás, de modo que a mão dele se soltou; e por um momento houve uma contração nos seus dedos nodosos.

— Nunca coube a mim decidir, Dolf.

— Seu pai é um bom homem que cometeu erros. É só isso que ele é. Assim como você. Assim como eu.

— E na noite passada, quando ele ameaçou me matar?

— É como eu disse. Violentos e cegos. Vocês dois. Exatamente iguais.

— Não somos iguais — falei.

Dolf esticou-se e repuxou os lábios para cima no sorriso mais forçado que eu já vi.

— Ah, esqueça. Você conhece sua cabeça melhor do que ninguém. Vamos tomar um café da manhã.

Ele deu as costas e se afastou.

— É a segunda vez que você me faz sermões sobre meu pai nas últimas 12 horas. Ele não precisa de que o defenda.

— Isto não deveria ser uma batalha — respondeu ele, e continuou caminhando.

Olhei para o céu, depois para o celeiro, mas no fim eu não tinha nenhum outro lugar para ir. Nós voltamos para a casa; eu me sentei à mesa da cozinha dele e observei-o servir duas xícaras de café e tirar o bacon e os ovos da geladeira. Ele quebrou seis ovos numa tigela, adicionou leite e bateu tudo com um garfo. Pôs a tigela de lado e abriu o bacon.

Foram necessários poucos minutos para que ambos nos acalmássemos.

— Dolf — falei, por fim —, posso lhe fazer uma pergunta?

— Mande. — Sua voz era a mais calma possível.

— Qual foi o mais longo tempo de vida de um gamo de que você já ouviu falar?

— Dos de cauda branca?

— Sim.

Dolf largou metade da manta de bacon na frigideira.

— Dez anos em estado selvagem, mais tempo em cativeiro.

— Você já ouviu falar de algum que vivesse vinte anos?

Dolf colocou a frigideira sobre o fogão, e o bacon começou a crepitar e chiar.

— Nenhum que fosse normal.

A luz se infiltrou através da janela, formando um quadrado lívido na madeira negra ao nosso lado. Quando ergui os olhos, ele me observava com franca curiosidade.

— Você se lembra da última vez que meu pai me levou para caçar? — perguntei. — Aquele macho branco em que eu atirei e errei?

— É uma das histórias favoritas do seu velho. Ele diz que vocês dois alcançaram um entendimento lá na mata. Alguma coisa não dita, como ele dizia. Um compromisso com a vida à sombra da morte ou algo parecido. Bem poético, eu sempre achei.

Pensei na fotografia que meu pai guardava em seu escritório, a que foi tirada no dia em que vimos o gamo branco. Ela foi tirada na entrada de carros depois de uma longa caminhada silenciosa de volta da floresta. Meu pai pensou que fosse um novo começo. Eu estava apenas tentando não chorar.

— Ele estava errado, sabe. Não houve compromisso algum.

— O que você quer dizer? — perguntou Dolf.

— Eu queria matar aquele gamo.

— Não estou entendendo.

Olhei para Dolf e senti as mesmas emoções esmagadoras que havia sentido na floresta. Consolo. Dor.

— Meu pai disse que aquele gamo era um sinal. Ele queria dizer que era um sinal vindo dela.

— Adam...

— Foi por isso que eu quis feri-lo. — Apertei minhas mãos, sentindo dor enquanto os ossos se comprimiam. — Foi por isso que eu quis matá-lo. Eu estava com raiva. Estava furioso.

— Mas, por quê?

— Porque eu sabia que havia acabado.

— O que havia acabado?

Não consegui enfrentar os olhos dele.

— Tudo o que havia de bom.

Dolf não falou, mas eu o compreendi. O que ele poderia dizer? Ela me deixara, e eu nem mesmo sabia o porquê.

— Eu vi um gamo esta manhã — falei. — Um gamo branco.

Dolf sentou-se do lado oposto da mesa.

— E você acha que talvez seja o mesmo?

Encolhi os ombros.

— Eu não sei, talvez. Eu costumava sonhar com o primeiro.

— Você quer que seja o mesmo?

Não lhe dei uma resposta direta.

— Eu li sobre gamos brancos alguns anos atrás, sobre a mitologia dos gamos brancos. Há várias ocorrências, remontando a mil anos. Eles são muito raros.

— Que tipo de mitologia?

— Os cristãos falam de um macho adulto branco que portava uma visão de Cristo entre suas galhadas. Eles acreditavam que era um sinal de salvação iminente.

— Isso parece bonito.

— Há lendas que remontam a muito mais tempo. Os antigos celtas acreditavam em algo inteiramente diferente. As lendas deles falam de gamos brancos conduzindo viajantes até os lugares mais ocultos da floresta. Eles dizem que um gamo branco pode levar um homem a um novo entendimento.

— Isso não é nada mau, também.

Ergui os olhos.

— Eles dizem que ele é um mensageiro dos mortos.

CAPÍTULO 11

Nós comemos em silêncio. Dolf saiu e eu fui me limpar. No espelho, eu parecia extenuado, meus olhos por algum motivo pareciam mais velhos que o resto de mim. Vesti calças jeans e uma camisa de linho, depois fui novamente para fora, onde encontrei Robin sentada numa mesa de piquenique, segurando um pedaço de carburador. Ela se levantou quando me viu. Eu parei na varanda.

— Ninguém atendeu quando bati — disse ela. — Ouvi o barulho da água e decidi esperar.

— O que você está fazendo aqui? — perguntei.

— Vim pedir desculpas.

— Se é pelo que aconteceu mais cedo...

— Não é — disse ela.

— Por que, então?

Uma sombra passou pelo rosto dela.

— Foi a pedido de Grantham. — Ela olhou para o chão e seus ombros desabaram. — Mas isso não é desculpa. Eu não devia ter deixado chegar tão longe.

— Do que você está falando?

— Se isso tivesse acontecido na cidade, ou em algum lugar populoso, provavelmente ele não teria achado necessário...

— Robin.

Ela endireitou o corpo, como se fosse para receber uma punição.

— Ela não foi estuprada.

Fiquei sem fala.

— Ela foi atacada, mas não estuprada. Grantham queria manter isso em segredo até ver como vocês todos reagiriam.

Não foi *estuprada*.

Minha voz saiu rouca.

— Como quem reagiria?

— Você. Jamie. Seu pai. Qualquer um dos homens que pudesse ter feito aquilo. Ele estava observando vocês.

— Por quê?

— Porque ataque sexual nem sempre termina em estupro, porque ele nem sempre é tão aleatório quanto as pessoas pensam e, pelo local onde aconteceu, as chances de um encontro casual ali são débeis.

— E porque ele pensa que eu seria capaz disso.

— A maioria das pessoas mente mal. Se você soubesse que não tinha havido estupro, isso talvez tivesse transparecido. Grantham queria ver.

— E você colaborou com isso.

Ela pareceu arrasada.

— Não é uma tática incomum, sonegar informação. Eu não tive escolha.

— Besteira.

— Sua emoção está falando mais alto.

— Por que você decidiu me contar?

Ela olhou em volta como se procurasse alguma ajuda. As palmas de suas mãos se viraram para capturar a luz do sol baixo.

— Porque as coisas parecem diferentes à luz do dia. Porque eu cometi um erro.

— Zebulon Faith é impotente — falei. — Talvez por isso ela não tenha sido realmente estuprada.

— Eu não quero conversar sobre o caso — disse ela. — Eu quero conversar sobre nós. Você precisa entender por que eu fiz o que fiz.

— Eu entendo perfeitamente.

— Não acho que você entenda.

Eu me afastei e minha mão procurou a borda da porta aberta. Ela sabia que eu estava prestes a fechá-la entre nós. Talvez por isso tenha dito o que disse.

— Há algo que talvez você deva ouvir — disse ela.

— O quê?

Robin ergueu os olhos para mim.

— Grace nunca foi sexualmente ativa.

— Mas ela me disse...

— O médico confirmou, Adam. Apesar do que ela lhe disse, ficou bem claro que ela não teve vários namorados.

— Por que ela me diria isso?

— Acho que foi como você falou, Adam.

— O quê?

— Acho que ela quis feri-lo.

A estrada até a casa de meu pai estava endurecida pelo sol, e uma poeira vermelha se depositava sobre meus sapatos enquanto eu a percorria. O caminho fazia uma curva para o norte e depois contornava para o leste antes de chegar à crista da pequena elevação que decaía até o rio. Olhei do alto na direção da casa, dos automóveis estacionados diante dela. Havia poucos, e um deles eu reconheci. Não o carro em si, mas a placa, J-19C, uma placa em J, do tipo que é designado para juízes em exercício.

Eu desci a ladeira, parei ao lado do carro. Havia uma embalagem de bolo recheado Twinkie sobre o assento.

Eu conhecia o filho da mãe.

Gilbert T. Rathburn.

Juiz G.

Gilley Rato.

Eu me afastei do carro quando a porta da frente da casa se abriu. O juiz atravessou-a como se um cão estivesse no seu encalço. Uma das mãos segurava um maço de documentos, a outra, seu cinto. Era um homem alto e gordo, com um fino aplique de cabelos entrelaçados e óculos que reluziam, pequenos e dourados, na sua cara redonda e vermelha. Seu terno era caro o suficiente para camuflar grande parte do seu tamanho, mas sua gravata ainda parecia estreita. Meu pai seguiu-o até o lado de fora.

— Acho que você deveria reconsiderar, Jacob — disse o juiz. — Faz todo o sentido do mundo. Se você ao menos me deixasse explicar melhor...

— Eu tenho algum problema de dicção?

O juiz se encolheu ligeiramente. Meu pai, percebendo isso, tirou os olhos dele e me viu parado na entrada para carros. A surpresa passou como um relâmpago pelo seu rosto, e sua voz ficou mais baixa quando ele apontou um dedo para mim.

— Gostaria de falar com você no meu escritório — disse ele, depois voltou-se novamente para o juiz. — E você não vá falar com Dolf sobre isso. O que eu disse também vale para ele.

Sem esperar por uma resposta, ele deu as costas e entrou na casa.

A porta de tela bateu atrás dele e o juiz meneou a cabeça antes de voltar seu rosto para mim, que estava parado à sombra de uma nogueira. Olhou-me de cima a baixo, examinou-me por sobre os óculos, enquanto seu pescoço se avolumava para fora do colarinho. Nós nos conhecíamos havia anos. Eu havia comparecido ao tribunal uma ou duas vezes quando era jovem, e ele ainda ocupava o assento inferior da corte. As acusações nunca foram muito sérias, em sua maioria bebedeira e desordem. Nunca tivemos qualquer problema real, até cinco anos antes, quando ele assinou um mandado criminal de prisão pelo assassinato de Gray Wilson. Ele não conseguia esconder o desprezo no seu olhar.

— Essa é uma decisão infeliz — disse ele. — Mostrar a sua cara novamente aqui em Rowan.

— O que aconteceu com "inocente até prova em contrário", seu gordo filho da mãe?

Ele chegou mais perto, superando minha altura em uns bons 10 centímetros. O suor orvalhava seu rosto e os cabelos ao redor da sua cabeça.

— O garoto foi morto nesta fazenda, e sua própria mãe o identificou deixando o local do crime.

— Madrasta — falei, e correspondi ao olhar dele.

— Você foi visto coberto com o sangue dele.

— Visto por uma só pessoa — respondi.

— Uma testemunha idônea.

— Por Deus — falei em desgosto.

Ele sorriu.

— O que você está fazendo aqui, Rathburn? — perguntei.

— Ninguém esqueceu, sabe? Mesmo sem uma condenação, as pessoas se lembram.

Tentei ignorá-lo.

— Nós cuidamos dos nossos — disse ele quando abri a porta de tela e olhei para trás. Seu dedo estava apontado para mim, e seu relógio reluzia no pulso rechonchudo. — Assim é a vida neste condado.

— Você quer dizer que cuida dos seus contribuintes de campanha. Não é assim?

Um forte rubor subiu pelo pescoço gordo de Rathburn. Ele era um elitista fanático. Se você é rico e branco, ele seria o juiz ideal para você. Frequentemente procurava meu pai em busca de dinheiro para campanha e sempre saía de mãos abanando. Eu não duvidava nem um pouco que sua presença ali tinha algo a ver com o dinheiro em jogo na questão do rio. Ele tinha seu dedo enfiado em alguma parte do bolo.

Vi que procurava uma resposta, depois espremeu-se no carro quando nada lhe ocorreu. Ele fez a volta por cima da grama do jardim de meu pai, depois levantou poeira colina acima. Esperei até que ele saísse de vista, depois fechei a porta e fui para dentro.

Parei na sala de estar e ouvi o assoalho ranger no andar de cima. Janice, pensei, depois segui para o escritório perfilado de livros de meu pai. A porta estava aberta, e eu bati no caixilho, como um antigo hábito. Entrei. Ele estava de pé ao lado da escrivaninha, de costas para mim, e apoiava seu peso sobre as mãos. Abaixou a cabeça até o peito, e vi a extensão do seu pescoço, as rugas queimadas pelo sol.

A visão trouxe à tona lembranças de como eu brincava sob a mesa quando criança, lembranças de alegria e amor, como se a casa tivesse ficado imersa nelas.

Senti a mão de minha mãe, como se ela ainda estivesse viva.

Soltei um pigarro e vi seus dedos se apertarem até ficarem brancos contra a madeira escura. Quando ele se voltou, fiquei perplexo pela vermelhidão de seus olhos e a palidez em seu rosto. Por um longo instante ficamos parados assim, e isso pareceu uma coisa desconhecida para nós, uma nudez.

Naquele momento sua expressão era fluida, mas logo depois se firmou, como se ele tivesse chegado a um veredicto. Ele se afastou da mesa e cruzou o tapete gasto. Pôs as mãos sobre meus ombros e me puxou num abraço impetuoso. Ele era magro e forte, cheirava à fazenda e a muitas lembranças. Minha cabeça girou e lutei para conter a raiva que me sustentava. Não correspondi ao abraço e ele recuou, com as mãos ainda em meus ombros. Nos seus olhos eu vi a mesma perda crua. Soltou-me quando nós ouvimos um ruído na porta e uma voz alarmada.

— Oh. Desculpem.

Miriam estava parada no batente. Ela não conseguia nos olhar nos olhos, e percebi que estava constrangida.

— O que foi, Miriam?

— Eu não sabia que Adam estava aqui — disse ela.

— Pode esperar? — perguntou meu pai.

— Mamãe quer vê-lo — disse ela.

Meu pai deu um suspiro de evidente frustração.

— Onde ela está?

— No quarto.

Ele olhou para mim.

— Não vá embora — disse.

Depois que ele se retirou, Miriam continuou no batente da porta. Ela havia comparecido ao julgamento, sentado em silêncio na primeira fila todos os dias, mas eu a vira apenas uma vez depois disso, o brevíssimo adeus enquanto eu jogava o que podia para dentro do porta-malas do meu carro. Recordei suas últimas palavras. *Para onde você vai?*, ela perguntara ela. E eu respondera a única coisa que podia: *Sinceramente, não sei.*

— Olá, Miriam.

Ela levantou uma das mãos.

— Não sei bem o que dizer.

— Não diga nada, então.

Ela abaixou a cabeça até que eu pudesse ver o topo.

— Tem sido difícil — disse.

— Está tudo bem.

— Está?

Alguma coisa irreconhecível passou por ela. Ela não havia sido capaz de olhar para mim durante o julgamento e havia fugido do tribunal quando o promotor dispôs as fotografias ampliadas da autópsia num cavalete para que os jurados vissem. A ferida foi vividamente exibida, as fotos tiradas sob iluminação intensa com uma câmera de alta resolução.

Com 90 centímetros de altura, a primeira foto mostrava o cabelo salpicado de sangue e terra, estilhaços de osso e massa cerebral parecendo cera. Ele a havia posicionado para que o júri visse, mas Miriam estava sentada na primeira fila, a poucos metros de distância. Ela cobrira a boca com as mãos e fugira pelo corredor central. Eu sempre a imaginei na grama além da calçada, vomitando suas vísceras. Era onde eu queria estar. Até mesmo meu pai foi forçado a desviar os olhos. Para ela, porém, deve ter sido insuportável. Eles se conheciam havia anos.

— Está tudo bem — repeti.

Ela fez que sim, mas parecia estar a ponto de chorar.

— Você vai ficar quanto tempo?

— Eu não sei.

Ela se afundou mais nas suas roupas folgadas e apoiou-se na moldura da porta. Ainda não havia me olhado nos olhos.

— Isto é estranho — disse ela.

— Não precisa ser.

Ela já estava meneando a cabeça.

— Mas é.

— Miriam...

— Preciso ir.

E então ela se retirou, seus passos como um sussurro na madeira nua do assoalho do longo corredor. No silêncio eu ouvi vozes vindo de cima, uma discussão e o tom de voz crescente de minha madrasta. Quando meu pai retornou, vi que ele tinha a face endurecida.

— O que Janice queria? — perguntei, já sabendo a resposta.

— Ela queria saber se você vai se reunir a nós no jantar de hoje à noite.

— Não minta para mim.

Ele olhou para cima.

— Você ouviu?

— Ela me quer fora desta casa.

— Isto está sendo difícil para a sua madrasta.

Lutei para manter a civilidade.

— Eu não queria ser um inconveniente para ela.

— Isso é besteira — disse ele. — Vamos sair daqui.

Ele se dirigiu para o fundo do escritório em direção à porta que dava para fora. Uma de suas mãos tomou um dos rifles apoiados no canto e o sol da manhã inundou a sala quando a outra abriu a porta. Eu o segui. Sua caminhonete estava estacionada a seis metros dali. Ele encaixou o rifle no suporte de armas.

— Para aqueles malditos cães — disse ele. — Entre.

A caminhonete era velha e cheirava a poeira e palha. Ele dirigiu devagar e conduziu-a rio acima. Atravessamos plantações de milho e soja, um novo reflorestamento de pinheiros e a floresta propriamente dita antes que ele tornasse a falar.

— Você teve alguma chance de falar com Miriam?

— Na verdade, ela não quis falar.

Meu pai fez um gesto com a mão, e vi uma rápida contração de amargura em seu rosto.

— Ela é muito nervosa.

— Foi mais do que isso — falei, e pude sentir os olhos dele em mim enquanto eu olhava diretamente em frente. Ele olhou na mesma direção que eu, e quando falou, foi sobre o rapaz morto.

— Eles eram amigos, Adam.

Perdi minha calma. Não pude evitar.

— Você acha que não sei disso?! Acha que não me lembro?!

— Tudo vai se resolver — falou ele, hesitante.

— E quanto a você? — perguntei. — Um tapinha nas costas não faz com que tudo fique bem.

Ele abriu a boca novamente e depois a fechou. A caminhonete subiu uma colina com vista para a casa. Ele estacionou e desligou a ignição. Estava tudo quieto.

— Eu fiz o que achei que tinha de fazer, filho. Ninguém conseguiria seguir em frente com você ainda na casa. Janice estava perturbada. Jamie e Miriam foram afetados. Eu também fui. Havia questões demais a responder.

— Eu não posso lhe dar respostas que não tenho. Alguém o matou. Eu lhe disse que não fui eu. Isso deveria ter sido suficiente.

— Não foi. Sua absolvição não apagou o que Janice viu.

Eu me virei no meu lugar e olhei atentamente para ele.

— Vamos começar com isso novamente?

— Não, filho. Não vamos.

Olhei para o chão, para a palha, a lama e as folhas secas em frangalhos.

— Eu sinto falta de sua mãe — disse ele, por fim.

— Eu também.

Atravessamos um longo silêncio enquanto o sol seguia seu curso.

— Eu entendo, você sabe.

— O quê?

Ele fez uma pausa.

— A extensão da sua perda quando ela morreu.

— Pare — respondi.

Mais um tempo sem palavras, em sua maior parte denso de lembranças dela e de como era bom quando estávamos os três juntos.

— Deve haver alguma parte em você que acha que eu sou capaz de matar alguém — falei.

Ele esfregou as mãos no rosto, friccionando os olhos com as palmas calosas. Havia terra sob suas unhas, e ele estava inteiramente coberto de verdade quando falou.

— Você nunca mais foi o mesmo depois que ela morreu. Antes disso, você era um garoto tão doce. Meu Deus, você era perfeito, uma joia pura. Mas depois que ela morreu, você mudou, tornou-se sombrio e desconfiado. Ressentido. Distante. Eu pensei que fosse sair disso com o tempo. Mas você começou a brigar na escola. Discutir com os professores. Você tinha raiva o tempo todo. Era como um maldito câncer. Como se estivesse simplesmente devorando toda aquela doçura.

Ele cobriu o rosto com as mãos novamente; a pele endurecida ocultando as rugas.

— Acreditei que você fosse superar aquilo. Achei que você desabrocharia. Simplesmente não pensei que aconteceria daquela maneira. Você jogaria um automóvel contra uma árvore, ficaria seriamente ferido numa briga, talvez. Quando aquele rapaz foi morto, nunca me ocorreu que você pudesse ser o responsável. Mas Janice jurou tê-lo visto. — Ele suspirou. — Eu pensei que você finalmente estivesse perdido.

— Por causa da minha mãe? — perguntei, mas ele não viu o gelo que havia em mim. Balançou a cabeça, e algo de violento provocou um baque no meu peito. Eu fui acusado injustamente, julgado por assassinato e expulso. Ele estava pondo a culpa disso tudo na morte de minha mãe.

— Se eu estava tão desnorteado, por que você não me providenciou alguma ajuda?

— Você quer dizer algo como um psicólogo?

— Sim. Qualquer coisa.

— A única coisa de que um homem precisa é ter os pés no chão. Nós achávamos que conseguiríamos fazer você chegar lá. Dolf e eu.

— E tal pensamento lhe bastou, é isso?

— Não me julgue, garoto.

— Como bastou para mamãe?

Os músculos de sua mandíbula se intumesceram antes de ele falar.

— Agora é melhor você calar essa sua maldita boca. Você está falando de algo muito além da sua compreensão.

— Que se foda isso — falei, e abri a porta da caminhonete. Desci a estrada e ouvi a porta dele bater atrás de mim.

— Não fuja de mim — disse ele.

Senti a mão dele no meu ombro e, sem que tivesse consciência do que fazia, virei-me e dei-lhe um soco no rosto. Ele caiu por terra e fiquei parado acima dele. Vi um relâmpago de cores, o último segundo de minha mãe neste mundo, e pronunciei o pensamento que havia me atormentado nos últimos anos.

— Devia ter sido você — falei.

O sangue correu do nariz dele até o canto direito de sua boca. Ele parecia pequeno em meio ao pó, e eu visualizei o dia em que ela cometeu aquilo: a maneira como a arma saltou de sua mão sem vida, como o café queimou meus dedos quando derrubei a xícara. Mas houve um instante, algo que passou pelo seu rosto como um clarão quando a porta se abriu por inteiro. Surpresa, pensei. Arrependimento. Antigamente eu pensava que fosse minha imaginação.

Mas não agora.

— Nós voltamos para casa — disse eu. — Nós voltamos da floresta e você foi ver como ela estava. Ela pediu para que *você* lhe levasse o café.

— Do que você está falando? — Ele esfregou o sangue de seu rosto, mas não fez nenhum esforço para se levantar. Não queria ouvir aquilo, mas já sabia.

— A arma estava encostada na cabeça dela quando abri a porta. Ela queria que *você* a visse morrer.

O rosto de meu pai empalideceu.

— Não eu — falei.

Dei as costas e me afastei.

E tive certeza de que ele me deixaria ir.

CAPÍTULO 12

Deixei a estrada e voltei para a casa de Dolf pelas picadas e trilhas de que ainda me lembrava. O lugar estava vazio, por isso
ninguém viu quando eu me afundei num canto, como eu quase desabei. Ninguém viu como eu lutei para me recompor e ninguém
me viu atirar minhas coisas no carro; mas Dolf estacionou ao meu lado
quando eu estava partindo, e eu parei em respeito à sua mão erguida e
pelo franco desalento no seu rosto quando ele decifrou minhas intenções através das nossas janelas abertas.

Ele desceu do caminhão e apoiou as mãos sobre a capota do meu
carro. Dolf se curvou e eu vi que ele percebeu a mochila no banco de
trás. Seus olhos se demoraram no meu rosto antes de ele falar.

— Não é esse o caminho, Adam. Seja lá o que ele lhe disse, fugir
agora não é a resposta.

Mas Dolf estava errado; nada mudara. A desconfiança estava por
todo lugar e minhas escolhas ainda se resumiam à tristeza ou à raiva.
Depois daquilo, o esquecimento parecia excelente.

— Foi ótimo ver você, Dolf. Mas isso não vai funcionar. Diga a Grace que eu a amo.

Arranquei e o vi parado na entrada para carros, observando-me partir. Ele levantou uma das mãos e disse algo, mas eu não ouvi. Não importava. Robin havia se voltado contra mim. Meu pai era caso perdido.

Eu estava vencido.

Acabado.

Segui a estrada estreita de volta para o rio, até a ponte que se estendia sobre o limite de Rowan. Estacionei onde havia estacionado antes e

caminhei até a beira d'água. As garrafas ainda estavam ali, e eu pensei no menino perdido pelo qual meu pai se lamentava, num tempo em que não havia nada mais complicado que manter uma bainha bem azeitada ou tirar um peixe-gato do anzol. Eu me perguntei se restava algo daquele garoto em mim, ou se o câncer, de fato, o havia devorado inteiramente. Eu conseguia recordar a sensação. Um dia em particular. Eu tinha 7 anos e faltava mais de um ano até que um inverno estranho e escuro apagasse o calor de minha mãe.

Nós estávamos no rio.

Estávamos nadando.

Você confia em mim?, perguntou ela.

Sim.

Venha, disse ela.

Nós estávamos agarrados à borda do embarcadouro. O sol estava alto, seu sorriso era travesso. Tinha olhos azuis com pintas amarelas que os faziam parecer com algo em chamas. *Lá vamos nós*, disse ela, depois deslizou para debaixo d'água. Vi suas pernas fazerem um movimento de tesoura duas vezes, depois ela se foi por sob o píer.

Eu estava confuso, mas então a mão dela apareceu. Apertando-a, prendi a respiração e deixei-a me arrastar para baixo do embarcadouro. O mundo ficou às escuras, depois eu subi ao lado dela no espaço vazio entre as tábuas. Era tranquilo e verde como uma floresta. A luz atravessava obliquamente entre as tábuas. Os olhos dela dançavam, e quando a luz os tocava, eles se incendiavam. O lugar era oculto e silencioso. Eu estivera sobre o píer uma centena de vezes, mas nunca debaixo dele. Era como um segredo. Era como...

Seus olhos se apertaram e ela tocou meu rosto com a mão.

Há tanta mágica no mundo, disse ela.

E era isso mesmo.

Era como mágica.

Eu ainda estava ponderando sobre isso quando a caminhonete de Dolf parou no acostamento da estrada acima de mim. Ele desceu até a margem como um velho.

— Como você sabia que eu estava aqui? — perguntei.

— Arrisquei um palpite.

Ele apanhou um punhado de pedras e começou a fazê-las ricochetear à superfície d'água.

— Se eu atravessar aquela ponte agora, não haverá mais volta.

— É.

— Foi por isso que eu parei.

Ele atirou outra pedra. Ela afundou no segundo salto.

— Você não é muito bom nisso — falei.

— Artrite. É uma merda. — Ele atirou outra; ela afundou imediatamente. — Quer me contar o verdadeiro motivo de você estar aqui? — perguntou ele, e abriu outro rasgo na água. — Eu farei qualquer coisa que puder por você, Adam. Tudo o que puder para ajudá-lo.

Apanhei quatro pedras. A primeira quicou seis vezes.

— Você já tem peso demais nas suas costas, Dolf.

— Talvez eu tenha, talvez não. Na verdade, não importa. A oferta está feita.

Estudei a assimetria de seu rosto.

— Danny me chamou — contei. — Três semanas atrás.

— É mesmo?

— Ele disse que precisava da minha ajuda com alguma coisa. Pediu-me para voltar para casa.

Dolf se curvou para apanhar mais pedras.

— O que você disse a ele?

— Perguntei o que ele queria, mas ele foi vago. Disse que havia pensado num jeito de arrumar sua vida, mas precisava da minha ajuda para fazer isso. Ele queria que eu voltasse para cá, para conversarmos frente a frente a respeito.

Dolf esperou que eu concluísse.

— Eu lhe disse que não poderia fazer isso.

— O que ele respondeu?

— Ele foi insistente e ficou bravo. Disse que precisava de mim e que faria isso por mim se a situação fosse inversa.

— Mas não contou o que queria?

— Nada.

— Você acha que ele queria que você conversasse com seu pai sobre a venda da fazenda? Tentasse convencê-lo a vendê-la?

— Dinheiro pode resolver uma porção de problemas.

Dolf avaliou o que eu havia dito.

— Então, por que você voltou para casa?

— Houve momentos em que Danny poderia ter me evitado quando eu estava metido em encrenca, mas nunca fez isso. Nem uma só vez. Quando pensava em Danny e eu, era muito como você e papai. Uma amizade estreita, entende? Segura. Eu me senti mal, como se tivesse dado as costas a ele.

— Amizades podem ser difíceis.

— E elas podem morrer. — Sacudi a cabeça. — Não sei como pude ter errado tanto com ele. Eu fico pensando novamente no dinheiro. — Atirei outra pedra. — Está tudo confuso.

Nós ficamos em silêncio, observando o rio.

— Esse não foi o único motivo pelo qual voltei para casa.

Dolf percebeu a minha mudança de tom e aguçou os ouvidos.

— E qual é o outro?

Olhei para ele.

— Você não consegue adivinhar?

Vi que a mensagem foi compreendida.

— Para fazer as pazes com seu pai.

— Eu havia sepultado este lugar, você sabe. Simplesmente segui em frente da melhor maneira que pude. Tinha empregos, alguns amigos. Na maior parte dos dias, eu nunca pensava nisto aqui. Havia me disciplinado para não fazer isso. Conversar com Danny, porém, me fez pensar. Engrenagens começaram a rodar. Lembranças vieram à tona. Sonhos. Levou algum tempo para pôr minha cabeça em ordem, mas eu me dei conta de que provavelmente era a hora.

Ele puxou seu cinto e não conseguiu me olhar diretamente.

— No entanto, você está aqui, atirando pedras no rio e discutindo que caminho tomar. Aquele — ele apontou para o norte. — Ou o que leva de volta para casa.

Encolhi meus ombros.

— O que você acha?

— Acho que você esteve fora por tempo demais. — Não respondi nada. — Seu pai sente o mesmo, quer ele lhe tenha dito isso ou não.

Atirei outra pedra, mas fiz isso de maneira desastrada.

— E quanto a Grace? — perguntou Dolf.

— Não posso deixá-la agora.

— Acho que então a decisão é realmente simples.

— Acho que sim.

Guardei a quarta pedra no meu bolso e deixei a ponte para trás.

Segui Dolf de volta à fazenda, depois embarquei na sua caminhonete quando ele disse que tinha outras coisas para me mostrar. Passamos pelo estábulo e vi Robin acompanhada de Grantham. Estavam usando roupas limpas, mas ainda pareciam cansados, e eu me assombrei com a tenacidade deles. Estavam conversando com alguns trabalhadores e fazendo anotações em cadernetas encadernadas em espiral.

— Não é isso o que eu quero lhe mostrar — disse Dolf.

Olhei para Robin quando passamos. Ela ergueu os olhos e me viu.

— Há quanto tempo eles estão aqui?

— Uma hora, talvez. Eles querem falar com todos.

Saímos do campo de visão deles.

— Não há nenhum intérprete — falei.

— Robin fala espanhol.

— Essa é nova — disse eu, e Dolf emitiu um grunhido.

Cruzamos a maior parte da fazenda e dobramos numa das estradas de cascalho que levavam ao extremo norte da propriedade. Subimos uma colina e Dolf parou a caminhonete.

— Cristo!

Eu estava olhando para um vinhedo, incontáveis fileiras de viçosos parreirais verdejantes preenchiam o vale abaixo de nós.

— Quantos acres?

— Quatrocentos cobertos por videiras — disse Dolf. — E foi um trabalho infernal. — Ele balançou a cabeça, apontando através do para-brisa. — Só sobraram pouco mais de cem acres lá.

— Para que diabos?

Dolf deu uma risadinha.

— Essa é a nova plantação de dinheiro, o futuro da agricultura da Carolina do Norte, ou pelo menos é o que dizem. Mas não sai barato.

Esse vinhedo foi plantado três anos atrás, e nós não veremos nenhum lucro por pelo menos mais dois, talvez até mesmo quatro anos. Mesmo então não há garantias. Mas o mercado de soja está estagnado, o de carne está em baixa e o pinho não cresce mais rápido só porque a gente quer que isso aconteça. Nós estamos alternando o cultivo de cereais e arrendamos terras para uma torre de celular, que paga bem, mas seu pai está preocupado com o futuro. — Ele apontou para os vinhedos. — Aí está ele. Assim esperamos.

— Foi ideia sua?

— De Jamie — disse Dolf. — Ele levou dois anos para convencer seu pai, e há toda uma extensão de terra destinada a ele.

— Eu devia ter perguntado?

— Foi necessária uma fortuna para implantar as vinhas e nós sacrificamos a produção de grãos. A fazenda perdeu muita liquidez. — Dolf deu de ombros. — Nós veremos.

— A fazenda está em risco?

Dolf olhou para mim.

— Quanto o seu velho pagou pelos seus dez por cento?

— Três milhões — respondi.

— Foi o que eu calculei. Ele diz que nós estamos bem, mas mantém a boca fechada quanto ao dinheiro dele. Deve estar doendo, no entanto.

— E está tudo nas costas do Jamie?

— Isso mesmo.

— Puxa — falei. O risco era enorme.

— Ou vai ou racha, creio.

Olhei atentamente para o velho. A fazenda era a vida dele.

— Isso está bem para você?

— Eu faço 63 anos no mês que vem. — Ele me olhou de lado e balançou a cabeça. — Seu pai nunca me deixou na mão antes, e não acho que ele planeje fazer isso agora.

— E Jamie? — perguntei. — Ele já o deixou na mão?

— Vai dar no que der, Adam. Veremos.

Ficamos em silêncio por um momento.

— Meu pai vai vender a propriedade para a companhia elétrica, Dolf?

Havia uma aresta cortante em sua voz quando ele respondeu.

— Está preocupado por perder o dinheiro caído do céu?

— Isso não é justo.

— Tem razão, Adam. Não é mesmo. Mas eu vi o que esse dinheiro tem feito com o povo da região.

Ele olhou através do vidro do carro com uma expressão distante.

— Tentação — disse. — Está tornando as pessoas loucas.

— Então, você acha que ele vai vender?

Algo passou pelos olhos do velho, e ele os desviou de mim, dirigindo-os para as longas fileiras de parreirais.

— Seu pai alguma vez lhe explicou por que este lugar se chama fazenda Red Water?

— Eu sempre supus que fosse por causa da argila no rio.

— Acho que não.

Dolf deu a partida na caminhonete e fez meia-volta.

— Para onde estamos indo?

— Para o morro.

— Por quê?

— Você vai ver.

O morro era o ponto mais alto da fazenda, uma imponente elevação de granito que poderia passar por uma pequena montanha. A maior parte dele era uma escarpa coberta de floresta, mas o pico era estéril, o solo fino demais para que crescesse muita coisa. Ele dominava a vista de toda a aproximação do rio pelo norte e era a parte mais inacessível da propriedade.

Dolf começou a falar quando alcançamos a base do morro, e sua voz aumentou enquanto a caminhonete sacolejava em sua subida pelo caminho gasto que conduzia até o topo.

— Algum tempo atrás, isto tudo era terra dos índios Sapona. Havia uma aldeia nas proximidades, provavelmente na fazenda, embora sua localização exata nunca tenha sido determinada. Como a maioria dos índios, os Sapona não queriam desistir de sua terra. — Ele apontou para o caminho à nossa frente. — A luta final deles aconteceu bem ali em cima.

Saímos da floresta e subimos no platô. Era coberto por capim fino. Na borda setentrional o granito aflorava da terra para formar um paredão denteado de 10 metros de altura e 400 metros de extensão. O afloramento era crivado de rachaduras e profundas fissuras. Dolf estacionou na sua base e desembarcou. Eu o segui.

— Pela contagem mais otimista, devia haver umas trezentas pessoas vivendo naquela aldeia, e todos fugiram para cá no final. Mulheres e crianças. Todos.

Dolf arrancou uma longa folha de capim do solo rochoso e rasgou-a entre os dedos enquanto esperava que suas palavras se sedimentassem em mim. Depois começou a caminhar ao longo da face rochosa.

— Este era o terreno elevado — disse ele, apontando para a face da rocha com um dedo tingido de capim. — O último lugar bom para lutar. Pode-se ver tudo a quilômetros de distância daqui de cima.

Ele parou e apontou para uma fissura estreita na pedra, na base do paredão. Eu conhecia o lugar, pois meu pai frequentemente me alertava para evitá-lo. Era profundo.

— Quando acabou — prosseguiu ele —, atiraram os corpos ali. Os homens haviam sido baleados, é claro, mas a maior parte das mulheres e crianças ainda estavam vivas. Eles as jogaram em primeiro lugar e depois empilharam os mortos por cima. A lenda diz que todo o sangue inundou o lençol de água e que as fontes brotaram rubras por dias depois disso. É daí que vem o nome.

Senti meu calor se dissipar.

— Como você sabe disso?

— Alguns arqueólogos de Washington escavaram o poço no final dos anos 1970. Eu estava aqui quando eles fizeram isso. E seu pai também.

— Como eu nunca ouvi falar disso?

Dolf encolheu os ombros.

— Era uma época diferente. Ninguém se importava muito. Não era notícia. Além do mais, seu avô só concordou com a escavação caso eles a mantivessem em segredo. Ele não queria um bando de bêbados idiotas aqui em cima, matando-se à procura de pontas de flechas. Há alguns documentos empoeirados sobre o fato, tenho certeza. Talvez na universidade de Chapel Hill ou em algum lugar em Washington. Mas nunca foi divulgado. Não como teria sido hoje.

— Por que meu pai nunca me contou?

— Quando você era criança, ele não queria assustá-lo. Não queria que você se preocupasse com fantasmas e coisas do gênero, nem com a natureza do ser humano, para ser exato. Depois, quando você ficou mais velho, Jamie e Miriam eram jovens demais. Mas quando vocês todos cresceram, acho que ele simplesmente se esqueceu de tocar no assunto. Não há mistério algum, na verdade.

Eu me aproximei da beira do poço, e meus pés esfarelaram o granito áspero. Inclinei-me para a frente, mas não estava perto o suficiente para enxergar dentro da fenda. Olhei para Dolf.

— O que isto tem a ver com meu pai vender ou não a fazenda?

— Seu velho é como aqueles Sapona. No que diz respeito a ele, vale a pena matar por algumas coisas.

Dirigi um olhar duro para ele.

— Ou morrer — disse ele.

— Isso é verdade? — perguntei.

— Ele nunca venderá.

— Mesmo que a fazenda vá à falência com os vinhedos de Jamie?

Dolf pareceu incomodado.

— Não chegará a esse ponto.

— Quer apostar nisso?

Ele não se deu ao trabalho de responder. Avancei mais e me curvei sobre a boca cruel da fenda, olhando para o fundo da chaminé. Ela era profunda, com arestas enfileiradas e afiadas de pedra dura; mas o sol entrava em ângulo. Pensei ter visto algo lá embaixo.

— O que os arqueólogos fizeram com os restos mortais? — perguntei.

— Eles os catalogaram. Exumaram-nos. Estão guardados em caixas em algum lugar, imagino.

— Tem certeza?

— Sim. Por quê?

Eu me inclinei mais e forcei os olhos na escuridão. Deitei-me sobre a pedra quente e fiz com que minha cabeça pendesse por cima da borda. Vi uma curva pálida e suave, e sob ela um lugar côncavo e uma fileira de pequenos objetos brancos, como pérolas num colar; e um grande monte escuro do que pareciam ser roupas manchadas e putrefeitas.

— O que aquilo parece para você? — perguntei.

Dolf deitou-se ao meu lado. Ele olhou aquilo por um minuto, enrugou o nariz, e eu observei que ele também sentia o cheiro, a mais leve sugestão de alguma coisa corrompida.

— Meu Deus — disse ele.

— Você tem alguma corda na caminhonete?

Ele rolou para o lado e os rebites de metal de seus jeans rasparam na pedra.

— Está falando sério?

— A não ser que você tenha uma ideia melhor.

— Meu Deus — repetiu Dolf, depois se levantou e foi até a caminhonete.

Amarrei a corda usando uma volta de fiel e lancei o rolo solto. Ela chicoteou enquanto ia pedra abaixo.

— Por acaso você teria uma lanterna?

Ele foi buscar uma na caminhonete e entregou-a a mim.

— Você não precisa fazer isso — disse Dolf.

— Não tenho certeza do que vi lá embaixo. Você tem?

— Absoluta.

— Sem dúvida?

Ele não respondeu, por isso eu voltei minhas costas para o buraco e agarrei a corda. A mão dele se fechou sobre o meu ombro.

— Não faça isso, Adam. Não é necessário.

Eu sorri.

— Só não me deixe para trás.

Dolf murmurou algo que soou como "garoto teimoso".

Deitei-me de barriga para baixo e fiz com que minhas pernas deslizassem por sobre a borda. Apoiei meus pés, permiti que eles suportassem todo o peso que podiam e deixei o resto a cargo da corda. Olhei nos olhos de Dolf uma vez e depois estava dentro do buraco, a boca da fenda parecendo se fechar acima de mim.

O frio rastejava fenda acima e o ar ficou mais espesso. Descendi por camadas de rocha, e a descida deixou para trás o mundo cálido e luminoso. O sol me abandonou, e eu senti a presença deles, trezentos ao todo, alguns ainda vivos quando entraram ali. Por um instante, minha mente se afastou de mim. Foi real, como se eu pudesse sentir o estampido dos tiros na rocha, os altos gritos de mulheres lançadas com vida para poupar o preço de uma bala. Mas isso aconteceu séculos atrás, uma tênue vibração na rocha imemorial.

Escorreguei uma vez e ouvi a corda gemer quando meu peso se depositou sobre ela. Balancei para longe da parede, e o abismo tentou me sugar para baixo, mas eu não parei. Mais três metros, e o cheiro me dominou. Forcei-me a respirar, mas o fedor era denso. Dirigi a luz para o corpo, vi bastões contorcidos fazendo as vezes de pernas e iluminei mais para cima. O facho atingiu a curva exposta do osso da testa, o que havia parecido, visto de cima, com uma tigela emborcada. Vi as órbitas vazias, a carne em farrapos e os dentes.

E havia algo mais.

Olhei mais atentamente e vi o denim tornado preto e uma camisa um dia branca, agora escura como uma berinjela pela umidade e a decomposição. Quase vomitei, e não foi em consequência das cores ou do cheiro.

Vi insetos, milhares deles. Eles se movimentavam por baixo do tecido.

E faziam aquele espantalho dançar.

Quatro horas mais tarde, sob uma abóbada de ar claro e puro, içaram Danny Faith para fora do chão. Não havia uma maneira bonita de fazer isso. Eles desceram com um saco mortuário e usaram o guincho de uma das caminhonetes do xerife. Mesmo com o seu queixume, ouvi o roçar do saco de vinil, o choque pesaroso dos ossos contra a pedra.

Três pessoas acompanharam a retirada do corpo: Grantham, Robin e o médico responsável por examiná-lo. Eles usavam máscaras, mas ainda assim pareciam debilitados e pálidos como papel. Robin recusou-se a olhar-me nos olhos.

Ninguém além de mim dizia com certeza que era Danny, mas era. O tamanho batia e o cabelo era difícil de confundir. Era ruivo e encaracolado, nada que se visse com tanta frequência em Rowan County.

O xerife fez sua aparição enquanto o corpo ainda estava no buraco. Ele passou dez minutos conversando com os seus, depois com Dolf e meu pai. Pude ver a animosidade entre eles, a desconfiança e o desagrado. Ele falou comigo apenas uma vez, e o ódio também estava ali:

— Eu não posso impedi-lo de voltar para cá — disse ele. — Mas você não devia ter descido lá embaixo, seu imbecil de merda.

Ele foi embora logo depois disso, como se tivesse feito o único trabalho importante e ainda tivesse coisas melhores para fazer.

Surpreendi-me esfregando minhas mãos nas coxas, como se pudesse raspar delas o cheiro ou a memória da pedra úmida. Meu pai me observava, e eu enfiei as mãos nos bolsos. Ele parecia tão aturdido quanto eu e chegava mais perto a cada vez que Grantham vinha com ainda mais uma pergunta. No momento em que Danny deixou definitivamente o morro, meu pai e eu estávamos parados a menos de 1,5 metro um do outro, e nossos próprios problemas pareciam pequenos perto do desajeitado saco que se recusava a ficar esticado atrás da caminhonete do xerife.

Mas o corpo não ficou ali para sempre. As caminhonetes arrancaram e o silêncio caiu sobre nós novamente. Estávamos parados numa fila irregular ao lado da rocha fraturada, nós três, e o chapéu de Dolf estava em sua mão.

Danny Faith estava morto havia não mais de três semanas; mas para mim, de algum modo estranho, ele havia ressuscitado. Grace havia sido ferida, sim, mas Danny não tinha nada a ver com isso. Eu senti o ódio se dissipar. No seu lugar brotou um alívio agridoce, um remorso silencioso e não pouca quantidade de vergonha.

— Posso lhe dar uma carona de volta? — perguntou meu pai.

O vento moveu seu cabelo enquanto eu olhava fixamente para ele. Eu amava aquele homem, mas não conseguia ver um meio de superar nossos problemas. Pior, eu não sabia se ainda tinha energia para tentar encontrar um. Nossas palavras saíram a custo. O nariz dele estava inchado onde eu o havia socado.

— Por quê, pai? O que mais há para dizer?

— Eu não quero que você vá embora.

Olhei para Dolf.

— Você contou a ele?

— Eu cansei de esperar que vocês dois crescessem — disse Dolf. — Ele precisa saber o quanto está perto de perder você para sempre. A vida é curta demais.

Falei com meu pai.

— Eu vou ficar por Grace. Não por você ou por nada mais. Por Grace.

— Vamos apenas concordar em ser civilizados, certo? Vamos concordar com isso e ver o que o futuro nos reserva.

Pensei naquilo. Danny se fora, e eu supus que ainda havia coisas por dizer. Dolf entendeu e se retirou sem falar nada.

— Encontre-nos em casa — gritou meu pai atrás dele. — Acho que uma bebida fará bem a nós todos.

A caminhonete de Dolf engasgou uma vez antes que o motor pegasse.

— Civilizados — falei. — Nada foi resolvido.

— Certo — disse meu pai, então. — Você realmente acha que é Danny?

— Tenho toda certeza — falei.

Fixamos o olhar por um longo tempo no buraco completamente negro. Não era a morte de Danny ou as questões que isso levantava. A ferida entre nós estava tão aberta quanto sempre estivera, até mais, e ambos estávamos relutantes em enfrentá-la. Era mais fácil contemplar aquele corte escuro na terra, o vento repentino que achatava o capim ralo. Quando meu pai finalmente decidiu falar, foi sobre o suicídio de minha mãe e das coisas que eu dissera.

— Ela não sabia o que estava fazendo, Adam. Não fazia diferença que fosse você ou eu. Ela escolheu a sua hora por razões que jamais vamos entender. Ela não estava tentando punir ninguém. Eu tenho de acreditar nisso.

Senti o sangue deixar o meu rosto.

— Este não parece ser o momento para conversar sobre isso — falei.

— Adam...

— Por que ela fez aquilo? — A pergunta saiu espontaneamente.

— A depressão faz coisas estranhas com a cabeça da gente. — Senti que ele olhava para mim. — Ela estava perdida.

— Você devia ter providenciado alguma ajuda para ela.

— Eu fiz isso — disse ele, e aquilo me deteve. — Ela frequentou um terapeuta durante a maior parte daquele ano, a despeito do bem que isso fez. Ele me contou que ela estava apresentando melhoras. Foi o que ele disse, e uma semana depois ela puxou o gatilho.

— Eu não sabia.

— Você não tinha de saber. Nenhum garoto deveria saber isso sobre sua mãe. Saber que trazer um sorriso à tona consumia tudo o que restava dela. — Ele gesticulou uma das mãos em desgosto. — Foi por isso que nunca mandei você a um psicólogo. — Ele suspirou. — Você era forte. Eu pensei que você ficaria bem.

— Bem? Você está falando sério? Ela fez aquilo na minha frente. Você me deixou lá, naquela casa.

— Alguém tinha de ir com o corpo.

— Eu esfreguei os miolos dela da parede.

Ele pareceu horrorizado.

— Foi você?

— Eu tinha 8 anos.

Ele pareceu definhar diante de mim.

— Foi um momento difícil — disse ele.

— Por que ela ficou deprimida? Ela era feliz durante toda a minha infância. Eu me lembro. Era cheia de alegria e depois morreu por dentro. Eu queria saber o porquê.

Meu pai olhou para o buraco, e eu sabia que nunca tinha visto tanta aflição em suas feições.

— Esqueça isso, filho. Nada de bom pode vir disso agora.

— Papai...

— Apenas deixe-a descansar em paz, Adam. O que importa agora somos você e eu.

Fechei meus olhos e, quando os abri, vi que meu pai estava parado diante de mim. Ele pôs as mãos sobre meus ombros novamente, como havia feito em seu escritório.

— Eu lhe dei o nome de Adam porque achei que não conseguiria amar mais nada além de você, porque me senti tão orgulhoso no dia em que você nasceu quanto o bom Deus deve ter se sentido quando olhou para Adão. Você é tudo o que me restou da sua mãe e é meu filho. Você sempre será meu filho.

Olhei o velho nos olhos, encontrei um lugar endurecido no meu coração que quase me destruiu.

— Deus expulsou Adão — falei. — Ele nunca voltou para o paraíso.

Então eu dei as costas e entrei na caminhonete de meu pai. Olhei para ele através das janelas abertas.

— Que tal aquela bebida? — perguntei.

CAPÍTULO 13

Nós bebemos bourbon no escritório. Dolf e meu pai tomaram-no com água e açúcar. Eu preferi puro. A despeito de tudo o que acontecera, ninguém sabia o que dizer. Havia coisas demais. Grace, Danny, a turbulência do meu retorno. Ameaças pareciam estar à espreita atrás de cada canto, e nós falamos pouco, como se todos soubéssemos que ainda podia ficar pior. Era como se houvesse uma pestilência no ar, e até mesmo Jamie, que se juntou a nós dez minutos depois que o bourbon foi servido, fungava como se pudesse senti-la.

Depois de uma cuidadosa ponderação, contei-lhes o que Robin havia dito sobre Grace. Tive de me repetir.

— Ela não foi estuprada — falei novamente, e expliquei a natureza do engodo de Grantham. Minhas palavras caíram na sala com peso suficiente para fazer com que o chão fosse tirado sob nossos pés. O copo de meu pai explodiu na lareira. Dolf cobriu o rosto. Jamie estava rígido.

Então contei-lhes sobre o bilhete. "Diga para o velho vender."

A notícia tornou rarefeito todo o ar da sala.

— Tal coisa é intolerável — disse meu pai. — Isso tudo. Cada maldita palavra do que você falou. O que, em nome de Deus, está acontecendo aqui?

Não havia respostas, não ainda, e em meio ao silêncio doloroso eu levei meu copo até o armário para me servir de outra dose. Verti dois dedos no meu copo e dei um tapinha no ombro de Jamie.

— Como está o seu, Jamie?

— Sirva-me outro — disse ele. Enchi o seu copo e havia quase voltado ao meu assento quando Miriam apareceu na porta.

— Robin Alexander está aqui — disse. — Ela quer conversar com Adam.

Meu pai falou.

— Por Deus, eu gostaria de ter uma conversa com ela, também. — Não havia como confundir o tom metálico de sua raiva.

— Ela quer conversar com ele lá fora. Diz que é assunto de polícia.

Encontramos Robin no pátio. Pareceu descontente em ver-nos todos ali. Houve um tempo em que ela fora parte daquela família.

— Robin. — Eu parei à beira da varanda.

— Posso falar com você em particular? — perguntou ela.

Meu pai respondeu antes que eu pudesse fazê-lo.

— Qualquer coisa que você queira dizer para Adam, pode dizer para todos nós. E eu apreciaria a verdade, desta vez.

Robin soube que eu havia contado, isso ficou claro pelo modo como ela olhou para o nosso grupo, como se estivesse avaliando uma possível ameaça.

— Isto seria mais fácil se estivéssemos apenas nós dois.

— Onde está Grantham? — perguntei.

Ela apontou para o carro, e vi a silhueta de um homem.

— Pensei que isto poderia correr melhor se apenas eu viesse — disse ela.

Meu pai passou por mim, desceu até o gramado e se impôs sobre Robin.

— Qualquer coisa que você tenha a dizer a respeito de Grace Shepherd ou de eventos que aconteceram na minha propriedade, você dirá, por Deus, na minha presença. Eu a conheço há um longo tempo e não tenho medo de dizer o quanto estou desapontado com você. Seus pais ficariam envergonhados.

Ela olhou-o com calma e nem mesmo piscou.

— Meus pais já morreram há algum tempo, Sr. Chase.

— Pode falar aqui mesmo — disse eu.

Ninguém se moveu ou falou. Eu tinha bastante certeza sobre o que ela queria falar.

Então uma porta do carro bateu, e Grantham apareceu por trás do ombro de Robin.

— Já basta — disse ele. — Vamos fazer isso na delegacia.

— Eu estou sendo preso? — perguntei.

— Estou preparado para dar esse passo — respondeu Grantham.

— Com base em quê? — exigiu Dolf, e meu pai levantou uma das mãos, silenciando-o.

— Apenas me digam que diabos está acontecendo — perguntou ele.

— Seu filho mentiu para mim, Sr. Chase. Eu não aceito muito bem mentiras ou mentirosos. Vou ter uma conversa com ele sobre isso.

— Por favor, Adam — disse Robin. — Vamos para a delegacia. São só algumas perguntas. Algumas discrepâncias. Não vai demorar.

Eu ignorei todos os outros. Grantham desapareceu, e também meu pai. A comunicação entre mim e Robin foi completa; ela entendeu assim, também.

— Este é o limite — falei. — Bem aqui.

A determinação dela vacilou, depois firmou-se.

— Queira caminhar até o carro, por favor.

E a decisão estava tomada.

Meu coração se partiu, minha última esperança para nós morreu, e eu entrei no carro.

Olhei minha família enquanto Grantham fazia a volta no carro. Vi choque e confusão. Depois vi Janice, minha madrasta. Ela saiu para a varanda quando a poeira se ergueu atrás de nós.

Parecia idosa, como se tivesse envelhecido vinte anos nos cinco anteriores. Ergueu uma das mãos para proteger seus olhos do sol, e, mesmo àquela distância, vi como tremiam.

CAPÍTULO 14

Eles me conduziram cidade adentro, passando pela universidade local e as lojas que a circundam; depois, a via principal, com os escritórios de advocacia, o tribunal e as cafeterias. Vi o condomínio de Robin passar por nós. Pessoas saíam para a rua sob um céu rosado, suas sombras se alongando. Nada havia mudado. Nem em cinco anos, nem em cem. Havia fachadas de lojas que datavam do século anterior, empresas na quinta geração da mesma família. E ali estava outra coisa que não havia mudado: Adam Chase sob suspeita.

— Quer me contar o que isto tudo significa? — perguntei.

— Acho que você sabe — respondeu Grantham.

Robin não disse nada.

— Detetive Alexander? — indaguei. A mandíbula dela ficou tensa.

Nós seguimos por uma rua lateral que conduzia aos trilhos da ferrovia. O Departamento de Polícia de Salisbury ficava no segundo quarteirão, um edifício novo de tijolos com dois andares, viaturas policiais no estacionamento e bandeiras num mastro. Grantham estacionou o carro e eles me conduziram pela porta da frente. Foi tudo muito cordial. Nada de algemas. Grantham segurou a porta para mim.

— Pensei que este fosse um caso do município — falei. — Por que não estamos no escritório do xerife?

O escritório do xerife ficava a quatro quarteirões dali, no subsolo da cadeia.

Grantham me respondeu.

— Nós achamos que você iria preferir ficar longe daquelas salas de interrogatório em particular... considerando sua experiência anterior ali.

Ele estava se referindo ao caso de assassinato. Pegaram-me quatro horas depois que meu pai encontrou o corpo de Gray Wilson, com os pés na água, os sapatos batendo contra uma raiz escura e lisa. Eu nunca soube se ele estava com Janice quando ela procurou a polícia. Nunca tive a chance de perguntar e gostava de pensar que ele ficara tão surpreso quanto eu quando as algemas apareceram. Eles me transportaram num dos carros com o emblema do xerife. Rasgões no assento. Marcas de rostos e cuspe seco na divisória de vidro. Levaram-me até uma sala no subsolo da cadeia e me massacraram durante três dias, ao longo de horas. Eu negava, mas eles não me ouviam, por isso me calei. Não disse mais uma só palavra, nem uma vez, mas lembro-me da sensação, do peso de todos aqueles andares acima de mim, de todo aquele concreto e aço. Mil toneladas, talvez. Pressão suficiente para extrair água do concreto.

— Muita consideração da parte de vocês — respondi, perguntando-me se não estaria sendo sarcástico.

— Foi ideia minha. — Robin ainda não olhava para mim.

Eles me levaram até uma salinha com mesa de metal e um espelho de folha dupla. Podia ser noutro prédio, mas a aparência era a mesma: pequena, quadrada e que se estreitava a cada segundo. Respirei fundo. O mesmo ar. Quente e úmido. Sentei-me onde Grantham me mandou sentar. Não gostei da expressão em seu rosto e achei que era uma expressão habitual de quando ele se sentava no lado daquela mobília parafusada no chão que era reservado aos policiais, de costas para a face refletora do espelho de folha dupla. Robin sentou-se ao lado dele, com as mãos apertadas sobre o aço cinzento.

— Vamos começar do início, Sr. Chase. Você não está preso nem sob custódia. Este é um depoimento preliminar.

— Posso chamar um advogado? — perguntei.

— Se você acha que precisa de um advogado, eu certamente permitirei que chame um. — Ele esperou, perfeitamente imóvel. — Você gostaria de chamar um advogado? — perguntou.

Olhei para Robin, para a detetive Alexander. As luzes fortes criavam reflexos no seu cabelo e linhas endurecidas no seu rosto.

— Vamos seguir com esta farsa de uma vez — respondi.

— Muito bem.

Grantham ligou um gravador e declarou a data, o horário e os nomes de todos os presentes. Depois reclinou-se para trás e não disse nada. O silêncio se prolongou. Eu esperei. Por fim, ele inclinou-se na minha direção.

— Nós conversamos pela primeira vez no hospital, na noite em que Grace Shepherd foi atacada. Está correto?

— Sim.

— Você havia encontrado a Srta. Shepherd mais cedo naquele dia?

— Sim.

— No embarcadouro?

— Correto.

— Você a beijou?

— Ela me beijou.

— E depois ela seguiu a trilha para o sul?

Eu sabia o que ele estava fazendo, estabelecendo um padrão de cooperação. Fazendo com que eu me acomodasse. A repetição. Marcando passo. A concordância com fatos já estabelecidos. Fatos inofensivos. Apenas dois caras batendo papo.

— Podemos ir direto ao assunto? — perguntei.

Seus lábios se comprimiram quando eu interrompi o seu ritmo; depois ele deu de ombros.

— Muito bem. Quando você me contou que a Srta. Shepherd fugiu de você, perguntei se a tinha seguido, e você me disse que não.

— É uma pergunta?

— Você perseguiu a Srta. Shepherd depois que ela fugiu?

Olhei para Robin. Ela parecia diminuída em sua cadeira dura.

— Eu não ataquei Grace Shepherd.

— Nós falamos com todos os trabalhadores na fazenda do seu pai. Um deles está disposto a jurar que você, de fato, perseguiu a Srta. Shepherd depois que ela fugiu do embarcadouro. Ele tem plena certeza. Ela correu, você a seguiu. Eu quero saber por que você mentiu para nós sobre isso.

A pergunta não era surpresa. Eu sempre soube que alguém poderia ter visto.

— Eu não menti. Você me perguntou se eu a havia perseguido e respondi que não era esse tipo de fuga. Você preencheu a lacuna por sua própria conta.

— Eu não tenho paciência para jogos de palavras.

Encolhi os ombros.

— Eu não estava satisfeito pelo modo como a nossa conversa acabou. Ela estava perturbada. Eu tinha mais coisas a dizer. Eu a alcancei 30 metros adiante, entre as árvores.

— Por que não nos contou isso? — perguntou Robin. Foi sua primeira pergunta.

Olhei-a nos olhos.

— Por que vocês teriam perguntado sobre a conversa.

Pensei nas últimas palavras que Grace havia me dito, na maneira como ela tremia sob a sombra dos galhos baixos.

— E isso não é da conta de ninguém — declarei.

— Eu estou perguntando — disse Grantham.

— É pessoal.

— Você mentiu para mim. — Agora ele estava zangado. — Eu quero saber o que você disse.

Falei vagarosamente, para que ele não perdesse uma só palavra.

— Nem fodendo.

Grantham se levantou do seu lugar.

— A Srta. Shepherd foi agredida a 800 metros daquele local, e você nos deu informações erradas sobre suas ações naquele momento. Desde que você voltou, já pôs dois homens no hospital e foi implicado, ao menos de maneira periférica, em um incêndio criminoso, um laboratório de metanfetamina e o disparo de uma arma de fogo. Nós acabamos de retirar um cadáver da fazenda do seu pai, um corpo que você, coincidentemente, descobriu. Coisas desse tipo acontecem com pouca frequência aqui em Rowan. Dizer que estou intrigado com você seria um enorme eufemismo, Sr. Chase. Um enorme eufemismo.

— Você disse que eu não estou sob custódia. Certo?

— Correto.

— Então aqui está a minha resposta.

Levantei uma das mãos com o dedo do meio esticado.

Grantham sentou-se novamente.

— O que você faz em Nova York, Sr. Chase?

— Isso não é da sua conta — respondi.

— Se eu entrar em contato com as autoridades de Nova York, o que elas me contarão sobre você?

Olhei para o outro lado.

— O que o traz de volta a Rowan?

— Não é da sua conta — falei. — A resposta a qualquer pergunta que você fizer, exceto se você me perguntar se pode me chamar um táxi, será "não é da sua conta".

— Você não está se ajudando em nada, Sr. Chase.

— Você deveria estar investigando as pessoas que querem que meu pai venda a propriedade, as que estão fazendo ameaças. É com isso que o ataque sofrido por Grace de fato tem a ver. Por que diabos estão perdendo tempo comigo?

Grantham lançou um rápido olhar para Robin. Seus lábios caíram.

— Eu não estava ciente de que você sabia disso — falou.

Robin se manifestou prontamente.

— Foi minha decisão — disse ela. — Eles tinham o direito de saber.

Grantham atravessou Robin com aqueles olhos desbotados, e sua raiva era evidente. Ela havia ultrapassado a linha, mas recusou-se a ceder. Tinha a cabeça erguida, seus olhos nem piscavam. Ele voltou sua atenção para mim, mas eu sabia que o assunto não estava encerrado.

— Posso presumir que todos têm essa informação agora? — perguntou.

— Você pode presumir o que quiser — respondi.

Encaramos um ao outro até que Robin quebrou o silêncio. Ela falou com suavidade:

— Se houver qualquer outra coisa que queira nos contar, Adam, este é o momento.

Pensei nos meus motivos para retornar e nas coisas que Grace havia me dito. Depois pensei em Robin e na paixão que havíamos experimentado tão pouco tempo atrás; seu rosto sobre mim à meia-luz, a mentira em sua voz quando me disse que aquilo não significava nada; e a vi na fazenda, quando me pediu o favor de entrar no carro, o modo como ela havia empurrado o nosso passado para o fundo e se travestido em policial.

— Meu pai estava certo — falei. — Você deveria ter vergonha de si mesma.

Eu me levantei.

— Adam... — disse ela.

Mas eu saí, caminhei até o hospital. Passei de fininho pela posto de enfermagem e encontrei o quarto de Grace. Eu não deveria estar ali, mas às vezes você simplesmente sabe o que é melhor. Por isso eu atravessei a abertura sombria da sua porta e puxei uma cadeira ao lado da cama. Ela abriu os olhos quando eu tomei sua mão e retribuiu a pressão dos meus dedos. Beijei sua testa, disse-lhe que passaria a noite ali; e quando o sono a reclamou para si, deixou um traço suave em sua face.

CAPÍTULO 15

Acordei às 5 horas e vi uma luz cintilando nos olhos dela. Quando sorriu, pude ver que doía.

— Não — falei, e debrucei-me sobre ela. Uma lágrima verteu de um dos olhos. — Não fique triste.

Ela sacudiu a cabeça, o mais leve dos movimentos. Sua voz forçou caminho.

— Eu não estou triste. Pensei que estivesse sozinha.

— Não.

— Eu estava chorando por estar assustada. — Ela enrijeceu sob os lençóis. — Nunca fiquei assustada por estar sozinha.

— Grace...

— Estou assustada, Adam.

Eu me levantei e passei meus braços em torno dela. Ela cheirava a antisséptico, detergente hospitalar e medo. Músculos se retesaram nas suas costas, longas tiras enrijecidas; e seus braços tinham uma força que me surpreendeu. Ela era tão pequenina sob o lençol.

— Eu estou bem — disse ela, por fim.

— Tem certeza?

— Tenho.

Sentei-me novamente.

— Posso lhe trazer algo?

— Apenas converse comigo.

— Você se lembra do que aconteceu?

Ela meneou a cabeça sobre o travesseiro.

— Apenas a lembrança de alguém saindo de trás de uma árvore; e alguma coisa sendo golpeado contra o meu rosto: uma tábua, um porrete, alguma coisa de madeira. Lembro-me de cair entre alguns arbustos, depois ficar no chão. Um vulto parado acima de mim. Uma espécie de máscara. O objeto de madeira descendo novamente sobre mim.

Ela ergueu as mãos como se protegesse o rosto, e vi as contusões nos seus antebraços. Ferimentos resultantes da tentativa de defesa.

— Lembra-se de algo mais?

— Lembro-me de pouca coisa de quando fui carregada para casa, do rosto de Dolf à luz da varanda, da voz dele. De estar com frio. Alguns minutos no hospital. De ver você.

A voz dela desapareceu, e soube para onde sua mente vagou.

— Conte-me algo bom, Adam.

— Isso tudo acabou — falei, mas ela sacudiu a cabeça.

— Isso é apenas a ausência do ruim.

O que eu poderia contar a ela? O que havia acontecido de bom desde o meu retorno?

— Eu estou aqui por você. Para tudo o que você precisar.

— Conte-me algo mais. Qualquer coisa.

Eu hesitei.

— Eu vi um gamo na manhã de ontem.

— Isso é uma coisa boa?

O gamo estivera na minha cabeça o dia todo. Os brancos são raros, excepcionalmente raros. Quais eram as chances de avistar dois deles? Ou de ver o mesmo duas vezes?

— Eu não sei — respondi.

— Eu costumava ver um imenso — disse Grace. — Foi depois do julgamento. Eu o via à noite, na relva do lado de fora da minha janela.

— Era branco? — perguntei.

— Branco?

— Deixa para lá.

Eu subitamente me senti perdido, como se retornasse no tempo.

— Obrigado por ter ido ao julgamento — falei.

Ela comparecera todos os dias, uma criança queimada de sol usando roupas desbotadas. No início, meu pai a proibira de ir. Não é apropriado, dissera ele. E então ela fora caminhando. Vinte quilômetros. Depois disso, ele se rendera.

— Como eu poderia não estar presente? — Mais lágrimas. — Conte outra coisa boa — disse ela.

Procurei algo para oferecer a ela.

— Você está bem crescida — falei, por fim. — Está bonita.

— Não que isso importe — disse ela, sombriamente, e eu me dei conta de que ela estava pensando no que havia acontecido entre nós no rio, depois que ela fugiu do embarcadouro. Eu ainda podia ouvir as palavras dela: *Eu não sou tão jovem quanto você pensa.*

— Você me pegou de surpresa — respondi. — Foi só isso.

— Garotos são tão estúpidos — disse ela.

— Eu sou um homem crescido, Grace.

— E eu não sou criança.

A voz dela saiu aguda, como se pretendesse me cortar com ela se pudesse.

— Eu simplesmente não sabia.

Ela se virou de lado, deu as costas para mim. E eu vi tudo aquilo novamente, dei-me conta de como havia lidado mal com a situação.

Grace mal havia alcançado as árvores quando eu concluíra que tinha de ir atrás dela. Ela possuía um canto da minha alma do qual eu havia aprendido a me esquivar; um lugar trancado. Por quê? Porque eu a havia deixado. Mesmo sabendo o quanto isso doeria, fora embora para um lugar distante e lhe mandei cartas.

Palavras vazias.

Mas agora eu estava ali. Agora ela estava magoada.

Por isso eu corri atrás dela. Por alguns difíceis segundos ela continuou sua fuga e as solas dos seus pés se mostravam brevemente em marrom e rosa, depois em vermelho escuro, à medida que a trilha se aprofundava e ela pisava a argila úmida. Quando parou, foi de repente. A barranca do rio descia por trás dela, e por um instante pareceu que ela podia ganhar o rio, como se pudesse dar um passo à esquerda e se distanciar. Mas ela não fez isso, e o animal caçado pareceu sumir dos seus olhos em questão de segundos.

— *O que você quer?* — *perguntou ela.*

— Que você não me odeie.

— Ótimo. Eu não odeio você.

— Eu quero que você diga isso com sinceridade.

Ela riu e isso foi doloroso, de modo que quando ela deu as costas para ir embora, minha mão pousou em seu ombro. Era duro e quente, e ela parou quando a toquei. Ela congelou, depois girou novamente de frente para mim, apertou-se de encontro a mim como se pudesse me possuir. Suas mãos encontraram minha nuca e ela me beijou com força, balançando o corpo junto ao meu. Seu biquíni ainda estava molhado, e a água aprisionada nele havia se aquecido; senti que ela me deixava encharcado.

Segurei seus ombros, empurrei-a para trás. Seu rosto estava cheio de desafio e de algo mais.

— Eu não sou tão jovem quanto você pensa — disse ela.

Senti-me desorientado novamente.

— Não é a idade — respondi.

— Eu sabia que você iria voltar. Se eu o amasse o bastante, você voltaria.

— Você não me ama, Grace. Não dessa forma.

— Eu amei você a vida inteira. A única coisa que me faltava era a coragem de contar a você. Bem, eu não tenho mais medo disso. Eu não tenho medo de nada.

— Grace...

As mãos dela seguraram meu cinto.

— Posso mostrar a você, Adam.

Eu segurei suas mãos, agarrei-as com força e as afastei. Foi tudo errado. As palavras que ela disse, a aparência que seu rosto assumiu quando ela se deu conta da minha rejeição. Ela tentou uma vez mais e eu a detive. Ela cambaleou para trás. Vi suas feições desabarem. Ela agitou uma das mãos, depois deu as costas e fugiu, seus pés exibindo lampejos de vermelho, como se corresse sobre vidro quebrado.

A voz dela era fraca. Mal conseguia ir além dos seus ombros.

— Você contou a alguém? — perguntou.

— Claro que não.

— Você acha que sou uma menina boba?

— Grace, eu amo você mais do que qualquer outra pessoa no mundo. De que importa que tipo de amor é esse?

— Acho que estou preparada para ficar sozinha agora — disse ela.

— Não faça assim, Grace.

— Estou cansada. Venha me ver mais tarde.

Eu me levantei e pensei em abraçá-la novamente; mas ela se fechou. Por isso, dei um tapinha no seu braço, num lugar não desfigurado por contusões, bandagens ou agulhas colocadas sob a pele.

— Descanse um pouco — falei, e ela fechou os olhos. Mas quando olhei-a novamente do corredor, vi que ela estava contemplando o teto e que suas mãos estavam crispadas sobre os lençóis desbotados.

Saí para a luz difusa de outro amanhecer. Eu estava sem carro, mas havia um lugar para tomar o café da manhã não muito longe dali. Começava a servir às 6 horas e dois carros estacionaram nos fundos depois de eu ter ficado à espera por alguns minutos, até que o local abrisse. Uma porta de metal bateu de encontro ao muro de blocos de cimento, alguém chutou uma garrafa que tiniu contra o concreto. As luzes se acenderam e dedos que lembravam salsichas mudaram o cartaz de FECHADO para ABERTO.

Tomei assento ao lado da janela e esperei pelo cheiro de café. A garçonete chegou depois de um minuto, e o sorriso ensaiado sumiu do seu rosto.

Ela se lembrou de mim.

Ela anotou meu pedido, e eu mantive os olhos na manga xadrez da sua camisa de poliéster. Assim era mais fácil para ambos. O velho com os dedos grossos também me reconheceu. Eles falaram aos sussurros na caixa registradora, e ficou claro para mim que acusado era igual a condenado, mesmo depois de cinco anos.

O lugar se encheu enquanto eu comia: operários, executivos, um pouco de tudo. A maioria sabia quem eu era. Nenhum deles falou comigo, e eu me perguntei quanto daquilo vinha de ressentimentos pela teimosia de meu pai e quanto vinha da crença de que eu era algum tipo de monstro. Liguei meu telefone celular e vi que havia perdido três ligações de Robin.

A garçonete arrastou os pés até mim e parou o mais afastada que pôde sem dar muito na vista.

— Algo mais? — perguntou ela. Disse-lhe que não. — Sua conta — falou ela, e depositou-a sobre a borda da mesa. Usou o dedo médio para empurrá-la na minha direção.

— Obrigado — falei, fingindo que não estava sendo insultado.

— Disponha.

Fiquei sentado por mais tempo, tomei o café até o fim e vi uma viatura policial estacionar no meio-fio. George Tallman saiu do veículo. Ele despejou alguns trocados numa máquina de vender jornais, depois ergueu os olhos e me viu através do vidro. Acenei para ele. Respondeu com um movimento de cabeça e fez uma chamada com seu telefone celular. Quando entrou no restaurante, sentou no meu reservado e pôs seu jornal em cima da mesa. Estendeu a mão e eu a apertei.

— Para quem você ligou? — perguntei.

— Seu pai. Ele me pediu para ficar de olho caso o encontrasse.

Ele levantou uma das mãos para chamar a atenção da garçonete. Pediu um consistente café da manhã e apontou para a minha xícara vazia.

— Mais? — perguntou.

— Claro.

— E mais café — disse ele à garçonete, que revirou os olhos.

Prestei atenção nele e em seu uniforme, um macacão azul-marinho com montes de metal dourado alinhado e tilintante; depois olhei pela janela, vi o grande cão sentado ereto no banco de trás do seu carro.

— Você está na unidade canina também? — perguntei.

Ele sorriu.

— As crianças adoram o cão. Às vezes eu o trago comigo.

O café da manhã chegou.

— Então, você e meu pai estão se dando bem? — perguntei.

George cortou suas panquecas em quadrados regulares e pousou a faca e o garfo cuidadosamente na borda limpa do prato.

— Você conhece minha história, Adam. Eu vim do nada. Pai desocupado. Mãe só de vez em quando. Nunca tive dinheiro ou posição, mas o Sr. Chase nunca me desprezou ou agiu como se eu não fosse bom o bastante para a filha dele. Eu faria qualquer coisa pelo seu pai. Acho que você já devia saber disso.

— E Miriam? — perguntei.

— As pessoas acham que estou com Miriam pelo dinheiro.

— Sempre o dinheiro — falei.

— Não se escolhe a quem se ama.

— Então, você realmente a ama?

— Eu a amo desde o colégio, talvez até desde antes. Eu faria qualquer coisa por Miriam. — Seus olhos foram tomados de uma convicção súbita. — E ela precisa de mim. Ninguém jamais precisou de mim antes.

— Fico satisfeito que esteja tudo bem.

— Não está tudo bem, não me entenda mal. Miriam é... bem, ela é uma mulher frágil, mas é como a boa porcelana chinesa, você sabe. Frágil e bela. — Ele ergueu suas mãos pesadas da mesa, levantou seus dedos como se estivesse segurando uma xícara de chá pela asa delicada. — Eu tenho de ser gentil. — Ele pousou a xícara de faz de conta na mesa e ergueu as mãos com os dedos esticados. Ele sorriu. — Mas eu gosto disso.

— Fico feliz por você.

— Sua madrasta demorou a aprovar. — A voz dele sumiu, de modo que eu quase perdi as palavras seguintes. — Ela acha que eu sou um proletário.

— Como é?

— Ela disse a Miriam que a gente *namora* proletários, mas não se casa com eles.

Tomei um gole de café e George pegou o garfo. Parecia estar à espera de algo.

— Então, eu tenho a sua aprovação? — perguntou ele.

Eu larguei o café.

— Você está falando sério?

Ele fez que sim e senti pena dele.

— Eu não tenho direito de emitir uma opinião, George. Estou ausente há muito tempo. Parti sob suspeitas. Você é um tira, pelo amor de Deus.

— Miriam está feliz por você ter voltado.

Eu já estava sacudindo a cabeça.

— Você não faz ideia de como Miriam se sente a meu respeito.

— Então, vamos apenas dizer que ela está dividida.

— Não é a mesma coisa — falei, e George pareceu constrangido.

— Eu sempre olhei você com respeito, Adam. Sua aprovação significa muito para mim.

— Então, que Deus abençoe a ambos.

Ele estendeu a mão novamente e eu a apertei; seu rosto estava radiante.

— Obrigado, Adam.

Ele voltou ao seu café da manhã e eu vi a comida desaparecer.

— Alguma notícia de Zebulon Faith? — perguntei.

— Ele está entocado, ao que parece. Mas vai aparecer. Há gente à procura dele.

— E sobre Danny? — perguntei. — O que você pensa a respeito?

— Um lugar dos diabos para se acabar, mas eu não fico surpreso.

— Por que não?

George limpou um pouco de calda do seu queixo e se reclinou no assento.

— Você e Danny eram muito unidos, certo. Por isso não vá ficar zangado ou algo assim.

— Vocês eram amigos, também.

Ele sacudiu a cabeça.

— Antigamente, talvez. Mas Danny ficou arrogante depois que você partiu. De repente, todas as mulheres o queriam. Ninguém era tão legal quanto ele. Era fácil não gostar dele. As coisas mudaram ainda mais quando eu me tornei policial.

Ele olhou pela janela e comprimiu os lábios.

— Danny disse que eu era uma piada. Ele disse a Miriam que ela não deveria namorar uma piada.

— Acho que ele se lembrava de um George Tallman diferente.

— Ele que se foda, então. É o que eu digo.

— Ele está morto, George. Por que você não me conta o motivo de esse fato não o surpreender?

— Danny gostava de mulheres. As mulheres gostavam dele. As solteiras e as casadas. Provavelmente algum marido enraivecido que gostaria de comer o fígado de Danny. E ele era um jogador. Não um poquerzinho amador de quarta-feira à noite. Quero dizer um jogador de verdade. Apostador profissional. Dinheiro emprestado. Passou por todas as etapas. Mas provavelmente seria melhor você conversar sobre isso com o seu irmão.

— Jamie?

A boca de George fez uma contração de contrariedade.

— É. Jamie.

— Por quê? Jamie superou seu problema com o jogo há anos.

George hesitou.

— Talvez seja melhor você perguntar a ele.

— Você não vai me contar?

— Olhe, não sei o que aconteceu com Jamie antes de você ir embora. Eu não tenho nada a ver com isso. Só o que sei é o que vejo agora. Jamie quer ser o mesmo tipo de jogador que Danny era. O problema é que ele tem metade do charme e é duas vezes pior com as cartas. Portanto, sim, ele joga. E muito, pelo que eu soube. Mas eu não preciso acrescentar mais problemas entre nós. Converse com ele sobre isso se quiser, mas não mencione meu nome.

Uma picape enferrujada parou no estacionamento e despejou três homens usando botas enlameadas e chapéus de fazendeiro ensebados. Sentaram-se no balcão e folhearam os cardápios de cantos dobrados. Um deles ficou me olhando fixo e fez cara de quem estava prestes a cuspir no chão.

— Parece-me que você e Robin não se dão lá muito bem — falei.

George meneou a cabeça e pestanejou.

— Eu sei que vocês dois têm um caso, mas não gosto de meias palavras, por isso vou falar francamente. Ela é um tanto extremista. Supertira, entende?

— E ela não gosta de você?

— Eu sou tranquilo, Adam. Gosto do uniforme. Gosto de trabalhar com crianças e andar por aí com o cachorro. Eu sou um cara alegre. Alexander só pensa em prender.

Fingi que não havia me incomodado.

— Ela mudou — falei.

— Uma ova.

Todos no balcão estavam me encarando agora, o grupo inteiro, como se quisessem me encher de porrada. Eu entendi; o garoto era benquisto. Eu apontei para eles, e George acompanhou o gesto.

— Está vendo isso? — perguntei.

Ele observou o grupo, e eu fiquei impressionado com a força da sua personalidade, o policial que havia nele. Olhou-os fixamente até que virassem os rostos.

— As pessoas são idiotas — falou.

Ouvi uma buzina do lado de fora e vi uma das caminhonetes da fazenda parar numa vaga do estacionamento. Era Jamie. Ele buzinou novamente.

— Sua carona — disse George.

— Acho que ele não vai entrar. — Eu me levantei e larguei algumas notas na mesa. — É bom vê-lo, George.

George apontou para Jamie.

— Lembre-se do que eu disse. Eu não preciso de mais encrencas com seu irmão. Nós seremos da mesma família em breve.

— Sem problemas.

— Obrigado.

Eu comecei a me virar para sair, mas parei.

— Uma pergunta, George.

— Sim?

— Esses apostadores de quem você falou. Eles pegam pesado? Quero dizer, pesado o bastante para matar alguém por não pagar uma dívida?

Ele esfregou a boca.

— Imagino que isso dependa do tamanho da dívida.

Saí e não olhei para trás. Do lado de fora, o dia havia se desfraldado em outro céu sem nuvens, uma abóbada azul tão vasta e imóvel que parecia irreal. Na caminhonete, Jamie tinha um aspecto pálido e inchado, com olheiras que se estendiam sob seus olhos. Uma garrafa de cerveja estava presa entre suas pernas possantes. Ele viu que eu estava prestando atenção.

— Eu não estou bebendo cedo demais, se é o que você está pensando. Ainda estou acordado desde a noite passada.

— Quer que eu dirija?

— Claro. Que pergunta!

Trocamos de lugar. Fiz o assento avançar uns 3 centímetros e outra garrafa vazia rolou sob os meus pés. Joguei-a na carroceria. Jamie esfregou uma das mãos no rosto e olhou-se no espelho retrovisor.

— Cristo. Eu pareço um lixo.

— Você está bem?

Ele olhou George pela janela.

— Vamos cair fora daqui — disse. Eu pus a caminhonete em movimento e entrei no tráfego leve. Senti que ele olhava para mim.

— Pode falar — disse eu.

— O quê?

— Você quer me fazer uma pergunta.

A voz dele subiu de tom.

— Que diabos, Adam? O que os tiras queriam com você?

— Aposto que esse foi o assunto das conversas na casa.

— Não brinca, mano. Não dá para imaginar que alguém tenha esquecido da última vez que os tiras levaram você embora. Papai ficou dizendo para que todos se acalmassem, mas não foi tão fácil. Eu estou lhe contando isso de graça. Todo mundo ficou incomodado.

Eu sabia o que estava por vir, por isso expliquei sem perder a calma. Jamie parecia desconfiado.

— Sobre o que você e Grace falaram que é tão terrivelmente secreto?

— Não é da sua conta, também — falei.

Lancei-lhe um olhar de esguelha. Ele tinha os braços cruzados e estava zangado.

— Foi por isso que você passou a noite toda bebendo? — perguntei.

— Está preocupado com o seu irmão novamente? Tem dúvidas?

— Não.

— Então, o que é?

— Danny, principalmente — disse Jamie. — Ele era gente boa, você sabe. Eu pensava que ele ainda estivesse na Flórida, curtindo uma praia por um tempo. E o tempo todo ele estava naquele buraco.

Ele terminou a cerveja.

— Não minta para mim, Jamie.

— Não estou mentindo — disse ele, mas isso também soou falso. Deixei passar.

— Danny arranjou uma briga com a namorada e acabou batendo nela — falei. — Por isso ele foi para a Flórida. Você sabe alguma coisa sobre isso? Quem era a garota?

— Não faço ideia. Ele tinha uma porção delas.

— E quanto ao jogo? — perguntei, agora analisando-o. — Você acha que poderia ter algo a ver com isso? Talvez ele devesse às pessoas erradas.

Jamie pareceu inquieto.

— Você sabe sobre isso, então?

— Até que ponto era grave?

— Bem ruim, mas nem sempre. Você sabe como são essas coisas. Um dia por cima, no outro por baixo. — Ele riu, mas pareceu nervoso. — As coisas mudam rápido. Mas ele conseguia dar um jeito. Tentava não dar o passo maior do que as pernas.

— Tem alguma ideia de quem recebia as apostas dele?

— Por que eu saberia de algo assim? — Estava na defensiva.

Quis pressionar mais, porém dei um tempo. Nós rodamos em silêncio. Dobrei para fora da cidade, atravessei um riacho e acelerei pelas estradas desertas. A caminhonete sacolejava debaixo de nós, e eu podia notar que minha pergunta o havia incomodado. Ele afundou mais no assento, sua mandíbula estava contraída e quando falou, não olhou para mim.

— Eu não falei sério, sabe?

— Sobre o quê?

— Quando disse que a comeria. Eu não falei sério.

Ele estava falando de Grace.

— E quanto ao seu telescópio no terceiro andar? — perguntei.

Ele meneou a cabeça.

— Ela disse isso? Porra! Miriam me pegou uma vez olhando Grace com binóculos. Só uma vez, está certo? E, que merda, isso não é crime. Ela é gostosa. Eu só estava olhando. — Ele estremeceu, como se algo acabasse de lhe ocorrer. — Os tiras sabem disso?

— Não sei, mas tenho certeza de que vão falar com Grace. Pelo que eu sei, ela não tem motivo algum para lhe fazer favores.

— Que foda!

— É. Você disse isso uma ou duas vezes.

— Pare a caminhonete — disse Jamie.

— O quê?

— Pare a porra da caminhonete.

Eu reduzi, encostei no acostamento de terra, estacionei a caminhonete e desliguei o motor.

Jamie se levantou no seu banco, virou-se para olhar para mim.

— Nós vamos ter de sair na porrada? — perguntou-me ele.

— O quê?

— Nós temos de descer deste carro e sair na porrada? Porque eu estou achando que talvez tenhamos.

Lancei um olhar para ele.

— Você está bêbado — falei.

— Eu tive de defendê-lo por cinco anos. As pessoas falavam mal de você, diziam que você era um assassino filho da mãe, e eu as mandava calar a boca. Eu fiquei do seu lado. Coisa de irmão. Agora, eu não preciso desse seu joguinho manhoso. Eu não engulo isso. Você esteve me rodeando desde que entrou nesta caminhonete. É só dizer. Seja o que for. Você acha que eu tive alguma coisa a ver com Grace? Hein? Ou com Danny? Você quer voltar para cá como se nada tivesse acontecido, como se nada tivesse mudado? Você quer tocar a fazenda novamente? É isso? Apenas diga.

Ele estava na defensiva, e eu sabia o porquê. A jogatina não era novidade — havia acontecido antes — e minhas perguntas sobre Danny haviam-no incomodado. Às vezes eu odiava estar certo.

— Quanto você perdeu? — Foi só um palpite, mas dos bons. Ele congelou, e eu entendi. — Papai teve de lhe dar cobertura novamente, não foi? Quanto desta vez?

Ele desabou novamente, subitamente assustado e juvenil. Havia se atolado até o pescoço uma vez, no seu último ano do colegial. Envolvera-se com um agenciador de apostas em Charlotte e apostara pesado numa rodada dos jogos decisivos da Liga Nacional de Futebol Americano. O motor dava estalidos enquanto esfriava.

— Pouco mais de 30 mil — disse ele.

— Pouco mais?

— Está bem. Cinquenta mil.

— Meu Deus, Jamie.

Ele afundou ainda mais, toda a sua animosidade se fora.

— Futebol novamente?

— Eu pensei que os Panthers iriam arrebentar. Continuei dobrando as apostas. Não se esperava que acontecesse o que aconteceu.

— E papai cobriu.

— Foi há três anos, Adam. — Ele levantou uma das mãos. — Não apostei mais desde então.

— Mas Danny apostou?

Jamie fez que sim.

— Você ainda quer um pouco de porrada? — perguntei.

— Não.

— Então não brinque comigo, Jamie. Você não é o único aqui que teve uma noite ruim.

Eu dei a partida, arranquei de volta para a estrada.

— Eu quero o nome do agenciador de apostas dele — falei.

A voz de Jamie estava sumida.

— Havia mais de um.

— Quero todos eles.

— Vou encontrá-los. Eles deixaram escrito em algum lugar.

Nós rodamos em silêncio por 1 quilômetro, até que uma loja de conveniência apareceu à nossa frente.

— Você pode parar aqui? — perguntou Jamie. Eu parei na loja. — Me dê só um minuto.

Jamie entrou. Saiu com uma embalagem de seis latas de cerveja.

CAPÍTULO 16

Dirigi a caminhonete até a fazenda, peguei a curva da casa de Dolf. Havia carros ali; Janice estava na varanda de Dolf. Parei na entrada para carros.

— O que está acontecendo? — perguntei. Jamie encolheu os ombros. — Você vai embora sozinho?

— Não estou tão bêbado — disse ele.

Eu desembarquei e Jamie deslizou para o outro assento. Apoiei minhas mãos na borda da janela.

— Eu julguei Danny mal. Agora ele está morto. Os tiras deveriam dar uma olhada nesses apostadores . Talvez aí tenha coisa.

— Os tiras?

— Eu quero aqueles nomes.

— Eu vou encontrá-los — respondeu ele, e depois fez um aceno para a mãe e deu a volta na caminhonete.

Segui o longo caminho até a casa.

Minha madrasta observou enquanto eu me aproximava. Jovem quando se casara com meu pai, ela mal chegava à casa dos 50. Estava sentada sozinha na varanda e parecia perturbada. Havia emagrecido. Os cabelos, um dia lustrosos, haviam desbotado até um amarelo quebradiço; os pômulos tinham um aspecto belicoso e agudo. Ela se levantou da cadeira de balanço quando meus pés se plantaram com força no primeiro degrau. Parei na metade do caminho, mas ela se postou entre mim e a porta, por isso fui até ela.

— Adam.

Ela encontrou coragem para avançar um passo na minha direção. Houve um tempo em que teria se adiantado e pousado seus lábios leves e ressecados no meu rosto, mas não naquele momento. Agora ela era tão distante e fria quanto a costa de um país estranho.

— Você está em casa — disse ela.

— Janice.

Eu havia imaginado aquele momento mil vezes. Nós dois, falando pela primeira vez desde a minha absolvição. Às vezes, quando eu visualizava a cena, ela me pedia desculpas. Outras vezes, ela me batia ou gritava de medo. A realidade era diferente. Era constrangedora e tensa. Ela se manteve sob um rígido controle e parecia que iria simplesmente dar as costas e se afastar. Eu não conseguia pensar numa só coisa para dizer.

— Onde está papai?

— Ele me disse para esperar aqui. Achou que isso poderia facilitar a nossa reconciliação.

— Não pensei que você quisesse falar comigo.

— Eu amo seu pai — disse ela, desajeitadamente.

— Mas não a mim?

Bem ou mal, nós havíamos sido uma família por quase vinte anos. Eu não podia ocultar a mágoa, e por um instante seu rosto refletiu sua própria dor desconhecida. Mas isso não durou muito.

— Você foi absolvido — disse ela —, o que faz de mim uma mentirosa. — Ela suspirou e sentou-se novamente. — Seu pai deixou claro que não se deve mais falar em crimes entre os integrantes desta família. Decidi respeitar a vontade dele.

— Por que será que eu não acho que você esteja sendo sincera?

Um pouco da velha dureza transpareceu por um instante em seus olhos.

— Isto significa que vou respirar o mesmo ar que você e manter minha língua inerte. Significa que vou tolerar, no meu lar, a presença de um mentiroso e assassino. Não tome isso por qualquer outra coisa. Jamais.

Ela enfrentou meu olhar por um longo momento, depois tirou um cigarro de um maço que estava sobre a mesa ao seu lado. Acendeu-o com mãos trêmulas e entortou os lábios para soprar a fumaça para o lado.

— Diga ao seu pai que eu fui educada.

Olhei-a pela última vez e entrei. Dolf recebeu-me e eu apontei com o polegar a porta fechada.

— Janice — falei.

Ele balançou a cabeça.

— Não acho que ela tenha conseguido dormir desde que você voltou à cidade.

— Ela está com um aspecto péssimo.

Uma das suas sobrancelhas se ergueu.

— Ela acusou o filho do próprio marido de assassinato. Você não pode imaginar o inferno que aqueles dois suportaram.

As palavras dele me detiveram. Em todo aquele tempo, eu não havia considerado sequer uma vez o que o julgamento havia feito a eles como um casal. Na minha mente, eu sempre os vira como imutáveis.

— Mas o seu pai chamou a atenção dela. Disse-lhe que o casamento deles estaria correndo sério perigo caso ela não fizesse você se sentir bem-vindo.

— Creio que ela tentou — falei. — O que está acontecendo aqui?

— Venha.

Segui Dolf através da cozinha e entrei na sala de estar. Meu pai estava lá, juntamente com um homem que eu nunca vira. Estava na faixa dos 60 anos, com cabelos brancos e um terno caro. Ambos se levantaram quando entrei. Meu pai estendeu sua mão. Eu hesitei, depois apertei-a. Ele estava tentando. Eu tinha de reconhecer isso.

— Adam — disse ele. — Estou feliz em tê-lo de volta. Está tudo bem? Nós fomos até o departamento de polícia, mas não conseguimos encontrá-lo.

— Tudo ótimo. Eu fiquei com Grace a noite passada.

— Mas eles nos disseram... não importa. Fico feliz de saber que ela teve a sua companhia. Este é Parks Templeton, meu advogado.

Apertamos as mãos e ele balançou a cabeça como se algo importante tivesse sido decidido.

— É bom conhecê-lo, Adam. Lamento não ter chegado a tempo na chefatura de polícia na noite passada. Seu pai me chamou assim que você saiu com o detetive Grantham, mas Charlotte fica a uma hora daqui; e depois eu fui até o escritório do xerife. Esperava encontrá-lo lá.

— Eles me levaram para o departamento de polícia de Salisbury, como cortesia. Por causa do que aconteceu aqui há cinco anos.

— Suspeito que isso não tenha sido inteiramente verdade.

— Não entendo.

— Se eu não conseguisse encontrá-lo, isso lhes daria mais tempo para ficarem sozinhos com você. Não estou surpreso.

Pensei no tempo que havia passado na sala de interrogatório, na primeira coisa que Robin me dissera.

Foi ideia minha.

— Eles sabiam que você iria até lá? — perguntei.

— Eu ou alguém como eu. Seu pai estava comigo ao telefone antes que vocês deixassem a propriedade.

— Eu não preciso de um advogado — falei.

— Não seja ridículo — disse meu pai. — É claro que você precisa. Além disso, ele está aqui também pela família.

Parks falou.

— Um corpo foi encontrado na propriedade, Adam, descoberto num lugar distante que poucas pessoas conhecem. Eles olharão por toda parte... e olharão bem. Algumas pessoas podem tirar vantagem da situação para pressionar seu pai.

— Você acredita mesmo nisso? — perguntei.

— Trata-se de uma instalação nuclear com seis torres, e é ano eleitoral. As forças em ação estão além de qualquer coisa que você possa imaginar...

Meu pai o interrompeu:

— Você está superestimando as coisas, Parks.

— Estou? — perguntou o advogado. — As ameaças têm sido ricas em detalhes, mas até ontem eram apenas ameaças. Grace Shepherd foi atacada. Um jovem está morto, e nenhum de nós sabe a razão. Esconder a cabeça como um avestruz a esta altura não vai afastar o problema.

— Eu me recuso a aceitar que a corrupção esteja tão disseminada neste lugar quanto você quer nos fazer acreditar.

— Não é apenas aqui, Jacob. É Charlotte. Raleigh. Washington. Nada remotamente parecido com isso acontece há décadas.

Meu pai refutou o comentário com um aceno de mão, e Dolf falou:

— Foi por isso que você chamou Parks, não foi? Para deixar que ele tenha as desconfianças por você.

— Haverá uma investigação — disse Parks. — Esta é a área do gol, bem aqui. Ela vai pegar fogo. Repórteres estarão por todo o lugar.

— Repórteres? — perguntei.

— Dois deles foram até a sede da fazenda — disse meu pai. — É por isso que estamos aqui.

— Você devia ter mostrado a porta da rua para o sujeito — falei.

— Sim — disse Parks. — Um homem branco, não um imigrante. Alguém que ganha bem e sabe ser respeitoso, mas firme. Se isso vai parar nos jornais, eu quero a classe média olhando para o outro lado.

— Cristo. — Dolf sentou-se com desgosto.

— Se a polícia ou alguém mais quiser falar sobre qualquer coisa, mande-os até mim. É para isso que estou aqui. É para isso que vocês estão me pagando.

Meu pai olhou para Dolf.

— Faça isso — disse ele.

Parks puxou uma cadeira da mesa dobrável ao lado da janela e arrastou-a pelo tapete. Ele se sentou à minha frente.

— Agora, conte-me sobre a noite passada. Eu quero saber o que eles lhe perguntaram e o que você disse.

Eu contei a ele, e os outros escutaram. Ele me perguntou sobre o rio, sobre Grace. Quis saber o que foi dito entre nós. Repeti o que havia declarado aos policiais.

— Não é relevante — afirmei.

— Isso compete a mim julgar — disse ele, e esperou pela minha resposta.

Era uma coisa banal, eu sabia, mas não para Grace; por isso eu olhei pela janela.

— Isso não está sendo de grande ajuda — disse o advogado.

Eu dei de ombros.

Dirigi rumo ao centro para comprar alguma coisa agradável para Grace, mas mudei de ideia no momento em que atingi os limites da cidade. Danny não havia atacado Grace; isso finalmente entrara em minha cabeça. Tal coisa significava que fosse lá quem tivesse feito aquilo, ainda estava à solta. Talvez fosse Zebulon Faith. Talvez não. Mas fazer compras não me aproximaria de uma resposta.

Pensei na mulher que eu havia visto na canoa azul. Ela estava com Grace momentos antes do ataque. Estava no rio. Talvez ela tivesse visto algo. Qualquer coisa.

Como era mesmo o nome dela?

Sarah Yates.

Parei no primeiro telefone público que vi. Alguém havia arrancado a capa da lista telefônica e muitas páginas estavam rasgadas, mas eu encontrei a relação dos Yates. Havia menos de uma página deles. Procurei por uma Sarah Yates, mas não havia nenhuma na lista. Percorri os nomes mais lentamente. Margaret Sarah Yates estava na segunda coluna. Eu não pretendia telefonar.

Dirigi até o centro histórico e estacionei à sombra das árvores centenárias. A casa era toda de colunas altas, venezianas pretas e trepadeiras grossas como os meus pulsos. A porta era guarnecida por duzentos anos de alvaiade e tinha uma maçaneta de bronze em forma de cabeça de cisne. Quando a porta se abriu, foi como se a parede tivesse se deslocado. A fresta que surgiu e depois se ampliou tinha pelo menos 6 metros de altura; a mulher parada do lado de dentro parecia ter não mais de 1,50 metro. Um cheiro de cascas de laranja secas me invadiu.

— Em que posso ajudá-lo?

A idade havia curvado as costas da mulher, mas sua fisionomia era arguta. Olhos escuros me avaliavam por baixo de uma maquiagem suave e de cabelos brancos fixados com laquê. Setenta e cinco, estimei, elegante numa roupa bem-talhada. Diamantes cintilavam nas orelhas e no pescoço, enquanto por trás dela uma antiga passadeira de seda se estendia para dentro de um mundo de dinheiro grosso.

— Bom-dia, senhora. Meu nome é Adam Chase.

— Eu sei quem você é, Sr. Chase. Admiro o que o seu pai está fazendo para proteger esta cidade da ganância e da imprevidência de outros. Precisamos de mais homens como ele.

Fiquei momentaneamente desconcertado pela sua franqueza. Não seriam muitas as mulheres que parariam para conversar com um estranho que um dia foi acusado de assassinato.

— Lamento incomodá-la, mas estou tentando entrar em contato com uma mulher chamada Sarah Yates. Pensei que ela pudesse morar aqui.

A cordialidade sumiu do seu rosto. Os olhos escuros se endureceram e os dentes desapareceram de vista. Sua mão se posicionou mais alto sobre a porta.

— Não há ninguém aqui com esse nome.

— Mas o seu nome...

— Meu nome é Margaret Yates. — Ela fez uma pausa, e suas pálpebras estremeceram. — Sarah é minha filha.

— A senhora sabe...

Ela começou a empurrar a porta.

— Senhora, por favor. A senhora sabe onde eu posso encontrar Sarah? É importante.

A porta parou de se mover. Ela apertou os lábios.

— O que você quer com ela?

— Alguém que eu estimo muito foi agredida. É possível que Sarah tenha visto alguma coisa que possa me ajudar a encontrar quem fez isso.

A Sra. Yates ponderou, depois fez um vago gesto de mão.

— Estava em Davidson da última vez que eu soube dela. Do outro lado do rio.

Eu poderia atirar uma flecha da fazenda Red Water e acertar o município de Davidson, do lado de lá do rio. Mas era um lugar grande.

— Alguma ideia de exatamente onde? — perguntei. — É muito importante para mim.

— Se esta varanda fosse o centro luminoso do mundo, Sr. Chase, então Sarah procuraria o lugar mais afastado dele. — Abri a boca para falar, mas ela me interrompeu: — O lugar mais escuro e afastado.

Ela deu um passo para trás.

— Algum recado? — perguntei. — Caso eu a encontre.

O pequeno corpo se curvou, e a emoção que tocou seu rosto foi tão leve e ligeira quanto um único bater da asa de uma mariposa. Então sua coluna se endireitou e os olhos se recompuseram, vítreos e firmes. Veias azuladas se intumesceram sob a pele de papel, e suas palavras brotaram como capim ressecado em chamas.

— Nunca é tarde para se arrepender. Diga isso a ela.

Gritou comigo e eu recuei; ela me seguiu para fora, com o dedo em riste e os olhos assumindo um brilho insano.

— Diga a ela que implore a Nosso Senhor Jesus Cristo por perdão.

Alcancei os degraus.

— Diga a ela — falou a mulher — que o fogo do inferno é eterno.

Seu rosto transbordou de alguma emoção desconhecida, e ela apontou para o meu olho direito enquanto o ardor de sua voz crepitava uma vez mais para depois morrer.

— Diga isso a ela.

Então ela me deu as costas para se dirigir à grande boca da porta, e quanto esta a tragou, era uma mulher muito mais velha.

Rodei por alamedas arborizadas e deixei os muros fortificados para trás. Gramados verdejantes deram lugar a ervas daninhas e terra nua quando atingi o lado pobre da cidade. As casas se tornaram baixas, estreitas e de pintura lascada, depois percorri longas rodovias que cortavam a esmo o município. Fiz a travessia para Davidson, a ponte zunindo sob mim. Vi o longo e vagaroso rio marrom e um homem gordo sem camisa bebendo cerveja na margem. Dois garotos de lábios manchados apanhavam amoras de um arbusto à beira da estrada.

Parei numa loja de pesca, encontrei uma S. Yates na lista telefônica e localizei o endereço. A via seguia por uma densa fileira de árvores a 12 quilômetros do semáforo mais próximo. Fiz a curva, e a estrada se estendeu numa longa descida em direção ao rio. Deixei as árvores e vi o ônibus, que se assentava sobre blocos debaixo de um carvalho nodoso. Era de uma clara cor púrpura, com flores desbotadas pintadas nas laterais. À frente dele, 15 acres haviam sido limpos e cultivados.

Saí do carro.

O ônibus balançou quando alguém se moveu dentro dele. Um homem saiu para a terra nua. Estava na faixa dos 60 anos, vestindo jeans cortados, botas desamarradas e sem camisa. Era bronzeado e magro, com pelos brancos no peito, mãos pequenas e calosas e unhas sujas. Longos cabelos brancos, úmidos ou ensebados, delineavam uma face morena e vincada. Ele andava de lado, com um dos braços caído, e seu sorriso se alargou.

— Ei, cara, o que é que há?

Ele caminhou em minha direção. O cheiro de maconha queimada pairava em volta dele.

— Adam Chase — falei, estendendo a mão.

— Ken Miller.

Apertamos as mãos. De perto, o cheiro era mais forte: terra, suor e erva. Seus olhos estavam vermelhos, os dentes eram largos, amarelados e perfeitamente alinhados. Ele olhava de mim para o carro, e eu vi que se deteve na palavra riscada sobre a capota. Apontou para ela.

— Que vagabundos, cara.

— Estou procurando por Sarah Yates. — Apontei para o ônibus. — Ela está?

Ele riu.

— Ah, espere aí, cara. — O riso cresceu. Uma das mãos se levantou com a palma para fora, a outra segurou o estômago. Ele se curvou até a altura do umbigo, tentando falar enquanto ria. — Não, cara. Você se enganou. Sarah mora lá, na casa grande. — Ele recuperou o controle e apontou para a linha de árvores seguinte. — Ela só deixa eu me esconder por aqui, sabe? Eu cuido do jardim. Ajudo no que ela precisa. Ela me paga uns trocados e deixa eu me esconder por aqui.

Olhei para o campo verde.

— É muito trabalho para dormir num ônibus.

— Não, é legal. Sem telefone, sem incômodo. Vida sossegada. Mas eu estou aqui mesmo é para aprender.

Lancei-lhe um olhar interrogativo.

— Sarah é herborista — esclareceu ele.

— O quê?

— Uma curandeira. — Ele apontou para as longas fileiras de plantas no campo. — Dente-de-leão, camomila, tomilho, sálvia, erva-dos-gatos.

— Ahn.

— Medicina holística, cara.

Apontei para o outro lado da roça, onde uma abertura separava as árvores.

— É por ali?

— A casa grande. É só seguir direto.

A casa grande tinha cerca de 140 metros quadrados, uma casa de toras com telhado de zinco verde raiado de laranja nas bordas. As toras haviam se tornado cinzentas com o tempo; a vedação parecia feita com pedras de rio. Estacionei atrás de um furgão com um adesivo de para-choque na parte de trás que dizia: QUE A DEUSA O ABENÇOE.

Sombras tomavam a varanda, e a minha pele se arrepiou quando eu atravessei a porta. Bati, duvidando que ela estivesse em casa. A cabana produzia aquela sensação de vazio, e não havia uma canoa no embarcadouro. Olhei para o rio, tentando adivinhar exatamente onde estávamos. Estabeleci a localização em algum lugar ao norte da fazenda: alguns quilômetros, talvez. Desci até o embarcadouro.

Havia uma cadeira de rodas ali, e eu a contemplei por um longo segundo. Parecia muito deslocada. Sentei-me no embarcadouro para esperar. Levou cerca de vinte minutos. Ela contornou a curva ao norte num deslizar suave, a proa avançando rapidamente, a correnteza dando caça à popa até que ela a golpeou com uma firme remada.

Eu me levantei, e a sensação de que a conhecia brotou em mim. Era uma mulher atraente, com uma pele imune ao tempo e um olhar direto. Fixou-o em mim quando já estava a 3 metros de distância e não o desviou nem mesmo quando a canoa adernou de encontro à borda do embarcadouro.

Tomei a corda de sua mão e amarrei-a num cepo. Ela pousou o remo e me olhou com atenção.

— Olá, Adam — disse.

— Eu a conheço?

Ela deixou-me entrever pequenos dentes.

— Não, você não me conhece.

Fez um sinal com uma das mãos. — Agora, vá para trás. Ela pôs as mãos sobre a borda do embarcadouro e içou-se para fora, virando o corpo de modo a sentar-se na beirada. Suas pernas se dobravam debaixo dela, finas, gravetos sem vida dentro das calças jeans folgadas e gastas, em alguns pontos, até assumir uma cor de areia. Vi a pele escoriada nos tornozelos.

— Posso ajudá-la? — perguntei.

— É claro que não.

A raiva brotou em sua voz, de forma que soou bastante semelhante à de sua mãe. Ela se impulsionou para trás e suas pernas deslizaram inertes atrás de si. Agarrou os braços da cadeira de rodas e puxou o próprio corpo para o assento. Segurou uma das pernas, depois fixou aqueles olhos de farol sobre mim.

— Não precisa ficar encarando, jovem.

— Desculpe-me — falei, e procurei alguma coisa interessante do outro lado do rio. Podia senti-la atrás de mim, esforçando-se para posicionar seus pés e pernas.

— Não foi por mal, eu sei. Não vejo pessoas com muita frequência. Às vezes, esqueço que há alguma coisa para ver.

— Você conduz uma canoa melhor do que a maioria das pessoas.

— Na verdade, é o meu único exercício. Agora está melhor. — Eu me virei para ela. Estava sentada em sua cadeira. — Vamos até a casa.

Suas mãos se fecharam firmemente sobre os aros da cadeira e ela se virou sem esperar por uma resposta. Impeliu a cadeira colina acima com golpes fortes e abruptos. Na cabana, dirigiu-se para os fundos.

— A rampa fica lá atrás — disse ela. Do lado de dentro, manobrou até a geladeira e tirou de lá um jarro. — Chá?

— Claro.

Observei enquanto ela fazia o serviço com precisão econômica. Copos num armário baixo. Gelo de um freezer separado. Olhei à volta da cabana. Tinha uma grande sala central dominada por uma lareira em pedra bruta; as rochas eram castanhas e irregulares, provavelmente extraídas do solo além das árvores. O espaço era espartano e asseado. Ela me entregou um copo.

— Eu não tolero açúcar — disse ela.

— Tudo bem.

Ela rodou até a porta da frente e falou por sobre os ombros.

— Você encontrou Ken no caminho para cá? — perguntou.

Nós saímos. Ocupei uma cadeira e sorvi o chá, que era rústico e amargo.

— Um homem interessante.

— Um dia, ele ganhou mais dinheiro do que você poderia acreditar. Sete dígitos por ano, às vezes. Depois alguma coisa mudou. Ele deu tudo para os filhos e me perguntou se poderia morar aqui por algum tempo. Isso foi há seis anos. O ônibus foi ideia dele.

— Um lugar incomum para se morar.

— Estava lá quando eu comprei a propriedade. Eu mesma morei nele até construir a cabana.

Ela tirou um baseado do bolso da camisa. Acendeu-o com um isqueiro barato, deu uma tragada funda e deixou que a fumaça saísse por seus lábios pálidos. Ofereceu para mim, mas eu recusei.

— Fique à vontade — disse ela, e eu a vi dar outro tapa. Fumava em múltiplas pequenas tragadas, comprimindo a mandíbula antes de expirar.

Ela se acomodou mais para baixo na cadeira de rodas, observando o ar radiante com uma expressão satisfeita.

— Então você conhece Grace? — perguntei.

— Ótima garota. Nós conversamos uma vez ou outra.

— Você vende erva a ela?

— Por Deus, não. Eu nunca venderia erva para aquela garota. Nem em 1 milhão de anos. — Ela deu outra tragada, e quando falou, suas palavras saíram apertadas. — Para ela eu dou. — Havia um ar de riso em seu rosto. — Ah, não me olhe assim tão sério. Ela tem idade suficiente para ser dona do próprio nariz.

— Ela foi atacada outro dia, você sabe. Logo depois da última vez que você a viu.

— Atacada?

— Espancada com crueldade. Aconteceu 800 metros ao sul do embarcadouro. Eu tinha esperança de que você pudesse ter visto algo. Um homem em um barco ou na trilha. Qualquer coisa desse tipo.

O riso desapareceu, e a desolação ocupou seu lugar.

— Ela está bem?

— Vai ficar. Está no hospital.

— Eu segui para o norte — disse ela. — Não vi nada de estranho.

— Ken Miller a conhece?

— Sim.

— Você o conhece bem?

Ela fez um gesto com a mão.

— Ele é inofensivo.

Tragou o baseado mais uma vez e, quando a fumaça deixou seus pulmões, carregou grande parte de sua vitalidade consigo.

— Belo carro — disse ela, mas as palavras não tinham significado real. Simplesmente acontecia de o carro estar no seu campo de visão.

— Como você me conhece? — perguntei. Seus olhos se voltaram para mim, mas ela não respondeu.

— Diga-me como me encontrou — falou em vez disso.

— Sua mãe achou que você estivesse por aqui.

— Ah — disse ela, e havia uma história sombria nesse simples som. Voltei meu rosto para vê-la.

— Como você me conhece, Sarah?

Mas ela estava impassível como uma pedra, seus olhos ardiam com um brilho vazio. Via algo que eu não podia ver, e suas palavras flutuaram à deriva.

— Há coisas neste mundo sobre as quais eu não falo — disse ela. — Promessas, promessas.

— Não entendo.

Ela amassou o baseado e largou-o no assoalho. Suas pálpebras caíram, mas a vida se agitava por trás das íris verde-pálida, algo sábio e indomável o bastante para fazer com que eu me perguntasse o que ela viu. Fez um gesto com o dedo indicador e eu me aproximei. Ela tomou meu rosto entre suas mãos e me beijou a boca. Seus lábios eram suaves, ligeiramente entreabertos e tinham o gosto do baseado que ela fumara. Não era um beijo casto, nem excessivamente sexual. Seus dedos se deixaram cair e ela sorriu com tamanha tristeza que eu experimentei uma insuportável sensação de desamparo.

— Você era um garoto tão amável — disse ela.

CAPÍTULO 17

Ela me deixou sem dizer nem mais uma palavra, dirigiu a cadeira de rodas para dentro da casa e fechou a porta. Entrei no carro, passei pelas árvores e pensei na mãe de Sarah, cuja mensagem eu não conseguira entregar. Elas eram uma família feita em cinzas, os laços entre ambas tão exangues quanto o tempo poderia torná-los. Talvez por isso eu sentisse uma certa afinidade, porque me lembrei de laços um dia preciosos, carbonizados até não restar mais nada além de uma tênue cinza.

Reduzi quando Ken Miller saiu do meio da sombra e acenou para que eu parasse. Ele se debruçou na janela.

— Está tudo bem? — perguntou. — Ela precisa de algo?

Seu rosto era franco, mas eu sabia que isso podia não significar nada. As pessoas demonstram o que querem que você veja.

— Você conhece Grace Shepherd? — perguntei.

— Sei quem é. — Ele apontou a cabeça para além das árvores. — Sarah fala dela.

Observei-o com atenção.

— Ela foi atacada, quase morta. Você sabe alguma coisa sobre isso?

A reação dele foi espontânea.

— Lamento mesmo ouvir isso — disse. — Ela parece ser uma boa garota.

Ele pareceu inocente e preocupado.

— A polícia talvez queira conversar com Sarah.

Um rápido sobressalto de preocupação passou pelo seu rosto. Vi seus olhos girarem para a esquerda, até o longo ônibus púrpura.

— Achei que você gostaria de saber.

— Obrigado.

Liguei meu telefone celular enquanto dirigia de volta a Salisbury. Ele tocou quase imediatamente. Era Robin.

— Não tenho certeza de que é com você que estou falando neste momento — disse eu.

— Não seja estúpido, Adam. Você mentiu para nós. As perguntas tinham de ser feitas. Foi melhor que eu estivesse lá.

— Você disse que ir para o departamento de polícia de Salisbury em vez de ir ao gabinete do xerife era consideração para comigo. Estava falando sério?

— É claro. Por que mais eu faria isso? — Reconheci a autenticidade na sua voz, e uma pequena parte de mim amoleceu. — Eu estou caminhando no limite, Adam. Reconheço isso. Estou tentando fazer o que é certo.

— O que você quer? — perguntei.

— Onde você está?

— No carro.

— Eu preciso vê-lo. Só vai levar um minuto.

Hesitei.

— Por favor — disse ela.

Nós nos encontramos no estacionamento de uma igreja batista. O campanário se erguia de encontro ao céu azul, um pináculo branco que fazia com que parecêssemos anões. Ela foi direto ao ponto.

— Entendo que você esteja zangado. O inquérito poderia ter sido melhor.

— Muito melhor.

A condenação era cristalina em sua voz:

— Você decidiu nos ludibriar, Adam; portanto, não vamos fingir que está ocupando alguma grande estatura moral nesse caso. Ainda sou policial. Ainda tenho responsabilidades.

— Você jamais deveria ter tomado parte naquilo.

— Deixe-me lhe explicar uma coisa. Você me deixou. Compreende? Você... me... deixou. A única coisa que me restou foi o trabalho. Por cinco anos, foi a única coisa que eu tive. E eu trabalhei até cansar. Você sabe quantas oficiais femininas se tornaram detetives nos últimos dez anos? Três. Só três, e eu sou a mais jovem em toda a história do departamento. Você está de volta há dois dias. Está entendendo? Eu sou o que sou porque você me deixou. É a minha vida. Eu não posso deixá-la de lado, e você não deveria esperar isso de mim. Não quando foi você que me tornou assim.

Ela estava zangada e na defensiva. Pensei no que ela disse.

— Você está certa — falei, e estava sendo sincero. — É que tudo isso está sendo muito ruim.

— Pode ser que fique um pouco mais fácil.

— Como?

— Grantham quer que eu saia do caso — disse ela. — Ele está zangado.

Um grande corvo pousou no topo do campanário. Estendeu as asas uma vez e depois caiu em negra imobilidade.

— Porque você me contou a verdade sobre Grace?

— Ele diz que eu estou sendo tendenciosa a favor de você e sua família.

— A vida tem complicações.

— Bem, eu estou para trazer mais uma. Andei investigando. Grace teve um namorado.

— Quem?

— Desconhecido. A garota com quem eu conversei não sabia quase nada. Ele era um segredo por algum motivo; mas havia problemas aí. Algo que tornava Grace infeliz.

— Quem lhe contou isso?

— Charlotte Preston. Ela estudava com Grace. Agora trabalha na farmácia.

— Você perguntou isso a Grace?

— Ela nega.

— E quanto ao anel de Danny? Ou o bilhete? Eles não apontam para um namorado frustrado.

— Tenho certeza de que Grantham está investigando isso.

— Por que você está me contando? — perguntei.

— Porque também estou zangada. Porque se trata de você e eu estou confusa.

— Há algo mais que você queira me dizer?

— O corpo é de Danny Faith. Os registros da arcada dentária confirmam.

— Eu sabia.

— Você sabia que ele ligou para a sua casa? — Ela imprimiu uma inflexão incisiva nas palavras e estava em pleno alerta. — Está nos registros de chamada do celular dele. Nós acabamos de levantá-los. Você falou com ele?

Ela queria que eu negasse. Aquilo era muito condenatório, e não podia haver uma explicação fácil do ponto de vista dela. A coincidência temporal era bem desfavorável. Eu hesitei, e Robin insistiu. Vi a policial crescer dentro dela como uma maré.

— Eu conversei com ele há três semanas — falei.

— O legista acha que ele morreu há três semanas.

— É. Estranho, eu sei.

— Sobre o que vocês conversaram, Adam? Que diabo está acontecendo?

— Ele queria um favor.

— Que favor?

— Queria que eu voltasse para cá. Queria conversar a respeito pessoalmente. Eu disse a ele que não viria. Ele ficou puto.

— Por que você voltou, então?

— Isso é pessoal — falei, e fui sincero. Eu queria minha vida de volta, e isso incluía Robin. Mas ela não estava facilitando as coisas. Ela era policial em primeiro lugar, e, embora eu entendesse isso, ainda doía.

— Você precisa falar comigo, Adam.

— Robin, eu agradeço o que você disse, mas não sei exatamente em que pé estamos. Até saber com certeza, vou agir como achar adequado.

— Adam..

— Grace foi atacada: Danny, assassinado, e cada tira deste lugar está de olho em mim e em minha família. Quanto disso é consequência do que aconteceu há cinco anos, eu não sei; mas sei de uma coisa: vou fazer o que tiver de ser feito para proteger as pessoas que amo. Eu ainda conheço esta cidade, ainda conheço essa gente. Se os tiras não vão olhar além da fazenda Red Water, então vou fazer isso por minha própria conta.

— Isso seria um erro.

— Eu fui condenado injustamente uma vez. Não vou deixar isso acontecer novamente. Não comigo ou com qualquer outra pessoa da minha família.

Meu celular tocou, por isso ergui um dedo, pedindo um momento. Era Jamie; estava transtornado.

— São os tiras — disse ele.

— O que tem eles?

— Estão revistando a casa de Dolf! — Olhei para Robin enquanto Jamie gritava no meu ouvido. — É uma invasão apavorante, cara!

Fechei o celular devagar, observando o rosto de Robin.

— Grantham está vasculhando a casa de Dolf. — O dissabor tomava minha voz. Eu conseguia enxergar cinco passos à frente. — Você sabia sobre isso?

— Sabia — disse ela, calmamente.

— Foi esse o motivo pelo qual me chamou? Para que Grantham pudesse fazer isso sem eu estar presente?

— Achei que seria melhor se você não estivesse lá quando ele conduzisse a busca. Portanto, sim.

— Por quê?

— Não haveria nada a ganhar se você e Grantham tivessem outro encontro difícil.

— Então você mentiu para me proteger de mim mesmo? Não para ajudar Grantham?

Ela encolheu os ombros, sem se desculpar.

— Às vezes é possível matar dois coelhos com uma só cajadada.

Cheguei mais perto, de modo que ela pareceu muito pequena.

— Às vezes, talvez. Mas não se pode conseguir as duas coisas para sempre. Um dia destes, você terá de fazer a escolha do que é mais importante para você. Eu ou o trabalho.

— Você pode estar certo, Adam, mas é como eu disse. Você me deixou. Esta tem sido minha vida por cinco longos anos. Eu a conheço. Eu confio nela. Uma escolha pode estar por aí em algum lugar, mas eu não estou pronta para fazê-la hoje.

Sua expressão recusou-se a ficar mais suave. Eu suspirei.

— Que droga, Robin. — Dei um passo e me virei. Queria esmurrar algo. — O que eles estão procurando?

— Danny foi morto com uma .38. A única pistola registrada para alguém da fazenda Red Water pertence a Dolf Shepherd, uma .38. Grantham está procurando por ela.

— Então eu tenho um problema.

— Qual é?

Hesitei.

— Minhas impressões digitais estão na pistola inteira.

Robin me olhou atentamente por um longo tempo. Para fazer justiça a ela, não me perguntou o porquê.

— Suas impressões digitais estão fichadas. Não vai levar muito tempo

Abri a porta do meu carro.

— Aonde você vai?

— Para a casa de Dolf.

Robin se dirigiu para seu carro.

— Vou atrás de você.

— E quanto a Grantham?

— Eu não trabalho para Grantham — disse ela.

Quatro carros de polícia bloqueavam a entrada, por isso eu estacionei no campo e caminhei. Robin alinhou-se atrás de mim e enquanto cruzávamos as barras de ferro do mata-burro, lama seca rangia sob os meus sapatos. Não vi Grantham e achei que ele estivesse na casa. Um agente uniformizado guardava a varanda e outro estava em posição de descansar ao lado dos carros. A porta da frente estava aberta, calçada por uma cadeira de balanço virada horizontalmente de encontro à casa. Dolf, Jamie e meu pai estavam parados juntos ao lado da caminhonete de Dolf. O velho parecia furioso; Jamie roía as unhas e fez um aceno de cabeça para mim. Procurei Parks Templeton com os olhos e encontrei-o em seu carro comprido e caro. Tinha um telefone celular no ouvido, uma das pernas projetada para fora da porta aberta do carro. Ele deu um segundo olhar quando nos viu e desligou o telefone. Alcançamos meu pai ao mesmo tempo.

Parks apontou o dedo para Robin.

— Diga que não andou falando com ela.

— Eu sei o que estou fazendo.

— Não, você não sabe.

— Vamos conversar daqui a pouco — disse eu para Robin. Ela se afastou e subiu os degraus da varanda. Eu me voltei para Parks. — Você pode fazer algo a respeito disso? — Apontei para a casa.

— Estávamos averiguando isso — disse meu pai. — O mandado é legal.

— Há quanto tempo eles estão aqui?

— Vinte minutos.

Dirigi-me a Parks.

— Me fale sobre o mandado.

— Não há necessidade de...

— Conte a ele — disse meu pai.

Parks adotou uma postura ereta.

— Tem abrangência limitada. Isso é bom. Ele confere à polícia autoridade para apreender qualquer arma ou munição na propriedade.

— Só isso? — perguntei.

— Sim.

— E isso deveria ter levado dois minutos. Eles estão à procura de uma .38. Há uma bem ali no armário de armas.

O advogado pôs um dos dedos sobre os lábios e bateu uma vez.

— Como você sabe que eles estão à procura de uma .38?

— Por que foi a que matou Danny. Eu soube disso por Robin. — Apontei para a casa, olhando fixo nos olhos do advogado, até que ele fosse obrigado a balançar a cabeça. Era uma boa informação. — Eles já deveriam tê-la a esta altura — falei. — Já deveriam ter ido embora.

Por um momento, ninguém falou. Queria que tivesse continuado assim.

— Eu a escondi — disse Dolf, por fim.

— O quê? — Jamie deslizou de cima do capô da caminhonete. Uma raiva súbita fez com que ele fervesse. — Você a escondeu? Não há razão para esconder uma arma a não ser que você tenha algo a ocultar.

A ansiedade escorreu do rosto de Dolf, substituída por um olhar de cansada resignação. Jamie chegou mais perto.

— Estou sempre tendo de lhe dar satisfação — disse Jamie. — Você vive de olho em mim. Agora, por que não me responde? Só há uma razão para esconder uma arma, Dolf. Isso é muito simples. Por que você simplesmente não nos conta?

— Do que vocês estão falando? — perguntou meu pai.

Dolf espiou Jamie por baixo de sobrancelhas pesadas, e havia muito desgosto em seus olhos.

— Danny era um rapaz bem decente, e sei que você o adorava, garoto...

— Não, você não sabe — disse Jamie. — Não me chame de "garoto". Apenas me explique. Só há uma razão para esconder uma arma, e é porque você sabia que eles viriam procurar por ela.

— Você está bêbado — disse Dolf. — E esse é um modo rude de se falar.

Parks interrompeu-os, e sua voz era forte o bastante para fazer com que Jamie parasse.

— Esclareça-nos — falou para Dolf.

Dolf olhou para meu pai; ele fez que sim com a cabeça, e Dolf cuspiu no chão, enfiando os polegares no cinto. Olhou para Parks e depois para Jamie.

— Esse não é o único motivo para se ocultar uma arma, Jamie, seu grande palerma estúpido. Um homem pode esconder uma arma para evitar que alguém mais a use. Para evitar que um sujeito esperto faça uma coisa estúpida.

Os olhos de Dolf se voltaram para mim, e eu soube que ele estava pensando no fato de eu ter pegado a arma de seu armário e quase ter matado Zebulon Faith. Ele a havia escondido por minha causa.

— Ele tem razão — falei, aliviado. — Esse é um bom motivo.

— Que tal você explicar isso? — disse Parks para mim.

Meu pai falou antes que eu pudesse fazê-lo:

— Ele não precisa explicar nada. Nós o obrigamos a isso cinco anos atrás. Ele não precisa fazer isso de novo. Não aqui. Nunca mais.

Senti os olhos de meu pai sobre mim, a força do que ele disse. O que aquilo significava. Era a primeira vez que ele me defendia desde que

Janice disse que me viu banhado em sangue. Parks ficou rígido, o rubor tomando conta do seu rosto.

— Você está limitando a minha ação para o caso, Jacob.

— A 300 dólares por hora, eu dou as regras. Adam vai lhe contar o que ele achar que você precisa saber. Não vou fazer com que ele seja questionado novamente.

Parks tentou enfrentar o olhar de meu pai, mas perdeu a ousadia depois de alguns segundos. Atirou as mãos para o alto e saiu com passos zangados.

— Muito bem — disse ele. Observei-o por todo o caminho de volta ao carro. De repente, meu pai pareceu constrangido por me proteger. Deu um tapinha no ombro de Dolf, os olhos fixos em Jamie.

— Você está bêbado? — perguntou ele.

Jamie ainda estava furioso; era nítido.

— Não — disse ele. — Estou de ressaca.

— Bem, segure a sua onda, rapaz.

Jamie entrou em sua caminhonete, jogou-se no assento e acendeu um cigarro. Isso deixou-me sozinho com os velhos. Meu pai nos conduziu alguns passos adiante. Ele parecia estar se desculpando.

— Ele não costuma ser assim — disse, depois olhou para Dolf. — Você está bem?

— Vai ser necessário mais do que aquele garoto para arruinar meu dia — disse Dolf.

— Onde você escondeu a arma? — perguntei.

— Numa lata de café, na cozinha.

— Eles vão encontrá-la — falei.

— É.

Analisei o rosto de Dolf.

— Há alguma chance de que ela esteja ligada à morte de Danny?

— Não imagino como.

— Você tem algum revólver? — perguntei a meu pai.

Ele fez que não e seu olhar vagou para algum lugar distante. Minha mãe havia se matado com um dos seus revólveres. Foi uma pergunta estúpida, insensível, mas quando ele falou, seu rosto era como uma rocha.

— Que confusão! — disse ele.

Ele tinha razão, e me perguntei como aquilo tudo se encaixava. A morte de Danny, agora claramente considerada um homicídio; o ataque a Grace; Zebulon Faith; a usina nuclear; todo o resto. Olhei para a casa de Dolf, cheia de estranhos. Uma mudança estava a caminho, e não havia chance de ser boa.

— Preciso ir — falei.

Meu pai pareceu envelhecido.

Apontei minha cabeça para a casa.

— Parks está certo sobre uma coisa. Eles estão procurando atribuir a morte de Danny a alguém, e, por algum motivo, Grantham parece estar olhando para nós. Isso significa olhar para mim em particular.

Ninguém me contradisse.

— Preciso conversar com uma pessoa.

— Com quem?

— Algo acabou de me ocorrer. Pode não ser nada, mas preciso verificar.

— Pode nos contar o que é? — perguntou Dolf.

Pensei no caso. Até que o corpo de Danny fosse encontrado naquele buraco, todos achavam que ele estivesse na Flórida. Seu pai. Jamie. Tinha de haver uma razão para isso, e eu achei que pudesse encontrá-la no hotel Faithful. Era um lugar para começar, pelo menos.

— Depois — respondi. — Se der certo.

Dei dois passos e parei, voltei-me para meu pai. Seu rosto estava pesado e tomado pela tristeza. Eu falei de coração:

— Gostei do que você disse a Parks.

Ele fez um aceno de cabeça.

— Você é meu filho.

Olhei para Dolf.

— Conte a ele por que você escondeu a arma, sim? Não há motivo para que isso seja um segredo entre nós.

— Tudo bem.

Entrei no carro, perguntando-me como meu pai se sentiria quando Dolf lhe contasse o quanto eu estivera perto de matar Zebulon Faith.

Considerando a maneira como todos nos sentíamos quanto a Grace, achei que provavelmente entenderia. Esse era o último dos nossos problemas.

Saí da fazenda e peguei o asfalto plano e preto. A estrada era um forno; ela reverberava sob o sol. Fui novamente até o hotel Faithful e encontrei Manny atrás do balcão.

— É Manny, certo?

— Emmanuel.

— O seu chefe está? — perguntei.

— Não.

Balancei a cabeça.

— Quando estive aqui antes, você me contou sobre Danny. Disse que ele teve uma briga com a namorada e depois viajou para a Flórida, quando ela conseguiu um mandado.

— *Sí.*

— Sabe me dizer o nome da garota?

— Não. Mas agora ela tem um corte aqui. — Ele passou um dedo pela bochecha direita.

— Como ela é?

— Branca. Um tanto gorda. Ordinária. — Ele deu de ombros. — Danny dormiria com qualquer uma.

— Por que eles brigaram?

— Ele estava terminando com ela.

Tive um lampejo súbito de intuição.

— Foi você quem chamou a polícia — falei. — Naquele primeiro dia em que vim aqui.

Um sorriso se abriu no rosto vincado e moreno.

— *Sí.*

— Talvez você tenha salvado a minha vida.

Ele deu de ombros.

— Eu preciso do emprego. Odeio o chefe. É a vida.

— A polícia revistou este lugar? — Eu estava pensando em drogas.

— Revistou. Eles não encontraram nada. Procuraram o Sr. Faith. Não encontraram nada.

Esperei por mais, porém ele havia dito tudo.

— Você me disse que Danny está na Flórida. Como você sabe?

— Ele mandou um cartão-postal.

Nenhuma hesitação, nenhum sinal de falsidade.

— Ainda o tem?

— Acho que sim.

Ele foi até a sala dos fundos, voltou e me entregou um cartão-postal. Peguei-o pelas bordas; era uma fotografia de água azul e areia branca. Tinha o nome de um resort no canto superior direito e um slogan em letras cor-de-rosa na parte de baixo: AS VEZES É O LUGAR PERFEITO.

— Estava no mural — disse-me Emmanuel.

Olhei o verso. Em letras de forma, estava escrito: "Curtindo muito. Danny."

— Quando você recebeu isto? — perguntei.

Emmanuel coçou a bochecha.

— Ele teve a briga com a garota e depois foi embora. Talvez quatro dias depois daquilo. Duas semanas atrás. Duas semanas e meia. Algo perto disso.

— Ele levou bagagem?

— Eu não o vi depois que ele bateu na garota.

Fiz mais algumas perguntas, mas elas não levaram a lugar algum. Fiquei em dúvida se contaria a ele ou não que Danny Faith estava morto, mas decidi não fazê-lo. Chegaria aos jornais muito em breve.

— Ouça, Emmanuel, se a polícia encontrar o Sr. Faith, pode ser que ele fique afastado por algum tempo. — Fiz uma pausa para me certificar de que ele estava entendendo. — Acho que você deveria começar a procurar outro emprego.

— Mas Danny...

— Danny não vai manter o hotel. Provavelmente vai ser fechado.

Ele pareceu muito perturbado.

— Isso é verdade, o que você diz?

— É.

Ele balançou a cabeça e contemplou o balcão por tanto tempo que eu já não tinha certeza se ele planejava erguer os olhos.

— A polícia vasculhou tudo — disse ele finalmente. — Mas há um depósito. Fica na interestadual, aquele com as portas azuis. Havia uma camareira, Maria. Ela já se foi. Ele fez com que ela assinasse os papéis. Está no nome dela. Número 36.

Ruminei aquilo.

— Você sabe o que há nesse depósito? — perguntei.

O velho pareceu envergonhado.

— Drogas.

— Em que quantidade?

— Muita, eu acho.

— Você e Maria estavam juntos?

— *Sí*. Às vezes.

— Por que ela foi embora? — perguntei.

O rosto de Emmanuel se contorceu de desgosto.

— O Sr. Faith. Depois que ela assinou os documentos, ele a ameaçou.

— Ameaçou chamar o serviço de imigração?

— Se ela contasse a alguém sobre o depósito, ele daria um telefonema. Ela estava ilegal. Ficou com medo. Está na Geórgia agora.

Mostrei o cartão-postal.

— Eu gostaria de ficar com isto.

Emmanuel deu de ombros.

Telefonei para Robin do estacionamento. Ainda tinha dúvidas sobre a sua lealdade, mas ela detinha informações que eu queria e achei que poderia ter algo para negociar.

— Você ainda está na casa de Dolf?

— Grantham me botou para fora de lá bem rápido. Ele estava puto.

— Você conhece o armazém na interestadual; fica na rodovia secundária ao sul da saída 66.

— Conheço.

— Encontre-me lá.

— Em trinta minutos.

Dirigi de volta para a cidade e parei na fotocopiadora a dois quarteirões da praça. Copiei o cartão-postal, frente e verso, depois pedi um envelope para a atendente. Ela me trouxe um de papel, e perguntei se ela teria alguma coisa de plástico. Ela encontrou um Ziploc numa gaveta. Dobrei a cópia e enfiei-a no meu bolso de trás e pus o cartão no envelope, selando-o. A areia reluzente parecia muito branca através do plástico, o slogan atraiu minha atenção.

ÀS VEZES É O LUGAR PERFEITO.

Dirigi até o armazém e estacionei no acostamento de terra da rodovia secundária. Desembarquei e sentei no capô. Automóveis voavam pela interestadual acima de mim; os grandes caminhões ribombavam e guinchavam. Olhei para o armazém, longas fileiras de edificações atarracadas que faiscavam ao sol. Estavam aninhadas numa depressão ao lado da interestadual. Portas de metal pintadas de azul interrompiam as fachadas alongadas. O capim crescia alto acompanhando as cercas de alambrado. Arame farpado pendia de cima delas.

Esperei por Robin e assisti ao dia fazer sua longa descida rumo ao final da tarde. Ela demorou uma hora. Quando desceu do carro, o vento soprou seus cabelos, fez com que eles envolvessem seu rosto de modo que teve de afastá-los com o dedo. O gesto me tocou com intensidade e uma inesperada força. Lembrou-me de um dia que passamos à beira do rio sete anos antes. Ela estava ajoelhada sobre um cobertor, nós havíamos acabado de fazer amor, e um vento súbito soprou por sobre a água jogando seus cabelos sobre os olhos. Eu empurrei os cabelos para trás e assentei-os no lugar. Sua boca era macia, o sorriso, fácil.

Mas isso acontecera fazia uma eternidade.

— Desculpe — disse ela. — Assuntos de polícia.

— Como o quê? — Deslizei para fora do campo.

— O departamento de polícia de Salisbury e o escritório do xerife usam o mesmo laboratório forense. Eles extraíram a bala que matou Danny Faith. Perfuração no peito. Só estão esperando uma amostra para comparação.

Seus olhos eram firmes.

— Não vai demorar muito — disse ela.

— E isso quer dizer o quê?

— Que encontraram a .38 de Dolf Shepherd.

Embora eu soubesse que a encontrariam, abriu-se um buraco no meu estômago. Esperei que ela dissesse mais. Uma mariposa amarela voou acima do capim alto.

— O seu amigo da balística vai ajudá-la?

— Ele me deve uma.

— Você vai me contar o que ele disser?

— Depende do que ele me contar.

— Eu posso lhe entregar Zebulon Faith — declarei, e isso a deteve.
— Posso entregá-lo numa bandeja.

— Se eu compartilhar minha informação?

— Eu quero saber o que Grantham sabe.

— Não posso prometer nada às cegas, Adam.

— Preciso saber. Acho que não tenho muito tempo. Minhas impressões digitais estão na arma.

— Pode ser a arma do crime ou não.

— Grantham sabe que eu falei com Danny pouco antes de ele morrer. Isso é o bastante para um mandado de prisão. Ele vai me prender e me arrebentar. Exatamente como da última vez.

— Você estava em Nova York quando Danny foi morto. Terá álibis, testemunhas que podem situar você lá no instante da morte.

Sacudi a cabeça.

— Que diabo isso significa?

— Nada de álibi — falei. — Nada de testemunha.

— Como isso é possível?

— Passaram-se cinco anos, Robin. É isso que você tem de entender em primeiro lugar. Eu havia enterrado este lugar tão profundamente que não conseguia mais visualizá-lo. Foi assim que eu passei meus dias. Eu esqueci. Fiz do esquecimento uma arte. Isso mudou depois do telefonema de Danny. Foi como se ele tivesse posto um demônio na minha cabeça. Um demônio que não iria se calar. Queria que eu voltasse para casa. Disse que era o momento. Se eu tentava pensar, ouvia a voz. Quando fechava os olhos, via este lugar. Isso me deixou louco, Robin. Dia após dia. Pensei em você, em meu pai. Pensei em Grace e no julgamento. Naquele garoto morto e na maneira como esta cidade me mastigou e me cuspiu fora.

"De repente, eu não conseguia sustentar minha vida. Era uma vida tão vazia, uma impostura tão desprezível, e a voz de Danny pôs abaixo tudo o que eu havia construído. Deixei de ir ao trabalho. Parei de ver meus amigos. Eu me fechei. Aquilo me devorou, até que eu me encontrei na estrada.

Levantei as mãos e depois as deixei cair.

— Ninguém me viu, Robin.

— Demônios na cabeça e ausência de álibi é algo que você não deve pronunciar novamente. Grantham já fez uma solicitação ao Departamento de Polícia de Nova York. Eles investigarão você. Serão minuciosos. Descobrirão onde você trabalhava. Ficarão sabendo que você se demitiu e quando se demitiu. Você precisa fazer um esforço para pensar num álibi. Grantham vai se perguntar se você não veio até aqui e matou Danny. Ele vai dar uma prensa em você. Vai fritar você vivo, se puder.

Enfrentei o olhar dela.

— Eu não matei ninguém.

— Por que você está aqui, Adam?

Ouvi a resposta na minha cabeça. *Porque tudo o que eu amo está aqui. Porque você se recusou a ir comigo.*

Não falei nada, porém. Apontei para os edifícios reluzentes de alumínio e contei a ela o que Emmanuel havia dito sobre Zebulon Faith e as drogas.

— Número 36. Ele lhe dará toda a provável causa de que você precisa.

Sua voz era oca.

— Ótima informação.

— Ele pode ter limpado tudo. Teve tempo para isso.

— Talvez. — Ela desviou o olhar, e o vento agitou a poeira da estrada. Quando voltou a olhar para mim, seu tom havia se suavizado. — Há mais uma coisa que eu preciso contar a você, Adam. É importante.

— Certo.

— O telefonema soa péssimo. A época em que ocorreu torna-o pior. Impressões digitais na arma. Toda a violência e as coincidências. Ausência de álibi... — Sua voz sumiu e ela pareceu subitamente frágil. — Talvez você esteja certo quanto ao mandado...

— Prossiga.

— Você disse que eu tinha de fazer uma escolha. Você ou o emprego.

O vento lambeu seus cabelos novamente. Ela aparentava indecisão e sua voz diminuiu.

— Eu me retirei do caso — disse. — Nunca havia abandonado um caso antes. Jamais.

— Você fez isso porque Grantham está atrás de mim?

— Porque você estava certo quando disse que eu teria de fazer uma escolha.

Por um instante, ela pareceu orgulhosa, depois suas feições ruíram. Eu sabia que algo estava acontecendo, mas fui lerdo e confuso. Seus ombros despencaram, e alguma coisa úmida correu pelo seu rosto. Quando ergueu a cabeça, seus olhos tinham um brilho prateado, e vi que ela estava chorando. Sua voz se rompeu num soluço.

— Eu realmente senti sua falta, Adam.

Ela ficou parada à beira da estrada, desmoronando, e eu finalmente entendi a profundidade do seu conflito. Duas coisas importavam para ela: a pessoa que havia se tornado e aquilo que ela pensava ter perdido. Ser policial. E nós dois. Ela tentara manter ambos, tentara andar no limite, mas a verdade finalmente a havia alcançado: há um momento em que é preciso escolher.

Foi o que ela fez.

E escolheu a mim.

Ela tirou a roupa em meio ao frio, e eu sabia que não diria mais nenhuma palavra sem um sinal meu. Não tive de pensar, nem mesmo por um segundo. Abri meus braços, e ela se alojou naquele espaço como se jamais o tivesse deixado.

Dirigi até a casa dela, e dessa vez foi diferente, como se o apartamento fosse pequeno demais para nos conter. Ocupamos um quarto, e depois outro, nossas roupas pelo chão atrás de nós enquanto esbarrávamos em portas e paredes. Velhas emoções ardiam entre nós, e outras, novas, nos incendiavam.

E também lembranças de milhares de outras vezes.

Apoiei-a de encontro à parede e suas pernas encontraram minha cintura, envolveram-me. Ela me beijou com tanta força que pensei que iria sangrar, mas não me importei. Então, ela agarrou meus cabelos e me puxou para trás. Olhei para seus lábios carnudos, contemplei aqueles olhos caleidoscópicos. Ela estava ofegante, trêmula. Suas palavras saíam num sussurro ardente.

— O que eu falei antes, sobre ter acabado, sobre eu não sentir mais nada... — Seus olhos desceram até o meu peito e tornaram a subir. — Aquilo era uma mentira.

— Eu sei.

— Apenas me diga que isto é real.

Eu disse a ela, e quando encontramos a cama, poderia ter sido o chão ou a mesa da cozinha. Não importava. Ela estava deitada de costas, seus dedos se crisparam sobre os lençóis quando vi que ela chorava novamente.

— Não pare — disse ela.

— Você está bem?

— Faça com que eu esqueça.

Ela se referia à solidão, eu sabia, aos cinco anos de vazio. Fiquei de joelhos e percorri meus olhos por todo o seu corpo; ela era magra e firme, uma lutadora derrotada. Beijei suas faces úmidas, delineei o seu corpo com minhas mãos e senti a tensão no seu desfalecimento. Seus braços deixaram a cama e não havia força neles, apenas suavidade e calor que pareciam espelhar um certo desespero que partia dela. Deslizei um dos braços até o final das suas costas e apertei-a contra mim como se pudesse expulsar os demônios pela pura força bruta. Ela era leve e pequena, mas descobriu seu ritmo e a força para crescer sob meu corpo.

CAPÍTULO 18

Adormeci com a cabeça de Robin sobre o meu peito. Senti intimidade, calor e bem-estar, e isso tudo afugentou o inferno em que me encontrava. Eu não queria perdê-la novamente. Talvez por isso tenha sonhado com outra mulher. Eu estava parado diante de uma janela, olhando para Sarah Yates e a grama iluminada pela lua. Ela estava andando e carregava seus sapatos numa das mãos. Um vestido branco se agitava ao redor de suas pernas e sua pele tinha um brilho de prata quando ela olhou para mim e levantou a mão como se segurasse uma moeda em sua palma.

Acordei num silêncio tristonho.

— Você está acordada? — sussurrei.

A cabeça de Robin se mexeu sobre o travesseiro.

— Pensando — disse ela.

— Em quê?

— Grantham.

Afugentei o sonho.

— Ele vem atrás de mim, não é?

— Você não fez nada errado.

Ela estava tentando convencer a si própria de que as coisas eram simples a esse ponto, mas ambos sabíamos que não era assim. Homens inocentes caem o tempo todo.

— Ninguém gosta de acreditar na justiça dos ricos, mas é o que as pessoas veem. Elas querem revanche.

— Não vai acontecer dessa forma.

— Meu nome é conveniente — falei.

Ela mudou de posição ao meu lado, pressionando a curva pronunciada da sua coxa de encontro à minha. Dessa vez ela não me contradisse. Suas palavras atravessaram o ar entre nós dois.

— Você pensou em mim? — perguntou ela. — Todos esses anos em Nova York.

Considerei a pergunta e depois ofereci-lhe a verdade dolorosa.

— No início, o tempo todo. Depois tentei não pensar. Levou algum tempo. Mas como eu disse, eu enterrei este lugar. Você teve de ir também. Era o único jeito.

— Você devia ter me ligado. Talvez eu tivesse mudado de ideia sobre ir com você.

Ela se virou de lado. As cobertas deslizaram descobrindo seus ombros.

— Robin...

— Você ainda me ama?

— Sim.

— Então, me ame.

Ela tocou meu pescoço com os lábios, conduziu as mãos para baixo e eu senti seu toque suave. Começamos vagarosamente, à sombra daquelas palavras e ao cinza indistinto de uma aurora tateante.

Às 10 horas levei Robin de volta ao seu carro. Seus dedos apertaram os meus e ela pressionou seu corpo de encontro ao meu. Parecia estranhamente vulnerável e eu tive certeza de que, de fato, ela estava.

— Eu não tomo meias medidas, Adam. Não em coisas importantes. Não conosco. Não com você. — Ela pousou a palma da mão no meu rosto. — Estou do seu lado. Aconteça o que acontecer.

— Eu não posso me comprometer com este lugar, Robin. Não até ver para onde as coisas vão com meu pai. Preciso que as coisas se acertem com ele. Não sei como chegar a isso.

Ela me beijou.

— Pode considerar minha escolha feita. Aconteça o que acontecer.

— Estarei no hospital — disse, e observei enquanto ela se afastava.

Encontrei Miriam na área de espera. Ela estava sozinha, com os olhos fechados. Suas roupas farfalhavam quando ela fazia pequenos movimentos. Quando me sentei, ela ficou imóvel e pude ver apenas uma parte de seu rosto.

— Você está bem? — perguntei.

Ela fez que sim.

— E você?

Miriam havia se tornado uma bela mulher, mas era necessário olhar com atenção para vê-la. Ela parecia menor, em todos os sentidos, do que realmente era. Mas eu entendi. Viver, para alguns, era sempre difícil.

— Estou feliz em vê-la — disse-lhe. Ela fez um aceno de cabeça, e seu cabelo balançou para a frente. — Você está realmente bem? — perguntei.

— Não pareço?

— Parece ótima. Há alguém com Grace?

— Papai. Ele achou que poderia ser bom para Grace se eu ficasse aqui fora. Eu já entrei uma vez.

— Como ela está? — perguntei.

— Ela grita durante o sono.

— E papai?

— Está parecendo uma mulher.

Não soube o que dizer diante disso.

— Ouça, Adam, lamento que não tenhamos conversado muito. Eu queria. Apenas...

— É. Era esquisito. Você me contou.

Ela alisou as coxas com as mãos, endireitou-se, de modo que a curvatura de suas costas lembrasse menos um ponto de interrogação.

— Estou feliz em vê-lo novamente. George me disse que você achou que talvez eu não estivesse. Eu odiaria que você pensasse assim.

— Ele se tornou um homem — falei.

Miriam levantou os ombros e apontou para o corredor com uma unha roída.

— Você acha que ela vai ficar bem?

— Espero que sim.

— Eu também.

Pus minha mão sobre seu braço e ela estremeceu, afastou-o com um safanão, depois pareceu encabulada.

— Desculpe — disse ela. — Você me assustou.

— Está se sentindo bem? — perguntei.

— Esta família está desmoronando. — Ela fechou os olhos. — Há rachaduras por toda parte.

Quando meu pai saiu do quarto de Grace, aproximou-se vagarosamente e me fez um cumprimento de cabeça quando sentou.

— Olá, Adam. — Ele dirigiu-se a Miriam. — Você ficaria ao lado dela por um instante?

Ela me olhou uma vez e depois desapareceu no corredor. Meu pai me deu um tapinha no joelho.

— Obrigado por estar aqui.

— Onde está Dolf?

— Estamos nos revezando em turnos.

Nós nos recostamos de encontro à parede. Fiz um gesto indicando Miriam.

— Está tudo bem com ela? Parece...

— Apagada.

— Perdão?

— Apagada. Ela está assim desde a morte de Gray Wilson. Ele era um pouco mais velho, um tanto mais rude, mas eles eram unidos, pertenciam ao mesmo grupo na escola. Quando você foi julgado pelo assassinato dele, o grupo a excluiu. Ela tem sido muito sozinha desde então. Não conseguiu se acostumar com a universidade. Voltou de Harvard depois de um semestre. Mas isso só piorou as coisas. Grace tentou uma ou duas vezes tirá-la dessa situação. Diabos, todos nós tentamos. Ela simplesmente ficou...

— Apagada.

— E triste.

Uma enfermeira passou por nós. Um homem alto empurrou uma maca pelo corredor.

— Você tem alguma ideia de quem pode ter matado Danny? — perguntei.

— Sem pistas.

— Ele se entregou demais ao jogo. O pai é um traficante de drogas.

— Não me agrada ver as coisas desse modo.

— Quem é Sarah Yates?

Ele enrijeceu, e as palavras saíram lentamente.

— Por que você me pergunta isso?

— Grace estava conversando com ela pouco antes do ataque. Elas pareciam ser amigas.

Ele relaxou ligeiramente.

— Amigas? Duvido.

— Você a conhece?

— Ninguém conhece realmente Sarah Yates.

— Isso é bem vago.

— Ela vive à margem. Sempre viveu. Pode ser afetuosa num dia e cruel como uma cobra no outro. Até onde eu posso contar, não há muita coisa com que Sarah Yates se importe.

— Então você a conhece.

Ele me encarou, os lábios apertados.

— O que eu sei é que não quero falar sobre ela.

— Ela disse que eu fui um garoto adorável.

Meu pai se revirou em seu assento e seus ombros ficaram retos.

— Eu a conheço? — perguntei.

— Você deveria ficar longe dela.

— O que quer dizer com isso?

— Quero dizer que você deveria fugir dela como o diabo da cruz.

Fui fazer compras para Grace. Comprei flores, livros e revistas. Nenhum deles parecia apropriado; foi tudo palpite, e eu tinha de encarar a verdade mais uma vez. Eu não a conhecia mais. Senti-me inquieto e rodei um pouco pela cidade. Cada rua estava gravada na memória, tão estruturada que o passado era uma coisa corpórea. Essa era outra característica do lar.

Eu estava quase de volta ao hospital quando meu telefone celular tocou. Era Robin.

— Onde você está? — perguntei.

— Olhe no espelho. — Olhei e vi seu carro 6 metros atrás de mim.

— Estacione. Precisamos conversar.

Virei à esquerda numa calma área residencial que havia sido construída no início dos anos 1970. As casas eram baixas, com janelas pequenas. Os gramados eram bem-cuidados e aparados. Dois quarteirões abaixo, garotos andavam de bicicleta. Alguém usando calças amarelas chutou uma bola vermelha. Robin foi direto ao que interessava.

— Passei a manhã fazendo investigações muito discretas — disse ela.

— Procurei pessoas em quem confio. Pedi que me mantivessem informada. Acabei de receber uma ligação de um detetive amigo que estava para testemunhar na Corte Suprema quando Grantham apareceu e falou com o juiz.

— O juiz Rathburn?

— É. Rathburn decretou um recesso e levou Grantham ao seu gabinete. Dez minutos depois ele cancelou as audiências do dia.

Ela fez uma pausa.

— Você sabe o porquê, não sabe?

— Essa informação partiu de um dos meirinhos. É segura. Grantham apresentou uma declaração sob juramento para sustentar um mandado de prisão. O juiz o assinou.

— Um mandado para a prisão de quem?

— Não se sabe, mas, considerando o que sabemos, suspeito que tenha o seu nome nele.

Um riso distante caiu sobre nós, o grito agudo de crianças brincando. Os olhos de Robin estavam tomados de preocupação.

— Achei que talvez você quisesse chamar aquele advogado.

Grace estava dormindo quando eu voltei ao hospital. Miriam havia saído e meu pai estava no quarto com os olhos fechados. Pus as flores ao lado da cama e as revistas sobre uma mesa. Fiquei ali por longos minutos, olhando para Grace e pensando no que Robin havia me dito. As coisas estavam chegando a um ponto culminante.

— Você está bem? — perguntou meu pai. Seus olhos estavam vermelhos de sono. Apontei para a porta e, quando saí, meu pai me acompanhou para fora do quarto. Ele esfregou uma das mãos sobre o rosto. — Eu estava esperando que você voltasse — falou. — Disse a Janice que queria todos em casa para o jantar. Quero que você vá.

— Janice não gostou disso, aposto.

— É o que as famílias costumam fazer. Ela sabe disso.

Consultei meu relógio. A tarde já avançava sobre nós.

— Preciso falar com Parks Templeton — disse.

O rosto de meu pai se contraiu com uma preocupação repentina.

— O que está acontecendo?

— Robin acha que Grantham tem um mandado de prisão contra mim.

Ele entendeu imediatamente.

— Porque identificaram suas impressões digitais na arma de Dolf.

Fiz que sim.

— Talvez você devesse ir embora.

— E ir para onde? Não, não vou fugir de novo.

— O que você vai fazer?

Consultei o relógio novamente.

— Vamos tomar uma bebida. Na varanda. Como costumávamos fazer.

— Vou ligar para Parks do carro.

— Diga-lhe para vir o mais cedo possível.

Nós saímos, dirigimo-nos ao estacionamento.

— Há mais uma coisa que eu quero que você faça — falei.

— O que é?

Eu parei, e ele fez o mesmo.

— Quero falar com Janice. Em particular. Quero que você torne isso possível.

— Posso perguntar por quê?

— Ela testemunhou contra mim num julgamento público. Nós nunca conversamos sobre aquilo. Acho que precisamos resolver isso. Ela não vai querer conversar.

— Ela tem medo de você, filho.

Senti uma raiva familiar.

— Como você acha que eu me sinto por isso?

De volta ao carro, tirei o cartão-postal selado do envelope plástico. Danny nunca chegou à Flórida; eu estava bastante certo disso. Examinei a foto do cartão. Areia branca demais para ser real, e água tão pura que poderia lavar os pecados.

ÀS VEZES É O LUGAR PERFEITO.

Quem quer que tivesse matado Danny Faith havia remetido aquele cartão-postal para tentar ocultar o crime. Poderia muito bem ter impressões digitais nele. Perguntei-me pela centésima vez se deveria contar a Robin. Não ainda, decidi. Principalmente para o bem dela. Mas era mais do que isso. Alguém, por razões desconhecidas, havia matado Danny Faith. Alguém apontou uma arma e apertou o gatilho; ergueu Danny e despejou-o naquele grande buraco escuro.

Antes de recorrer aos tiras, eu precisava saber quem.

Caso fosse alguém que eu amava.

Reunimo-nos na varanda, todos nós, e, embora a bebida fosse cara, parecia rala e falsa, como as asseverações que trocamos. Nenhum de nós acreditava que tudo acabaria bem e, quando as palavras se esgotaram, o que acontece com frequência, observei atentamente os rostos que se desnudavam aos raios duros do brilhante sol poente.

Dolf acendeu um cigarro, e o tabaco solto grudou na sua camisa. Ele bateu os pequenos fragmentos úmidos com total falta de cuidado. No entanto, revestia-se de suas preocupações maiores como calçava suas botas, como se ficasse perdido sem elas; ele e meu pai poderiam ser irmãos nesse aspecto. Estavam desbastados, ambos, erodidos.

George Tallman olhava para minha irmã como se alguma parte dela fosse se desprender e ele precisasse de prontidão e grande velocidade para apanhar o pedaço antes que este atingisse o chão e se espatifasse. Abraçava-a com um dos braços e inclinava-se quando ela falava. Ocasionalmente, olhava para meu pai, e eu vi adoração em seu rosto.

Jamie estava sentado com ar sombrio junto a um fileira de garrafas vazias. Sua boca tinha os cantos caídos e sombras densas preenchiam suas cavidades oculares. Falava com pouca frequência e num rosnado baixo.

— Não é justo — murmurou ele em dado momento, e eu presumi que estivesse falando de Grace; mas quando o espremi, ele meneou a cabeça e virou novamente a garrafa âmbar de fosse lá que cerveja estrangeira tivesse escolhido.

Janice também parecia torturada, com unhas lascadas, olheiras escuras e olhos fundos. Havia se deteriorado por inteiro ao longo do dia anterior. Suas palavras eram frequentes e forçadas — e eram tão frágeis quanto o restante dela. Desempenhava o papel que meu pai havia-lhe imposto, o de anfitriã, e, para ser justo, ela tentou. Mas era uma coisa brutal de se ver; e havia pouca compaixão nos olhos de meu pai. Ele havia-lhe contado o que eu queria e ela não gostou. Isso era fato e emanava por todo o corpo dela.

Mantive um olho na longa entrada para carros, procurando ver poeira se levantando por trás de metal reluzente. Eu tinha esperança de que o advogado chegasse primeiro, apesar de aguardar a chegada de Grantham e seus agentes a qualquer momento. Um amigo advogado uma vez me disse que era fácil odiar advogados até precisar de um. Na época, achei-o superficial, mas não nesse momento.

Nessa hora ele era um maldito gênio.

O dia declinou enquanto nossa conversa mirrava até a nulidade. Havia perigo nas palavras, armadilhas e pontos cegos onde grandes estragos poderiam ser feitos. Porque a realidade do assassinato era maior do que o seu conceito. Era o corpo flácido e úmido de um homem que todos havíamos conhecido. Eram as perguntas que brotavam, as teorias que todos revolvíamos embora não as discutíssemos nenhuma vez. Ele foi morto ali, onde a família vivia e respirava, e esse perigo, por si só, devia bastar; mas também havia Grace.

E havia eu.

Ninguém sabia o que fazer comigo.

Quando Janice se dirigiu a mim, sua voz era alta demais, seus olhos focalizavam algum lugar acima do meu ombro.

— Então, quais são os seus planos agora, Adam?

O gelo tilintava no cristal fino sob as pontas lívidas de seus dedos, e quando nossos olhos finalmente se encontraram, ocorreu um súbito preenchimento do espaço entre nós, como se incontáveis fios nos conectassem, como se todos eles começassem a zunir ao mesmo tempo.

— Eu gostaria de ter uma conversa com você — falei, e não pretendia que as palavras soassem tão desafiadoras.

O sorriso sumiu do seu rosto, levando com ele quase toda a cor. Ela quis olhar para meu pai, mas não o fez.

— Muito bem. — Sua voz era fria e impassível. Ela alisou a saia e se levantou da cadeira como se uma força invisível a erguesse. Poderia carregar livros empilhados no topo da cabeça, até mesmo quando se inclinou para beijar o rosto de meu pai. Ela se dirigiu para a porta, mais calma, pensei, do que jamais estivera. — Vamos até a sala de estar?

Eu a segui rumo ao interior fresco da casa, pela extensão do longo corredor. Ela abriu a porta que dava para a sala de estar e acenou para que eu entrasse primeiro. Vi cores pastel e ricos tecidos, uma sacola de bordados incompletos sobre o que minha mãe teria chamado um "coxim". Dei três passos no interior da sala e voltei-me para vê-la fechar gentilmente a porta. Seus dedos finos se espalharam sobre a madeira escura, depois ela se voltou e me deu um tapa. A dor se inflamou como um fósforo aceso.

Seu dedo se ergueu entre nós e o esmalte danificado brilhou em sua unha. Sua voz oscilava.

— Isso é por ter levado seu pai a me fazer um sermão sobre o significado da família. — Ela apontou o dedo na direção da varanda. — Por me insultar na minha própria casa. — Abri a boca, mas ela falou mais alto: — Por me passar pito diante da minha própria família, como se eu fosse alguma criança muito má.

Ela abaixou a mão, enfiou-a na cintura de sua jaqueta de seda amarelo-clara, e de repente estava tremendo. Suas palavras seguintes caíram na sala como pétalas de uma flor agonizante.

— Eu me recuso a ser assustada e também a ser manipulada. Nem por você, nem por seu pai. Nunca mais. Agora, vou subir para descansar. Se contar ao seu pai que eu bati em você, eu negarei.

A porta se fechou com o mais leve estalido, e eu pensei que teria de segui-la, mas isso não aconteceu. O celular vibrou no meu bolso no momento em que dei o primeiro passo. Eu reconheci o número de Robin. Ela estava ofegante.

— Grantham acabou de sair daqui com três agentes. Eles planejam executar o mandado.

— Eles estão vindo para cá?

— Essa foi a informação que obtive.

— Quando eles saíram?

— Quinze minutos atrás. Chegarão aí a qualquer momento.

Respirei fundo. Estava acontecendo novamente.

— Eu estou a caminho — disse Robin.

— Eu agradeço, Robin, mas o que tiver de acontecer estará concluído muito antes de você chegar aqui.

— Seu advogado está aí?

— No momento, não.

— Faça-me apenas um favor, Adam. — Eu aguardei sem dizer nada. — Não faça nada estúpido.

— Como o quê?

Uma pausa.

— Não resista.

— Não vou fazer isso.

— Estou falando sério. Não o provoque.

— Cristo.

— Certo. Eu estou saindo.

Desliguei o telefone, esbarrei num vaso sobre uma mesa de canto quando passei pelo corredor. Saí para o calor repentino do pôr do sol e vi Parks Templeton subindo os degraus. Apontei para ele e depois para meu pai.

— Preciso ver vocês dois aqui dentro, agora.

— Onde está sua mãe? — perguntou meu pai.

— Madrasta — falei automaticamente. — Isto não tem nada a ver com ela.

— O que é? — perguntou Parks.

Olhei em torno da varanda. Todos os olhares se voltavam para mim, e eu me dei conta de que discrição era irrelevante. Aconteceria em breve, e aconteceria bem ali. Voltei meus olhos para o horizonte e vi quão poucos segundos de fato me restavam.

Pareciam três carros. Pisca-piscas acesos, sirenes desligadas.

Olhei nos olhos do advogado.

— Hoje você vai fazer por merecer o seu dinheiro — falei. Ele pareceu perplexo e eu apontei o dedo. As luzes piscavam mais fortes à medida que o dia escurecia à nossa volta. Eles estavam perto; 200 metros. O ruído dos motores nos alcançou e nos tocou. Ele cresceu enquanto minha família se levantava à minha volta, e eu ouvi o som das pedras se chocando contra o metal, o tinir e retinir surdo de automóveis avançando muito rápido sobre o cascalho. Dez segundos depois de o primeiro carro apagar suas luzes, os outros o imitaram.

— Eles estão aqui para cumprir um mandado de prisão — falei.

— Tem certeza?

— Sim.

— Deixe que eu fale com eles — replicou o advogado, mas eu sabia que isso seria inútil. Grantham não daria atenção a sutilezas. Ele tinha seu mandado e isso bastava. Senti a mão de alguém no meu ombro; meu pai. Ele apertou com força, mas eu não me voltei; e nenhuma palavra conseguiu sair de seus lábios.

— Vai dar tudo certo — falei, e seus dedos se apertaram mais.

Foi assim que Grantham nos encontrou: uma fileira ininterrupta. Suas mãos se posicionaram na cintura e os agentes pararam em formação em volta dele, um muro de poliéster marrom e cintos pretos que formava um ângulo mais baixo num dos lados.

Parks desceu para o gramado e eu o segui. Dolf e meu pai se juntaram a nós. O advogado falou primeiro.

— O que posso fazer por você, detetive Grantham?

Grantham abaixou o queixo para olhar por cima dos óculos.

— Boa-tarde, Sr. Templeton. — Ele mudou ligeiramente de posição. — Sr. Chase.

— O que você quer? — perguntou meu pai.

Olhei para Grantham, cujos olhos brilhavam concentradamente por trás dos mesmos óculos grossos e sujos. Havia quatro homens, nem uma só expressão entre eles, e então eu soube que não seria possível deter aquilo.

— Eu estou aqui dentro da lei, Sr. Chase, com um mandado em mãos. — Seus olhos encontraram os meus e seus dedos se estenderam. — Não quero nenhum problema.

— Eu gostaria de ver o mandado — disse Parks.

— Mas é claro — respondeu Grantham, os olhos ainda em mim. Ele não os desviou nem uma vez.

— Você pode impedir isso? — perguntou meu pai em voz baixa ao advogado.

— Não.

— Porra, Parks. — Numa voz mais alta.

— Nós teremos nosso momento, Jacob. Seja paciente. — Ele se dirigiu a Grantham. — É melhor que seu mandado esteja em perfeita ordem.

— Ele está.

Eu me adiantei.

— Então prossiga com isso — falei.

— Muito bem — replicou Grantham. Ele se voltou para a minha esquerda, as algemas se apresentando. — Dolf Shepherd, você está preso pelo assassinado de Danny Faith.

A luz cintilou no aço, e quando este envolveu seus pulsos, o velho se curvou sob o peso do metal.

Aquilo era errado. Em quase trinta anos, eu nunca vira Dolf erguer a mão ou a voz em ira. Forcei caminho em direção a ele, mas os agentes me repeliram. Chamei o nome de Dolf, e os cassetetes foram sacados. Ouvi meu nome; meu pai gritando que eu me acalmasse, que não lhes desse um motivo. Quando suas mãos, espessas e manchadas, finalmente seguraram meus ombros, permiti que ele me puxasse para trás. E assisti a Dolf ser coduzido a uma das viaturas.

A porta foi batida, luzes piscaram na capota, e eu fechei os olhos enquanto um rugido inesperado tomou conta da minha cabeça.

Quando este se calou, Dolf já havia partido.

Ele não ergueu os olhos uma única vez.

CAPÍTULO 19

Liguei para Robin do automóvel e contei-lhe o que havia acontecido. Ela quis nos encontrar na cadeia, mas eu lhe disse para não ir até lá. Ela já estava afundada naquilo até o pescoço. Brigou comigo por isso, e quanto mais discutíamos, mais eu ficava convencido. Ela havia feito sua escolha — eu —, e eu não deixaria que essa escolha a ferisse. Concordamos em nos encontrar no dia seguinte, depois que eu tivesse alguma ideia de exatamente que diabo estava acontecendo.

Seguimos para a cidade até o Centro de Detenção de Rowan County, Parks, papai e eu. Jamie disse que não podia suportar aquilo, e eu entendi o que ele queria dizer. As grades, os cheiros. O fato em si. Ninguém tentou demovê-lo. Ele estivera taciturno a tarde toda e não morria de amores por Dolf. O edifício se avolumou contra o céu que caía sobre nós. Atravessamos a rua em meio ao tráfego, subimos os largos degraus e passamos pela segurança. A sala da frente cheirava a cola quente e desinfetante para pisos. A porta desceu atrás de nós, um estrondo metálico, e um ar morno expirou-se pela ventilação do teto. Quatro pessoas estavam sentadas em cadeiras de plástico laranja ao longo da parede e eu os percebi num rápido olhar: dois hispânicos usando roupas manchadas de grama, uma velha com sapatos caros e um homem jovem roendo as unhas até o sabugo.

Parks parou ali com seu terno imaculado, mas ninguém se impressionou, muito menos os sargentos sentados atrás do vidro à prova de balas riscado. Parks se identificou, apresentou o cartão de advogado e pediu para ver Dolf Shepherd.

— Não.

A resposta foi inequívoca, oferecida pela indiferença fatigada do longo exercício da profissão.

— Perdão? — O advogado pareceu verdadeiramente ofendido.

— Ele está sendo interrogado. Ninguém pode vê-lo.

— Mas eu sou o advogado dele — disse Parks.

O sargento apontou para a longa fileira de cadeiras plásticas.

— Encontre um lugar para se sentar. Vai demorar um pouco.

— Eu exijo ver meu cliente agora.

O sargento se recostou em sua cadeira e cruzou os braços. A idade deixara suas marcas no homem: rugas profundas em sua testa e uma barriga que parecia uma mala.

— Levante a voz para mim só mais uma vez, e eu o porei, pessoalmente, para fora deste prédio — disse ele. — Até que eu receba ordens em contrário, ninguém o vê. Esta é uma ordem do próprio xerife. Agora, sente-se ou vá embora.

O advogado girou nos calcanhares, mas o tom ríspido ainda não havia abandonado sua boca.

— Isto ainda não acabou — disse ele.

— Sim, acabou.

O oficial levantou-se de sua cadeira, foi até o fundo da sala e serviu-se de uma xícara de café. Ele se inclinou sobre um balcão e olhou para nós através do vidro à prova de balas. Meu pai pôs uma das mãos sobre o ombro do advogado.

— Sente-se, Parks.

O advogado foi até um canto mais afastado e meu pai bateu no vidro. O sargento largou seu café e se aproximou. Foi mais respeitoso com meu pai.

— Sim, Sr. Chase?

— Eu poderia falar com o xerife?

As feições do homem relaxaram. A despeito de tudo o que havia acontecido nos últimos anos, meu pai ainda tinha alguma força naquele município e era respeitado por muitos.

— Vou dizer a ele que o senhor está aqui — disse o sargento. — Não posso prometer nada.

— É só o que eu peço.

Meu pai se afastou e o sargento tirou o fone do gancho. Seus lábios moviam-se de tempo em tempo, e ele desligou. Olhou para meu pai.

— Ele sabe que o senhor está aqui — disse.

Nós nos reunimos no canto. Parks falou num sussurro alto.

— Isto é intolerável, Jacob. Eles não podem impedir um advogado de ver seu cliente. Até mesmo o xerife de vocês deveria saber disso.

— Algo está errado — falei.

— O que quer dizer?

Vi a frustração nos olhos do advogado. Meu pai estava lhe pagando 300 por hora, e ele não conseguia ir além da recepção.

— Estamos deixando passar algo — disse eu.

Parks empalideceu.

— Isso não ajuda muito, Adam.

— Ainda assim...

— O que estamos deixando passar? — perguntou meu pai.

Olhei para ele e vi que estava chegando ao limite. Dolf era quase um irmão para ele.

— Eu não tenho certeza. Dolf está ciente de que Parks está aqui. E Parks está certo. Até mesmo este xerife sabe muito bem que não pode interrogar um suspeito com seu advogado tomando um chá de cadeira na recepção. — Olhei para o advogado. — Que recurso temos aqui? O que podemos fazer?

Parks sossegou e olhou para o relógio.

— O expediente está encerrado, por isso nós não podemos ir até a corte em busca de um recurso. Não que fizesse diferença. O mandado pareceu consistente. Tirando o fato de barrar minha entrada, o xerife está agindo dentro de sua autoridade.

— O que você pode nos dizer sobre o mandado? — perguntei.

— A versão reduzida? A .38 de Dolf disparou o tiro que matou Danny Faith. Eles apreenderam a arma quando fizeram a busca na casa dele. A balística confirmou que é a arma do crime. De acordo com o mandado, havia impressões digitais de Dolf nela.

— Impressões de Dolf? — perguntei.

Minhas, não?

— Impressões de Dolf — confirmou o advogado. Então minha ficha caiu. Dolf era um homem meticuloso. Ele teria limpado a arma antes de colocá-la de volta no armário. Ele limpou minhas impressões digitais e deixou as dele.

— Eles não podem embasar um caso apenas com a arma do crime — falei. — Para um julgamento, precisam de mais: motivo; oportunidade.

— Oportunidade não será problema — disse Parks. — Danny trabalhava em meio período para o seu pai. Quatrocentos acres. Poderia tê-lo matado em qualquer momento. Motivo é outra coisa. O mandado não é específico a esse respeito.

— E então? — perguntou meu pai. — Nós vamos simplesmente ficar sentados aqui?

— Eu vou dar alguns telefonemas — disse Parks.

Meu pai olhou para mim.

— Nós esperamos — falei. — Vamos conversar com o xerife.

Ficamos sentados durante horas. Parks convocou um de seus assistentes que estava em casa e instruiu-o para que começasse a redigir uma moção para suprimir a evidência com base na inobservância ao direito a um advogado. Essa foi a única coisa que ele pôde fazer, o que equivalia a não fazer nada. Às 21h15 o xerife saiu pela porta de segurança. Um agente armado estava ao lado dele. Ele levantou uma das mãos e falou antes que Parks pudesse fazer um discurso.

— Eu não estou aqui para debater ou discutir nada — disse ele. — Estou bem ciente da sua queixa.

— Então você sabe que é violação da Constituição interrogar meu cliente sem a minha presença.

A cor subiu pelo rosto do xerife. Ele encarou o advogado.

— Não tenho mais nada a lhe dizer — falou, e fez uma breve pausa. — Você é irrelevante.

Então ele se dirigiu ao meu pai.

— Antes que você fique nervoso, Jacob, é melhor ouvir o que eu tenho a dizer. Dolf Shepherd foi acusado do assassinato de Danny Faith. Ele foi instruído quanto ao seu direito a um advogado e renunciou a esse direito. — Ele olhou para Parks e sorriu. — Você não é advogado dele, Sr. Templeton. Portanto, não houve violação da Constituição. Você não irá além desta recepção.

As palavras de meu pai explodiram num ímpeto.

— Ele não quer um advogado?

Um sorriso se abriu acima do uniforme.

— Ao contrário de alguns, o Sr. Shepherd não parece disposto a se esconder atrás de advogados e seus truques.

Os olhos dele giraram na minha direção.

Meu estômago se revolveu. Um sentimento familiar.

— O que você está dizendo? — reivindicou Parks. — Que ele confessou?

— Não estou falando com você — replicou o xerife. — Achei que havia deixado isso claro.

— O que você *está dizendo*? — perguntou meu pai.

O xerife enfrentou o olhar de meu pai e depois voltou-se vagarosamente para mim, o sorriso vertendo para a obscuridade. Não havia como decifrar o seu rosto.

— Ele quer vê-lo — disse.

— Eu?

— Sim.

Parks interrompeu-o.

— E você vai permitir isso?

O xerife o ignorou.

— Eu posso levá-lo até lá assim que estiver pronto.

— Só um minuto, Adam — disse Parks. — Você tem razão. Isso não faz sentido.

O xerife deu de ombros.

— Você quer vê-lo ou não?

Parks segurou meu braço e me puxou. Ele falou num sussurro.

— Dolf está sob custódia há o quê, três ou quatro horas? Ele recusou um defensor, no entanto pediu para ver você. Incomum, para dizer o mínimo. Mais perturbador, porém, é a disposição do xerife em conceder esse pedido.

Ele se calou por um momento, e eu vi que estava profundamente preocupado.

— Algo definitivamente está errado.

— Mas o quê? — perguntei.

Ele meneou a cabeça.

— Não consigo imaginar o que seria.

— Isso não muda nada — falei. — Eu não posso recusar.

— Mas deveria. Legalmente falando, não vejo o que se pode ganhar.

— Nem tudo tem a ver com a lei.

— Eu desaconselho isso — sentenciou Parks.

— Papai? — indaguei.

— Ele quer ver você.

As mãos dele afundaram nos bolsos, a implicação era evidente no seu rosto. A recusa não era uma opção.

Caminhei de volta até o xerife e observei seu rosto em busca de alguma dica. Nada. Olhos mortiços e a boca como um talho reto.

— Tudo bem — falei. — Vamos.

O xerife se voltou, e algo tremulou no rosto do agente que estava atrás dele. Olhei para meu pai. Ele acenou com uma das mãos, e Parks dirigiu-se a mim.

— Ouça o que ele tem a dizer, Adam, mas mantenha sua boca fechada. Você não tem amigos aqui. Nem mesmo Dolf.

— O que você está dizendo? — perguntei.

— Uma acusação de assassinato é conhecida por fazer com que amigos se voltem uns contra os outros. Isso acontece o tempo todo. O primeiro a negociar é o primeiro a sair. Todo promotor público do país faz esse jogo. E todo xerife o conhece.

Minha voz saiu rancorosa.

— Dolf não é assim.

— Eu vi coisas em que você não iria acreditar.

— Não desta vez.

— Apenas cuide-se, Adam. Você derrubou uma das maiores acusações de assassinato já apresentadas neste condado. Isso vem corroendo o xerife há cinco anos. Politicamente, isso o abalou, e eu garanto que ele perdeu o sono por causa disso. Ele ainda quer atingir você. É a natureza humana. Por isso, lembre-se: sem que eu esteja presente, não há sigilo entre cliente e defensor implicado na conversa de vocês. Presuma que está sendo ouvido, até mesmo gravado, não importa que eles afirmem o contrário.

Era um aviso desnecessário. Eu havia passado por aquilo antes e não tinha nenhuma ilusão. Espelhos de duas folhas, microfones, perguntas capciosas. Eu me lembrava. O xerife parou diante da porta. Uma campainha soou. Uma fechadura se abriu de um estalo.

— Soa familiar? — perguntou o xerife.

Não dei atenção à sua malícia e atravessei a porta. Depois de cinco longos anos, eu estava novamente dentro daquele lugar.

Passara muito tempo ali, e conhecia-o como à minha própria casa: os cheiros, os cantos cegos, os guardas com temperamento instável e cassetete sempre à mão. Ainda cheirava a vômito, antisséptico e mofo.

Eu havia jurado que jamais voltaria a Rowan; mas voltara. E agora estava ali, no fundo do poço. Mas era por Dolf; e não estava sob custódia. Uma grande diferença.

Passamos por prisioneiros usando macacão e chinelos. Alguns se moviam livremente; outros percorriam os corredores algemados e sob escolta. A maioria mantinha os olhos baixos, mas alguns encaravam, um desafio; e eu devolvia o olhar. Sabia como funcionavam as regras de combate. Eu aprendera a identificar os predadores. Eles me haviam procurado no primeiro dia. Eu era rico, branco e me recusava a desviar os olhos. Era só isso que bastava, e eles logo decidiram me derrubar.

Tive três brigas na primeira semana. Foi necessário uma fratura de mão e uma concussão para conquistar meu lugar na hierarquia. Eu não estava no topo, nem mesmo perto dele, mas o julgamento havia sido feito.

Duro o suficiente para ser deixado em paz.

Portanto, sim. Eu me lembrava.

O xerife me levou até a maior sala de interrogatório e parou na porta. Vi uma nesga de Dolf através da janelinha de vidro, depois o xerife bloqueou a visão.

— Eis como isto funciona — disse ele. — Você vai entrar sozinho e terá cinco minutos. Eu vou ficar aqui, e, apesar do que o seu advogado disse, você terá sua privacidade.

— Aquele direito?

Ele chegou mais perto e eu vi o suor no seu rosto, o cabelo grisalho cortado à escovinha e o couro cabeludo queimado de sol.

— É. Isso mesmo. Uma coisa difícil de ferrar. Até mesmo para você.

Inclinei-me para a esquerda e espiei pelo vidro. Dolf estava curvado, contemplando o tampo da mesa.

— Por que você está fazendo isso? — perguntei.

Ele contorceu os lábios e baixou as pálpebras carnudas. Virou-se e enfiou uma chave na fechadura robusta, girando-a com movimentos experientes. A porta se abriu.

— Cinco minutos — disse ele, e afastou-se para o lado. Dolf não ergueu os olhos.

Minha pele se arrepiou quando entrei na sala e pareceu arder quando a porta bateu. Eles haviam me encarcerado por três dias na mesma sala, e me pareceu que havia sido ontem.

Tomei a cadeira diante de Dolf, o lado da mesa reservado à polícia. Ela rilhou quando a arrastei sobre o chão de concreto. Dolf continuou sentado imóvel, e, embora o macacão fosse grande demais para ele, seus pulsos ainda pareciam poderosos, suas mãos, grossas e ágeis. As luzes eram mais fortes ali, porque os policiais não queriam segredos, mas a cor ainda parecia ausente e a pele de Dolf, tão amarelada quanto o chão de linóleo do lado de fora. Sua cabeça estava curvada, e eu vi a corcova do seu nariz, as sobrancelhas brancas. Havia cigarros e um cinzeiro de lata sobre a mesa.

Pronunciei o nome dele, e ele finalmente ergueu os olhos. Não sei por que, mas eu esperava ver alguma coisa distante nele, uma barreira entre nós; mas não foi assim que aconteceu. Havia afeto e profundidade nele; um sorriso oblíquo que me surpreendeu.

— Que inferno, não? — Suas mãos se moveram. Ele olhou para o espelho e girou o pescoço. Seus dedos encontraram os cigarros e pegaram um deles. Ele o acendeu com um fósforo, reclinou-se, apontou a sala com uma das mãos. — Foi assim com você?

— Igualzinho.

Ele balançou a cabeça e apontou para o espelho.

— Quantos estão ali, tem ideia?

— Isso importa?

Nenhum sorriso desta vez.

— Acho que não. Seu pai está lá fora?

— Sim.

— Ele está zangado?

— Parks está zangado. Meu pai está perturbado. Você é o seu melhor amigo. Ele está assustado por você.

Fiz uma pausa, aguardei alguma dica de por que ele havia pedido para falar comigo.

— Eu não entendo por que estou aqui, Dolf. Você deveria estar conversando com Parks. Ele é um dos melhores advogados do estado e está bem ali fora.

Dolf fez um gesto vago com o cigarro, fazendo com que a fumaça esbranquiçada dançasse.

— Advogados — falou ele, distraidamente.

— Você precisa dele.

Dolf afastou o pensamento com um gesto e inclinou-se para trás.

— É uma coisa engraçada — disse.

— O quê?

— A vida.

— O que quer dizer?

Ele ignorou minha pergunta e apagou o cigarro no cinzeiro barato de lata. Curvou-se para a frente, e seus olhos estavam muito vivos.

— Sabe qual foi a coisa mais misteriosa que eu já vi?

— Você está bem, Dolf? — perguntei. — Parece... disperso.

— Estou ótimo — disse ele. — A coisa mais misteriosa. Quer saber?

— Claro.

— Você também viu, embora eu não creia que tenha percebido completamente na época.

— O quê?

— O dia em que seu pai mergulhou no rio atrás de Grace.

Eu não sabia o que havia no meu rosto. Vazio. Surpresa. Não era o que eu esperava ouvir. O velho balançou a cabeça.

— Qualquer homem teria feito o mesmo — comentei.

— Não.

— Não entendo.

— Tirando aquele dia, você alguma vez viu seu pai no rio ou numa piscina? No oceano, talvez?

— Do que você está falando, Dolf?

— Seu pai não sabe nadar, Adam. Acho que você nunca soube desse fato.

Fiquei chocado.

— Não, eu nunca soube.

— Ele tem medo de água, pavor; é assim desde que éramos meninos. Mas ele mergulhou sem hesitar, pulou de cabeça num rio tão atulhado de detritos que estava quase transbordando. É um milagre que não tenham os dois se afogado. — Ele fez uma pausa, balançou novamente a cabeça. — A coisa mais misteriosa que eu já vi. Inequívoca. Abnegada.

— Por que você está me contando isso?

Ele se inclinou para a frente e segurou meu braço.

— Porque você é como o seu pai, Adam; e porque eu preciso que você faça algo por mim.

— O quê?

Seus olhos arderam.

— Eu preciso que você deixe como está.

— Deixar o que como está?

— Eu. Isso. Isso tudo. — Uma nova força se agitou em suas palavras, uma convicção. — Não tente me salvar. Não comece a cavar informações. Não meta o nariz nisso. — Ele soltou meu braço e me balancei para trás. — Apenas deixe como está.

Então Dolf se levantou e foi até o espelho de duas folhas a passos rápidos. Ele olhou para trás com olhos ainda mais vivos e uma voz comovida.

— E cuide de Grace. — Lágrimas repentinas apareceram nas rugas de seu rosto. — Ela precisa de você.

Ele bateu no vidro com o dedo, deu as costas e inclinou o rosto para o chão. Fiquei de pé, procurei palavras, mas falhei em encontrá-las. A porta se abriu com força. O xerife entrou; agentes tomaram o espaço atrás dele. Levantei a mão.

— Espere um segundo — falei.

Alguma emoção brotou no xerife. O rubor inundou seu rosto. Grantham apareceu por sobre seu ombro, mais pálido, mais distante.

— Já chega — disse o xerife. — Hora de ir.

Estudei Dolf: as costas retas e o pescoço curvado; uma tosse brusca e torturante e seu braço com aquela manga laranja esfregava a boca. Ele abriu seus dedos sobre o espelho e levantou a cabeça, de modo a conse-

guir ver minha imagem refletida. Seus lábios se moveram, e eu mal pude
ouvi-lo.

— Vá embora — disse ele.

— Vamos, Chase. — O xerife estendeu sua mão, como se pudesse
me puxar para fora da sala.

Perguntas demais e nenhuma resposta; e o pedido de Dolf martelan-
do dentro da minha cabeça.

Ouvi um matraquear de plástico; dois agentes conduziram para dentro da sala uma câmera de vídeo sobre um tripé.

— O que está acontecendo? — perguntei.

O xerife segurou o meu braço e me empurrou pela porta. A pressão
cessou quando a porta se fechou; eu puxei meu braço para livrá-lo do
seu aperto. Ele me deixou assistir pelo vidro estreito enquanto os agentes
enquadravam a câmera. Dolf foi até a mesa, olhou uma vez na minha
direção e sentou-se. Ergueu seu rosto para a câmera enquanto o xerife
girava a chave e fechava o trinco.

— O que é isso? — perguntei.

O xerife esperou até que eu olhasse para ele.

— Uma confissão — disse.

— Não.

— Pelo assassinato de Danny Faith. — O xerife fez uma pausa para
dar mais efeito. — E a única coisa que eu tive que fazer foi deixá-lo falar
com você.

Eu o encarei.

— Essa foi sua única condição.

Eu entendi. O xerife sabia o quanto Dolf significava para mim e quis
que eu visse aquilo: a câmera, o velho diante dela, a repentina compla-
cência em seu corpo desabado. Parks estava certo.

— Seu filho da mãe — falei.

O xerife sorriu e chegou mais perto.

— Bem-vindo de volta a Rowan, seu assassino de merda.

CAPÍTULO 20

Nós deixamos o centro de detenção e paramos ao vento, que trazia o cheiro da chuva distante. Relâmpagos faiscavam com uma fúria silenciosa e se apagavam antes que o trovão ribombasse sobre nós como tiros de canhão. Eles queriam saber sobre Dolf, por isso eu desvelei minha voz e contei-lhes quase tudo. Não mencionei seu apelo porque não podia deixar Dolf Shepherd apodrecer na cadeia. De jeito nenhum. Disse-lhes que a última coisa que vi foi Dolf sentado diante de uma câmera de vídeo.

— Isso não faz sentido — falou meu pai, por fim. — Dolf levou você até o morro, Adam. Ele praticamente segurou a corda. Você nunca teria encontrado o corpo sem ele.

— Seu pai está certo — disse Parks, então parou. — A não ser que ele quisesse que o corpo fosse descoberto.

— Não diga absurdos! — exclamou meu pai.

— A culpa faz coisas estranhas às pessoas, Jacob. Eu já vi acontecer. Assassinos em série subitamente confessam. Estupradores em série pedem castração à corte. Pessoas tidas como inocentes há vinte anos de repente assumem ter matado uma esposa décadas antes, numa crise de ciúme. Isso acontece.

Ouvi a voz de Dolf na minha cabeça; o que ele me disse no hospital: *Pecadores geralmente pagam por seus pecados.*

— Bobagem — respondeu meu pai, e o advogado deu de ombros.

O vento soprou em rajadas mais fortes, e eu estendi minha mão quando as primeiras gotas de chuva caíram. Elas eram frias, duras e atingiam os degraus com um som que parecia o de dedos estalando. Em segundos, as gotas se multiplicaram até que o concreto sibilou.

Meu pai falou.

— Pode ir, Parks. Nós conversaremos mais tarde.

— Eu estarei no hotel se você precisar de mim.

Ele disparou rumo ao seu carro, e nós o observamos partir. Havia uma área coberta atrás de nós e nos abrigamos da chuva. A tempestade estava a plena força. A chuva caía com intensidade suficiente para trazer uma névoa fria até o abrigo.

— Todos somos culpados de algo — falei, e meu pai olhou para mim. — Mas não há nenhuma chance de Dolf ter matado Danny.

Meu pai observou a chuva como se ela contivesse uma mensagem.

— Parks se foi — disse ele, voltando o rosto para mim. — Então, por que você não me conta o resto?

— Não há nada mais a dizer.

Ele passou ambas as mãos no cabelo, tirando a água do rosto.

— Ele quis falar com você por alguma razão. Até agora, você não disse que razão foi essa. Com Parks aqui eu podia entender isso. Mas ele se foi, por isso me conte.

Parte de mim queria manter aquilo em segredo, mas outra parte pensou que talvez o velho pudesse lançar alguma luz sobre o caso.

— Ele me disse para deixar por isso mesmo.

— E isso significa o quê?

— Não investigar. Ele está com medo de que eu busque a verdade do que realmente aconteceu. Por algum motivo, ele não quer que eu faça isso.

Meu pai me deu as costas e caminhou três passos até a beira do abrigo. Mais um passo, e a chuva o engoliria inteiro. Eu endireitei o corpo e esperei que ele me olhasse; precisava ver sua reação. Um trovão rasgou o ar quando falei, e eu ergui a voz:

— Eu vi o rosto dele quando encontramos o corpo de Danny. Ele não fez aquilo. — O trovão cessou. — Ele está protegendo alguém — falei.

Nada mais fez sentido.

Meu pai falou por sobre o ombro, e as palavras que atirou em mim pareciam pedras.

— Ele está morrendo, filho. — Meu pai me mostrou o rosto. — Está sendo devorado pelo câncer.

Mal consegui assimilar as palavras. Pensei no que Dolf havia me dito sobre sua luta contra o câncer de próstata.

— Isso foi anos atrás — respondi.

— Aquilo foi só o começo. Ele está todo tomado pela doença agora. Pulmões. Ossos. Baço. Não vai durar mais seis meses.

A dor me atingiu com tanta força que parecia algo físico.

— Ele deveria estar se tratando.

— Para quê? Para ganhar mais um mês? É incurável, Adam. Todos os médicos afirmam o mesmo. Quando eu lhe disse que ele deveria lutar, ele respondeu que não havia motivo para fazer tempestade em copo d'água. Morrer com dignidade, como Deus espera. É isso o que ele quer.

— Ah, meu Deus. Grace sabe?

Ele meneou a cabeça.

— Acho que não.

Dominei a emoção e enterrei-a bem fundo. Eu precisava ter a mente clara, mas era difícil. Então minha ficha caiu.

— Você sabia — falei. — Tão logo eu lhe disse que ele havia confessado, você soube o que ele estava fazendo.

— Não, filho. Eu sabia apenas o mesmo que você; que Dolf Shepherd jamais poderia ter matado alguém. Eu não tenho ideia de quem ele está protegendo; mas de uma coisa eu sei: seja quem for, é alguém que ele ama.

Ele parou de falar. Eu o instiguei:

— E então?

Ele se aproximou.

— Então, talvez você devesse fazer o que ele pede. Talvez você devesse deixar para lá.

— Morrer na cadeia não é uma morte digna — falei.

— Talvez seja. Depende de por que ele está fazendo isso.

— Eu não posso deixá-lo lá.

— Não cabe a você dizer a um homem como passar seus últimos dias...

— Eu não vou deixá-lo morrer naquele buraco!

Ele pareceu dilacerado.

— Não é só Dolf — acrescentei. — Há mais coisas.

— Mais o quê?

— Danny me telefonou.

Ele parecia indistinto na penumbra, mãos escuras ao fim das mangas longas e desbotadas.

— Não entendo — disse ele.

— Danny me localizou em Nova York. Ele me telefonou três semanas atrás.

— Ele morreu três semanas atrás.

— Foi uma coisa estranha, é verdade. A ligação veio do nada, no meio da noite. Ele estava agitado com alguma coisa. Disse que havia descoberto como arrumar sua vida. Falou que era algo grande, mas que precisava da minha ajuda. Queria que eu voltasse para casa. Nós discutimos.

— Precisava da sua ajuda para quê?

— Ele se recusou a dizer, falou que queria conversar pessoalmente.

— Mas...

— Eu disse a ele que jamais voltaria para casa. Disse-lhe que este lugar estava perdido para mim.

— Isso não é verdade — disse meu pai.

— Não é?

Sua cabeça pendeu.

— Ele pediu minha ajuda e eu recusei.

— Não leve por esse lado, filho.

— Eu me recusei a ajudá-lo e ele morreu.

— As coisas nem sempre são tão simples — disse meu pai, mas eu não mudei de opinião.

— Se eu tivesse feito o que ele queria, se eu tivesse voltado para ajudá-lo, então talvez ele não tivesse sido assassinado. Eu devo a ele. — Fiz uma pausa. — Devo a Dolf.

— O que você vai fazer?

Olhei a chuva, estendi a mão como se pudesse puxar a verdade do vazio.

— Vou revirar algumas pedras.

CAPÍTULO 21

Voltamos à fazenda, e eu escutei o áspero bater dos limpadores de para-brisa da velha caminhonete. Ele desligou o motor e nós continuamos sentados na entrada de veículos. A chuva se chocava contra a capota formando uma névoa.

— Você está certo disso, filho?

Não respondi à pergunta; eu estava pensando em Danny. Eu não só havia recusado seu pedido, mas também duvidara dele. Aquele anel encontrado com Grace tornou tudo muito claro. Ele havia mudado, havia se corrompido pelo dinheiro. Seu pai queria que o meu vendesse a fazenda, e Danny entrara no jogo. Droga! Eu estava tão predisposto a acreditar nisso! Esqueci-me das vezes em que ele me defendera, do homem que eu sabia que ele era. Sob todos os aspectos importantes, aquela foi a maior das injustiças que eu cometi contra ele. Mas ele estava morto. Eu tinha de pensar nos vivos.

— Grace vai ficar arrasada — falei.

— Ela é forte.

— Ninguém é tão forte. É melhor você ligar para o hospital. Isso vai chegar aos jornais. Talvez eles consigam poupá-la, pelo menos por um ou dois dias. Ela deveria ouvir isso de nós.

Ele pareceu indeciso.

— Talvez até que ela melhore. — Ele balançou a cabeça. — Um dia ou dois.

— Eu tenho de ir — disse eu, mas meu pai me deteve, pondo uma das mãos no meu braço. Minha porta estava aberta e a água caiu como uma cascata para dentro da cabine da caminhonete. Ele não se importou.

— Dolf é o meu melhor amigo, Adam. Tem sido assim há mais tempo do que você tem de vida; desde antes de eu conhecer sua mãe, desde que éramos crianças. Não pense que isto é fácil para mim.

— Então você deve se sentir como eu. Precisamos tirá-lo de lá.

— Amizade também envolve confiança.

Esperei por um longo instante.

— Assim como a família — falei, por fim.

— Adam...

Eu desembarquei, curvado enquanto a água dedilhava minhas costas.

— Você acha que eu matei Gray Wilson? Diga isso aqui e agora... você acredita que eu fiz isso?

Ele se curvou para a frente e a luz da varanda caiu sobre seu rosto.

— Não, filho. Eu não acho que você tenha feito isso.

Algo se rompeu no meu peito, uma amarra se soltou.

— Isso não significa que eu o perdoo. Nós temos um longo caminho a percorrer, você e eu.

— Sim, temos.

Não planejei dizer o que veio em seguida; simplesmente aquilo brotou de mim.

— Eu quero voltar para casa — falei. — Esse é o verdadeiro motivo pelo qual eu voltei.

Os olhos dele se acenderam, mas eu não estava preparado para falar mais nada. Bati a porta, chapinhei pelas poças e me enfiei dentro do meu carro. Meu pai subiu para a varanda e virou-se para olhar para mim. Suas roupas pendiam úmidas do seu corpo. A água corria pelo seu rosto. Ele ergueu uma das mãos sobre os olhos ensombrecidos e manteve-a assim até que eu tivesse partido.

Fui até a casa de Dolf; estava deserta e sombria. Despi-me das roupas molhadas e me atirei no sofá. Pensamentos se agitavam na minha mente; especulações, hipóteses, desespero. A 23 quilômetros dali, Dolf estaria deitado num catre duro e estreito. Provavelmente acordado. Provavelmente com medo. O câncer estaria mastigando seu corpo, à procura daquele último bocado fatal. Quanto tempo até que o levasse de vez? Seis meses? Dois meses? Um? Eu não fazia ideia. Mas quando minha mãe morreu e meu pai, durante anos, se perdeu para mim em lamentações, foi Dolf Shepherd quem fez a diferença. Eu ainda conseguia sentir a força daquela mão sobre o meu ombro. Longos anos. Anos difíceis. E foi Dolf Shepherd quem me fez superar.

Se ele ia morrer, seria com a luz do sol batendo em seu rosto.

Pensei no cartão-postal no meu porta-luvas. Se eu estava certo, e Dolf não havia matado Danny, então talvez o cartão-postal o libertasse. Mas a quem ele poderia implicar? Alguém com um motivo para querer Danny morto. Alguém forte o suficiente para ocultar seu cadáver na fenda no alto do morro. Talvez fosse hora de dá-lo a Robin. Mas meu pai tinha razão numa coisa: Dolf devia ter seus motivos, e nós não fazíamos ideia de quais poderiam ser. Fechei os olhos e tentei não pensar no que Parks havia dito. *Talvez ele quisesse que o corpo fosse encontrado.* E depois novamente a voz de Dolf: *Pecadores geralmente pagam por seus pecados.* Pensamentos sombrios me vieram com o som de um trovão. Se Dolf matara Danny, ele precisaria de uma razão muito boa. Mas qual poderia ser? Seria possível? Eu havia ficado fora por muito tempo. Que coisas poderiam ter mudado em cinco anos? Que pessoas?

Remoí esse pensamento até cair no sono, e ao menos uma vez não sonhei com minha mãe nem com sangue. Em vez disso, sonhei com dentes, com o câncer que estava devorando um homem bom.

Acordei antes das 6 horas, como se não tivesse dormido nem um pouco. Havia café no armário, por isso eu o coloquei para coar e saí para a luz úmida e cinzenta. Faltavam trinta minutos para o alvorecer, silêncio, quietude. Folhas curvavam-se sob gotas escuras e a grama estava amassada. Poças brilhavam na entrada para carros, negras e uniformes como óleo derramado.

Era uma manhã perfeita e calma; e então eu ouvi o uivo de múltiplas gargantas dos cães à caça. A ululação da matilha. Foi um som primal que fez minha pele formigar. Ele se ergueu colinas acima e depois se apagou. Crescia e caía, como loucos falando em línguas desconhecidas. Então, tiros espocaram em rápida sucessão, e eu soube que meu pai também estava insone.

Escutei por mais um minuto, mas o som dos cães desapareceu ao longe, e nem mais um tiro voltou a ser disparado. Por isso eu entrei.

Parei à porta do quarto de Grace a caminho do chuveiro. Nada havia mudado e eu fechei a porta. No fim do corredor, abri a torneira. Banheime com movimentos ligeiros e econômicos e sequei-me com a toalha. O vapor me seguiu de volta até a sala de estar, onde encontrei Robin sentada onde eu havia dormido, com seus dedos abertos sobre o travesseiro. Ela ficou de pé, parecendo pequena e pálida, mais como minha amante do que como uma policial.

— Parece que eu sempre encontro você no banho — disse ela.

— Da próxima vez, junte-se a mim.

Eu sorri, mas o dia estava sombrio demais para frivolidades. Abri os braços, senti a fria pressão do seu rosto contra o meu peito.

— Precisamos conversar — falou ela.

— Espere eu me vestir.

Ela havia servido o café quando eu voltei. Nós sentamos à mesa da cozinha enquanto a neblina abandonava a floresta e o sol esticava seus dedos afilados entre as árvores.

— Eu soube da confissão de Dolf — disse ela.

— É pura bobagem. — As palavras saíram com mais força do que eu pretendia.

— Como você pode ter certeza?

— Eu o conheço.

— Isso não basta, Adam...

Meu controle se foi.

— Eu o conheço muito bem! Ele praticamente me criou!

Robin manteve a calma.

— Você não me deixou terminar. Isso não basta se nós vamos ajudá-lo. Precisamos de uma brecha nessa história, algum lugar para começar a cavar.

Examinei seu rosto. Não havia reticência nela.

— Desculpe — falei.

— Vamos conversar sobre o que podemos fazer.

Ela queria ajudar, mas eu estava de posse de uma evidência material, e isso era um crime, talvez o primeiro de muitos.

— Não nós, Robin. Apenas eu.

— O que você está dizendo?

— Eu farei o que for preciso para tirar Dolf de lá. Entende? Qualquer coisa. Se você me ajudar, sua carreira talvez não sobreviva. Outras coisas podem não sobreviver. Eu vou fazer o que tenho de fazer. — Fiz uma pausa para que ela pudesse pensar no que eu estava dizendo. Obediência à lei não era uma das minhas prioridades. — Você entende?

Ela engoliu em seco.

— Eu não me importo.

— Você escolheu a mim, não a Dolf. Eu não quero que você se machuque. Você não deve nada a Dolf.

— Um problema seu é problema meu.

— Que tal isto? Você me ajuda de uma maneira que não a coloque em risco.

Ela pensou no que eu disse.

— Como o quê?

— Informação.

— Eu estou fora do caso, lembre-se. Não tenho muita coisa.

— Que tal o motivo? Grantham deve ter alguma teoria a respeito. Você ouviu algo?

Ela deu de ombros.

— Só conversa fiada. Dolf não apresentou um motivo no interrogatório. Eles tentaram obrigá-lo, mas ele foi muito vago. Há duas teorias. A primeira é simples: Dolf e Danny trabalhavam juntos. Eles tiveram uma discussão que foi longe demais. Acontece o tempo todo. A segunda tem a ver com dinheiro.

— O que você quer dizer?

— Talvez fosse Dolf quem estivesse matando o gado e incendiando dependências. Talvez Danny o tenha apanhado fazendo isso e tenha sido morto por criar problemas. É tênue, mas um júri vai ouvir.

Eu meneei a cabeça.

— Dolf não tem nada a ganhar com uma coisa nem com a outra.

A perplexidade contorceu as feições de Robin.

— É claro que tem. Tanto quanto o seu pai. Tanto quanto Zebulon Faith.

— Meu pai é proprietário deste lugar. Da casa, da terra. De tudo.

Robin inclinou-se para trás e pôs as mãos sobre a borda da mesa.

— Acho que não, Adam. — Ela inclinou a cabeça para o lado, ainda confusa. — Dolf possui 200 acres, incluindo a casa onde estamos sentados.

Eu abri a boca, mas as palavras não saíram. Robin falou vagarosamente, como se eu não fosse muito bom da cabeça.

— Aqueles 6 milhões de dólares, com base na oferta mais recente. Um tremendo motivo para pressionar seu pai a vender.

— Isso não pode ser verdade.

— Verifique — disse ela.

Pensei naquilo e sacudi a cabeça.

— Em primeiro lugar, não há meios de Dolf ser dono de um pedaço desta fazenda. Meu pai nunca faria isso. Em segundo lugar... — Tive de desviar os olhos. — Em segundo lugar, ele está morrendo. Não se importaria com dinheiro.

Robin compreendeu o quanto aquela afirmação me custava, mas recusou-se a voltar atrás.

— Talvez ele esteja fazendo isso por Grace. — Ela pôs a mão sobre a minha. — Talvez ele preferisse morrer numa praia em algum lugar longe daqui.

Disse a Robin que precisava ficar sozinho. Ela tocou meu rosto com seus lábios macios e me disse para lhe telefonar mais tarde. O que ela havia contado não fazia sentido. Meu pai amava aquela terra como à própria vida. Guardá-la era sua crença pessoal; conservá-la para a família, a geração seguinte. Ao longo dos 15 anos anteriores, ele dera direitos de posse parcial aos filhos, mas fizera isso com o propósito de planejar a herança. E essas parcelas eram meramente cotas de uma sociedade familiar. Ele detinha o controle; e eu sabia que ele jamais partilharia um acre, nem mesmo com Dolf.

Às 8 horas, fui até a sede para perguntar a meu pai se aquilo era verdade, mas sua caminhonete não estava lá. Ele ainda estava fora, pensei, ainda atrás dos cães. Procurei a caminhonete de Jamie, mas ela também estava ausente. Abri a porta para um silêncio de catedral e segui o corredor até o escritório de meu pai. Queria algo que contextualizasse o que Robin dissera. Uma escritura, um título de propriedade, qualquer coisa. Puxei a gaveta superior do arquivo, mas ela estava trancada. Todas as gavetas estavam trancadas.

Parei por um momento, refletindo, e minha atenção foi atraída por um lampejo de cor através da janela. Caminhei até a vidraça e vi Miriam no jardim. Ela usava um pesado vestido preto, com mangas longas e colarinho alto, e estava podando as flores com a tesoura de jardinagem de sua mãe. Ela se ajoelhou na grama molhada, e eu notei que seu vestido estava úmido por ter feito isso muitas vezes. A tesoura se fechou em torno de um pedúnculo, e uma rosa da cor da alvorada caiu sobre a grama. Ela apanhou-a, adicionou-a ao buquê e, quando se levantou, vi um pequeno mas satisfeito sorriso.

Ela prendeu os cabelos no alto da cabeça; eles ondearam sobre um vestido que poderia ter vindo de outra época. Seus movimentos eram tão fluidos que, no silêncio, através do vidro, pareceu-me que estava vendo um fantasma.

Andou até outro arbusto, ajoelhou-se novamente e colheu uma rosa pálida e translúcida como a neve que cai.

Enquanto me afastava da janela, ouvi um ruído no andar de cima, um som de algo sendo derrubado. Devia ser Janice. Tinha de ser.

Sem nenhuma razão que pudesse articular, ainda queria falar com ela. Achava que tínhamos assuntos não resolvidos. Subi as escadas, e meus pés eram silenciosos sobre a espessa passadeira. O corredor do andar de cima estava banhado por uma luz fria que passava através das altas vidraças. Vi a fazenda abaixo de mim, a estrada marrom que a cortava. Pinturas a óleo estavam penduradas nas paredes; um tapete cor de vinho corria à minha frente; e a porta do quarto de Miriam estava entreaberta. Parei diante da fresta e vi Janice do lado de dentro. Gavetas jaziam abertas e ela estava parada com as mãos na cintura, examinando o quarto. Quando se moveu, foi até a cama. Ela levantou os cobertores e aparentemente encontrou o que estava procurando. Um pequeno som escapou dos seus lábios enquanto ela erguia os cobertores com uma das mãos e, com a outra, apanhava alguma coisa debaixo deles. Largou os cobertores e olhou atentamente para o que estava em sua palma; aquilo reluzia como uma lasca de espelho.

Falei enquanto atravessava a porta.

— Olá, Janice.

Ela girou para ficar de frente para mim e sua mão se fechou num espasmo. Ela a lançou para trás de si, ainda que mordesse os lábios pela dor evidente.

— O que está fazendo? — perguntei.

— Nada.

Uma mentira culposa.

— O que tem na mão?

— Isso não é da sua conta, Adam. — Suas feições se petrificaram enquanto ela se empertigava. — Acho melhor você ir embora.

Olhei do seu rosto para o chão. Sangue pingava na madeira do assoalho atrás de seus pés.

— Você está sangrando — falei.

Alguma coisa nela pareceu desabar. Seus ombros caíram e ela tirou a mão das costas. Ainda estava crispada, com os nós dos dedos esbranquiçados a despeito da dor; e o sangue havia, de fato, formado um filete entre seus dedos.

— Seu ferimento é sério? — perguntei.

— Por que você se importa?

— É sério?

Ela meneou ligeiramente a cabeça.

— Não sei.

— Deixe-me ver.

Seus olhos se fixaram no meu rosto, e havia força neles.

— Não conte a ela que você sabe — disse, abrindo a mão. Em sua palma havia uma lâmina de barbear de corte duplo. O sangue produzia reflexos no objeto. Ela havia se cortado profundamente, e o sangue brotava de feridas perfeitamente emparelhadas de cada lado da lâmina. Eu a retirei e pousei-a sobre a mesa de cabeceira. Tomei sua mão e posicionei a minha em concha para amparar o sangue.

— Vou levá-la até o banheiro — falei. — Nós vamos lavar isso e dar uma olhada.

Deixei correr água fria sobre os cortes, depois enrolei sua mão numa toalha limpa. Ela permaneceu rígida durante todo o processo, com os olhos fechados.

— Aperte bem — recomendei. Ela fez isso, e seu rosto empalideceu mais. — Talvez você precise levar pontos.

Quando seus olhos se abriram, vi o quanto ela estava prestes a ruir.

— Não conte ao seu pai. Ele jamais conseguiria entender, e ela não precisa de mais esse fardo. Só tornaria tudo pior.

— Não poderia entender o quê? Que a filha é uma suicida?

— Ela não é suicida. Não tem a ver com isso.

— Com o quê, então?

Ela sacudiu a cabeça.

— Não cabe a você ouvir sobre isso, não mais do que cabe a mim contar. Ela está recebendo ajuda. É tudo o que você precisa saber.

— Por algum motivo, acho que isso não é verdade. Venha. Vamos até o andar de baixo. Conversaremos sobre isso lá.

Ela concordou com relutância. Enquanto passávamos pelas janelas altas, vi Miriam saindo em um automóvel.

— Para onde ela está indo? — perguntei.

Janice se retraiu.

— Você não se importa realmente, não é?

Estudei seu rosto: a mandíbula enrijecida, as novas rugas e a pele frouxa. Ela nunca confiaria em mim.

— Ela ainda é minha irmã — respondi.

Ela riu, um som amargo.

— Você quer saber? Muito bem, eu vou lhe contar. Está levando flores para a sepultura de Gray Wilson. Faz isso todos os meses. — Outro som sufocado escapou de sua boca. — Que tal a ironia disso?

Eu não tinha uma resposta, por isso mantive minha boca fechada enquanto ajudava Janice a descer os degraus.

— Leve-me para a sala de estar — disse ela.

Eu a conduzi até lá, onde ela sentou-se à beira do sofá desbotado.

— Faça-me um último favor — pediu. — Vá até a cozinha, traga-me gelo e outra toalha.

Eu estava a meio caminho da cozinha quando a porta da sala de estar se fechou. Ainda estava parado ali quando ouvi a pesada fechadura se trancar.

Bati duas vezes, mas ela se recusou a responder.

Escutei um som alto que pode ter sido um lamento.

* * *

Miriam estava onde sua mãe havia dito que ela estaria. Estava de joelhos, dobrada sobre si mesma, e a distância parecia que um corvo gigante havia pousado sobre a sepultura. O vento se deslocava entre as pedras gastas e agitava seu vestido; a única coisa que lhe faltava era o lustro das penas, o grasnido lamurioso. Ela se movimentou enquanto eu a observava. Dedos hábeis procuraram as ervas daninhas e as arrancaram da terra; o buquê foi posicionado com capricho. Ela ergueu os olhos quando me ouviu, e lágrimas corriam sobre sua pele.

— Olá, Miriam.

— Como você me encontrou?

— Sua mãe.

Ela arrancou outra erva daninha e atirou-a ao vento.

— Ela contou a você que eu estava aqui?

— Isso a surpreende?

Miriam inclinou a cabeça e enxugou as lágrimas, e seus dedos deixaram um risco de terra escura sob um dos olhos.

— Ela não aprova que eu venha aqui. Diz que é mórbido.

Eu me acocorei sobre os calcanhares.

— Sua mãe é muito ligada ao presente, acho. Ao presente e ao futuro. Não ao passado.

Ela observou o céu pesado e pareceu oprimida por ele. As lágrimas haviam cessado, mas ela ainda parecia ter os olhos fundos e um ar cinzento. Atrás dela, o buquê era brilhante, severo e lacrimosamente viçoso. Estava apoiado na lápide que continha o nome do rapaz.

— Incomoda-lhe que eu esteja aqui? — perguntei.

Ela ficou subitamente rígida.

— Eu nunca achei que você o tivesse matado, Adam. — Ela pousou uma das mãos de maneira vacilante na minha perna; um gesto de conforto, pensei. — Você não me incomoda.

Movi-me para pôr minha mão sobre a dela, mas, no último segundo, coloquei-a em vez disso sobre o seu antebraço. Ela recuou em sobressalto; e um pequeno chiado de dor passou por seus lábios. Uma certeza sombria me tomou. A mesma coisa havia acontecido no hospital quando eu tocara seu braço; ela me disse que eu a havia assustado. Agora eu duvidava disso.

Miriam inclinou seus olhos para o chão, segurou o braço de encontro ao corpo, como se temesse que eu pudesse tocá-lo novamente. Seus ombros se encolheram afastando-se de mim. Ela estava assustada, por isso eu falei com suavidade.

— Posso ver?

— Ver o quê? — Defensiva. Diminuída.

Suspirei.

— Eu surpreendi sua mãe vasculhando o seu quarto. Ela encontrou a lâmina de barbear.

Ela contraiu os ombros para dentro, assumindo a postura de uma bola. Pensei nas mangas longas que ela usava, as saias amplas, as calças compridas. Ela mantinha sua pele bem escondida. No início, eu não pensara nada a respeito, mas a lâmina lançou uma perspectiva diferente sobre tudo.

— Ela não devia ter feito isso. É uma invasão.

— Eu só posso concluir que ela está preocupada com você. — Aguardei antes de falar novamente. — Posso ver?

Ela não negou nada, mas sua voz minguou ainda mais.

— Não conte ao papai.

Estendi a palma da mão aberta.

— Tudo bem.

— Eu não faço com muita frequência — disse ela. Seus olhos estavam comovidos e assustados, mas ela ergueu o braço, meio curvado. Tomei sua mão, encontrei-a quente e úmida. Seus dedos se apertaram quando levantei a manga o mais gentilmente que pude. Fiz o ar silvar entre meus dentes. Havia cortes recentes e outros que estavam parcialmente curados. E havia cicatrizes, finas, brancas e cruéis.

— Vocês não estiveram num spa de saúde, não é?

Ela se encolheu até reduzir-se a quase nada.

— Dezoito dias de internação — respondeu ela. — Um lugar no Colorado. O melhor, supostamente.

— E papai não sabe?

Ela meneou a cabeça.

— É algo que eu preciso tratar. Eu e mamãe. Se papai soubesse, as coisas apenas ficariam mais difíceis.

— Ele deveria se envolver, Miriam. Não entendo como esconder isso possa ajudar alguém.

Ela abaixou a cabeça ainda mais.

— Eu não quero que ele saiba.

— Por quê?

— Ele já acha que há algo errado comigo.

— Não, ele não acha.

— Ele acha que sou neurastênica.

Ela estava certa. Ele havia usado essas palavras.

Fiz a grande pergunta, embora soubesse que não havia uma resposta simples.

— Por que, Miriam?

— Isso alivia a dor.

Eu queria entender.

— Que dor?

Ela olhou para a lápide, acariciou as letras sisudas do nome de Gray Wilson.

— Eu realmente o amava — disse ela.

As palavras me pegaram desprevenido.

— Está falando sério?

— Era um segredo.

— Pensei que vocês fossem apenas amigos. Todos pensavam isso.

Ela fez que não.

— Nós nos amávamos.

Meu queixo caiu.

— Ele ia se casar comigo.

CAPÍTULO 22

Miriam nunca foi o que meu pai achava que fosse; ela tinha razão quanto a isso. Tinha uma beleza pálida e suave, mas algumas vezes era tão reticente que alguém poderia facilmente esquecer que ela se encontrava na sala. Fora assim desde os primeiros dias: sensível e pequena, facilmente perdível nas sombras. O resto de nós era extrovertido demais, talvez. Possivelmente sua mãe não era a única que havia sufocado Miriam. Possivelmente havia sido um esforço coletivo, não intencional, mas cruelmente eficaz. E eu sabia como era possível a fraqueza aumentar ao longo do tempo. Quando Miriam tinha 12 anos, algumas garotas na escola haviam sido rudes com ela. Nunca soubemos que tipo de grosseria havia sido, algo típico de garotas naquela idade, eu sempre imaginara. Por mais insignificante que tivesse sido, ela ficara três semanas sem falar com ninguém. Meu pai havia sido paciente no início, depois se irritara. Ao final, houvera uma explosão de palavras duras que não se esquecem facilmente. Ela havia chorado e fugira para o quarto, e as desculpas dele, tarde da noite, não serviram para nada.

Ele se sentira péssimo por isso, mas lidar com mulheres nunca fora seu ponto forte. Ele era grosseiro, falava o que lhe passava na cabeça, quando falava; e não havia lugar para delicadeza no homem. Miriam era jovem demais para entender isso. Ela se fechou ainda mais nos anos que se seguiram, construiu um muro ainda mais alto, salgou o terreno em torno dela. Confiava em sua mãe, e talvez em Jamie. Mas não em meu pai, e certamente não em mim. Era uma pequena tristeza que começou de um jeito simples e cresceu até que mal a pudéssemos notar.

Miriam era apenas quieta. Assim era ela.

O relacionamento com Gray Wilson deve ter sido tão precioso para ela quanto a lembrança do pôr do sol para um homem cego. Eu podia entender por que ela nutrira sentimentos pelo garoto; ele era falante e audacioso, tudo o que Miriam não era. E certamente podia supor o motivo por que eles haviam mantido a coisa em segredo. Meu pai não teria aprovado; Janice, tampouco. Miriam havia acabado de completar 18 anos quando Gray foi morto. Ela estava prestes a começar Harvard, e ele estava no seu terceiro mês de trabalho numa fábrica de caminhões em outro município. Mas eu conseguia entender como os dois podiam se dar bem. Ele era afável e simpático, bonito de uma maneira robusta. E podia ser verdadeiro o que se dizia sobre os opostos. Ele era grande, rústico e pobre; ela era pequena, delicada e destinada a uma grande riqueza.

Era uma lástima, pensei. Uma de muitas.

Antes que eu deixasse o cemitério, perguntei a Miriam se queria que eu ficasse com ela, mas ela declinou. *Às vezes eu só quero ficar sozinha com ele, sabe? Sozinha com a lembrança.*

Nenhum de nós mencionou George Tallman, mas ele estava ali presente, grande, real e chato como um piolho. George amava Miriam desde que eles eram jovens, mas ela não lhe dava a mínima. Ele era apaixonado, desesperado e triste. Tanto que, às vezes, dava pena de olhar. Ela havia se acomodado, eu via isso agora. Sozinha e destinada a ficar assim, ela tomara o caminho mais fácil. Nunca admitiria isso, nem mesmo para si própria; mas era um fato, como o céu acima de nós é um fato, e eu me perguntei o que George diria se pudesse vê-la ali, borrada de lágrimas e vestida de preto, chorando sobre a sepultura de um rival que havia cinco anos jazia sob a terra.

Nós nos separamos com um abraço desajeitado e minha promessa de manter segredo sobre o que descobrira. Mas estava preocupado. Mais do que isso, estava assustado. Ela se cortava, sentia tanta dor que era necessário o próprio sangue para lavá-la. Como isso funcionaria?, perguntei a mim mesmo. Um corte por hora? Dois por dia? Ou eles vinham sem um padrão definido, um talho rápido quando a vida erguia a sua cabeça horrenda? Miriam era fraca, tão frágil e prestes a cair quanto qualquer uma das pétalas que ela depositara sobre a sepultura. Eu duvidava que ela tivesse os recursos para lidar com o problema e me perguntei se Janice tinha o comprometimento necessário. Ela havia escondido aquilo de meu pai. Seria para proteger Miriam ou por alguma outra razão? Fiz a mim mesmo mais uma indagação, perguntei por que tinha de fazê-lo.

Seria possível eu cumprir minha promessa de ficar calado?

Enquanto partia, deixando-a sozinha, senti uma poderosa urgência de visitar Grace. Não era algo consciente, mas um sentimento. Elas eram tão diferentes, as duas. Criadas na mesma propriedade por dois homens que poderiam ter sido irmãos, elas não poderiam ser mais opostas. Miriam era tão fria e silenciosa quanto as chuvas de março; Grace tinha a força rústica do calor de agosto.

Mas eu decidi não fazer a visita. Havia coisas demais a tratar, e Dolf, naquele momento, precisava mais de mim. Por isso eu passei pelo hospital e segui dirigindo cidade adentro. Parei no estacionamento da prefeitura municipal e subi os degraus até o segundo andar. Grantham achou que tivesse encontrado um motivo. Eu precisava dar uma olhada nele.

O escritório do lançador de impostos ficava à direita.

Entrei por uma porta de vidro. Um longo balcão percorria a largura da área de recepção; sete mulheres ocupavam o espaço atrás dele. Nenhuma delas prestou a mais insignificante atenção enquanto eu consultava o imenso mapa de Rowan que estava pregado na parede. Encontrei o rio Yadkin e segui-o até meu dedo tocar a longa curva que continha a fazenda Red Water. Achei o número de referência correspondente, fui até os mapas menores e peguei o que eu precisava. Estendi-o numa das grandes mesas. Eu esperava ver uma só parcela de 1.415 acres assinalada com o nome de meu pai. Não foi o que vi.

A fazenda estava delineada no mapa: *Sociedade Limitada da Família de Jacob Alan Chase*. Mil duzentos e quinze acres.

A parte sul da fazenda havia sido seccionada, um triângulo grosseiro com o lado mais longo formado por uma curva do rio. *Adolfus Boone Shepherd*. Duzentos acres.

Robin estava certa. Dolf possuía 200 acres, incluindo a casa.

Seis milhões de dólares, dissera ela. *Com base na última oferta.*

Que diabos?

Copiei os números do livro de registro e da página num pedaço de papel para rascunho e repus o mapa em sua prateleira. Fui até o balcão, falei com uma das mulheres. Ela era de meia-idade e arredondada. Um espesso pó azul orlava o espaço côncavo sob suas sobrancelhas.

— Eu gostaria de ver a escritura deste pedaço de terra — falei, e deslizei o pedaço de papel sobre o balcão entre nós. Ela nem mesmo se deu ao trabalho de olhar para baixo.

— Você precisa ir ao setor de registro de títulos, querido.

Agradeci a ela, fui até o tal setor e falei com outra mulher atrás de outro balcão. Entreguei-lhe os números e disse-lhe o que queria. Ela apontou para o final do balcão.

— Ali — disse ela. — Vai demorar um minuto.

Quando ela reapareceu, tinha um grande livro debaixo do braço. Largou-o sobre o balcão, passou um dedo grosso entre duas páginas e o abriu. Ela folheou as páginas até encontrar a correta, depois girou o livro para que ele ficasse de frente para mim.

— É isso o que você quer? — perguntou.

Era uma escritura de transferência datada de 18 anos antes. Li às pressas, era uma linguagem direta. Meu pai havia transferido 200 acres de terra para Dolf.

— Que interessante — disse a mulher.

— O quê?

Ela pôs o mesmo dedo grosso sobre a escritura.

— Não tem selos de imposto — respondeu.

— O que isso quer dizer?

Ela bufou, como se a pergunta pesasse uma tonelada sobre ela. Então folheou mais algumas páginas até outra escritura. No canto superior estava afixada uma certa quantidade de selos coloridos. Apontou para eles.

— Selos de imposto — disse. — Quando uma terra é comprada, paga-se um imposto. Os selos vão para a escritura.

Ela folheou outra vez a escritura que transferia 200 acres da terra dos Chase para Dolf Shepherd. Pôs o dedo no canto superior.

— Nenhum selo — disse.

— O que isso significa? — perguntei.

Ela se curvou para ler o nome na escritura.

— Isso significa que Adolfus Shepherd não comprou essa terra.

Abri a boca para fazer a pergunta, mas ela me deteve com uma das mãos erguidas e uma baforada de cigarro. Inclinou-se sobre a escritura novamente e pinçou outro nome.

— Jacob Chase deu-a a ele.

Do lado de fora, o calor tentou me derrubar sob seu peso. Olhei a rua até a próxima quadra, onde se situava o tribunal, atemporal e parcimonioso sob o sol pálido. Eu queria conversar com Rathburn. Ele estivera na fazenda, tentando falar com meu pai sobre algum assunto. E havia algo a ver com Dolf, também. O que meu pai havia dito? Eu parei na calçada, inclinei a cabeça para o lado como se tentasse ouvir melhor as palavras: *E não vá falar com Dolf sobre isso, tampouco. O que eu digo também vale para ele.*

Algo parecido com isso.

Empurrei os pés calçada acima, rumo à cadeia. Ela se avolumou, severa e deselegante, com janelas estreitas como o rosto de uma mulher. Pensei em Dolf apodrecendo do lado de dentro, depois passei por ela e subi a escadaria do tribunal. O gabinete do juiz ficava no segundo andar. Eu não tinha hora marcada, e os meirinhos da segurança sabiam muito bem quem eu era. Mandaram-me passar três vezes pelo detector de metais, apalparam-me tão bem que eu não conseguiria fazer com que um clipe de papel passasse por eles nem que o colocasse dentro da cueca. Eu me submeti, como se pudesse passar por aquilo o dia inteiro. Ainda assim, eles hesitaram; mas o tribunal era um edifício público. Eles careciam de autoridade para me impedir de entrar.

O gabinete do juiz era outra história. Foi fácil de encontrar — subindo os degraus, depois do escritório da promotoria —, mas entrar nele eram outros quinhentos. Não havia nada de público nos gabinetes. Você só entra se o juiz quiser. As portas são feitas de aço e vidro à prova de balas. Duas dúzias de meirinhos armados guardavam o edifício, e qualquer um deles me derrubaria se o juiz mandasse.

Olhei de um lado a outro do corredor vazio. Além do vidro, uma mulher pequena sentava-se atrás de uma escrivaninha. Tinha o rosto cor de chá, cabelos amarelados e olhos severos. Quando toquei a campainha, ela parou de digitar. Os olhos me focaram, ela levantou um dedo, depois deixou a sala o mais rápido que suas pernas inchadas conseguiam transportá-la.

Foi avisar ao juiz sobre quem viera visitá-lo.

Rathburn vestia outro terno, mas parecia o mesmo. Um pouco menos suado, talvez. Ele me estudou através do vidro, e eu pude visualizar as engrenagens de sua mente rodando. Depois de alguns segundos, ele sussurrou algo para a secretária, que pôs o dedo sobre o interfone. Então a porta se abriu.

— O que você quer?

— Um minuto do seu tempo.

— Qual o assunto? — Seus óculos reluziram e ele engoliu em seco. Não importava o veredito, ele achava que eu era um assassino. Deu um passo adiante até que seu corpo preencheu a abertura da porta. — Teremos encrenca?

— Por que você foi ver meu pai outro dia? É sobre isso que eu quero conversar.

— Você pode dispor de um minuto — disse ele.

Eu o segui, passando pela mulherzinha com os olhos duros, e parei diante de sua mesa enquanto ele fechava a porta deixando uma fresta.

— Ela está esperando uma desculpa para chamar os meirinhos — disse-me ele. — Não lhe dê nenhuma.

Ele sentou-se e eu também. Uma leve transpiração apareceu sobre seu lábio superior.

— Qual foi o motivo da discussão? — perguntei. — Entre você e meu pai.

Ele se inclinou para trás e coçou a peruca com um dedo.

— Antes, vamos deixar uma coisa bem clara. A lei é a lei, e o passado é passado. Você está no meu gabinete e eu sou o juiz. Eu não levo nada para o lado *pessoal* em gabinetes. Cruze essa linha, e farei com que os meirinhos estejam aqui tão rápido que você nem vai acreditar.

— Você me prendeu por assassinato. Você prendeu Dolf por assassinato. É difícil não levar isso para o lado pessoal.

— Então você pode sair agora mesmo. Eu não lhe devo nada.

Tentei me acalmar. Convenci a mim mesmo de que estava ali por uma razão.

O rosto do juiz havia ficado rubro. Uma cadeira estalou na outra sala. Eu me reclinei, inspirei, expirei, e ele sorriu de um modo que me repugnou.

— Ótimo — disse ele. — Assim está melhor. Eu sabia que em algum lugar aí havia um Chase que conseguiria ser razoável. — Ele passou as mãos brancas e tratadas por sobre a escrivaninha. — Se ao menos você pudesse convencer seu pai a ser igualmente razoável.

— Você quer que ele venda a terra?

— Eu quero que ele considere o bem-estar deste município.

— Foi por isso que você foi vê-lo?

Ele se inclinou para a frente e pôs as mãos em concha como se segurasse uma grande joia.

— Há uma oportunidade aqui. Oportunidade para você, para mim. Se ao menos você pudesse convencê-lo...

— Ele é dono do próprio nariz.

— Mas você é seu filho. Ele vai escutá-lo.

— Foi por isso que você concordou em me ver? Para que eu pudesse falar com meu pai?

Seu rosto se fechou, o sorriso sumiu.

— Alguém precisa fazê-lo ouvir a razão.

— A razão — repeti.

— Isso mesmo. — Ele tentou outro sorriso, mas falhou. — As coisas têm ido de mal a pior para a sua família. Parece-me que esta é a oportunidade perfeita para conduzi-la a uma direção melhor. Fazer algum dinheiro. Ajudar a comunidade...

Mas eu não ouvi tudo aquilo. Minha mente se fixou em algo.

— De mal a pior... — repeti a expressão.

— Sim.

— O que você está querendo dizer?

Ele abriu as mãos, levantou a direita com a palma para cima.

— Mal — disse, depois levantou a mão esquerda. — Pior.

Apontei para a mão direita, sabendo que ele perceberia a raiva contida na minha voz. Sabia que ele estava gostando daquilo.

— Comece pelo mal — falei.

— Eu vou começar pelo pior. — Ele sacudiu a mão correspondente.

— Outro ente querido na cadeia por assassinato. Pessoas sendo mortas e feridas na propriedade. Uma cidade enraivecida...

— Nem todos se sentem assim — interrompi.

Ele inclinou a cabeça para o lado e continuou numa voz mais alta:

— Decisões financeiras arriscadas.

— Quais decisões financeiras arriscadas?

Sua boca contraiu-se num dos cantos.

— Seu pai tem dívidas. Não sei se ele pode pagá-las.

— Não acredito nisso.

— É uma cidade pequena, Adam. Eu conheço uma porção de gente.

— E o mal? — perguntei.

Ele abaixou as mãos, assumiu uma expressão compungida que eu sabia ser falsa.

— Preciso realmente explicar? — Um pouco mais baixo, insuportável: — Sua mãe era uma mulher bonita...

Ele estava torcendo a faca para seu próprio deleite. Percebi isso e recusei-me a participar. Fiquei de pé, levantei um dedo, depois dei as costas e saí. Ele me seguiu até a antecâmara. Senti-o atrás de mim quando passei pela mesa da secretária.

— De mal a pior — disse ele, e eu me voltei para encará-lo. Não sei o que a secretária viu no meu rosto, mas ela estava discando o telefone quando fechei a porta atrás de mim.

CAPÍTULO 23

Meu pai estava bêbado. Estava sozinho em casa e completamente embriagado. Foram necessários cerca de três segundos para que eu compreendesse, principalmente porque nunca vira isso antes. Sua religião era trabalho em excesso e todas as outras coisas com moderação, de modo que no passado, quando eu chegava em casa bêbado e ensanguentado, seu desapontamento ardia como o fogo sagrado. O que eu estava vendo naquele momento... era novo e feio. Sua face estava frouxa e retorcida, os olhos haviam se tornado úmidos. Ele ocupava a cadeira como se tivesse sido derramado sobre ela. A garrafa estava aberta e quase vazia, o copo só continha meio dedo. Ele olhava fixamente para alguma coisa em sua mão, e emoções estranhas o percorriam, de forma que suas expressões pareciam fluir pelos ossos de seu rosto. Raiva, remorso, recordações de alegria. Estava tudo ali, com rompantes em staccato, e isso o fazia parecer uma alma desvairada. Fiquei parado na porta por um longo tempo e acho que ele não piscou sequer uma vez. Ainda que eu fechasse os olhos, veria seus cabelos grisalhos matizados de amarelo diminuto e frio. Um velho numa fatia fraturada de tempo. Eu não tinha a menor ideia do que dizer a ele.

— Matou algum cão esta manhã?

Ele pigarreou e seus olhos vieram à tona. Abriu a gaveta da escrivaninha e enfiou fosse lá o que estivesse guardando dentro dela. Depois fechou-a com uma espécie de cuidado e meneou a cabeça.

— Vou lhe contar uma coisa sobre os carniceiros, filho. É só uma questão de tempo até que eles fiquem audaciosos.

Eu não sabia se ele estava falando dos cães ou das pessoas que queriam que ele vendesse a fazenda, homens como Zebulon Faith e Gilley Rato. Perguntei-me se novas pressões estariam sendo postas em jogo. Agressão e assassinato. Dolf na cadeia. Dívidas subindo às alturas. Que forças agora conspirariam contra meu pai? Ele me contaria se eu perguntasse ou isso seria apenas uma complicação a mais? Ele ficou de pé e se firmou. Suas calças estavam amarrotadas e enlameadas nas barras. Um dos lados de sua camisa estava para fora das calças. Ele rosqueou a tampa de volta ao bourbon e levou-o até o bar lateral. O dia havia posto um peso a mais nas suas costas e acrescentado três décadas ao seu modo de andar. Ele pôs a garrafa no lugar e deixou uma das mãos cair em torno do gargalo.

— Eu só estava tomando um drinque por Dolf.

— Quer dizer alguma coisa?

— Eles não vão me deixar vê-lo. Parks voltou para Charlotte. Nada que ele possa fazer levará Dolf a contratá-lo.

Ele parou ao lado do bar, e suas costeletas desbotadas capturaram aquela pequena luz amarelada tão perfeitamente que poderia muito bem ser a única cor restante no mundo.

— Algo mudou? — perguntei.

Ele sacudiu a cabeça.

— Estranhas coisas podem acontecer no coração humano, Adam. Há poder ali para quebrar um homem. É a única certeza que tenho.

— Ainda estamos falando de Dolf?

Ele tentou se recompor.

— Estamos apenas conversando, filho.

Ele ergueu os olhos e endireitou uma fotografia emoldurada na parede. Nela apareciam ele, Dolf e Grace. Ela devia ter 7 anos, com dentes grandes demais para seu rosto, um riso que a tomava inteira. Ele a ficou contemplando, e eu compreendi.

— Você contou a Grace, não?

Ele deixou escapar um suspiro.

— Ela deveria ouvir de alguém que a ama.

Um desespero repentino me tomou. Dolf era a única coisa que ela tinha, e, por mais firme que ela fingisse ser, ainda era uma criança.

— Como ela está?

Ele fungou e meneou a cabeça.

— Muito diferente de Grace; como eu nunca vi.

Papai tentou apoiar uma das mãos na borda do bar, mas errou. Mal conseguiu se equilibrar. Por algum motivo, pensei em Miriam, em como ela também titubeava às bordas de algum lugar escuro.

— Você falou com Miriam? — perguntei.

Ele abanou uma das mãos.

— Eu não consigo conversar com Miriam. Já tentei, mas nós somos diferentes demais.

— Estou preocupado com ela — falei.

— Você não sabe nada de nada, Adam. Passaram-se cinco anos.

— Eu sei que nunca vi você assim.

Uma força súbita se infundiu nas suas articulações; orgulho, eu suspeito. Fez com que ele se erguesse e pôs um rubor acobreado no seu rosto.

— Eu ainda estou muito longe de ter de me explicar a você, filho. Incrivelmente longe.

— É isso mesmo?

— Sim.

De repente, a raiva era minha. Era crua e guarnecida de um senso de injustiça.

— Estas terras estão na nossa família há mais de dois séculos.

— Você sabe que sim.

— Passadas de geração em geração.

— Pode ter absoluta certeza.

— Então por que você deu 200 acres a Dolf? — perguntei. — Que tal explicar isso?

— Você sabe sobre isso?

— Estão dizendo que foi por esse motivo que ele matou Danny.

— O que quer dizer?

— Possuir aquela terra dá a Dolf uma razão para querer que você venda a sua. Se você vender, ele também pode vender. Grantham acha que talvez Dolf tenha matado reses e queimado edificações. Talvez tenha até mesmo escrito aquelas cartas ameaçadoras. Ele tem seis milhões de motivos para fazer algo assim. Danny trabalhava na fazenda, também. Se ele surpreendeu Dolf agindo contra você, então Dolf poderia ter uma razão para matá-lo. É uma das teorias que estão investigando.

Suas palavras saíram arrastadas.

— Isso é ridículo.

— Eu sei disso, droga. Não é essa a questão. Eu quero saber por que você deu aquele pedaço de terra a Dolf.

A força que o havia tomado de maneira tão súbita desapareceu.

— Ele é meu melhor amigo e não tinha nada. É um homem bom demais para não ter nada. Você precisa mesmo saber algo mais além disso? — Ele ergueu o copo e sorveu o último gole de bourbon. — Vou me deitar — disse.

— Nós não terminamos aqui.

Ele não respondeu. Deixou a sala. Eu fiquei parado na porta observando suas costas desaparecerem, e no esplendor silencioso da grande casa, senti o tremor de seus pés no degrau de baixo. Qualquer pesar que meu pai estivesse sentindo, era dele, e sob circunstâncias normais eu jamais teria me intrometido. Mas aqueles tempos estavam longe de ser normais. Sentei-me à sua mesa e passei as mãos sobre a madeira velha. Ela viera originalmente da Inglaterra e estava na minha família havia oito gerações. Abri a gaveta de cima.

Havia desordem aos montes: correspondências, grampos, lixo. Procurei por algo pequeno o bastante para caber na palma da mão de um homem grande. Encontrei duas coisas. A primeira era um lembrete. Estava no alto da pilha. Nele havia o nome de um homem: Jacob Tarbutton. Eu o conhecia vagamente, algum banqueiro. Nunca o teria considerado uma possível fonte de angústia para meu pai não fosse pelos números escritos debaixo do nome: 690 mil dólares. Abaixo disso ele havia rabiscado "primeira parcela", e depois uma data de vencimento dali a menos de uma semana. O reconhecimento me atingiu com uma contorção de náusea. Rathburn estava dizendo a verdade. Meu pai estava endividado. E então eu pensei, com um sentimento de culpa, na indenização que ele insistiu em me pagar quando me expulsou da fazenda. Três milhões de dólares, depositados numa conta de Nova York uma semana depois que parti. Depois pensei nos vinhedos de Jamie, e no que Dolf havia me contado. Implantar os vinhedos havia custado outros milhões. Ele havia sacrificado a produção de grãos para tornar aquilo possível.

Achei que finalmente havia entendido, mas então encontrei a segunda coisa. Estava bem no fundo, perdida num canto. Meus dedos descobriram-na quase por acaso: rígida e quadrada, com cantos agudos e uma textura que lembrava seda bruta. Puxei-a para fora, uma fotografia. Era velha, guarnecida de cartolina e dobrada nas bordas. Apagada. Desbotada. Exibia um grupo de pessoas paradas diante da casa que eu conhecera quando criança. A casa velha. A pequena. Ela preenchia o espaço atrás do grupo com uma simplicidade que me tocou. Desviei os olhos, examinei as pessoas paradas diante dela. Minha mãe parecia pálida, num vestido de cor indeterminada. Ela mantinha as mãos crispadas na cintura e posicionava o rosto em perfil para a câmara. Toquei sua face com meu dedo. Ela parecia muito jovem, mas eu sabia que a fotografia devia ter sido tirada pouco antes de sua morte.

Meu pai estava de pé ao lado dela. Algo na faixa dos 30 ou 40 anos, ele parecia pleno e saudável, com traços suaves, um sorriso cuidadoso, e seu chapéu estava inclinado para trás da cabeça. Tinha uma das mãos pousada sobre o ombro de minha mãe, como se a segurasse para mantê-la dentro da fotografia. Dolf posava ao lado de meu pai. Tinha um sorriso amplo e as mãos na cintura. Descaradamente feliz. Uma mulher estava de pé atrás dele, com o rosto parcialmente encoberto por seus ombros. Era jovem, talvez 20 anos. Tinha os cabelos claros, e eu podia ver seu rosto o suficiente para saber que era bonita.

Reconheci primeiro os olhos.

Sarah Yates.

E suas pernas eram perfeitas.

Pus a fotografia de volta na gaveta e subi as escadas para encontrar meu pai. A porta dele estava fechada, e eu bati. Ele não respondeu, por isso eu experimentei a maçaneta. Trancada. A porta tinha 2,70 metros de altura e era sólida. Bati com mais força, e a voz que veio em resposta estava cortada de emoção.

— Vá embora, Adam.

— Precisamos conversar — retruquei.

— Para mim, chega de conversa.

— Pai...

— Deixe-me em paz, filho.

Ele não disse "por favor", mas ouvi isso mesmo assim. Algo o estava devorando. Se era Grace, a dívida ou a dura queda de Dolf, não importava realmente. Ele estava desesperado. Deixei-o só e dirigi-me à escada. Vi o carro chegando quando passei pela segunda janela. Eu estava na entrada, esperando, quando Grantham desembarcou.

— Você está aqui para me dizer que encontrou Zebulon Faith? — perguntei.

Grantham apoiou uma das mãos na capota do seu carro. Vestia jeans azuis, botas de caubói empoeiradas e uma camisa manchada de suor. O vento desalinhava seus cabelos finos. O mesmo distintivo pendia de seu cinto.

— Ainda estamos à procura dele.

— Espero que estejam procurando bem.

— Estamos procurando. — Ele se encostou no carro. — Eu andei revendo o seu arquivo. Você machucou um monte de gente ao longo dos anos, mandou alguns para o hospital. Eu deixei escapar isso, por algum motivo. — Ele me lançou um olhar avaliador. — Também andei lendo sobre o que aconteceu com a sua mãe. Perder alguém que se ama, bem, isso pode enlouquecer uma pessoa. Toda aquela raiva e não poder descontá-la em lugar algum. — Ele fez uma pausa. — Alguma ideia de por que ela fez aquilo?

— Isso não é da sua conta.

— O luto nunca tem fim para algumas pessoas, nem a raiva.

Senti o sangue se agitar, o fluxo quente em minhas veias. Ele percebeu, sorriu como se confirmasse algo.

— Minhas desculpas — disse ele. — Minhas sinceras desculpas.

Parecia ser sincero, mas eu sabia que estava jogando. O detetive estava curioso acerca do meu temperamento. Agora ele sabia.

— O que você quer, Grantham?

— Eu soube que você esteve no setor de registro de títulos esta manhã. Posso perguntar por quê?

Não respondi. Se ele sabia que eu estava verificando suas teorias de motivação, então também sabia onde eu havia obtido a informação.

— Sr. Chase?

— Eu estava consultando os mapas — falei. — Talvez compre alguma terra.

— Eu sei exatamente o que estava procurando, Sr. Chase, e já discuti o assunto com o chefe de polícia de Salisbury City. Pode ficar certo de que Robin Alexander será excluída de qualquer estágio desta investigação de agora em diante.

— Ela já está fora do caso — respondi.

— Ela passou dos limites. Eu pedi sua suspensão.

— É esse o propósito da sua visita, detetive?

Ele tirou os óculos e pinçou a borda do nariz. Um vento repentino abriu canais através do capim alto nos campos além do arame farpado. Árvores se curvaram, depois o vento desapareceu. O calor era opressivo.

— Eu sou um homem racional, Sr. Chase. Acredito que a maioria das coisas segue sua própria lógica. É só uma questão de conceber que lógica pode ser essa. Mesmo a insanidade tem uma lógica, se você observar suficientemente a fundo nos lugares certos. O xerife está satisfeito com o Sr. Shepherd, satisfeito com a confissão.

Grantham deu de ombros, deixou o resto por dizer. Eu completei por ele:

— Mas você não está.

— O xerife não gosta de vocês todos. Eu presumo que isso tenha algo a ver com o que aconteceu cinco anos atrás, mas não sei o porquê e realmente não me importo. O que sei é que o Sr. Shepherd tem sido incapaz de apresentar qualquer motivo discernível.

— Talvez ele não o tenha matado — falei. — Você conversou com a ex-namorada de Danny? Ela registrou uma queixa por agressão contra ele. Ela seria a pessoa mais lógica para se investigar.

— Você esquece que a arma do Sr. Shepherd foi usada no assassinato.

— Ele nunca tranca a porta de casa.

Ele me lançou o mesmo olhar rancoroso que eu vira antes. Depois mudou de assunto:

— O juiz Rathburn ligou para o xerife logo depois que você deixou o escritório dele. Ele se sentiu ameaçado.

— Ah.

— O xerife me chamou.

— Você veio até aqui para me alertar a ficar longe do juiz?

— Você o ameaçou?

— Não.

— Seu pai está em casa?

A mudança foi súbita e me deixou nervoso.

— Ele está ocupado — respondi.

O olhar de Grantham deslizou até a caminhonete de meu pai, depois subiu até a casa.

— Importa-se se eu mesmo for verificar?

Ele começou a se dirigir à porta e eu visualizei meu pai em seu fraturado desalento. Um sentimento protetor me invadiu. Um sino começou a tocar no fundo da minha cabeça.

— Sim, me importo — falei, avançando um passo na frente dele. — Isso tudo está sendo difícil para ele. Está arrasado. Agora não é um bom momento.

Grantham parou e sua boca se comprimiu.

— Eles são muito próximos, não são? Seu pai e o Sr. Shepherd?

— Como irmãos.

— Ele faria qualquer coisa por seu pai.

Então eu entendi como aquilo funcionava. O frio se infundiu em minha voz.

— Meu pai não é assassino.

Grantham não disse nada, apenas manteve fixamente aqueles olhos desbotados em mim.

— Que razão poderia ter meu pai para querer Danny Faith morto? — perguntei.

— Não sei — respondeu Grantham. — Que razão *você* acha que ele poderia ter?

— Absolutamente nenhuma.

— É mesmo? — Ele esperou, mas eu não disse nada. — Seu pai e Zebulon Faith têm uma história antiga, de décadas. Ambos possuem terras aqui. Ambos são homens fortes e capazes, eu creio, de violência. Um quer que o negócio seja feito. O outro não. Danny Faith trabalhava para seu pai. Ele foi pego em meio a tudo isso. Temperamentos belicosos. Dinheiro na mesa. Qualquer coisa poderia ter acontecido.

— Você está errado.

— Seu pai não possui pistolas, mas tem acesso à casa do Sr. Shepherd.

Olhei fixamente para ele.

— O Sr. Shepherd se recusou a aceitar um polígrafo. Acho estranho que ele tenha confessado um assassinato e depois tenha rejeitado um simples teste que poderia corroborar sua história. Isso me força a reavaliar a confissão. Não me deixa escolha a não ser considerar outras possibilidades.

Avancei um passo.

— Meu pai não é assassino.

Grantham olhou para o céu, depois para as árvores distantes.

— O Sr. Shepherd tem câncer. — Ele olhou novamente para mim. — Você sabia disso?

— Aonde você quer chegar?

O detetive ignorou minha pergunta.

— Eu passei vinte anos como detetive de homicídios em Charlotte. Havia tantos assassinatos no final, que eu mal conseguia me manter informado sobre eles. Havia relatórios de assassinatos na minha mesa de cabeceira, acredite você ou não. É difícil assimilar tantas mortes sem sentido. É difícil manter a concentração. Eu cometi um erro e mandei um homem inocente para a prisão. Ele foi apunhalado no pátio três dias antes de o verdadeiro assassino confessar.

Ele fez uma pausa e lançou um olhar severo para mim.

— Eu vim para cá porque assassinato ainda é algo um tanto incomum aqui em Rowan. Tenho tempo para me dedicar às vítimas. Tempo para fazer as coisas direito.

Ele tirou os óculos e chegou mais perto.

— Eu levo o trabalho muito a sério e não me importo necessariamente com o que meu chefe tem a dizer sobre o que faço.

— O que você está querendo dizer?

— Eu vi um pai assumir a culpa por um filho, um marido se entregar por uma esposa e vice-versa. Não sei se já vi um amigo aceitar uma condenação por assassinato em lugar de outro, mas tenho certeza de que poderia acontecer se a amizade fosse forte o bastante.

— Já basta — falei.

— Especialmente se o que caiu está morrendo de câncer e não tem nada a perder.

— Agora acho que é melhor você ir embora.

Ele abriu a porta do carro.

— Uma última coisa, Sr. Chase. Esta manhã, Dolf Shepherd foi posto em observação para não tentar o suicídio.

— O quê?

— Ele está morrendo. Não quero que se mate antes que eu chegue ao fim disto.

Ele tornou a pôr os óculos.

— Diga a seu pai que eu gostaria de falar com ele quando estiver se sentindo melhor.

Então ele deu as costas e se foi, perdido por trás de um vidro que refletia as altas nuvens amarelas e o profundo azul de um céu sem vento. Eu o observei se afastar e pensei na desolação de meu pai e nas palavras que ele havia dito com tanta convicção.

Estranhas coisas podem acontecer no coração humano, Adam. Há poder ali para quebrar um homem.

Eu ainda não sabia do que ele estava falando, mas de repente fiquei preocupado. Desviei os olhos da traseira do carro de Grantham para a janela do segundo andar do quarto de meu pai. Estava entreaberta, não mais do que uma polegada na parte de baixo. No início, não havia nada, depois as cortinas se moveram ligeiramente, como numa brisa.

Foi o que eu disse a mim mesmo.

Uma brisa.

CAPÍTULO 24

Eu queria conversar com Dolf. Precisava fazer isso. Nada fazia sentido: nem a confissão de Dolf, nem as suspeitas de Grantham. A única coisa que fazia menos sentido que Dolf Shepherd matando Danny era a ideia de que meu pai o tivesse feito. Por isso fui até o centro de detenção, onde uma visita me foi negada. Visitantes eram permitidos, mas apenas durante certas horas do dia, e somente se o seu nome estivesse na lista, o que não era o caso do meu. Cabe ao prisioneiro, informaram-me.

— Quem está na lista de Dolf Shepherd? — perguntei.

Grace era o único nome.

Voltei-me para a porta, depois parei. O guarda pareceu aborrecido.

— Tem de haver um meio — falei.

Ele me tratou com imparcialidade.

— Não há.

Frustrado, fui até o hospital. Meu pai havia contado sobre Dolf a Grace, e eu só podia imaginar o que ela estaria pensando e sentindo. No quarto dela, encontrei uma cama sem fazer e o jornal do dia. A prisão de Dolf era notícia de primeira página. Puseram sua fotografia sob uma manchete com os dizeres: SEGUNDO ASSASSINATO NA FAZENDA RED WATER.

Os fatos sobre a morte de Danny eram escassos, mas as descrições eram sensacionalistas. *Restos parcialmente decompostos foram exumados de uma profunda fenda na terra num claro dia de céu azul.* A confissão de Dolf era mais exata. Embora o xerife tivesse agendado uma entrevista coletiva para o dia seguinte, fontes confiáveis aparentemente já estavam em ação. E as especulações eram agressivas. *Cinco anos após outro jovem ter sido morto na mesma fazenda.*

Minha fotografia estava na página dois.

Não admira que meu pai estivesse bêbado.

Fechei a porta do quarto de Grace atrás de mim e procurei o posto de enfermagem. Atrás do balcão havia uma mulher atraente que me disse, em tons comedidos, que Grace havia recebido alta do hospital menos de uma hora antes.

— Sob a responsabilidade de quem? — indaguei.

— Dela própria.

— Ela não está preparada para deixar o hospital — falei. — Quero falar com o médico.

— Vou pedir para que baixe a sua voz, senhor. O médico não teria permitido que ela deixasse o hospital a menos que achasse que ela estava apta a fazê-lo. O senhor é bem-vindo para conversar com ele, mas ele lhe dirá a mesma coisa.

— Droga — falei e parti. Encontrei-a sentada no meio-fio do lado de fora do centro de detenção, com uma sacola de roupas agarrada ao seu colo e a cabeça pendida. Os cabelos caíam debilmente sobre seu rosto e ela se balançava com suavidade, enquanto carros deslocavam o ar a menos de 1,5 metro dela. Estacionei o mais perto que pude e desembarquei. Ela não ergueu os olhos, nem mesmo quando eu me sentei ao seu lado. Então olhei para o céu, observei os automóveis. Eu estivera ali havia menos de uma hora. Nós devíamos ter nos desencontrado.

— Não me deixaram vê-lo — disse ela.

— Você está na lista, Grace. É a única pessoa que ele quis ver.

Ela sacudiu a cabeça, e sua voz estava quase sumida.

— Ele está em observação preventiva de suicídio.

— Grace...

— Observação preventiva de suicídio.

Sua voz se apagou, ela começou a se balançar novamente, e eu amaldiçoei Grantham pela centésima vez. Ela queria ver Dolf e ele queria vê-la. Ela poderia fazer as perguntas que eu não podia; mas Grantham o pusera em observação preventiva. Nenhuma visita era autorizada. Eu suspeitei que a decisão de Grantham tivesse tanto a ver com manter Dolf isolado quanto com mantê-lo vivo. Ele era esperto. E frio.

O filho da mãe.

Tomei a mão de Grace; estava flácida e ressecada. Senti algo escorregadio no seu pulso e vi que ela não havia nem mesmo tirado a pulseira do hospital. O inchaço em seu rosto havia diminuído, as feridas tinham adquirido bordas amareladas.

— Você sabe que ele tem câncer?

Ela se sobressaltou.

— Ele não falava muito nisso, mas a doença estava sempre ali, como se fosse mais uma pessoa na casa. Ele tentou me preparar.

Tive uma revelação súbita.

— É por isso que você não está na universidade.

Lágrimas ameaçaram brotar, e ela passou uma das mãos pelos olhos antes que elas pudessem escorrer.

— Nós só temos um ao outro.

— Vamos — falei. — Deixe-me levá-la para casa.

— Eu não quero ir para casa — disse ela. — Preciso fazer alguma coisa. Qualquer coisa.

— Você não pode ficar aqui. — Ela ergueu o rosto, e eu vi sua dor. — Não há nada que você possa fazer.

Levei-a de volta à casa de Dolf. O tempo todo ela se comportou como se alguma parte dela estivesse congelada. Ocasionalmente, ela estremecia. Tentei falar uma vez, mas ela me calou.

— Apenas deixe-me em paz, Adam. Você não pode consertar nada.

Era praticamente a mesma coisa que eu dissera a Dolf depois que meu pai ameaçou me matar.

Ela deixou que eu a conduzisse para dentro e a sentasse na beira de sua cama. A sacola que ela estava carregando caiu no chão e as palmas das mãos ficaram viradas para cima sobre a cama. Acendi a lâmpada e sentei-me junto dela. Seu bronzeado havia desbotado, suas pálpebras estavam pesadas. As suturas pareciam especialmente cruéis nos seus lábios secos e passivos.

— Posso lhe trazer um pouco d'água? — perguntei.

Ela sacudiu a cabeça, e eu vi que um pouco do seu cabelo havia embranquecido, longos fios que raiavam tão duramente quanto arame farpado. Passei um braço em torno do seu ombro e beijei sua cabeça.

— Eu gritei com o seu pai — disse ela. — Ele foi até o hospital e me contou. Ele quis ficar comigo depois que me deu a notícia. Disse que eu não poderia deixar o hospital, que ele não permitiria. Eu falei umas coisas bem horríveis.

— Está tudo bem — falei. — Ele entende.

— Como eu posso fazer isso tudo parar? — perguntou ela.

— Eu não sei por que ele está fazendo isso, Grace. O que sei é que você deveria ir para a cama.

Ela ficou de pé.

— Eu não posso fazer nada de útil na cama. Tem de haver alguma coisa a ser feita. — Ela deu três passos rápidos, depois parou e ficou imóvel. — Tem uma coisa que eu posso fazer — disse ela, como se tivesse sido golpeada.

Eu puxei sua mão, arrastei-a de volta para a cama.

— Você consegue pensar em mais alguém que pudesse querer Danny Faith morto? Qualquer coisa que seja, eu investigarei.

Ela ergueu uma das mãos, e seus olhos continham uma imensa dor.

— Você não entende — disse ela.

— O que eu não entendo?

As mãos dela apertaram as minhas e seus olhos se tornaram espelhos lúcidos uma vez mais.

— Acho que ele pode ter feito isso.

— O quê?

Ela se levantou abruptamente e caminhou pisando firme até o canto mais afastado do quarto.

— Eu não devia ter dito isso. Esqueça. Não sei o que estou falando.

— Grace, você pode confiar em mim. O que está acontecendo?

Quando ela se virou, a expressão de sua boca era implacável.

— Eu não o conheço mais, Adam. Não sei se posso confiar em você ou não.

Eu me levantei, tentei falar, mas ela atropelou minhas palavras.

— Você está apaixonado por uma policial.

— Isso não...

— Não negue!

— Eu não ia negar; ia dizer que isso não é relevante. Eu nunca poria Dolf em perigo.

Grace apoiou as costas no canto do quarto. Seus ombros se ergueram, como se fosse para proteger as partes vitais em seu pescoço. Seus punhos se crisparam.

— Eu não sou seu inimigo, Grace. E nem de Dolf. Preciso saber o que está acontecendo. Posso ajudar.

— Eu não posso contar a você.

Avancei um passo na direção dela.

— Fique bem aí! — disse ela, e eu vi o quanto ela estava perto de realmente desabar. — Eu preciso resolver isso. Preciso pensar.

— Certo. Apenas se acalme. Vamos conversar sobre isso.

Ela abaixou as mãos e seus ombros também caíram. O impasse a consumia.

— Você precisa ir embora — disse.

— Grace...

— Vá embora, Adam.

— Nós ainda não acabamos.

— Vá embora!

Fui até a porta e parei com a mão no batente.

— Pense bem, Grace. Sou eu, Adam, e também amo Dolf.

— Você não pode me ajudar, Adam. E nao pode ajudar Dolf.

Eu não queria sair. Coisas ainda precisavam ser ditas. Mas ela bateu a porta na minha cara, e eu fiquei olhando para a fina pintura azul. Eu quis arrombar a porta. Quis impor o juízo à força a uma mulher assustada que devia pensar melhor. Mas Grace era como a pintura da porta, tão delgada em alguns lugares que eu podia ver a madeira bruta sob ela. Passei minha mão sobre a porta e a tinta descascou. Soprei pedaços dela dos meus dedos.

Havia fatos em curso que eu não podia sequer começar a entender. Coisas haviam mudado, pessoas também; e meu pai estava certo sobre uma coisa.

Cinco anos eram um longo tempo, e eu não sabia nada de nada.

Liguei para Robin. Ela estava no cenário de alguma perturbação doméstica e disse-me que não poderia falar muito. Ao fundo, ouvi uma mulher gritando obscenidades e um homem repetindo as palavras "Cale a boca" sucessivas vezes.

— Você soube de Dolf? — perguntei.

— Soube. Eu lamento, Adam. Eles não põem prisioneiros em observação preventiva de suicídio sem um bom motivo. Não sei o que dizer.

As palavras de Grantham passaram pela minha cabeça: *Não quero que ele se mate antes que eu chegue ao fim disto.*

Ele tinha de estar errado.

Sobre tudo.

— Está bem. Não foi por isso que eu liguei. Encontrei Grantham. Ele vai pedir que seu chefe a suspenda. Achei que você deveria saber.

— Ele já pediu. Meu chefe disse a ele para cair fora.

— Isso é bom.

— Bem, a dica do depósito que você me deu foi boa. Eles deram uma batida nele na noite passada e apreenderam 300 mil dólares em metanfetamina cristalina. Zebulon Faith pode ser um jogador maior do que nós pensávamos. Em cima de tudo aquilo, eles encontraram caixotes de remédio para gripe, que acreditam ter sido desviado de uma distribuidora perto do aeroporto de Charlotte.

— Remédio para gripe?

— É. Eles usam os ingredientes para sintetizar metanfetamina. Uma longa história. Ouça, há outra coisa de que você precisa saber...

Ela se interrompeu, e eu ouvi sua voz subir de tom. Não estava falando comigo.

— Sente-se, senhor. Eu preciso que o senhor se sente bem ali. Agora, fique aí. Eu tenho de ir, Adam. Eu queria que você soubesse que o departamento de repressão às drogas está mandando alguns dos seus rapazes para cá a fim de ver o que nós apreendemos. Pode ser que eles queiram falar com você. Pode ser que não. Não sei. Conversaremos mais tarde.

— Espere um minuto — falei.

— Rápido.

— Eu preciso saber o nome da mulher que registrou a acusação de agressão contra Danny Faith.

Robin ficou em silêncio, e eu ouvi o homem novamente. "Cale a boca. Cale a boca. Cale a boca." E depois a mulher, que talvez fosse a sua esposa, gritando: "Não me diga para calar a boca, seu porco mentiroso, traidor filho da puta!"

— Por quê? — perguntou Robin.

— Pelo que sei, ela foi a última a ver Danny com vida. Alguém precisa conversar com ela. Se Grantham não vai ter tempo, eu vou.

— Não fique no caminho de Grantham, Adam. Eu já o alertei sobre isso. Ele não tem paciência para essas coisas. Ele vai cair com tudo em cima de você se descobrir.

— Você vai me contar?

Ouvi ela suspirar.

— O nome dela é Candace Kane. Atende por Candy.

— Você está falando sério?

Vozes se ergueram atrás de Robin: dois amantes enfurecidos prontos a rasgar um ao outro ao meio.

— Preciso ir — disse Robin. — Ela está na lista.

O carro era todo couro macio e aromas familiares, o motor era tão silencioso que eu quase não podia ouvi-lo. Desci as janelas para arejar o calor e senti a vastidão avassaladora da terra à minha volta. Por um momento, isso me confortou, mas esse momento não durou. Eu precisava falar com meu pai.

Deixei a entrada para carros de Dolf e dirigi até a casa de papai. Sua caminhonete não se encontrava, mas Miriam estava no balanço da varanda. Saí do carro e fui até lá. Ela olhou para cima, mas seus olhos não me disseram nada. Pensei em lâminas afiadas e corações despedaçados.

— Você está bem? — perguntei.

— Sim.

— O que está fazendo?

— Você já sentiu necessidade de parar, apenas por um segundo, antes de entrar numa sala? Como se precisasse tomar um último fôlego antes de encarar o que está do outro lado da porta?

— Acho que sim.

— Eu só precisava desse fôlego.

— Tem muita coisa acontecendo neste momento — comentei.

Ela balançou a cabeça, e eu vi que seus cabelos estavam se soltando do pente que os mantinha presos no alto. Fios longos e pretos se derramavam por sobre o seu colarinho.

— É assustador — respondeu.

Ela pareceu tão triste que eu quis tocá-la, abraçá-la, mas não o fiz. Isso poderia feri-la... ou alarmá-la. Os últimos dias haviam sido difíceis para todos, mas Miriam parecia quase transparente.

— Aposto que papai não está em casa.

— Ele saiu com a caminhonete. Só mamãe está em casa, eu acho. Estou aqui fora há algum tempo.

— Miriam — falei. — Você tem alguma ideia de quem poderia querer matar Danny?

Ela meneou a cabeça, depois parou, com seu queixo erguido para um dos lados.

— O que foi? — perguntei.

— Bem, houve uma vez, cerca de quatro meses atrás. Alguém deu-lhe uma surra bem séria. Ele não queria falar a respeito, mas George disse que provavelmente havia sido um agenciador de apostas de Charlotte.

— Isso é verdade? George sabe quem é ele?

— Eu duvido. Ele só disse que Danny finalmente estava recebendo o troco merecido. Quando perguntei a ele o que queria dizer, falou que Danny estava vivendo bem demais para as suas posses e que isso finalmente havia se voltado contra ele.

— George disse isso?

— Sim.

— Você sabe onde Jamie está agora?

— Não.

— Espere um segundo.

Disquei o número de Jamie no meu celular. Tocou quatro vezes antes de cair na caixa postal.

— Jamie. É Adam. Eu preciso dos nomes daqueles apostadores. Ligue-me quando receber a mensagem.

Desliguei o telefone e coloquei-o sobre o banco ao meu lado. Miriam parecia tão frágil, como se pudesse desabar a qualquer momento.

— Vai ficar tudo bem — disse-lhe eu.

— Eu sei. É que está sendo muito difícil. Papai está tão triste... e mamãe, preocupada. Grace...

Ficamos em silêncio por um momento.

— Você acha que Dolf pode ter matado Danny?

— Juro por Deus, Adam, não faço a menor ideia. Dolf e eu nunca fomos muito próximos e eu realmente não conhecia Danny. Ele era mais velho, mão de obra contratada. Não éramos ligados.

Um pensamento súbito me ocorreu. Miriam disse que George descreveu o espancamento de Danny como um troco bem merecido. Palavras duras, pensei, e recordei George no café da manhã do outro dia, a raiva que cresceu nele quando falou de Danny.

Danny disse que eu era uma piada. Ele disse a Miriam que ela não deveria namorar uma piada.

Eu havia falado que Danny se recordava de um George Tallman diferente.

Ele que se foda, então. É o que eu digo.

Analisei Miriam. Eu não queria perturbá-la desnecessariamente. Pelo que eu podia dizer, George Tallman não tinha um só fio de cabelo violento; mas tive de perguntar:

— Miriam, George e Danny tinham questões não resolvidas? Problemas? Qualquer coisa assim?

— Nada sério. Anos atrás, eles eram amigos. A amizade acabou. Um deles cresceu e o outro não. Não creio que tivessem qualquer questão não resolvida além disso.

Balancei a cabeça. Ela estava certa. Danny tinha uma grande capacidade para deixar outros homens zangados. Era o seu ego. Nada mais.

— E quanto a papai e Danny? — perguntei. — Eles tinham problemas?

— Por que você está perguntando isso?

— Os tiras duvidam da confissão de Dolf. Eles acham que ele pode estar mentindo para proteger papai.

Miriam deu de ombros.

— Acho que não.

— O nome Sarah Yates significa alguma coisa para você? — perguntei.

— Não.

— E quanto a Ken Miller?

Ela sacudiu a cabeça.

— Deveria?

Deixei-a no balanço da varanda, perguntando-me se ela teria uma lâmina escondida em algum lugar. Indagando-me se sua conversa de "um último fôlego" seria só um modo de falar.

Manobrei o carro em direção à cidade, liguei para o serviço de informações e consegui o número e o endereço de Candace Kane. Eu conhecia o lugar, um conjunto de apartamentos perto da universidade. Disquei o número e deixei-o tocar dez vezes antes de desligar. Tentaria novamente mais tarde. Quando a estrada se bifurcou, estacionei no acostamento de cascalho e desliguei o motor. Os tiras não iriam investigar além da minha família para explicar a morte de Danny. Recusei-me a aceitar isso. Eu tinha dois possíveis caminhos, pessoas que compartilharam uma história de violência com Danny Faith: Candace Kane, que prestou queixa por agressão, e alguém que havia batido seriamente em Danny quatro meses antes. Candy havia saído para algum lugar e Jamie não atendia ao telefone. Eu não tinha lugar algum para ir. A frustração criava nódulos de tensão nas minhas costas. Tinha de haver outras vias.

Mas não havia. Zebulon Faith estava fora de área. Dolf não iria falar comigo. Meu pai sumira.

Droga.

Minha mente se voltou para a outra questão que me incomodava. Era menor, menos urgente, mas ainda assim estava me devorando. Por que Sarah Yates parecia-me tão familiar? Como ela sabia quem eu era? Pus o carro em marcha, e na encruzilhada da rodovia tomei a esquerda. O município de Davidson ficava à esquerda.

E também Sarah Yates.

Cruzei o rio, e a floresta ia ficando para trás enquanto eu lutava para conseguir entender aquela poderosa sensação de conhecê-la. Saí da estrada e tomei a trilha estreita que conduzia à sua casa à beira do rio. Quando saí do meio das árvores, vi Ken Miller numa cadeira de jardim ao lado do ônibus púrpura. Ele usava jeans, com os pés descalços estendidos na terra e a cabeça inclinada para trás a fim de tomar sol no rosto.

Ele se levantou quando ouviu o automóvel, sombreou os olhos com a mão e depois avançou para a estrada para bloquear minha passagem. Ele estendeu seus braços como um crucificado e franziu o cenho com grande empenho.

Quando parei, ele se curvou para espiar para dentro, depois foi até a minha janela. A raiva emprestava um tom áspero às suas palavras.

— A sua gente não fez o suficiente por um dia? — reclamou ele. Seus dedos se agarraram à moldura da janela. Seu pescoço estava encardido de terra e pelos grisalhos saíam do colarinho de sua camisa. Um hematoma fechava um dos seus olhos. Sua pele brilhava, escura e esticada.

— Que gente?

— O desgraçado do seu pai. Essa gente.

Apontei para o olho.

— Ele fez isso?

— Eu quero que você vá embora. — Ele chegou mais perto. — Agora.

— Preciso falar com Sarah. — Engatei a marcha do carro.

— Eu tenho uma arma lá dentro — disse ele.

Estudei seu rosto: as linhas duras do seu queixo, a veia que pulsava na têmpora. Ele estava zangado e assustado, uma combinação ruim.

— O que está acontecendo, Ken?

— Vou precisar pegá-la?

Parei quando cheguei ao asfalto. Ele estava deserto, uma longa fatia de material preto e duro que dobrava ao longe numa curva de 3 quilômetros. Virei à esquerda rumo à ponte, com a janela aberta, o nível do ruído se elevando. Saí da curva a oitenta por hora. Se estivesse um pouco mais rápido, eu a teria deixado passar despercebida.

A van de Sarah.

Ela estava estacionada no canto dos fundos de um bar de motoqueiros chamado Hard Water. Estava parada com a frente virada para a parede, ao lado de uma caçamba enferrujada. Quase escondida, era definitivamente a dela. A mesma pintura castanha, as mesmas janelas coloridas. Reduzi a marcha do automóvel, procurando um lugar para fazer a volta. Foi necessário mais 1 quilômetro, depois entrei em um acostamento de cascalho, dei a ré e acelerei. Estacionei ao lado da van e desembarquei.

Dezesseis Harleys estavam enfileiradas. Os cromados refletiam a luz do sol. Tachas cintilavam sobre alforjes de couro preto. As motocicletas formavam em ângulo aberto com precisão militar.

Do lado de dentro, o bar era escuro e baixo. Fumaça pairava acima das mesas de sinuca. Música explodia de uma jukebox à minha esquerda. Fui até o bar e pedi uma cerveja para uma mulher gasta que parecia ter uns 60 anos, mas que provavelmente não era muito mais velha que eu. Ela tirou a tampinha de uma longneck e largou a garrafa com força suficiente para que a espuma saísse pelo gargalo. Sentei-me num banco giratório de vinil e esperei que meus olhos se acostumassem à penumbra. Não demorou muito. Lâmpadas se dependuravam sobre feltro verde. Uma luz forte se infiltrava pelas bordas da porta.

Tomei um gole da cerveja e pousei-a sobre o balcão manchado pela umidade.

Era um lugar de um único ambiente contendo três mesas, com chão de concreto e ralos que serviriam igualmente para escoar bebida, vômito ou sangue. A 3 metros de mim, uma mulher gorda usando short dormia com a cabeça apoiada no balcão. Duas das mesas de sinuca estavam sendo usadas, cercadas por homens de barbas tão pretas que pareciam polidas. Eles manejavam os tacos com calma familiaridade e olhavam para o meu lado entre as tacadas.

Sarah Yates estava sentada numa mesa pequena no canto do fundo. Cadeiras haviam sido puxadas de lado para acomodar a sua cadeira de rodas. Dois motoqueiros compartilhavam a mesa com ela. Tinham uma jarra de cerveja, três canecos e cerca de 15 copinhos de uísque vazios. Enquanto eu observava, a garçonete costurou seu caminho pelo salão e serviu mais três copinhos de alguma coisa castanha. Eles tilintaram os copos, disseram algo que não consegui ouvir e tomaram-nos de um só gole. Os motoqueiros bateram os copos vazios sobre a mesa. Sarah pousou o dela entre dois dedos delicados.

Depois olhou para mim.

Não havia surpresa em seu rosto. Ela pediu que eu me aproximasse com um gesto de dedo. Os motoqueiros abriram espaço para que eu passasse, mas não muito. Tacos duros roçaram meus ombros, fumaça explodiu no meu rosto. Um dos homens tinha uma lágrima tatuada no canto do seu olho esquerdo. Parei na mesa de Sarah, e as partidas de bilhar recomeçaram. Seus acompanhantes eram mais velhos que a maioria dos outros motoqueiros. Tatuagens de prisão nos braços grossos haviam desbotado até um tom cinza-pólvora. Veios brancos matizavam suas barbas e rugas entalhavam seus rostos. Eles usavam anéis largos e botas pesadas, mas pareciam neutros. Eles receberiam sua deixa de Sarah. Ela me analisou por meio minuto. Quando falou, sua voz se sobressaiu.

— Você tem alguma dúvida de que qualquer um destes rapazes arrancaria sua cabeça se eu pedisse para fazer isso? — Ela fez um gesto em torno da sala.

— Porque você é a traficante deles? — perguntei.

Ela franziu o cenho, assim como os motoqueiros ao lado dela.

— Porque eu sou amiga deles — disse ela.

Eu meneei a cabeça.

— Não duvido.

— Eu perguntei porque não quero uma repetição da mesma merda que seu pai fez. Não vou tolerar isso.

— O que ele fez? — perguntei.

— É por isso que você está aqui?

— Em parte.

Ela olhou para os dois motoqueiros.

— Está tudo bem — disse. Eles se levantaram, homens enormes cheirando a cigarro, álcool e couro queimado pelo sol. Um deles apontou para o bar, e Sarah Yates balançou a cabeça. — Sente-se — disse ela para mim. — Quer outra cerveja?

— Claro — falei.

Ela atraiu o olhar da garçonete, ergueu a jarra e apontou para mim. A garçonete trouxe um copo limpo e Sarah me serviu.

— Normalmente eu não bebo à tarde — disse ela. — Mas seu pai estragou o meu dia.

Olhei à minha volta.

— Este é o lugar que você frequenta?

Ela riu.

— Um dia, talvez.

Ela gesticulou com um dedo, abrangendo com ele todo o recinto.

— Quando sua vida se limita a 25 quilômetros quadrados por tanto tempo, você passa a conhecer quase todo mundo.

Observei os grandalhões com quem ela estivera bebendo. Eles se sentaram com as costas para o balcão, os pés plantados no chão como se ainda pudessem atravessar a sala em segundos. Ao contrário dos outros, eles nos olhavam atentamente.

— Eles parecem se preocupar com você — falei.

Ela tomou um gole de cerveja.

— Nós temos algumas afinidades. E nos conhecemos há muito tempo.

— Podemos conversar?

— Só se você retirar o comentário sobre o tráfico. Eu não trafico.

— Então eu retiro.

— Sobre o que quer conversar?

Apesar dos copos vazios, ela não parecia estar bêbada. Seu rosto era suave e sem rugas, mas havia uma dureza subjacente a todo ele, um reflexo metálico que aguçava o canto do seu sorriso. Ela sabia algo sobre vida difícil e escolhas duras. Vi isso no seu olhar avaliador e no modo como ela mantinha uma fina linha de contato com os rapazes no balcão. Eles assistiam e esperavam.

— Duas coisas — falei. — Como você me conhece e o que meu pai queria?

Ela se reclinou e acomodou-se na cadeira. Seus dedos encontraram um copinho de uísque vazio e giraram-no lentamente sobre a mesa.

— Seu pai — disse ela. O copo dava voltas entre seus longos dedos. — Um filho da puta obstinado e hipócrita. Um homem difícil de se gostar, mas fácil de se prezar. — Ela exibiu os dentes pequeninos. — Mesmo quando ele se comporta como o maior babaca do mundo.

— Ele não queria que eu conversasse com você. Foi por isso que veio me ver esta manhã. Ele chegou como a Segunda Vinda de Jesus Cristo. Zangado, frio. Começou a gritar comigo como se tivesse esse direito. Eu não aceito esse tipo de comportamento. Nossa conversa esquentou um pouco. Ken, pobre coitado, tentou intervir quando deveria ter se poupado. Primeiro, porque eu não precisava; segundo, porque seu pai não tolera que outro homem encoste as mãos nele.

— Ele bateu em Ken?

— Poderia ter matado Ken em outros dias.

— Por que ele estava tão zangado?

— Porque eu falei com você.

— Você fala com Grace o tempo todo.

— É diferente.

— Por quê?

— Porque você é o motivo, garoto.

Inclinei-me para trás, frustrado.

— Como você me conhece? Por que ele se importa que conversemos?

— Eu fiz uma promessa a ele uma vez.

— Eu encontrei uma foto sua na escrivaninha de meu pai. Ela foi tirada há muito tempo. Você estava com Dolf e meus pais.

Ela sorriu languidamente.

— Eu me lembro.

— Conte-me o que está acontecendo, Sarah.

Ela suspirou e olhou para o teto.

— Tem a ver com sua mãe — disse. — Tem tudo a ver com sua mãe.

Uma dor disparou em algum lugar nas minhas vísceras.

— O que tem ela?

Os olhos de Sarah brilhavam muito na penumbra. Sua mão se deixou cair do copo e ficou aberta sobre a mesa.

— Ela era uma mulher bonita — disse Sarah. — Nós éramos muito diferentes, por isso eu não podia admirar tudo nela, mas ela era absolutamente intensa em tudo o que fazia. Como você, por exemplo. Nunca vi uma mulher ser uma mãe melhor ou amar uma criança mais do que ela o amava. Nesse sentido, ela nasceu para ser mãe. Em outros, nem tanto.

— O que você quer dizer?

Sarah tomou o resto da cerveja de um só gole e falou por cima de mim.

— Ela não podia engravidar — disse. — Depois de você, teve sete abortos. Os médicos não podiam fazer nada. Ela veio a mim e eu a tratei.

— Eu a via? Você me parece muito familiar.

— Uma vez, possivelmente. Eu geralmente chegava à noite, quando você estava dormindo. Mas me lembro de você. Você era um bom garoto.

Ela levantou a mão para a garçonete, que entregou duas doses como se já as tivesse nas mãos, à espera. Sarah ergueu a sua e indicou a outra com um movimento de cabeça. Eu a ergui, brindei e tomei a bebida, que desceu queimando. Os olhos de Sarah ficaram distantes.

— Mas minha mãe...

— Ela queria muito um bebê. Desejava isso dolorosamente. Mas os abortos estavam enfraquecendo-a, física e emocionalmente. Na época em que fui até ela, já estava deprimida. Quando concebeu, porém, a centelha voltou.

Sarah parou de falar e olhou atentamente para mim. Eu não fazia ideia do que ela viu.

— Tem certeza de que quer ouvir isto?

— Apenas me conte.

— Dessa vez chegou até o segundo trimestre antes de perder o bebê. Mas ela abortou, e perdeu muito sangue. Ela nunca se recuperou, nunca conseguiu suas forças de volta. A depressão a devorou até não restar quase nada. Você sabe o resto.

— E meu pai não queria que eu soubesse disso?

— Alguns assuntos são para ficar entre um homem e sua mulher, e ninguém mais. Ele me procurou hoje porque não queria que eu lhe contasse. Queria se certificar de que eu me lembrava da minha promessa.

— No entanto, você me contou.

O ódio lampejou em seus olhos.

— Ele que se foda por não confiar em mim.

Pensei no que ela dissera.

— Ainda não faz sentido. Por que ele se importaria tanto?

— Eu lhe contei tudo o que pretendia contar.

Minha mão desceu até a mesa com força. Eu nem mesmo notei que a havia movido. Os olhos de Sarah ficaram imóveis, e vi que seus amigos ficaram de pé.

— Cuidado — disse ela com suavidade.

— Isso não faz sentido — repeti.

Ela chegou mais perto, pousou suas mãos sobre as minhas e abaixou a voz.

— As complicações dela resultaram de um parto difícil — falou. — Problemas quando você nasceu. Entende agora?

Alguma mão invisível se apertou na minha garganta.

— Ela se matou por minha causa?

Ela hesitou e apertou-me com seus dedos.

— Era exatamente isso que seu pai não queria que você pensasse.

— Foi por isso que ele quis que eu ficasse longe de você.

Ela se afastou de mim e passou as mãos pela borda da mesa. Qualquer simpatia que eu tivesse visto nela desapareceu.

— Nós já acabamos.

— Sarah...

Ela levantou um dedo, e seus amigos motoqueiros atravessaram a sala e pararam atrás de mim. Eu os senti ali como uma parede. O rosto de Sarah estava implacável.

— Agora você deve ir.

O dia explodiu por cima de mim quando saí. A luz do sol penetrou até o fundo do meu crânio, e o álcool se agitou no meu estômago vazio. Eu repassei suas palavras e o ar do seu rosto. A piedade dura e fria.

Dirigi-me ao carro até ouvir passos.

Girei o corpo, com as mãos erguidas. Era um lugar daqueles. Um dos motoqueiros da mesa de Sarah parou a 1 metro de mim. Tinha 1,90 metro, usava perneiras de couro e viseiras lhe envolvendo a cabeça. O branco de sua barba parecia-se mais com amarelo ao sol. A nicotina formava veios nos cantos de sua boca. Calculei sua idade em 60 anos. Um duro e brutal sessentão. A pistola enfiada em suas calças era cromada.

Ele estendeu uma das mãos, tinha um pedaço de papel dobrado entre dois dedos.

— Ela quer que você entregue isto ao cara na cadeia.

— Dolf Shepherd?

— Sei lá.

Peguei o papel, um guardanapo dobrado. A caligrafia se estendia livremente por três linhas, tinta azul sugada pelo papel macio. *As pessoas boas o amam e elas lembrarão o que você representa. Eu cuidarei disso.*

— O que isso quer dizer? — perguntei.

Ele se inclinou na minha direção.

— Não é da sua maldita conta.

Olhei para a porta atrás dele. O sujeito adivinhou meu pensamento e levou a mão à pistola em seu cinto. Os músculos se contraíram sob sua pele de couro.

— Isso não é necessário — falei.

Os bigodes amarelados se moveram nos cantos de sua boca.

— Você perturbou Sarah. Não a incomode novamente.

Eu o encarei, e sua mão continuou sobre a arma.

— Considere isto um aviso.

Cruzei a fronteira de Salisbury no final da tarde. Minha cabeça doía e eu me sentia exaurido. Precisava de algo bom, por isso liguei para Robin, que atendeu ao segundo toque.

— Você terminou por hoje? — perguntei.

— Guardando algumas coisas. Onde você está?

— No carro.

— Está tudo bem? Parece abatido.

— Acho que vou ficar louco. Encontre-me para um drinque.

— No lugar de sempre?

— Vou estar no balcão — respondi.

Nós não íamos ao nosso lugar de costume havia cinco anos. Estava quase vazio.

— Só abriremos daqui a dez minutos — disse-me a garçonete.

— Que tal se eu apenas me sentar no balcão?

Ela hesitou, por isso eu agradeci e me dirigi ao balcão. A bartender não teve problemas em começar alguns minutos antes. Tinha cabelos pretos volumosos, um nariz longo e servia com a mão pesada. Bebi dois bourbons antes que Robin finalmente aparecesse. O bar ainda estava vazio e ela me beijou com vontade.

— Nenhuma palavra sobre Dolf — disse ela, depois perguntou: — Qual é o problema?

Coisas demais haviam acontecido. Informação demais. Eu não podia nem tentar contá-las.

— Tudo — falei. — Nada de que eu queira falar.

Ela sentou-se e pediu o mesmo que eu estava bebendo. Seus olhos estavam perturbados, e eu pude ver que seu dia também não havia sido nenhuma maravilha.

— Estou lhe causando problemas? — perguntei.

Ela deu de ombros, mas muito rapidamente.

— Não são muitos os tiras que têm uma história com dois suspeitos de assassinato. Isso complica as coisas. Eu tinha esquecido como é estar do outro lado. As pessoas estão me tratando de modo diferente. Os outros tiras.

— Eu lamento, Robin.

— Não se preocupe com isso.

Ela ergueu o copo.

— Tim-tim.

Nós terminamos nossas bebidas, jantamos e voltamos para a casa dela. Nós subimos na cama e pressionamos nossos corpos. Eu estava acabado, esgotado pelo dia que tive, e ela também. Tentei não pensar em Dolf sozinho nem nas coisas que Sarah dissera. Na maior parte do tempo, eu consegui. Meu último pensamento antes que o sono viesse foi que Jamie não havia retornado minha ligação. Depois disso, os sonhos me pegaram rapidamente. Eles vieram em ondas em staccato. Visões. Lembranças. Vi sangue na parede e um gamo branco que se movia com o som de pedras se chocando. Sarah Yates, com o rosto erguido e sorridente numa noite clara como o dia. Minha mãe sob o embarcadouro, com os olhos em chamas. Um encourado com uma pistola prateada.

Acordei com minha mão estendida para pegar a arma enfiada no cinto do motoqueiro, tirei meio corpo da cama com um grito sufocado no fundo da garganta. Robin me abraçou em meio ao sono, pressionou o seio quente e macio contra as minhas costelas. Fiquei ofegante e forcei-me a ficar imóvel. O suor escorria pela minha pele e um ar escuro e opressivo forçava-se contra as janelas.

Ela se matou por minha causa...

CAPÍTULO 25

Ainda estava escuro quando Robin beijou meu rosto.

— O café está pronto — disse ela. — Estou saindo.

Eu me virei na cama. O rosto dela estava indecifrável. Senti o cheiro de sua pele e de seus cabelos.

— Aonde você vai? — perguntei.

— Estou indo encontrar Zebulon Faith.

Estremeci.

— Está falando sério?

— Coisas ruins vêm se acumulando sobre nós. Precisamos que algo de bom aconteça. Eu fiquei fora disso porque é um caso do município, mas estou cansada de esperar que eles resolvam. Vou fazer isso por minha própria conta.

— Você vai deixar Grantham emputecido.

— Eu estou começando a me sentir como você. Foda-se Grantham. Foda-se a política.

— Você acha que Zebulon Faith atacou Grace?

— No início, não achava. Era óbvio demais. Agora, não tenho certeza. Ele tem uma porção de coisas a responder. Fim de linha, eu quero ter uma conversa com ele. Tendo a confiar nos meus instintos.

— E quanto ao DEA?

— Eles olharam as drogas que nós apreendemos e confirmaram que os remédios para gripe foram roubados. Vou fazer perguntas por aí, mas são inúteis neste caso.

Eu me sentei na cama e olhei para o relógio: 5h45.

— Ele está entocado — disse ela —, mas não acho que tenha ido longe. O filho dele está morto, suas drogas foram apreendidas, e ele sabe que estamos lhe procurando; mas é estúpido e truculento, e ainda acha que há algum meio de sair disso tudo. Ele tem 30 acres que valem sete dígitos. Deve estar em algum buraco escuro nas proximidades, pelo menos até que o negócio com a companhia elétrica esteja fora de cogitação. Eu vou começar com pessoas conhecidas ligadas a ele. Não tenho medo de pressioná-los.

— Mantenha-me informado — falei.

Robin saiu e minha mente disparou até que a primeira luz do dia me encontrou. Às 8 horas, saí debaixo de pesadas nuvens e encontrei George Tallman sentado numa viatura estacionada. Ele desembarcou quando me viu. Parecia que havia me esperado a noite inteira. Dobras maculavam a perfeição do seu uniforme azul-escuro. Ele me observou com olhos injetados.

— Bom-dia — falei.

— Bom-dia.

— Está esperando por mim ou por Robin?

— Você.

Seu rosto estava inchado e pálido sob uma barba de dois dias.

— Como sabia que eu estava aqui?

— Por favor, Adam. Todo mundo sabe. É o assunto do departamento de polícia, provavelmente da cidade.

— O que você quer, George? Ainda é cedo.

Ele se encostou no capô do carro, estendeu as mãos sobre a pintura e pareceu subitamente sério.

— É sobre Miriam — disse. — Ela me contou que você sabe.

— Sobre os cortes?

Ele virou o rosto, como se a própria palavra o incomodasse.

— É.

— Aquilo não é brincadeira, George. As coisas que a levaram a isso... Eu não posso sequer começar a imaginar o que aquilo significa. Você consegue lidar com isso? Você quer lidar com isso?

— É como eu lhe disse outro dia, Adam. Miriam precisa de mim. Frágil e bela. — Ele segurou a xícara imaginária novamente, depois abriu os dedos como um ilusionista. — Ela tem problemas. Quem não os tem? Ela tem uma alma de artista, e isso não vem sem algum custo. Ela sofre mais do que a maioria de nós sofreria.

Estava claramente abalado, e eu compreendi a intensidade dos seus sentimentos por ela.

— Você sabe por que ela faz isso, George?

Eu estava pensando em Gray Wilson, e em como ela chorou sobre a a sepultura dele.

Ele sacudiu a cabeça.

— Ela vai me contar quando estiver preparada. Eu sei que não devo pressioná-la.

— Meu pai não deveria ignorar algo tão importante.

— Ele não pode ajudar Miriam. Eu o adoro, mas ele não pode. É um homem endurecido, e ela precisa de um toque suave. Ele diria para ela crescer, ser forte, e isso apenas pioraria as coisas. Ela se preocupa com o que ele pensa. Precisa da aprovação dele.

— Janice não pode cuidar disso sozinha.

Seus pés bateram sobre o pavimento.

— Antes de mais nada, Janice não está cuidando disso sozinha. Eu estou cuidando disso, também. Miriam frequenta um psicólogo em Winston-Salem. Ela passa por um internamento três ou quatro vezes ao ano. Nós estamos cuidando dela, fazendo o que precisa ser feito.

— Só não se esqueça de ficar muito atento. — Ele começou a falar, mas eu o interrompi: — Estou falando sério, George. Isso não é brincadeira.

Ele se levantou, indignado.

— Você ao menos percebe sua audácia em falar assim comigo? Onde você esteve esse tempo todo? Afastado na sua vida de cidade grande, vivendo bem à custa do dinheiro do seu pai. Eu estive aqui ao lado dela. Era eu quem juntava os pedaços vez após vez. Eu segurei as pontas dela. Eu. Não você.

— George...

— Cale-se, Adam, ou eu mesmo vou calá-lo. Não vou ficar parado aqui para ser julgado.

Parei para pensar por alguns segundos. Ele estava certo.

— Desculpe-me, George. Eu estou mal informado, por fora do problema. Eu estava apenas preocupado. Ela é minha família. Eu a amo, e odeio vê-la sofrer. Não tenho o direito de julgar como você e Janice estão tratando o problema. Tenho certeza de que ela está consultando as melhores pessoas que pode.

— Ela está melhorando, Adam. Eu tenho de acreditar nisso.

— Sei que você está certo e peço desculpas novamente. O que eu posso fazer por você, George? Por que você está aqui?

Ele respirou fundo.

— Não conte ao seu pai, Adam. É isso o que eu vim lhe pedir. Nós não dormimos. Ela chorou a noite inteira.

— Miriam está pedindo isso?

Ele meneou sua grande cabeça.

— Ela não está pedindo, Adam. Está implorando.

Tentei ligar para Jamie do carro e ouvi a voz da sua caixa postal novamente. Deixei uma mensagem e duvidei que minha voz soasse gentil. Ele estava incomumente ausente, e eu desconfiei que estivesse bêbado, de ressaca ou me evitando. Miriam estava certa, percebi. A família estava se desfazendo. Mas eu não podia me preocupar com Miriam naquele momento, nem mesmo com Grace. Tinha de me preocupar com Dolf em primeiro lugar. Ele ainda estava na cadeia, ainda sem falar com qualquer um de nós. Havia coisas de que eu não sabia, coisas acontecendo, e eu precisava chegar ao fundo delas, de preferência antes que Grantham o fizesse. Naquele mesmo dia, disse a mim mesmo. Candace Kane era um bom ponto de partida. Encontrei seu apartamento às 8h30.

Ficava num velho conjunto residencial, com dois andares, paredes de tijolos e uma sacada seguindo a fachada. Ocupava um terreno miserável a um quarteirão de distância da universidade: trinta unidades, na maioria de operários locais. Quarenta anos de garrafas de cerveja quebradas haviam-se reduzido a pó de vidro sob 10 mil pneus. O terreno todo parecia ter purpurina esparramada quando o sol batia no ângulo certo.

O apartamento de Candace ocupava o canto do fundo, no segundo andar. Estacionei e caminhei até lá. O concreto grosseiro rangeu sob meus pés quando alcancei os degraus. Da sacada eu podia ver os altos pináculos da capela da universidade, os carvalhos magníficos que se erguiam acima do quarteirão. Os numerais haviam caído da porta, mas eu vi um vestígio do número "16" na pintura desbotada. Uma fita adesiva ressecada cobria um buraco feito a furadeira para espiar o interior. Um canto dela havia dobrado com o calor, e eu vi que alguém havia enchido o buraco de tecido antes de pôr a fita. Um saco plástico de lixo estava encostado na parede, cheirando a leite azedo e comida chinesa embalada para viagem. Bati na porta, não tive resposta. Um minuto depois, tentei novamente.

Estava na metade do caminho de volta ao meu carro, com o sol finalmente atravessando as nuvens, estilhaços de vidro brilhando sobre o macadame, quando vi a mulher cortando caminho por um estacionamento a 70 metros dali. Observei-a: 20 e tantos anos, usando short cor-de-rosa e uma blusa pequena demais para conter seus seios ou seus pneus em torno da cintura. Lembrei-me da descrição de Emmanuel: *Branca. Um tanto gorda. Ordinária.* Parecia bater. A garota tinha uma sacola de papel numa das mãos e um cigarro pela metade na outra. Cabelos descoloridos desgarravam-se por baixo de um boné de beisebol.

Ouvi suas sandálias de borracha.

Vi a cicatriz no seu rosto.

Ela se deteve quando estávamos a 3 metros um do outro. Sua boca se abriu num pequeno círculo e os olhos se arregalaram, mas a expressão não durou. Seu rosto se fechou e ela mudou a direção do seu passo apenas o suficiente para se desviar de mim. Eu a cerquei e disse seu nome. Ela espremeu os olhos e girou sobre os calcanhares. De perto, era mais bonita do que eu esperava, mesmo com a cicatriz. Límpidos olhos azuis emolduravam um nariz ligeiramente arrebitado. Seus lábios eram carnudos, a pele, clara. Mas a cicatriz a feria. Era tesa e rosada, lustrosa como uma saia de vinil. Sete centímetros de comprimento, tinha uma dobra denteada no meio que me informava da cirurgia feita numa enfermaria de emergência.

— Conheço você? — perguntou ela.

Duas chaves pendiam de um aro em sua cintura, o chaveiro plástico estava enfiado sob o elástico do seu short. Senti o cheiro do café da manhã na sacola e supus que ela havia caminhado até a lanchonete local e pedido alguma coisa para viagem.

— Você é Candace, certo?

Grande parte do medo inicial a havia deixado. Era o início da manhã perto de uma rua movimentada. Cinco mil garotos universitários estavam a não mais de um quarteirão de distância.

— Candy — corrigiu-me ela.

— Preciso conversar com você sobre Danny Faith.

Esperava que sua face se contraísse, mas em vez disso, ela se desatou. Seus lábios se escancararam para um único dente estragado no lado direito. Lágrimas ampliaram seus olhos e seu café da manhã atingiu o solo. Ela apertou as mãos sobre o rosto, escondendo o reluzente rasgão rosado de sua pele, que sem ele era impecável.

Ela estremecia, um naufrágio lacrimoso.

Levou um minuto. Quando as mãos se retiraram, seu rosto estava manchado de branco onde os dedos haviam pressionado com muita força. Eu apanhei a sacola quente e a entreguei a Candy. Ela tirou um guardanapo e assou o nariz.

— Desculpe-me — disse. — Eu só soube que ele estava morto ontem.

— Você se importa? — perguntei. — Ele lhe causou essa cicatriz — falei. — Você registrou uma queixa de agressão contra ele.

Sua cabeça afundou.

— Isso não significa que eu não o amava.

Ela fungou, passou uma ponta seca do guardanapo sob um dos olhos, depois sob o outro.

— As pessoas consertam seus erros o tempo todo. As pessoas mudam. As pessoas se reconciliam.

— Posso perguntar por que vocês estavam brigando?

— Quem é você, novamente?

— Danny e eu éramos amigos.

Ela fez um som úmido e ergueu um dedo.

— Você é Adam Chase — disse ela. — Ele falava muito de você. É. Dizia que vocês eram amigos, que você nunca poderia ter matado aquele rapaz. Falava isso para qualquer um que quisesse escutar. Entrava em brigas por causa disso, às vezes. Ele ficava bêbado e zangado. Falava sobre como você era um grande cara e o quanto ele sentia sua falta. Então ele saía para procurar pessoas que dissessem coisas de você. Cinco, seis vezes. Talvez mais. Não consigo me lembrar de todas as vezes em que ele chegou ensanguentado. Um monte. Aquilo me assustava.

— Sangue geralmente causa esse efeito.

Ela meneou a cabeça.

— Sangue não me incomoda. Eu tenho quatro irmãos. Era o que vinha depois.

— O que você quer dizer?

— Depois que se acalmava e lavava o sangue, ele ficava sentado até tarde, bebendo sozinho. Apenas sentava no escuro e ficava todo chorão. Não que ele chorasse realmente. — Ela fez uma careta. — Era só uma espécie de piedade.

Imaginar Danny me defendendo foi duro. Depois de cinco anos de silêncio, eu havia presumido que ele dera a amizade por perdida, seguira em frente com sua vida. Enquanto eu tentava enterrar coisas, Danny protegia a recordação. Isso fez com que me sentisse pior, se é que era possível. Eu havia interpretado meu exílio como um mandado. Faça o que for necessário para atravessar suas horas. Esqueça sua família e seus amigos. Esqueça-se de si próprio.

Eu nunca deveria ter duvidado dele.

Deveria ter mantido a fé.

— Ele me telefonou — falei. — Você não sabe o que ele queria, sabe?

Ela respondeu com um sacudir de cabeça.

— Ele nunca mencionou nada.

Os olhos dela estavam vermelhos, ainda úmidos. Ela fungou.

— Quer um cigarro? — perguntou. Eu recusei, e ela puxou um maço amarrotado do bolso de trás do short. — Ele tem uma fotografia de vocês dois no quarto. Ele aparece abraçado a você, mas não como se estivesse apaixonado ou qualquer coisa assim. Vocês estavam completamente enlameados, rindo.

— Motocross — contei a ela. — Eu me lembro.

Ela deu uma tragada, e o sorriso morreu no seu rosto. Sacudiu a cabeça, e havia tanto significado no gesto. Achei que ela pudesse chorar novamente.

— Por que você e Danny brigaram? — perguntei.

Ela soltou o cigarro, esmagou-o com uma sandália de borracha verde, e eu vi que o esmalte cor-de-rosa havia descascado de seus dedos do pé. Ela não ergueu os olhos.

— Eu sempre achei que ele tivesse outras garotas — disse ela. — Mas quando estava comigo, estava completa e inteiramente comigo. Entende? Aquelas outras garotas não importavam. Eu sabia que era a mais importante. Ele me falou isso. Nenhuma daquelas outras durava. Era o jeito de Danny. Não que eu pudesse culpá-las. — Ela sorriu melancolicamente. — Havia algo nele. Algo que me fazia tolerar aquilo. Tolerar tudo aquilo.

— Tudo o quê?

— As garotas. A bebida. As brigas. — Ela rompeu a chorar novamente. — Ele valia a pena. Eu o amava.

Sua voz se apagou, e eu a instiguei.

— Ele bateu em você? — perguntei.

— Não. — Voz fraca. — Ele não me bateu. Isso foi o que eu falei. Eu estava furiosa.

— O que aconteceu?

— Eu queria feri-lo, mas você não pode contar aos tiras, certo? Eles me perguntaram isso outro dia, e eu disse que ele havia me batido. Fiquei com medo de mudar minha história. — Ela fez uma pausa. — Eu só queria mostrar a ele.

— Você estava zangada.

Quando ela ergueu os olhos, vi o abismo escuro sob os olhos azuis, reluzentes.

— Ele tentou terminar comigo. Disse que estava acabado. O que aconteceu com o meu rosto... Isso foi culpa minha. Não dele.

— Como foi?

— Ele não me bateu, como eu contei aos tiras. Ele estava tentando ir embora, e eu estava puxando o seu braço. Ele deu um puxão, tropecei num banco e caí através daquela janela.

— Isso não importa agora — falei. — Ele se foi. O mandado não significa nada.

Mas ela continuava chorando, a cabeça largada sobre o pescoço.

— Eu pus os tiras na cola dele. Eu o obriguei a se esconder. Talvez tenha sido isso que o matou.

— Ele estava metido em algo ilegal?

Ela sacudiu violentamente a cabeça, ou respondendo com uma negativa, ou recusando-se a responder. Não soube dizer ao certo. Perguntei novamente. Sem resposta.

— Jogo?

Um balanço de cabeça, olhos fechados.

— Foram esses que bateram nele quatro meses atrás? As pessoas que tomavam as apostas dele?

— Você sabia disso?

— Quem cuidava das apostas dele, Candy?

Ela sufocou.

— Eles bateram tanto nele...

— Quem? — pressionei.

— Eu não sei. Danny disse que eles estavam à procura dele. Eles foram ao hotel. Depois à fazenda. Ele vinha perdendo há algum tempo antes disso. Acho que estava se escondendo deles. Você deveria perguntar a Jamie. Ele é seu irmão, certo?

— Por que eu deveria perguntar a Jamie?

— Ele e Danny saíam muito juntos. Iam aos jogos de beisebol e aos clubes de apostas. Lutas de cães em algum lugar por aqui. Brigas de galo. Qualquer coisa em que pudessem apostar. Uma vez, voltaram para casa com um carro, que ganharam de algum cara em Davidson. — Ela deu um sorriso tênue. — Era um lata-velha. Dois dias depois eles trocaram por cerveja e uma motocicleta. Eles eram amigos, mas Danny disse uma vez que não podia confiar em Jamie como confiava em você. Disse que Jamie tinha um lado cruel. — Ela deu de ombros. — Ele realmente sentia a sua falta.

Candy ainda estava chorando um pouco, e eu precisei pensar no que ela havia dito. Era a segunda pessoa que achava que Jamie e Danny estavam metidos juntos em apostas. George Tallman dissera basicamente a mesma coisa. Eu considerei as implicações. Dei um segundo a ela. A pergunta difícil estava a caminho.

— Por que ele estava terminando com você, Candy?

Ela inclinou tanto a cabeça para o lado que eu não via nada além do boné de baseball e seus cabelos ressecados, descoloridos até ficarem platinados. Quando ela falou, pude notar que as palavras a feriam.

— Ele estava apaixonado. Queria mudar de vida.

— Apaixonado por quem? — perguntei.

— Não sei.

— Nenhuma ideia?

Ela ergueu os olhos, implacável, e a cicatriz se remexeu um pouco quando ela falou.

— Alguma puta.

Liguei para Robin assim que Candy Kane se afastou de mim. Ouvi os ruídos do tráfego quando ela respondeu.

— Como está indo? — perguntei.

— Devagar. A boa notícia é que o gabinete do xerife estava, de fato, procurando por Zebulon Faith. Eu falei com algumas das mesmas pessoas com quem eles falaram, cobri boa parte do mesmo terreno. A má notícia é que estou obtendo as mesmas respostas. Onde quer que Faith tenha se escondido, está usando outro nome ou está completamente fora de alcance.

— O que você quer dizer?

— Eu verifiquei com todas as empresas de utilidade pública, de Rowan até os condados vizinhos. Até onde eu posso dizer, ele não tem outras propriedades, nada com telefone ou energia elétrica. Eu tenho outras cartas na manga. Vou mantê-lo informado.

— Acabei de conversar com Candace Kane.

— Grantham falou com ela ontem.

— O que ela contou a ele?

— Estou fora do caso, lembra? Mesmo que eu fosse a última pessoa da face da terra Grantham não iria me revelar. Só o que sei é que ele a investigou.

— Ela contou a Grantham que Danny bateu nela e que ela o odiava por isso. Mas não é verdade. Ela o amava. Ele lhe deu o fora pouco antes de morrer. Poderia ser um motivo.

— Você acha que ela é capaz disso?

— De assassinato? — Olhei enquanto Candace subia as escadas. Suas longas pernas pulsavam sob o short de tecido felpudo cor-de-rosa. Seus quilos extras sacudiam. — Eu não a imagino fazendo isso — falei.

— Mas ela tem quatro irmãos. Eles podem não ter gostado da cicatriz no rosto dela.

— Esse é um motivo viável, mas ainda assim... foi a arma de Dolf. Eu vou pesquisar os nomes e ver se algum deles tem passagem pela polícia. Quem sabe. Talvez tenhamos sorte.

Ela não pareceu esperançosa, e eu entendi. Tudo acabava na arma. Só faria sentido se o próprio Danny pegasse a arma e de algum modo perdesse o controle sobre ela. E isso era frágil. Danny sabia como se cuidar.

— Você acha que Faith sabe que o filho dele está morto?

— Isso depende de quão longe ele esteja escondido.

— Danny pode ter se metido em jogatina. Parece que alguém o espancou feio quatro meses atrás. Pode ter a ver com jogo.

— Quem contou?

— Candace Kane. George Tallman.

— George, hein?

Eu ouvi o desdém na voz dela.

— O que você tem contra ele?

— É um idiota.

— Parece ser mais do que isso.

Ela hesitou, e eu vi que estava pensando na pergunta.

— Não confio nele.

— Alguma razão particular?

— É complicado.

— Tente.

— Eu sou oficial de polícia há mais do que alguns anos. Conheço um monte de tiras e um monte de criminosos, e, em certo sentido, os dois não são tão diferentes. Criminosos têm seu lado bom, se você se esforçar para descobri-lo. Tiras podem ser do mal. Você entende? Tiras não podem ser santos. A profissão não permite. Muitas pessoas ruins na sua vida. Muitos dias ruins, decisões ruins. Isso se acumula. Da mesma forma, criminosos raramente são maus o tempo todo. Eles têm filhos. Têm pais. Enfim, eles são humanos. Passe bastante tempo com alguém, e você pode ver o bom e o mau de ambos os lados. Essa é a natureza humana. Entende o que eu estou dizendo?

— Acho que sim.

— Eu trabalhei com George Tallman durante quatro anos. Nunca vi o seu lado sombrio.

— Onde você quer chegar?

— Ninguém é tão fácil. Ninguém é tão correto, muito menos um policial.

Ela estava errada. Eu conhecia George desde que ele estava no colégio. Ele não podia ocultar um sentimento nem que fosse obrigado. Deixei passar, pus na conta do ceticismo nascido de longos anos usando distintivo.

— E quanto ao jogo? Você acha que pode haver algum vínculo nisso? Algo ligado à morte de Danny? Candace Kane disse que aqueles apostadores vieram atrás de Danny. Eles foram ao motel. Foram à fazenda. Você viu algo que pudesse sustentar um motivo dessa natureza? Danny foi morto na fazenda.

— Há alguns grandes banqueiros de jogo em Charlotte. Negócio altamente lucrativo, altamente ilegal. Se ele estava afundado nisso, a coisa pode ter ficado feia.

— Alguém está investigando isso?

Sua voz não saiu desprovida de piedade.

— Dolf confessou. Ninguém está procurando explicações alternativas. Qualquer júri do país o condenaria.

— Grantham tem dúvidas quanto ao motivo — falei.

— Não compete a Grantham. Compete ao xerife e ele não vai perder tempo ou dinheiro quando já tem o que quer.

— Grantham acha que Dolf pode ter confessado para proteger meu pai. — Robin ficou em silêncio. — Isso é estúpido, certo?

Mais silêncio.

— Robin?

— Grantham é esperto. Eu estou tentando ver isto sob a perspectiva dele. Estou pensando.

— Bem, então pense alto.

— Seja lá quem tenha matado Danny, teria de saber sobre a fenda no alto do morro.

— Podia ser qualquer um. Costumávamos fazer festas lá em cima. Torneios de tiro. Posso citar o nome de uma centena de pessoas que já estiveram lá.

— Só estou bancando a advogada do diabo, Adam. O assassino de Danny teria de ser forte o suficiente para jogar o corpo no buraco. Seu pai não tem a arma, mas tem acesso ao armário de armas de Dolf. Danny trabalhava para ele de vez em quando. Oportunidades de sobra para que surjam problemas. Ele tinha alguma razão para estar zangado com Danny?

— Não faço ideia — falei, mas então pensei nas apostas de Jamie. Danny era uma má influência. A família estava com problemas financeiros.

— Então eu não sei o que lhe dizer. Nada faz sentido sem um motivo.

— Por enquanto, vou presumir que a morte de Danny teve algo a ver com a companhia elétrica ou com a sua jogatina. Seja lá quem recebia as apostas dele, já o havia agredido uma vez. Eu preciso examinar isso.

— Não. Não em Charlotte. Aqueles caras pegam pesado. Eles não gostam de pessoas xeretando seus negócios. Atravesse o caminho da pessoa errada, e você pode cair num mundo de encrencas. Não estou brincando. Não posso ajudar você.

Evoquei a imagem de Danny puxando briga e depois indo para casa e bebendo sozinho. Dolf numa cela. Grace implodindo. A insinuação de Grantham de que Dolf estaria mentindo para proteger meu pai. Havia uma peça faltando, e alguém, em algum lugar, sabia qual era. Eu não tinha escolha a não ser cavar onde podia. Bem no fundo, Robin tinha de reconhecer isso.

— Eu tenho de fazer algo — respondi.

— Não, Adam. Estou lhe pedindo.

— Vou pensar no caso — falei, e continuei antes que ela pudesse questionar minha mentira. — Você vai dar uma olhada nos irmãos?

— Sim.

— Algo mais que eu deva saber?

— Duvido que signifique algo, mas estou achando que Candy Kane não foi a única mulher que Danny descartou.

— O que você está querendo dizer?

— Danny morava no hotel. Nós entramos no quarto dele depois que seu corpo foi encontrado. Uma das janelas estava quebrada, remendada com papelão de uma caixa de sapatos. Numa cômoda encontramos uma pedra em cima de um bilhete. Era de papel amarelo, não estava dobrado e tinha a pedra por cima como um peso de papel. Parecia que alguém havia envolvido a pedra com o bilhete e a atirado pela janela. A tira elástica ainda estava em torno da pedra. O cara mexicano, Emmanuel, disse que tal fato ocorreu pouco antes do desaparecimento de Danny.

— O que dizia o bilhete?

— Foda-se você, também.

— Como sabe que era de uma mulher?

— Marca de lábios como assinatura. Batom vermelho.

— Perfeito — comentei.

— Parece que Danny Faith estava limpando a casa.

CAPÍTULO 26

Telefonei para Jamie e caiu em sua caixa postal. Deixei outra mensagem. Me ligue. Agora. Precisamos conversar. Encerrei a ligação, dei alguns passos e depois abri o telefone novamente. O fogo ardia em mim, e Jamie fazia parte dele. Candace afirmou que ele ainda jogava, ele e Danny. Havia mentido para mim sobre isso. Devia ter retornado minha ligação no dia anterior. Teclei rediscagem, e ele atendeu ao segundo toque. Ouvi primeiro sua respiração, depois sua voz, mal-humorada e petulante.

— O que você quer, Adam?

— Por que não retornou minha ligação?

— Ouça, eu tenho umas merdas para fazer.

— Vou direto ao ponto, Jamie. Encontrei a namorada de Danny.

— Qual delas?

— A que prestou queixa. Candace Kane.

— Candy? Eu me lembro dela.

— Ela diz que você ainda joga. Diz que você e Danny apostavam em qualquer coisa que conseguissem encontrar. Você mentiu para mim sobre isso.

— Em primeiro lugar, eu não preciso lhe dar satisfações. Em segundo lugar, não eram apostas. Eram 100 pratas aqui e ali. Só uma desculpa para sair e fazer alguma coisa.

— Então você não está fazendo apostas?

— Que diabos, não.

— Eu ainda preciso dos nomes daqueles apostadores.

— Por quê?

— Danny foi espancado algum tempo atrás. Você lembra?

— Ele não me contou, mas foi difícil não notar. O cara ficou sem poder andar por uma semana. Não sei se o rosto dele chegou a se recuperar.

— Eu quero conversar com quem fez aquilo. Talvez ele ainda estivesse devendo. Talvez tenham vindo atrás dele.

— Bem... — As palavras morreram, como se não existisse nada para vir depois delas.

— Preciso dos nomes agora.

— Por que você se importa com isso, Adam? Dolf admitiu ter matado Danny. Ele vai ser frito por isso. Ele que se foda.

— Como você pode pensar isso?

— Eu sei que você acha que o sol nasce na bunda dele, mas eu e aquele velho não morremos de amores um pelo outro. Na verdade, ele sempre foi um saco. Danny era meu camarada. Dolf diz que o matou. Por que você está mexendo nisso?

— Vou ter de encontrar você pessoalmente? Farei isso. Juro por Deus, vou atrás de você se for obrigado.

— Porra, Adam. Que inferno! Acalme-se.

— Eu quero os nomes.

— Eu realmente não tive tempo de achá-los.

— Isso é conversa, Jamie. Onde você está? Estou indo até aí. Nós vamos encontrá-los juntos.

— Certo, certo. Nossa. Esfrie a cabeça. Me deixe pensar. — Ele demorou mais de um minuto, depois me deu um nome: — David Childers.

— É um cara branco ou negro?

— Caipira. Guarda uma pistola na gaveta da escrivaninha.

— Ele está em Charlotte?

— Ele é daqui.

— Onde?

— Tem certeza de que quer fazer isso? — perguntou Jamie.

— Onde eu o encontro, Jamie?

— Ele é dono da lavanderia que tem perto da universidade. Tem um escritório na parte de trás.

— Tem uma porta dos fundos?

— Sim, mas é de aço. Você vai ter de entrar pela frente.

— Mais alguma coisa que eu deva saber?

— Não mencione o meu nome. — Ele desligou.

A lavanderia ocupava um lugar sombreado entre um conjunto habitacional circundado por um alambrado e uma antiga mansão à beira da ruína. Comum e pequena, era fácil de passar despercebida. Vitrines devolveram um reflexo ondulado do meu carro quando entrei no estacionamento. Não parei na frente, porém. Em vez disso, enfiei-me pelo espaço estreito ao lado do edifício e estacionei onde a cerca vedava os fundos. Escalei o alambrado, deixei-me cair do lado de dentro e atravessei um quadrado pavimentado coberto de lixo. A porta de aço estava aberta, escorada por um pedaço de bloco de cimento quebrado. A fresta tinha menos de 30 centímetros, o ar era abafado e úmido. Senti cheiro de sabão em pó e de algo parecido com frutas podres. Uma música de batida pesada vibrava através da abertura da porta.

Abri a porta aos poucos e olhei para dentro. O escritório era escuro e revestido de painéis de madeira, papéis empilhados sobre armários, uma grande mesa barata com um gordo careca atrás dela, uma cadeira giratória virada de lado. Suas calças estavam arriadas até um dos tornozelos. A cabeça inclinada para trás e os olhos bem apartados numa face vermelha. A mulher estava de joelhos, a cabeça se movia como um pistão a vapor. Esbelta, jovem e negra, ela podia passar por 16. Ele tinha uma das mãos enroscada nos cabelos oleosos da garota, a outra crispada sobre o braço da cadeira com tanta força que seus tendões estavam saltados em meio à gordura.

Uma nota de 20 pendia flácida do canto da mesa.

Chutei o bloco de cimento e abri a porta com força. Quando ela bateu contra a parede de tijolo, os olhos do gordo se abriram. Durante um longo segundo, ele ficou me encarando enquanto a mulher continuava seu trabalho. A boca do homem arredondou-se num buraco escuro e ele disse:

— Oh, meu Deus.

A garota parou o suficiente para dizer: "Tudo bem, gato." Depois ela continuou a agir. Entrei na sala enquanto ele afastava a garota do meio de suas pernas. Lancei um breve olhar para o rosto dela e vi o vazio em seus olhos. Estava afundada em alguma droga.

— Porra, gato — disse ela.

O homem gordo se sacudiu sobre os pés, as mãos agarraram as calças enquanto a perna tentava encontrar o buraco certo. Seus olhos não se desviaram dos meus em nenhum momento.

— Não conte à minha esposa — disse ele.

Lentamente, a garota se deu conta de que eles não estavam a sós. Ela se levantou, e eu vi que não era nenhuma criança. Vinte e cinco, talvez, suja e com os olhos injetados. Ela esfregou a boca com uma das mãos enquanto o homem subia as calças.

— Isto dá — disse ela, e apanhou a nota de 20.

Ela sorriu ao passar por mim: dentes cinzentos, lábios de quem fuma crack.

— Meu nome é Shawnelle — disse ela. — É só perguntar nas redondezas se quiser também.

Deixei que ela saísse, entrei e fechei a porta. Ele estava arrumando o cinto, puxando com força para fazê-lo fechar. Quarenta anos, pensei. Talvez 50. Era difícil dizer com o suor, a gordura e a careca rosada e lustrosa. Observei suas mãos e olhei para a gaveta. Se havia uma arma ali, ele não tinha intenção de pegá-la. Mas estava ficando mais seguro agora que vestira as calças. A raiva estava ali, sufocada, mas despertando.

— O que você quer? — perguntou ele.

— Desculpe atrapalhá-lo — falei.

— É, tudo bem. — Ele estava no papo. — Você está trabalhando para a minha esposa? Diga a ela que não pode tirar leite de pedra.

— Eu não conheço a sua esposa.

— Então o que você quer?

Avancei para mais perto da mesa.

— Soube que você recolhe apostas.

Um riso nervoso escapou dele.

— Então é isso? Você devia ter entrado pela frente, porra. É assim que se faz.

— Não estou aqui para apostar. Quero que me fale sobre Danny Faith. Você recolhia as apostas dele?

— Danny está morto. Eu li nos jornais.

— É verdade. Está. Você tratava das apostas dele?

— Não vou discutir meus negócios com você. Nem mesmo sei quem você é.

— Também posso conversar com a sua esposa.

— Não telefone para a minha esposa. Meu Deus. A audiência final é na semana que vem.

— E quanto a Danny?

— Olhe, não há muita coisa que eu possa contar, certo? Danny era um jogador. Eu sou peixe pequeno. Eu administro o bolo das apostas do futebol, controlo a féria das máquinas ilegais de videopôquer. Danny saiu das minhas mãos dois ou três anos atrás. As ações dele estavam em Charlotte.

Senti uma contração súbita e nauseante no meu estômago. Jamie mentiu para mim. Aquela era uma pista falsa.

— E quanto a Jamie Chase? — perguntei.

— A mesma coisa. Ele é peixe grande.

— Quem cuida das apostas dele em Charlotte?

Ele deu um sorriso malicioso.

— Você vai tentar esta merda por lá? — O sorriso aumentou. — Eles vão te apagar.

Não havia como entrar pela porta dos fundos no lugar para onde ele me mandou. Era um cubo de concreto pré-fabricado na região leste de Charlotte, situado nos fundos de um edifício industrial de quatro andares que recendia a alcatrão recém-derramado. Saí do carro, vi o sol refletir nos arranha-céus do centro, 5 quilômetros e 1 trilhão de dólares a leste. Havia dois homens ociosos na porta da frente, uma fileira de canos dispersos de encontro à parede e ao alcance da mão. Eles me observaram durante todo o trajeto de entrada, um sujeito negro na faixa dos 30 anos e um branco, talvez dez anos mais velho.

— O que você quer? — perguntou o cara negro.

— Preciso falar com o homem aí dentro — respondi.

— Que homem?

— O que manda no lugar.

— Eu não conheço você.

— Ainda assim preciso falar com ele.

O cara branco levantou um dedo.

— Qual é o seu nome? — perguntou ele. — Você parece familiar.

Contei a ele.

— Carteira.

Entreguei-lhe minha carteira. Ainda estava recheada com centenas de dólares. Dinheiro para a viagem. Os olhos dele se demoraram no bolo de notas, mas ele não as tocou. Tirou minha licença de motorista.

— Aqui diz Nova York. Cara errado, aposto.

— Sou de Salisbury — respondi. — Estive fora.

Ele olhou para a licença novamente.

— Adam Chase. Você esteve metido numas encrencas um tempo atrás.

— Isso mesmo.

— É parente de Jamie Chase?

— Meu irmão.

Ele devolveu a carteira.

— Deixe-o entrar.

O prédio tinha um só salão, bem-iluminado, moderno. A metade da frente estava decorada como uma área de recepção: dois sofás, duas cadeiras, uma mesinha de centro. Um balcão baixo dividia dois ambientes. Escrivaninhas atrás do balcão, computadores novos, lâmpadas fluorescentes. Havia uma prateleira com folhetos turísticos empoeirados junto à parede. Pôsteres de praias tropicais pendurados a intervalos desiguais. Dois homens jovens estavam sentados diante dos computadores. Um deles tinha o pé apoiado sobre uma gaveta aberta.

Um homem de terno estava parado no balcão. Era branco, 60 anos. O guarda do lado de fora se aproximou e sussurrou ao ouvido do homem. Este balançou a cabeça e dispensou o guarda. O mais velho sorriu.

— Posso ajudá-lo? — perguntou ele. — Uma viagem para as Bahamas? Algo mais exótico?

O sorriso era franco e perigoso.

Adiantei-me até o balcão, sentindo olhos sobre as minhas costas.

— Belo lugar — comentei. O homem deu de ombros, as palmas das mãos para cima, sorriso neutro.

— Danny Faith — falei. — Jamie Chase. Estou aqui para falar sobre esses homens.

— Esses nomes deveriam ser familiares para mim?

— Nós dois sabemos que são.

O sorriso desapareceu.

— Jamie é seu irmão?

— Isso mesmo.

Ele me avaliou com olhos tão predatórios quanto os de uma cobra. Algo me disse que ele via coisas que os outros homens não viam. Forças e fraquezas, oportunidade e risco. Carne sobre uma balança.

— Eu tirei Danny da toca uma ou duas vezes, como rato que ele era. Mas ele não me interessa. Acertou suas dívidas há cerca de três meses e eu não o vi mais desde então.

— Acertou?

O homem exibiu dentes brancos e alinhados demais para serem reais.

— Quitou completamente.

— Ele está morto.

— Não sei de nada disso. Eu me preocupo com aqueles que devem, o que nos leva ao seu irmão. Você está aqui para pagar as dívidas dele?

— Dívidas?

— É claro.

— Quanto? — perguntei.

— Trezentos mil.

— Não — falei, enquanto um frio contorcia minha barriga. — Não estou aqui para pagar as dívidas dele.

Ele fez um gesto com a mão.

— Então caia fora.

O guarda se moveu atrás de mim, tão perto que eu podia sentir o calor do seu corpo. O velho deu as costas.

— Espere — disse eu. — Você tirou Danny Faith da toca. Que toca?

Ele se virou novamente para mim, um espasmo de aborrecimento em seus lábios finos.

— Do que você está falando?

— Você disse que tirou Danny da toca. Eu estou procurando o pai dele. Talvez esteja escondido na mesma toca.

Ele sacudiu a cabeça, o cenho fechado.

— Tire esse cara daqui.

— Eu pagarei pela informação.

— Ótimo. Trezentos mil dólares é o preço. Você tem isso agora? Acho que não. Então caia fora.

A mão de alguém caiu sobre o meu ombro. Os jovens atrás do balcão ficaram de pé.

Do lado de fora, o sol queimava, havia cheiro de alcatrão por todo lugar. O cara negro ainda estava encostado na parede. O outro me empurrou em direção ao carro, seguindo dois passos atrás de mim.

— Continue andando — disse ele. Depois, a cinco passos do carro, num sussurro discreto, disse: — Quinhentas pratas.

Eu me virei, encostei minhas costas na lataria quente. As sobrancelhas dele se juntaram. Ele virava a cabeça em gestos rápidos, lançando breves olhares para o homem encostado na parede.

— Sim ou não?

— Quinhentos pelo quê?

Ele se posicionou de forma a ficar entre mim e o outro homem, ocultando-me.

— O seu cara, Danny, estava atrasado em 30 milhas. Nós passamos quase uma semana procurando por ele. Quando o encontramos, nós o enchemos de porrada. Não apenas porque ele devia, mas porque tivemos muito trabalho para achá-lo. Estávamos putos. — Ele inclinou a cabeça novamente. · Ponha 500 dólares na minha mão agora mesmo, e eu lhe conto onde o encontramos. Talvez seja a toca que você está procurando.

— Conte-me primeiro.

— Está quase subindo para mais mil. Mais uma palavra da sua boca e serão 1.500.

Tirei a carteira do meu bolso de trás.

— Depressa — disse ele.

Puxei cinco notas da carteira, dobrei-as e entreguei-as a ele. O homem deu de ombros e enfiou as notas no bolso da frente da calça jeans. Ele me deu um endereço.

— É um barraco miserável de merda no meio do nada. O endereço é quente, mas é foda de achar.

Ele começou a se virar.

— Como ele conseguiu pagar 30 mil dólares? — perguntei.

— Por que você quer saber?

Sua voz era quase inteiramente sarcasmo.

Apresentei outra nota.

— Mais 100 — falei.

Ele girou de volta, agarrou a nota e chegou mais perto.

— Nós o desentocamos. Judiamos um pouco dele. Oito dias depois ele apareceu com 30 mil em dinheiro. Notas novinhas, ainda nos pacotes. Disse que bastava, que tinha desistido de jogar. Nunca mais soubemos dele. Nem uma palavra. Nem um suspiro. Tudo limpo e certinho.

A volta de Charlotte foi um pesadelo ao sol. Eu mantive as janelas abaixada porque precisava de vento em meu rosto, o duro ar da Carolina do Norte a 120 quilômetros por hora. Ele manteve minha sanidade enquanto as reverberações de calor distorciam o horizonte e meu interior se turvava com o fato frio e cruel de que meu irmão me enganara. Ele era um jogador, um bêbado e um mentiroso cara de pau. Trezentos mil dólares era uma fortuna e só havia um meio de ele pôr as mãos nela. Se meu pai vendesse a fazenda. A parte de Jamie seria de dez por cento, digamos 1 milhão de notas de cinco.

Trocados para o gasto.

E ele tinha de estar desesperado. Não só para escapar de uma sova como a de Danny, mas também para esconder a verdade de meu pai, que já havia salvado a sua pele uma vez. Mas até que ponto iria seu desespero?

Quão escura estava sua alma?

Tentei me manter calmo, mas não pude fugir de um simples fato. Alguém havia atacado Grace, espancado-a até quase matá-la para deixar uma coisa clara: *Diga para o velho vender*. Era isso o que estava escrito no bilhete. Era Jamie ou Zebulon Faith quem havia feito isso. Um ou outro. Tinha de ser. Por favor, eu rezei. Não deixe que tenha sido Jamie.

Nós não sobreviveríamos a isso.

CAPÍTULO 27

O endereço do "barraco miserável de merda" de Zebulon Faith ficava dois condados afastado, numa área debilitada por duas décadas de uma economia agrícola falida. Cem anos antes, havia ali algumas das fazendas mais produtivas do estado. Agora era um terreno abandonado, coberto de mato fechado, moinhos caindo aos pedaços e trilhas estreitas de terra. Campos jaziam sem cultivo e a floresta impunha-lhes seus arbustos. Chaminés se erguiam de entulhos empilhados. Trepadeiras lançavam longos braços sobre os postes telefônicos, como se quisessem puxá-los para baixo.

Era ali que ficava o esconderijo de Faith, no fundo do verdor em ruínas.

Demorei duas horas para encontrá-lo. Parei três vezes para pedir informações, e quanto mais perto eu chegava, mais o território parecia exsudar pobreza e desespero. A estrada dava voltas. De pista única e danificada, ela deslizava entre colinas baixas e pântanos de cheiro denso, para acabar numa curva de 3 quilômetros que circundava a beira de um buraco sem saída, com mais sombras perenes do que a maior parte do terreno restante.

Eu estava a 60 quilômetros de Salisbury, uma das cidades mais ricas do estado, a menos de cem das torres prateadas de Charlotte, mas poderia muito bem estar em outro país. Bodes ficavam afundados até os jarretes em currais de arame cheios de merda. Galinheiros construídos sobre a terra nua em frente a casas com janelas de sacos plásticos e paredes de compensado sem pintura. Carros sangravam ferrugem. Cães em pele e osso deitavam-se à sombra com as línguas de fora, enquanto crianças descalças desafiavam os vermes e os bichos-de-pé com um descaso de olhos ausentes. Em toda a minha vida, nunca vi nada como aquilo. Negros ou brancos, isso não fazia diferença.

O esgoto desembocava ali.

O buraco tinha 1 quilômetro de diâmetro, talvez duas dúzias de barracos, alguns ao lado da estrada, outros não mais do que resquícios bolorentos por trás de espinheiros e árvores que travavam uma guerra a unhas e dentes pela luz preciosa. A estrada era um tour pelo inferno. Eu a segui até que ela me cuspiu de volta ao início. Então eu comecei novamente, mais devagar, e senti olhos na escuridão por trás das cortinas rasgadas. Ouvi uma porta bater, vi uma mulher remelenta com um coelho morto na mão e segui em frente, procurando pelo número.

Completei uma curva e encontrei um garotinho com a pele tão negra que chegava a ser roxa. Ele não vestia camisa, tinha a barriga protuberante e um bastão pontudo numa das mãos. Atrás dele, uma garota parda, vestida de amarelo com estampas desbotadas, empurrava uma boneca no balanço de pneu. Eles olharam para o meu carro com as pálpebras abaixadas e a boca frouxamente aberta. Diminuí a marcha até parar, e uma mulher gigantesca saiu como uma avalanche através da porta de papel alcatroado. Tinha tornozelos grossos e roliços e estava obviamente nua sob um vestido apergaminhado destituído de corte ou cor. Numa das mãos, ela segurava uma colher de madeira pingando um molho vermelho como carne crua. Ela recolheu o garotinho sob um dos braços e levantou a colher como se pretendesse atirar molho em mim. Seus olhos eram pregueados na pele funda.

— Vá embora daqui — disse ela. — Não fique mexendo com essas crianças.

— Senhora — respondi —, não pretendo mexer com ninguém. Estou procurando o número 79. Talvez a senhora possa me ajudar.

Ela pensou, com os olhos franzidos e os lábios comprimidos. O garoto ainda pendia de seu braço, curvado pela cintura, com braços e pernas pendurados.

— Números não querem dizer muita coisa por aqui — disse ela finalmente. — Quem você tá procurando?

— Zebulon Faith.

A cabeça dela meneou sobre o cepo formado pelo pescoço.

— O nome não diz nada.

— Cara branco. Por volta dos 60 anos. Magro.

— Nada.

Ela já ia me dando as costas.

— O filho dele tem cabelos ruivos. Vinte e poucos anos. Um cara grande.

Ela girou sobre um dos pés, abaixou o garoto por um dos pulsos. Ele apanhou seu bastão e roubou a boneca do balanço de pneu. A garota levantou um braço e chorou lágrimas lamacentas.

— Aquele ruivo — disse ela. — Pura encrenca.

— Encrenca?

— Bebendo. Uivando pra Lua. Tem uma pilha de 3 metros de garrafas quebradas a tiros lá atrás. O que você quer com ele?

— Ele está morto. Estou procurando seu pai.

Isso não respondia à pergunta dela, mas pareceu satisfazê-la. Ela sugou uma falha nos dentes e apontou para a estrada.

— Depois daquela curva você vai ver uma trilha saindo pra direita. Tem uma forma de torta pregada a uma árvore. É o que você quer achar.

— Obrigado — falei.

— Só fique longe dessas crianças.

Ela arrancou a boneca do menino e devolveu-a à garotinha, que enxugou as lágrimas com o antebraço, beijou o rosto de plástico e afagou os tufos de cabelo de vinil desalinhado com as mãozinhas.

A forma de torta tinha sete buracos de bala. A trilha era quase invisível, guardada por duas coisas: uma imponente árvore, na qual a forma estava pregada, e o capim à altura do joelho que crescia entre os sulcos de rodas. O que quer que houvesse lá, eu duvidei que alguém a usasse com muita frequência. Contornei a árvore de carro e estacionei-o fora do ângulo de visão da estrada. Uma vez fora do carro, o cheiro do lugar se intensificou, o fedor fecundo de água estagnada, ar abafado e terra úmida. A trilha fazia uma curva para a esquerda e desaparecia por trás de um cotovelo de lenha e granito. De repente, duvidei da prudência de ter ido até ali. Havia o silêncio. A sensação de expectativa calada. Uma ave de rapina piou a distância, e eu afastei a sensação com um encolher de ombros.

O solo estava mole, marcas recentes de pneus. Havia talos de capim quebrados e caídos. Fazia um ou dois dias, pensei.

Encolhi o lado esquerdo do corpo até chegar à curva e pressionei-me contra o afloramento de granito. A trilha fazia um corte brusco para a direita, para o meio das árvores. Arrisquei dar uma olhada, recuei, depois olhei novamente e analisei o barraco miserável de Zebulon Faith. O trailer era velho, provavelmente 30 anos, o que corresponde a 300 na idade dos trailers. Estava inclinado para a direita sobre blocos de cimento que serviam de pernas. Sem linha telefônica. Sem energia elétrica. Uma carapaça sem vida.

Não havia automóvel, tampouco, o que tornava improvável que houvesse alguém ali. Ainda assim, aproximei-me com cautela. O trailer estava desgastado pelo uso. Alguém podia tê-lo trazido quando era novo, eras atrás, ou rebocado-o de uma pilha de sucata no ano anterior. Era escolher entre seis e meia dúzia. Qualquer que fosse o caso, ali ele iria ficar até que a terra conseguisse consumi-lo. Estava assentado no meio de uma clareira irregular entre as árvores. Trepadeiras cresciam por cima do canto de trás. A pilha de garrafas alvejadas estava mais para 60 centímetros que para 3 metros.

Eu pude ver, no meio do capim, o local onde um carro fora estacionado.

Degraus lisos conduziam a um quadrado de madeira afundado diante da porta da frente. Havia uma cadeira plástica solitária, mais garrafas no capim e tábuas cedendo sob os meus pés enquanto eu subia. Espiei pela janela, tive a vaga impressão de um chão de vinil descascado e móveis recolhidos do lixo. Garrafas de cerveja rodeavam a mesa da cozinha, embalagens de fast-food e bilhetes de loteria estavam sobre o balcão.

Experimentei a porta — trancada —, depois circundei o trailer, caminhando sobre mobília descartada e outros refugos. A parte de trás parecia-se com a da frente, com uma só exceção: um gerador sob uma lona flácida mantida no lugar com tijolos. Conferi todas as janelas. Dois dormitórios, um deles vazio, o outro com uma cama de molas e um colchão sobre o assoalho. Havia um banheiro. Tinha pasta de dente sobre o balcão e revistas pornográficas sobre um banco. Olhei a sala principal novamente e vi uma televisão portátil com um aparelho de videocassete e uma pilha de fitas, cinzeiro no chão e duas garrafas de vodca.

Era um lugar de pernoite, um esconderijo do mundo, o que fazia sentido se você fosse um homem como Zebulon Faith. Eu quis quebrá-lo e pô-lo abaixo. Quis incendiá-lo.

Mas eu sabia que ele voltaria ali, por isso deixei o lugar como estava. Não havia sentido em afugentar o homem.

Segui para a fazenda, com o sol baixo batendo no meu rosto. Liguei para Robin, falei muito sobre coisa nenhuma e disse que a veria no dia seguinte. Nenhuma menção a Zebulon Faith. Algumas coisas é melhor fazer na surdina, e eu não queria que ela se envolvesse. Ponto final. Desliguei o telefone e acelerei rumo à abrasadora luminosidade alaranjada. O dia estava morrendo e me perguntei o que ele levaria consigo.

Vi a caminhonete de meu pai a distância, estacionada do outro lado da entrada para a casa de Dolf. Parei atrás dele e desembarquei. Ele estava vestindo roupas velhas, desbotadas pelo sol. Miriam estava sentada ao seu lado, parecendo exausta.

Curvei-me sobre a janela.

— Tudo bem com vocês? — perguntei.

— Ela não quer falar conosco — respondeu ele.

Segui a direção que ele havia apontado com a cabeça e vi Grace no gramado ao lado da casa. Ela estava descalça e usava jeans desbotados e uma regata branca. Sob a luz suave, ela parecia muito angulosa, muito esguia. Havia posto um alvo para arco e flecha a trinta metros de distância. O arco composto parecia imenso em suas mãos. Observei-a puxar a corda e soltá-la. A flecha moveu-se como o pensamento e enterrou sua ponta no centro do alvo. Seis flechas aninhadas ali, um espesso nó de fibra de vidro, aço e estabilizadores de penas reluzentes. Ela encaixou outra seta, a ponta de aço cintilava. Quando partiu, pensei ter conseguido ouvi-la.

— Ela é boa — comentei.

— Ela é impecável — corrigiu-me meu pai. — Está fazendo isso há uma hora. Ainda não errou uma única vez.

— Vocês estão aqui há esse tempo todo?

— Tentamos falar com ela duas vezes. Ela não deu a mínima.

— Qual é o problema?

O rosto dele se contorceu.

— Dolf fez sua primeira aparição no tribunal hoje.

— Ela estava lá?

— Eles o levaram usando todas aquelas correntes. Na cintura, nos tornozelos e nos pulsos. Ele mal podia andar com aquilo tudo. Repórteres por todo lugar. Aquele imbecil do xerife. O promotor público. Meia dúzia de meirinhos, como se ele fosse uma ameaça. Merda. Aquilo foi intolerável. Ele não olhou para nenhum de nós. Nem para mim, nem para Grace, nem mesmo quando ela tentou chamar sua atenção. E ela pulava para cima e para baixo...

Ele fez uma pausa. Miriam mudou desconfortavelmente de posição.

— Ofereceram-lhe a chance de contratar um defensor e ele recusou novamente. Grace saiu aos prantos. Nós viemos para cá a fim de ver como ela estava. — Ele apontou novamente com a cabeça. — Foi isso o que encontramos.

Meus olhos se voltaram novamente para Grace. Encaixando e atirando. Estalo de aço endurecido contra a lona estofada. A sensação do ar cortado.

— Grantham está de olho em você — falei. — Ele parece pensar que ainda há coisas a discutir.

Olhei-o atentamente. Ele continuou a observar Grace e sua expressão não mudou.

— Eu não tenho nada a dizer a Grantham. Ele tentou conversar depois da sessão da corte, mas eu me recusei.

— Por quê?

— Veja o que ele fez conosco.

— Você sabe sobre o que ele quer falar?

Os lábios dele mal se moveram.

— Isso importa?

— Então, o que vai acontecer com Dolf? O que vem a seguir?

— Conversei com Parks a respeito. O promotor público buscará uma acusação formal. Infelizmente para Dolf, o grande júri se reunirá esta semana. O promotor não perderá tempo. Ele conseguirá a acusação formal. O filho da mãe idiota confessou. Uma vez que o grande júri aceite a acusação, ele será processado. Então eles avaliarão se a pena de morte está em jogo.

Senti um arrepio familiar.

— Audiência nos termos da regra número 24 — falei, de modo impessoal. — Determinar se a pena capital é cabível.

— Você se lembra.

Ele não pôde enfrentar meu olhar. Eu conhecia os passos do processo pelo lado de dentro. Foi um dos piores dias da minha vida, escutar durante longas horas enquanto os advogados argumentavam se eu receberia ou não a injeção caso fosse condenado. Afastei a lembrança com um movimento de cabeça, olhei para baixo e vi a mão de meu pai sobre um maço de folhas acomodado no assento ao lado dele.

— O que é isso? — Apontei para elas.

Ele apanhou as folhas, produziu um som na garganta e entregou-as a mim.

— É uma petição — disse ele. — Da Câmara do Comércio. Eles me entregaram isso hoje. Quatro deles. Representantes, eles se intitulam, como se eu não os conhecesse há mais de trinta anos.

Folheei as páginas, vi centenas de nomes, a maioria dos quais eu conhecia.

— Pessoas que querem que você venda a propriedade?

— São 675 nomes. Amigos e vizinhos.

Devolvi as folhas.

— Alguma conclusão sobre isso?

— As pessoas têm direito às suas opiniões. Nenhuma delas muda a minha.

Ele não discutiria mais aquilo. Pensei na dívida que ele teria de pagar em poucos dias. Quis falar a respeito, mas não podia fazê-lo na frente de Miriam. Isso iria constrangê-lo.

— Como você está, Miriam? — perguntei.

Ela tentou um sorriso.

— Pronta para ir para casa.

— Podem ir — falei ao meu pai. — Eu ficarei.

— Seja paciente com ela — disse ele. — É orgulhosa demais para o fardo que está carregando.

Ele girou a chave. Eu fiquei parado na poeira e observei-o se afastar, depois sentei no capô do meu carro e esperei por Grace. Ela estava serena e segura, apontando flechas com tranquila resolução. Depois de alguns minutos, conduzi o automóvel pela entrada para carros, entrei na casa e voltei com uma cerveja. Arrastei uma cadeira de balanço até o outro lado da varanda, de onde poderia assisti-la.

O sol afundou de vez.

Grace nunca perdia seu ritmo.

Quando ela finalmente subiu na varanda, pensei que passaria por mim sem dizer nada, mas parou na porta. Suas escoriações estavam escuras na penumbra.

— Estou contente em ver você — disse ela.

Não me levantei.

— Pensei que eu teria de fazer o jantar.

Ela abriu a porta.

— O que eu falei antes. Não foi a sério.

Ela estava falando sobre Dolf.

— Eu vou tomar um banho — disse ela.

Encontrei carne moída no refrigerador, e o jantar estava servido quando Grace saiu. Ela cheirava a água limpa e sabonete perfumado. Cabelos molhados roçavam o robe que ela vestia, e a visão de seu rosto cravou novas farpas no meu peito. Os olhos estavam melhores, mas os lábios partidos ainda pareciam em carne viva, as suturas eram pretas, doloridas e injustas. As contusões tinham o centro da cor de berinjela, desbotando para o esverdeado nas bordas.

— Isso dói muito? — perguntei.

— Isto? — Ela apontou para o próprio rosto. — Isto é insignificante.

Olhou para a água que eu lhe havia servido, depois tirou uma cerveja da geladeira. Abriu-a, tomou um gole e sentou-se. Ela puxou suas mangas para comer, e eu vi os destroços do seu antebraço esquerdo. A corda do arco havia-o mastigado, provocado longos vergões por uma extensão de 25 centímetros. Grace surpreendeu-me olhando para eles.

— Meu Deus, Grace. Você devia usar protetores para os braços.

Ela deu uma mordida, inabalável, e apontou para o meu prato.

— Vai comer isso?

Nós comemos, bebemos cerveja e mal nos falamos. Tentamos, mas fracassamos, e o silêncio cresceu até se tornar quase confortável. A companhia importava. Era suficiente. Quando eu disse boa-noite, os olhos dela estavam pesados. Deitei na cama de hóspedes, pensando no engodo de Jamie e na conversa do dia seguinte, em todas as coisas que viviam com tamanha força naquele lugar. O peso daquilo fazia o quarto girar. A vida, com todas as suas complicações, parecia afunilar-se a partir de um lugar alto e vasto, de modo que quando Grace abriu a porta, pareceu algo predestinado.

Ela havia perdido o robe e vestia uma camisola transparente que era como se não usasse nada. Quando ela se moveu escuridão adentro, foi como um sussurro.

Eu me sentei na cama.

— Grace...

— Não se preocupe, Adam. Eu só quero ficar perto de você.

Ela atravessou o quarto com pés ligeiros e entrou sob o acolchoado, tomando o cuidado de manter o lençol entre nós.

— Ouça — disse ela. — Eu não estou aqui para estragá-lo para outras mulheres.

Ela chegou mais perto e eu senti seu coração através do tecido fino. Era macia e rija e pressionou-se sobre mim com uma imobilidade quase perfeita. Foi então, na escuridão e no calor, que a revelação veio a mim. Foi o cheiro dela, o modo como seus seios se apertavam contra mim, a curva pronunciada das suas coxas. Veio como um estalo audível o som das peças caindo em seus lugares. A ligação de Danny três semanas antes. A urgência na sua voz. A necessidade. E havia a amiga de Grace, Charlotte Preston, que trabalhava na farmácia e contou a Robin sobre um namorado desconhecido. Ela dissera que havia problemas, algo que deixava Grace descontente. Outras peças mudaram de posição e se encaixaram. A noite em que Grace roubou a moto de Danny. A contorção semelhante à de um verme da cicatriz tesa e rosada e as palavras que Candace Kane verteu com tanto veneno quando perguntei por que Danny a deixara.

Ele estava apaixonado. Queria mudar de vida.

O que era uma lacuna meros segundos antes, agora transbordava com uma cor viva e gotejante. Grace não era mais a garotinha que vivia na minha cabeça. Não era a criança de quem eu me lembrava. Era uma mulher crescida, viçosa e complexa.

A coisinha mais gostosa em três municípios, dissera Jamie.

Ainda havia lacunas, mas o esboço estava ali. Danny trabalhava na fazenda, ele provavelmente a via todos os dias. Danny teria sabido que ela me amava. Rolei para o lado e acendi o abajur. Precisava ver seu rosto.

— Danny estava apaixonado por você — falei.

Ela sentou-se na cama e puxou o acolchoado até o queixo. Vi que tinha razão.

— Era por isso que ele estava terminando com suas outras namoradas — falei. — Por isso ele estava quitando suas dívidas.

Uma aspereza passou pelo seu rosto, uma afetação que evocava a rebeldia.

— Ele queria dar uma prova. Achou que poderia me convencer a mudar de ideia.

— Você se encontrou com ele?

— Nós saímos algumas vezes. Corridas de motocicleta pelas alamedas. Madrugadas em Charlotte, dançando nos clubes. Ele era destemido, atraente à sua maneira. Mas eu não iria até onde ele queria ir.

Ela ergueu o queixo. Seus olhos cintilaram, duros e orgulhosos.

— Você não quis dormir com ele?

— Isso foi uma parte. O começo. Depois ele enlouqueceu. Queria que passássemos nossas vidas juntos, falou em ter filhos. — Ela revirou os olhos. — Amor verdadeiro, se você consegue acreditar nisso.

— E você não estava interessada.

Ela pôs seus olhos nos meus, e sua intenção foi inconfundível.

— Eu estava à espera de alguém.

— Foi por isso que ele ligou para mim.

— Ele queria que eu soubesse que você não iria voltar. Ele pensou que se você próprio me dissesse isso, eu poderia realmente acreditar. Dizia que eu estava desperdiçando minha vida à espera de algo que jamais aconteceria.

— Meu Deus.

— Mesmo que você tivesse feito o que ele queria, voltado para cá e me dito isso cara a cara, não teria feito a menor diferença.

— Naquela noite em que você roubou a moto de Danny...

Ela deu de ombros.

— Às vezes eu só queria ver a linha tracejada ficar inteiramente branca. Danny não gostava que eu fizesse isso sem ele. Eu pegava a moto o tempo todo. Só que nunca fui apanhada.

— Por que você acha que Dolf pode tê-lo matado?

Ela ficou tensa.

— Eu não quero falar nisso.

— Nós precisamos.

Ela desviou os olhos.

— Ele bateu em você — falei. — Não bateu? Danny enlouqueceu quando você lhe disse não.

Dei um minuto para que ela respondesse.

— Eu ri dele. Não deveria ter feito isso, mas fiz.

— E ele bateu em você?

— Uma vez, mas foi bem forte.

— Droga.

— Ele não quebrou nada, só me machucou. Pediu desculpas imediatamente. Eu devolvi o golpe e bati com mais força. Contei tudo a Dolf.

— Então, Dolf sabia.

— Sabia, mas nós resolvemos tudo, Danny e eu. Acho que Dolf entendeu. No início, pelo menos.

— O que você quer dizer? — perguntei.

— Danny era teimoso, como eu disse. Ele não aceitaria um não como resposta. Quando as coisas se acalmaram, ele procurou Dolf, para pedir minha mão em casamento. Achou que Dolf conseguiria me convencer. — Ela deu uma gargalhada. — A cara de pau!

— O que aconteceu?

— Dolf achou que foi a pior ideia que ele já ouvira e disse isso a Danny. Disse que não havia possibilidade de ele permitir que eu me casasse com um espancador, nem mesmo um que tivesse feito isso apenas uma vez. Não importava o motivo. Sem chance. Danny estava bêbado na hora, tentando criar coragem, acho. Ele não gostou. Eles discutiram, e a coisa ficou feia. Danny tentou um golpe, e Dolf o nocauteou. Ele é mais durão do que parece. Um ou dois dias mais tarde, Danny simplesmente desapareceu.

Pensei no que ela havia dito. Podia entender. Grace era o orgulho e a alegria de Dolf. Ficaria furioso só de pensar em alguém levantando a mão para ela. E Danny tentando forçar um relacionamento com ela... Se continuou forçando a barra...

Grace esperou que eu olhasse para ela.

— Eu não acho realmente que Dolf tenha matado Danny. Só não quero alguém pensando que ele poderia ter uma razão.

Ela se deitou, pôs a cabeça sobre o travesseiro.

— Você o amava, afinal? — perguntei, referindo-me a Danny.

— Talvez um pouco. — Ela fechou os olhos e afundou entre as cobertas. — Não o suficiente para que isso importe.

Observei-a por um momento. Ela havia parado de falar. Eu, também.

— Boa-noite, Grace.

— Boa-noite, Adam.

Apaguei a luz e me deitei de costas. Estávamos ambos rígidos e despertos, não apenas pela proximidade um do outro, mas por todas as coisas que ainda ficaram por dizer. Levei horas para cair no sono sob a janela aberta.

Quando acordei, foi com o cheiro do incêndio.

CAPÍTULO 28

Sentei na cama imediatamente. A escuridão da calada da noite se derramava janela adentro, e com ela vinha o ar contaminado pela fumaça. Sacudi Grace.

— Acorde — chamei.

— O que foi?

— Está sentindo esse cheiro?

Ela estendeu a mão para acender uma lâmpada.

— Não faça isso — falei. Tirei as pernas da cama, vesti as calças e agarrei meus sapatos. Grace também saiu da cama. — Vista-se.

Grace correu para apanhar suas roupas e eu passei pelo corredor escuro e saí para a varanda, a porta de tela gritando como uma ave noturna. Um céu negro e compacto me oprimiu: sem estrelas e sem Lua. O vento vinha do alto da colina, o odor chamuscado era tão tênue que quase deixei de percebê-lo. Então veio uma rajada de vento e trouxe uma fumaça espessa o suficiente para que eu sentisse o seu gosto. Quando Grace saiu, segundos depois, estava vestida e pronta.

— O que estamos fazendo? — perguntou ela. Eu apontei para o norte, onde um laranja repentino maculava a parte inferior das nuvens baixas.

— Entre no carro.

Espargi o cascalho quando pisei fundo no acelerador, derrapando pela saída para carros. Nós corremos por um túnel escuro, a mão de Grace crispada no meu ombro. Quando chegamos ao alto de uma colina, a claridade se expandiu. Ainda estava distante, 1,5 quilômetro ou mais, e então estávamos quase chegando à casa de meu pai.

— Eu deixarei você na casa. Acorde todo mundo. Chame o corpo de bombeiros.

— O que você vai fazer?

— Localizar o incêndio. Eu estou com o meu telefone celular. Ligarei para a casa quando tiver certeza. Você pode orientar os caminhões dos bombeiros quando eles chegarem aqui.

Eu mal cheguei a parar na casa. Grace saltou para os degraus enquanto eu saía em disparada. Atingi a linha de árvores em segundos, o motor acelerando enquanto eu o sobrecarregava sobre o cascalho solto. Eu tinha o automóvel sob controle, apontado para a longa colina sinuosa que cortava a floresta. O clarão se intensificou quando me aproximei da crista. Eu explodi por cima do topo da colina, saindo da mata, e pisei nos freios, fazendo com que o carro desse uma longa e súbita derrapada. Quando consegui parar, saltei para o ar quente e a fumaça que parecia um cobertor. O vale abaixo de mim estava em fúria. Era o vinhedo, as centenas de acres que Dolf havia me mostrado. Línguas alaranjadas lambiam o céu. Sombras escuras dançavam, chamas eram sugadas por grandes tragadas de ar e lançavam fumaça para o céu. Um terço do vinhedo estava ardendo.

E subitamente eu entendi.

A caminhonete de Jamie estava enviesada do outro lado da estrada, a menos de 20 metros do incêndio, com a porta do motorista aberta. As janelas refletiam a árdua ebulição amarela. A pintura da lataria dançava. Quando procurei por Jamie, vi-o na metade do caminho do outro lado da depressão, avançando como uma locomotiva através das fileiras ainda não queimadas, próximo da beira do incêndio. O fogo o havia isolado da caminhonete e ele estava a todo vapor, com os braços para a frente. Pensei tê-lo visto olhar para trás, mas não pude ter certeza.

Eu já estava correndo a toda velocidade.

Cortei caminho ladeira abaixo, planejando apanhá-lo do outro lado do vinhedo, ao lado da barranca das águas escuras. A terra solta se revirava sob meus pés. Eu tropecei, depois corri com mais intensidade. Eu queria pegá-lo. Isso foi o que eu disse a mim mesmo, mas alguma parte mais profunda de mim sabia que se eu apenas corresse com força suficiente, com velocidade suficiente, então eu conseguiria fugir à verdade da traição de meu irmão. Por um instante isso funcionou; minha mente ficou vazia, depois enegreceu-se com uma raiva pura e doce. Então alguma coisa prendeu meu pé e eu caí num duro estatelamento de pernas e terra desmoronando. Bati a cabeça numa raiz e esfolei a pele das minhas mãos. Quando consegui ficar de joelhos, tive de vomitar. E não foi por causa da dor. A verdade me tomou por completo, o tumor feio e amargo no centro da minha alma. Eu estivera errado o tempo todo. Não havia sido Zebulon Faith. Fora Jamie. Meu irmão. Minha própria família.

E eu iria consertar aquilo.

Não importava como.

Sufoquei a náusea e me obriguei a ficar de pé. Levou um segundo para que eu recuperasse o domínio das minhas pernas, mas a gravidade estava a meu favor, e eu cheguei ao fundo da colina numa corrida cega. Saltei sobre um canal de irrigação e choquei-me com o vinhedo, sentindo o calor às minhas costas. Esquivei-me das vinhas e tomei uma longa aleia onde a luz dançava e se contorcia com uma precisão de pesadelo. A fumaça assou minha garganta, mas minha respiração era intensa e eu não podia parar. Jamie passou como um raio numa lacuna 6 metros à minha frente. Seus braços davam pancadas nas vinhas em seu caminho. Ele tropeçou uma vez e quase caiu. Depois sumiu atrás da vegetação e eu corri com mais velocidade, tendo o grande rugido da devastação atrás de mim.

Dei uma olhada à esquerda, vi um intervalo nas fileiras de vinhas e me enfiei por ele. Quando saí, Jamie estava a 3 metros de mim, seus pés batiam no chão com um som surdo, seus braços gigantes se agitavam. Eu devo ter gritado, porque sua cabeça girou no momento em que fechei a passagem e o derrubei. Ele era enorme e duro como um carvalho. Lancei meu ombro direito contra o final das suas costas, e senti seu corpo chicotear quando seus joelhos se afundaram no chão. O impulso nos projetou e, enquanto caía sobre as costas dele, levei o antebraço à sua nuca e fiz com que seu rosto batesse contra a terra.

A maioria dos homens teria ficado atordoada, mas aquilo não o intimidou. Ele rolou de lado, por cima de mim, e se levantou com uma pedra na mão. Ele a ergueu, com a emoção encobrindo suas feições, mas então me reconheceu, e nós nos encaramos por trás da parede de fogo. Ele largou a pedra.

— Que porra você está fazendo, Adam?

Mas eu não estava para conversa.

— Filho da puta — falei, e golpeei-o no osso acima do olho. Sua cabeça cedeu para trás.

— Que droga, Adam.

— Que merda está acontecendo com você, Jamie?

Algo passou pelos seus olhos. Ele começou a se endireitar, e eu vi o rubor. Ele identificou o que estava por vir.

— Espere... — disse, mas eu já estava em cima dele, com as mãos aos murros. Socos rápidos e golpes esmagadores que ele não conseguia evitar. Ele era grande, mas eu era um lutador.

E Jamie sabia disso.

Ele recuou, mas o terceiro soco abriu um corte sobre o seu olho, cegando-o, e eu malhei as costelas. Foi como bater num saco pesado.

Eu apenas bati com mais força.

Ele andou para trás, dizendo alguma coisa, mas eu fui além. Vi Grace, estilhaçada, senti o calor daquele fogo que estava devorando quatro anos da vida de meu pai. E para quê? Porque Jamie era um jogador covarde. Um filho da puta fraco que se colocava em primeiro lugar. Então, que se fodesse.

Os golpes se sucediam. Qualquer outro homem estaria acabado. Mas não ele. Abaixou sua cabeça e avançou, e dessa vez eu não fui rápido o suficiente. Ele me enlaçou com aqueles braços e me levou ao chão. Nossos rostos estavam separados por centímetros. A pressão se fez sentir nas minhas costelas. A voz dele cresceu até se tornar um grito. Meu nome. Ele continuou gritando meu nome. Depois algo mais.

— Zebulon Faith! — berrou ele. — Droga, Adam. Foi Zebulon Faith! Eu quase o peguei!

Senti como se estivesse saindo de um túnel.

— O que você disse?

— Você vai me bater?

— Não. Nós acabamos.

Ele saiu de cima de mim e ficou de pé, enxugando o sangue de seu olho.

— Faith estava indo na direção do rio. — Ele desviou os olhos para a escuridão. — Mas agora ele já se foi. Nós nunca o encontraremos.

— Não tente me enganar, Jamie. Eu sei sobre as suas apostas.

— Você não sabe do que está falando.

— Você está afundado em 300 mil dólares.

Ele abriu a boca para falar, mas depois abaixou a cabeça, condenado pela verdade do que eu dissera.

— Você achou que queimando as vinhas forçaria papai a vender a fazenda? Era esse o plano?

Sua cabeça se ergueu de um golpe.

— É claro que não. Eu jamais faria isso. O vinhedo foi ideia minha. — Ele apontou para as chamas. — Aqueles são os meus bebês queimando.

— Não me enrole, irmão. Você mentiu sobre suas apostas. Mandou-me para uma caçada infrutífera a fim de evitar que eu descobrisse sobre elas, mas eu descobri. Trezentos mil dólares; Danny foi espancado até ficar meio morto pelas mesmas pessoas por uma dívida que tinha um décimo desse tamanho. Quem sabe em que mais você está envolvido. Você bebe dia e noite, é mal-humorado e imprestável, está muito ansioso para que Dolf leve a culpa. Pelo que sei, seu nome está naquela maldita petição.

— Já chega, Adam. Já lhe disse antes, não tenho de lhe dar satisfações.

Avancei um passo e tive de erguer a cabeça para olhá-lo nos olhos.

— Você atacou Grace? — perguntei.

— Já chega — repetiu ele, zangado, mas abalado.

— Veremos — falei. — Vamos encontrar Zebulon Faith e então veremos.

Jamie atirou as mãos para o alto.

— Encontrá-lo? — Ele olhou para a escuridão. — Nós nunca o encontraremos.

— Sim, nós encontraremos. — Cheguei mais perto. — Você e eu.

— Como?

Dei um soco em seu peito. Os olhos dele se abriram, grandes e com um brilho amarelo.

— É melhor você estar certo — disse eu.

Um alvorecer doentio ameaçava o buraco sem saída quando estacionamos sob a forma de torta alvejada. Quatro horas haviam se passado desde que eu me levantara, sentindo cheiro de fumaça. Depois foram os caminhões de bombeiros, a fúria indefesa de meu pai e a batalha para salvar o que restava dos vinhedos. Eles atiraram uma mangueira no rio Yadkin e usaram sua água lamacenta para extinguir as chamas. Essa foi a única coisa boa, a proximidade da água em quantidade ilimitada. Não fosse isso, aquilo tudo teria queimado. Tudo.

Nós saímos de lá antes que os tiras chegassem. Peguei Jamie pelo braço e puxei-o para a escuridão. Ninguém nos viu sair. Jamie estava carrancudo e mal-humorado, com sua pele cinzenta. Sangue encrostado formava uma aresta saliente sobre seu olho esquerdo, e estrias vermelhas da grossura de um dedo lambuzavam seu rosto. Nós mal nos falamos, mas as palavras importantes ainda pairavam entre nós, e continuariam assim até que aquilo estivesse acabado.

Até que encontrássemos Zebulon Faith e esclarecêssemos as coisas de uma vez por todas.

Ele entrou no carro quando eu apontei para o veículo, abriu a boca quando parei na casa de Dolf e saí de lá com a carabina .12 e uma caixa de cartuchos. Uma vez, dez minutos depois, ele disse:

— Você está enganado comigo.

Virei o rosto para a direita, sabendo que minha voz era brutal.

— Nós veremos — falei.

Agora, com capim chegando à altura dos joelhos no fim do mundo civilizado, Jamie parecia assustado. Suas mãos se abriram sobre a capota do meu carro e ele me viu abrir o cano e introduzir dois cartuchos grossos e vermelhos.

— Que lugar é este? — perguntou ele, e eu sabia o que ele estava vendo. A luz mortiça era implacável, e a estrada era uma descida abrupta e íngreme até o último degrau da experiência humana.

— Só um lugar — respondi.

Ele olhou em volta.

— O cu do mundo.

Respirei o odor de água parada.

— Nem todos nascem com sorte.

— Agora você vai me fazer sermões?

— Faith tem um trailer logo depois daquela curva. Se estou enganado quanto a você, vou pedir desculpas, e com sinceridade. Nesse meio-tempo, vamos fazer isto.

Ele deu a volta no carro.

— Qual é o plano?

Fechei a arma com um estalar metálico.

— Nenhum — respondi, e comecei a caminhar.

Ele seguiu atrás de mim, com pernas rígidas e desajeitadas. Chegamos à curva, o cotovelo de granito frio e úmido ao contato dos meus dedos. Ainda não podíamos vê-lo, mas o alvorecer crescia em algum horizonte distante. Pássaros trinavam do fundo da mata, e cores brotavam na terra enquanto o frio cinzento começava a morrer.

Contornei o canto do bloco de pedra, e o zumbido baixo do gerador a diesel chegou até mim. Luzes brilhavam no trailer: amarelo fraco e o tremular de uma televisão. Um jipe enlameado estava estacionado junto à porta da frente. Jamie tropeçou atrás de mim, fez um aceno de cabeça e aproximou-se silenciosamente da traseira do jipe. Galões de gasolina alinhavam-se no chão atrás dos bancos dianteiros. Apontei para eles com o queixo, para me certificar de que Jamie os tivesse visto. Ele ergueu as sobrancelhas como se afirmasse "eu lhe disse". Mas eu ainda não havia comprado a história. Podia ser diesel para o gerador.

O metal roçou meu quadril enquanto eu me movia. Lama seca esmigalhou-se em pedregulhos e caiu no capim. Encostei minha mão no capô e descobri que o motor ainda tinha algum calor. Jamie também sentiu. Eu balancei a cabeça e apontei para a entrada da frente. Atravessamos o que restava da clareira e nos ajoelhamos sob a janela. Jamie estava ansioso e avançou para os degraus. Eu o detive, lembrando como a madeira havia cedido. Nós dois juntos pesávamos quase 200 quilos, e eu não queria que a entrada desabasse.

— Mais devagar — sussurrei.

Eu fui na frente, com a coronha da arma encostada ao quadril e o cano duplo inclinado diante de mim. O orvalho deixava os degraus escorregadios. O gerador fazia com que a estrutura trepidasse, de modo que ela vibrava com a intensidade de um telefone celular. A ferrugem descascava a parede lateral junto ao meu rosto. De dentro vinha um bater surdo e rítmico que soava estranho. Parecia muito regular, muito vazio.

A porta tinha uma fresta entreaberta, com a tela fechada atrás dela. De perto, o baque pareceu ficar mais alto. Achei que se encostasse minha mão na parede, provavelmente poderia senti-lo. Nós nos agachamos ao lado da porta.

Fiquei de pé e olhei pela janela.

Zebulon Faith estava esparramado no chão, com suas costas apoiadas numa das cadeiras em decomposição. A lama escurecia seus jeans e os sapatos estavam jogados num canto. Uma queimadura no seu antebraço brilhava com um rubor da cor de cereja. Sua mão esquerda segurava uma garrafa de vodca quase vazia, contendo cascas de limão. Ele a ergueu, envolveu o gargalo com seus lábios e engoliu três grandes goles, sufocando. Lágrimas ralas verteram de suas pálpebras bem apertadas e ele bateu a garrafa no chão. Abriu a boca e meneou a cabeça. A televisão tingia a sala com um bruxulear fantasmagórico.

A arma estava na sua mão direita, um revólver preto de cano grosso, provavelmente o mesmo com que ele tentara me matar junto ao rio. Os dedos seguravam-no frouxamente, até que ele sacudiu a cabeça para afastar o efeito do gole de vodca e abriu os olhos. Depois os dedos se fecharam e ele começou a bater o cano da arma contra o chão do trailer Para cima e para baixo, erguia e batia, uma vez a cada cinco segundos. O baque surdo. Madeira e metal sobre um chão podre.

A sala parecia a mesma. Lixo, papel espalhado, a sensação predominante de desmazelo e decadência. Faith combinava bem com o lugar. Vômito manchava a frente da sua camisa.

Ele parou de bater a arma no chão, olhou para ela, inclinou-a e começou a batê-la de leve em sua cabeça. Passou-a sobre seu queixo, um ar de prontidão sensual fixado nas linhas de sua boca aberta. Então ele bateu com mais força, de encontro à têmpora, forte o bastante para fazer com que sua cabeça desse uma guinada para o lado. Tomou mais um gole de vodca e levantou a arma, contemplando o cano, e então, de um modo extremamente perturbador, estendeu a língua e provou-o.

Eu me agachei.

— Ele está sozinho? — sussurrou Jamie.

— E fora de si. Fique atrás de mim.

Firmei o pé às minhas costas, destravei a .12 e atravessei a porta com um movimento seguro e rápido. Ele nem mesmo notou. Num segundo eu estava no pórtico e no outro sobre o chão de vinil da sua cozinha, com uns 3 metros entre nós. Eu mantinha a arma apontada e ele ainda estava alheio. Olhei para a arma. Seus olhos haviam se apertado até formar rugas, a televisão fora do ar.

Jamie entrou atrás de mim. O trailer balançou com seu peso e Faith abriu os olhos. A arma não se moveu. Dei um passo adiante e para o lado, preparando minha linha de tiro. Ele deu o sorriso mais odioso que eu já vi, como se eu não soubesse como é um sorriso. O ódio o preencheu e depois secou. Em seu lugar surgiu uma desesperança líquida e profunda, como eu só vira uma vez antes.

E a arma começou a subir.

— Pare — falei.

Ele hesitou e tomou um último grande gole da garrafa de vodca. Então seus olhos ficaram vidrados, como se já estivesse ausente. Eu me inclinei sobre a coronha, com o dedo tão tenso no gatilho que o senti ceder.

Mas no fundo, eu sabia.

A arma se ergueu, reta, suave e inevitável. O duro orifício redondo se posicionou contra a carne pregueada sob o queixo do velho.

— Pare — falei novamente, mas não muito alto.

Ele puxou o gatilho.

Pintou o teto com uma névoa vermelha.

O som explodiu no espaço apertado, e Jamie vacilou para trás, desabando sobre uma cadeira de cozinha. Ele estava chocado, com a boca aberta, os olhos arregalados e dilatados.

— Por que você esperou? — perguntou-me ele finalmente, com a voz entrecortada. — Ele poderia ter atirado em nós.

Eu apoiei a carabina na parede, olhei para os despojos retorcidos de um homem que eu conhecera durante quase toda a minha vida.

— Não — respondi. — Ele não poderia.

Jamie ficou olhando fixo.

— Nunca vi tanto sangue.

Afastei os olhos de Faith, lancei um olhar duro para meu irmão.

— Eu já — falei, e caminhei para fora.

Quando Jamie saiu, apoiou-se sobre o corrimão frouxo como se pudesse debruçar-se sobre ele e se atirar para baixo.

— Você não tocou em nada? — perguntei.

— Que pergunta, claro que não.

Esperei até que ele olhasse para mim.

— Faith estava coberto de fuligem, com uma queimadura feia no braço. O quarto inteiro cheirava a gasolina.

Jamie percebeu aonde eu estava querendo chegar. Pus uma das mãos sobre o seu ombro.

— Eu lhe devo desculpas — falei.

Ele fez um gesto com a mão, mas não falou nada.

— Estou falando sério, Jamie. Lamento. Eu estava errado.

— As apostas são problema meu — disse ele. — De ninguém mais. Não me orgulho delas e não tenho ideia do que vou fazer para pagá-las, mas jamais faria qualquer coisa para ferir papai, Grace ou ninguém mais.

Ele fez uma pausa.

— É problema meu. Eu vou resolvê-lo.

— Vou ajudá-lo — falei.

— Não precisa.

— Você é meu irmão e eu estou em dívida. Mas neste momento nós temos de pensar no que fazer.

— Fazer? Nós temos que cair fora daqui. É isso o que vamos fazer. Ele é só um velho louco e bêbado que se matou. Ninguém nem vai saber que estivemos aqui.

Eu sacudi a cabeça.

— Não serve. Eu estive aqui ontem, fazendo perguntas. Deixei impressões digitais na casa, provavelmente. E ainda que as janelas pelas quais nós passamos a caminho daqui estivessem às escuras, eu garanto que não chegamos até aqui sem sermos vistos. Este lugar reconhece um estranho. Vamos ter de chamar alguém.

— Droga, Adam. O que isto vai parecer? Nós dois aqui antes do romper do dia. Nesta casa, com uma carabina .12.

Eu me permiti um pequeno sorriso.

— Ninguém precisa saber sobre a .12.

Eu entrei no trailer e recuperei a arma.

— Por que você não tranca isto na caminhonete? Eu vou dar uma olhada por aqui.

— Na caminhonete. Boa ideia.

Segurei-o pelo braço.

— Nós tínhamos nossas suspeitas sobre o incêndio. Viemos até aqui para fazer algumas perguntas amigáveis. Batemos na porta e entramos exatamente no momento em que ele se matava. Nada diferente do que aconteceu. Exceto a arma.

Voltei para dentro e apreciei a cena. O velho estava caído de lado, com o topo da cabeça aberto. Atravessei os poucos passos que me separavam dele, atento a onde pisar. Seu rosto estava na maior parte sem sangue. Exceto por um ligeiro alongamento, parecia o mesmo.

Deixei a TV ligada. A vodca encharcava o tapete andrajoso. O jornal estava no chão ao lado dele: um retrato de seu filho na primeira página.

A matéria sobre o assassinato.

Jamie voltou para o trailer.

— Examine os outros quartos — falei.

Não demorou muito.

— Nada — disse ele. — Só uma pilha de lixo.

Apontei para o jornal, vi a fotografia registrar-se na expressão de Jamie.

— Ele estava entocado aqui havia dias. Acho que conseguiu o jornal ontem à noite.

Jamie parou ao lado do corpo.

— Não consigo vê-lo fazendo isso por causa de Danny. Era um pai de merda. Egoísta. Preocupado consigo mesmo.

Dei outra olhada no corpo, pensando em Grace. Esperava sentir alguma coisa. Satisfação. Alívio. Mas, parado diante de um velho destruído num trailer cheio de entulho no fim do mundo, o que senti foi vazio. Nada daquilo deveria ter acontecido.

— Vamos sair daqui — disse Jamie.

— Só um minuto.

Havia uma mensagem ali em algum lugar, algo sobre a vida e o ato de vivê-la. Curvei-me para dar uma última olhada no rosto de um homem que eu conhecia desde garoto. Ele morreu perturbado e amargo. Senti algo se revolver no meu peito e olhei-o intensamente, mas não havia perdão em mim. Jamie estava certo. Ele era um pai de merda, um homem mau, e eu duvidava que tivesse se matado por conta do assassinato de seu único filho. Tinha de haver mais.

Encontrei na sua mão esquerda.

Estava escondido na sua palma, uma bola de recortes de jornal amassado e úmido. Ele o estava segurando entre a mão e a garrafa de vodca. Puxei-o dentre os dedos estendidos e chacoalhei-o na direção da luz.

— O que é isso?

Olhei Jamie nos olhos.

— Uma notificação de execução hipotecária.

— Hein?

— É relativa às terras que ele comprou à margem do rio.

Folheei o jornal sobre o chão e encontrei o local de onde ele a havia rasgado. Conferi a data, depois embolei o papel novamente e recoloquei-o na mão dele.

— Parece que a aposta dele não deu em nada.

— O que está dizendo?

Dei uma última olhada na carcaça encolhida de Zebulon Faith.

— Ele acabou de perder tudo.

CAPÍTULO 29

Nós passamos as seis horas seguintes estapeando insetos e falando com homens de olhar duro. Os tiras locais apareceram primeiro, depois Grantham e Robin, em viaturas separadas. Não era a jurisdição deles, mas os tiras permitiram que ficassem depois de saber de todas as razões por que eles teriam interesse: assassinato, agressão, incêndio criminoso, metanfetaminas. Isso era crime de verdade, assunto barra-pesada. Mas não os deixaram falar conosco. Os locais tinham um corpo, ali, naquele momento; por isso eles tiveram prioridade, e Grantham não gostou. Ele discutiu e ameaçou, mas não era sua jurisdição. Senti seu ódio do outro lado da clareira. Aquele era o segundo corpo pelo qual eu chamava a polícia. Primeiro o filho, agora o pai. Grantham sentiu que havia algo grande e ficou de olho em mim.

Ele queria falar comigo naquele instante.

Pôs o responsável pela investigação contra a parede em três ocasiões diferentes. Ergueu a voz e fez movimentos bruscos com o braço. Ameaçou dar alguns telefonemas. Uma vez, quando pareceu que os tiras locais poderiam recuar, Robin interveio. Não consegui ouvir o que ela dizia, mas Grantham corou ainda mais, e quando ele se dirigiu a ela, moveu-se muito pouco. Sua óbvia frustração estivera encoberta, contida, mas eu podia sentir a tensão, o ressentimento e seu olhar duro para as costas dela enquanto Robin se afastava.

Os locais fizeram suas perguntas e eu dei minhas respostas. Nós batemos à porta. Nós a abrimos. Bang. Fim da história.

Simples.

O departamento de repressão às drogas chegou pouco antes do meio-dia. Pareciam sérios em seus paletós alinhados e teriam chegado mais cedo, mas se perderam. Robin não conseguia esconder seu desprezo nem sua alegria. Tampouco seus sentimentos por mim. Ela também estava zangada. Vi isso nos seus olhos, na expressão da boca, na sua postura. Por todo lugar. Mas era um tipo diferente de emoção, mais pessoal, entrelaçado de dor. Pelo que dizia respeito a ela, eu havia ultrapassado um limite, e isso não tinha nada a ver com a lei ou as coisas que eu fiz. Tinha a ver com as que eu *não* fiz. Eu não liguei para ela. Não confiei nela. E novamente, tinha de enfrentar os perigos daquela via de mão dupla.

Ela havia feito sua escolha. Agora teria de se preocupar com a minha.

Assim, observei Grantham ferver em fogo brando enquanto o sol subia cada vez mais e os policiais do local conduziam a investigação como lhes parecia melhor. Tiras entravam e saíam do trailer. O médico-legista fez sua aparição e a manhã se acabou em calor e umidade. Eles retiraram Zebulon Faith num saco plástico preto e fosco. Vi o carro alongado desaparecer e o dia prosseguiu. Nenhuma das pessoas que morava naquele círculo se mostrou. Nada de curiosos. Nada de cortinas entreabertas. Eles mantiveram a cabeça baixa e se esconderam como clandestinos. Não podia culpá-los. Tiras não fazem serviço comunitário em lugares como aquele. Quando eles davam as caras era por algum motivo, e nunca era bom.

As perguntas difíceis vieram no devido tempo e vieram de Grantham. Sua raiva havia se apagado até restar uma implacabilidade incolor, e ele foi puro profissionalismo depois que os tiras locais deram-lhe o aceno de cabeça para que falasse conosco. Eu o vi se aproximar e soube o que viria. Ele nos separou e insistiu nos pontos sensíveis. Zebulon Faith estava morto. E também o filho dele. Eu tinha um precedente com cada um deles e havia sido o primeiro no local em que ambos os corpos foram encontrados. Ele duvidava da confissão de Dolf e estava disposto a me serrar ao meio. Mas foi cuidadoso. Eu sabia algumas coisas sobre tiras e suas perguntas, por isso ele tentaria ser sutil. Eu tinha certeza disso.

Mas ele me surpreendeu.

Ele caminhou diretamente para mim e falou antes mesmo de parar:

— Quero ver o que há no seu porta-malas — disse.

Jamie teve um sobressalto e Grantham percebeu.

— Por quê? — perguntei.

— Você esteve sentado em cima dele durante seis horas. Debaixo do sol. Imóvel. Seu irmão olhou para ele nove vezes na última hora. Eu quero ver o que há dentro dele.

Estudei o detetive. Ele havia assumido um ar seguro de si, mas era só blefe. Eu o observara, também. Em seis horas, ele havia feito pelo menos uma dúzia de ligações telefônicas. Se tivesse conseguido um mandado de busca para o porta-malas, ele o teria em mãos naquele momento.

— Acho que não — falei.

— Não me faça pedir novamente.

— Essa é a palavra certa, não é? *Pedir*. Por uma permissão.

Suas feições se contraíram, e eu continuei.

— Você precisa de permissão ou de uma causa provável. Se tivesse uma causa, você teria um mandado. Eu não vou lhe dar permissão.

Eu permaneci calmo enquanto sua pose se desfazia. Vi Grantham lutar para manter o tipo de controle que ele tinha normalmente. Robin se manteve afastada. Arrisquei uma olhadela e vi um alerta em seus olhos. Grantham chegou mais perto e, quando falou, sua voz saiu baixa e perigosa:

— Pessoas estão mentindo para mim, Sr. Chase. Você. O Sr. Shepherd. Outros, sem dúvida. Eu não estou gostando e vou até o fim nisto.

Eu fiquei de pé e olhei diretamente para o detetive.

— Você tem perguntas a me fazer?

— Você sabe que sim.

— Então, faça-as.

Ele se endireitou e lutou para recuperar sua postura. Não levou muito tempo. Ele nos separou e começou com Jamie. Levou-o para o outro lado da clareira, e eu observei, apostando que Jamie era feito de matéria mais firme do que Grantham esperava. Levou algum tempo. Jamie parecia assustado, mas manteve o autocontrole. Ele contara exatamente o que acontecera, só não falara sobre a arma. O detetive estava pálido e austero quando voltou até mim. Suas perguntas vieram rápidas e duras. Ele procurou pontos fracos na história. Por que estávamos ali? Como encontramos aquele lugar? O que aconteceu? Em que nós tocamos?

— Vocês não tocaram no corpo?

— Apenas no papel na mão dele. O jornal ao lado.

— Você tocou na arma?

— Não.

— O Sr. Faith convidou-o a entrar?

— A porta estava aberta. A porta de tela, entreaberta. Eu a empurrei e o vi com a arma encostada na cabeça.

— Houve um incêndio. Vocês acharam que Faith o ateou. Por que pensaram isso?

Contei a ele.

— E vocês estavam com raiva?

— Eu estava zangado. Sim.

— Vocês vieram para fazer algum mal ao Sr. Faith?

— Eu vim para fazer algumas perguntas.

— Ele disse algo?

— Não.

Grantham prosseguiu, disparando perguntas com velocidade, retrocedendo, sondando inconsistências. Jamie andava de um lado para o outro a 10 metros de nós e roía as unhas. Eu fiquei sentado sobre o metal quente do porta-malas do meu carro. Olhei ocasionalmente para a nesga de céu azul e contei a verdade sobre quase tudo. A frustração de Grantham aumentou, mas nenhuma lei nos proibia de ir até ali como fizemos, e não avançamos nenhum sinal quando Faith puxou o gatilho. Nenhum, pelo menos, que Grantham pudesse descobrir. Por isso eu peguei o que ele tinha a oferecer. Respondi suas perguntas e cobri minha retaguarda. Achei que estava vendo o fim, mas me enganei.

Ele guardou o melhor para o final.

— Você deixou seu emprego há três semanas.

Não era uma pergunta. Ele fixou um olhar tão duro sobre o meu rosto que eu quase pude sentir o toque dos seus olhos. Esperou que eu falasse, mas não respondi. Eu sabia aonde ele queria chegar.

— Você trabalhava no Ginásio McClellan, na Front Street, no Brooklin. O Departamento de Polícia de Nova York verificou isso. Eu próprio conversei com o gerente. Ele disse que você era de confiança, bom com os lutadores jovens. Todos gostavam de você. Mas três semanas atrás você sumiu do mapa. Bem na época em que Danny ligou para você. Na verdade, ninguém o viu muito depois disso. Nem seus vizinhos. Nem sua senhoria. Eu sei que Dolf Shepherd está mentindo para mim. Presumi que fosse para proteger seu pai. Agora, não tenho certeza.

Ele fez uma pausa, recusando-se a piscar.

— Talvez ele esteja protegendo você.

— Isso é uma pergunta?

— Onde você estava três semanas atrás?

— Eu estava em Nova York.

O queixo dele afundou no peito.

— Tem certeza?

Eu o encarei, sabendo o que já estava em curso. Eles levantariam os registros do meu cartão de crédito e dos caixas eletrônicos, procurariam infrações de trânsito. Qualquer coisa que pudesse me pôr na Carolina do Norte três semanas antes.

— Você está perdendo o seu tempo — respondi.

— Veremos.

— Eu estou detido?

— Ainda não.

— Então estamos encerrados.

Dei as costas e me afastei, em parte esperando sentir sua mão no meu ombro. Jamie pareceu esgotado. Segurei seu braço.

— Vamos embora daqui — falei.

Nós voltamos para o meu carro. Grantham havia se deslocado do porta-malas para o capô. Um dos seus dedos percorria a palavra riscada na pintura. *Assassino*, estava escrito, e Grantham sorriu quando me viu olhando para ele. Esfregou seus dedos e depois voltou para o trailer e o chão manchado de sangue.

Robin se aproximou, inexpressiva, quando abri a porta do carro.

— Você vai voltar para a cidade? — perguntou.

— Sim.

— Vou atrás de você.

Fechei a porta, e Jamie entrou ao meu lado. O motor começou a funcionar e nos conduziu para fora dali.

— Algum problema? — perguntei.

Ele sacudiu a cabeça.

— Eu fiquei esperando que eles revistassem o carro.

— Eles não podiam. Não sem permissão ou uma causa provável.

— Mas e se tivessem feito isso?

Eu dei um breve sorriso.

— Não há lei contra ter uma arma no porta-malas.

— No entanto... pequenos milagres, cara.

Olhei para ele. Estava claramente contrariado.

— Desculpe ter duvidado de você, Jamie.

Ele flexionou o braço, mas sua voz estava fraca.

— Armas, cara.

Não enganou ninguém.

Nós rodamos por dez minutos, cada um lidando com a manhã à sua própria maneira. Quando ele falou, não pareceu nem um pouco melhor:

— Aquilo foi assustador — disse.

— Que parte?

— Tudo.

Ele estava pálido, com os olhos vidrados, e eu sabia que estava revivendo os últimos segundos de outro ser humano neste mundo. Violência e ódio. Desesperança e aquela névoa vermelha. Ele precisava de algo.

— Ei, Jamie — falei. — Quanto ao incêndio e tudo mais. O que aconteceu no campo...

Eu me contive até que ele olhasse para mim e esperei que seus olhos me focassem:

— Lamento ter-lhe dado porrada daquele jeito. Aquela provavelmente foi a parte mais assustadora, hein?

Dei um tempo a ele, depois a tensão se esvaiu de seu rosto e pensei que ele poderia até sorrir.

— Vai se foder — disse ele, e deu-me um soco no braço com tanta força que chegou a doer.

O restante da viagem foi alegre.

Quase.

Robin deu sinal de luz segundos depois de cruzarmos os limites da cidade. Não fiquei surpreso. Área dela. Fazia sentido. Entrei no estacionamento de uma loja de conveniências e desliguei o motor. A coisa ia ficar feia, e eu não a culpava. Nós nos encontramos no macadame em frente ao seu carro. Ela parecia um pacotinho de cara fechada e contrariedade. Manteve suas mãos baixas até chegar bem perto, então me deu um tapa, e com força.

Isso me fez girar, e ela bateu novamente. Eu poderia ter me esquivado do segundo tapa, mas não fiz isso. O rosto dela estava tomado por uma raiva feroz e a ameaça de lágrimas. Ela abriu a boca para falar, mas estava exasperada demais. Afastou-se e parou, com seu corpo curvado para o lado oposto ao meu. Quando se virou, a emoção havia voltado a se encerrar sob vidro blindado. Eu podia ver vestígios dela, volutas sombrias, mas sua voz estava imaculada.

— Eu pensei que tivéssemos combinado tudo. Você e eu. Uma equipe. Eu fiz a escolha. Nós conversamos sobre isso.

Ela chegou mais perto, e eu vi que a raiva havia cedido lugar à dor.

— O que você estava pensando, Adam?

— Eu estava tentando proteger você, Robin. Eu não sabia em que isso iria dar e não quis envolvê-la.

— Pare — disse ela.

— Podia ter acontecido qualquer coisa.

— Não me insulte, Adam. E não pense nem por um minuto que Grantham é um idiota, tampouco. Ninguém acredita que você estava lá para uma conversa amigável. — Ela abaixou as mãos. — Eles vão dar uma boa olhada no caso. Se encontrarem qualquer coisa que o incrimine, então nem mesmo Deus será capaz de ajudá-lo.

— Ele incendiou a fazenda — respondi. — Ele agrediu Grace e tentou me matar.

— Ele matou o próprio filho? — As palavras saíram com frieza. — Há outros elementos em jogo. Coisas que não entendemos.

Eu me recusei a retroceder.

— Eu vou encarar o que vier.

— Não é tão simples.

— Ele mereceu! — gritei, embriagado pela força da minha reação. — Aquele filho da mãe merecia morrer pelo que fez. Que ele próprio tenha feito isso torna a justiça ainda mais perfeita.

— Que droga!

Ela caminhou alguns passos, virou-se, e eu vi uma névoa escura onde a blindagem havia se amolgado.

— O que dá a você o direito de proclamar sua raiva como se fosse a única pessoa que já foi ferida? O que há de tão especial em você, Adam? Você viveu sua vida inteira assim, como se as regras não se aplicassem a você. Alimenta a raiva como se ela o *tornasse* especial. Bem, deixe-me dizer-lhe uma coisa...

— Robin...

Ela ergueu o punho entre nós. Seu rosto estava crispado.

— Todo mundo sofre.

E foi isso. Ela partiu contrariada, deixou-me sem nada além da raiva contida em tal desprezo. Jamie olhou-me interrogativamente quando voltei para o carro. Senti o calor no meu rosto, o forte nó no estômago.

— Nada — falei, e levei-o para casa. Ficamos sentados no carro por um longo minuto. Ele não tinha pressa para sair.

— Nós estamos bem? — perguntou. — Você e eu?

— O erro foi meu. Diga-me você.

Ele não olhou para mim. A cor, eu percebi, havia retornado ao seu rosto. Quando se virou para mim, levantou um punho fechado e manteve-o nessa posição até que eu batesse os nós dos meus dedos contra os dele.

— Firmes — disse ele, e saiu do carro.

Quando cheguei à casa de Dolf, encontrei-a vazia. Grace havia saído. Nenhum bilhete. Tomei um banho, lavei a sujeira, o suor e o cheiro de fumaça. Quando terminei, vesti calças jeans limpas e uma camiseta. Havia um milhão de coisas para fazer, mas nenhuma que estivesse ao meu alcance. Tirei duas cervejas da geladeira e levei o telefone para a varanda. A primeira garrafa desapareceu em cerca de um minuto. Depois telefonei para a casa de meu pai. Miriam atendeu.

— Ele não está — disse ela quando perguntei por meu pai.

— Onde ele está?

— Saiu com Grace.

— Para fazer o quê?

— Procurar os cães. — A voz dela estava desanimada. — É o que ele faz quando se sente desamparado.

— E Grace está com ele?

— Ela atira bem. Você sabe disso.

— Diga a ele que eu gostaria de vê-lo quando voltar.

Silêncio.

— Miriam? — insisti.

— Vou dizer a ele.

O dia passou por mim. Vi a luz se alongar e os lugares mais baixos se encherem de sombra. Duas horas. Cinco cervejas.

Nada a fazer.

A mente em sobremarcha.

Ouvi a caminhonete antes de vê-la. Grace dirigia. Estavam ambos animados, não exatamente sorrindo, mas revigorados, como se tivessem conseguido afastar o pior por algumas horas. Quando alcançaram a varanda, a visão que tiveram de mim sentado ali apagou a luz que havia neles. O estorvo da realidade.

— Teve sorte? — perguntei.

— Nada. — Ele sentou-se ao meu lado.

— Quer jantar? — perguntou Grace.

— Claro — respondi.

— E você?

Meu pai meneou a cabeça.

— Janice está cozinhando.

Ele exibiu as palmas das mãos. Eu não seria convidado.

Grace olhou para mim.

— Eu preciso ir até a loja. Pego seu carro?

— Você perdeu sua carteira de motorista — disse meu pai.

— Não vão me pegar.

Olhei para meu pai, que deu de ombros. Entreguei as chaves a ela. Tão logo o motor do carro deu a partida, papai voltou-se para mim. Sua pergunta foi cortante:

— Você matou Zebulon Faith?

— Robin ligou para você.

— Ela achou que eu deveria saber. Você o matou?

— Não — declarei. — Ele próprio fez isso, exatamente como eu contei aos tiras.

O velho se balançou na cadeira.

— Foi ele quem queimou meus vinhedos?

— Sim — respondi.

— Certo.

— Só isso? — perguntei.

— Eu jamais gostei dele mesmo.

— Grantham acha que a confissão de Dolf é balela.

— E é.

— Ele acha que Dolf está protegendo alguém. Talvez você.

Meu pai me encarou. Falou vagarosamente:

— Grantham é um policial. Pensar em teorias paranoicas e estúpidas é o trabalho dele.

Levantei-me da cadeira e me apoiei na balaustrada. Queria ver seu rosto.

— Ele tem alguma razão para isso?

— Para quê?

— Protegê-lo.

— Que diabo de pergunta é essa?

Meu pai era briguento e batalhador, mas era também o homem mais honesto que eu já havia conhecido. Se ele mentisse para mim naquele momento, eu saberia.

— Você tem alguma razão para querer Danny Faith morto?

O momento se prolongou.

— Essa é uma pergunta absurda, filho.

Ele estava zangado e ofendido — eu sabia como era essa sensação —, por isso deixei a pergunta por isso mesmo. Eu já sabia disso. Meu pai não era um assassino. Tinha de acreditar nesse fato. Caso contrário, eu não seria melhor do que ele. Sentei-me novamente, mas a tensão aumentou. A pergunta ainda pairava entre nós. Meu pai fez um som de contrariedade e foi para dentro durante cinco longos minutos. Quando finalmente saiu, trazia mais duas cervejas. Entregou uma delas a mim. Falou como se a pergunta nunca houvesse sido feita:

— Vão enterrar Danny amanhã — disse ele.

— Quem fez os preparativos? — perguntei.

— Alguma tia de Charlotte. O serviço fúnebre é ao meio-dia. Diante da sepultura.

— Você sabia que ele estava apaixonado por Grace? — perguntei.

— Acho que devemos ir.

— Sabia? — repeti, mais alto.

Meu pai se levantou e foi até a balaustrada. Ficou de costas para mim.

— Ela é boa demais para ele. Sempre foi boa demais para ele.

Papai se voltou, erguendo uma sobrancelha.

— Você não está interessado nela, está?

— Não desse jeito — respondi.

Ele balançou a cabeça.

— Ela tem muito pouco neste mundo. Perder Dolf vai matá-la.

— Ela é forte.

— Está desmoronando.

Ele estava certo, mas nenhum de nós sabia o que fazer a respeito, por isso observamos as sombras se fundirem e esperamos que o sol explodisse atrás das árvores. Ocorreu-me que ele não havia respondido à minha segunda pergunta.

Quando o telefone tocou, eu atendi.

— Ele está aqui — falei, e entreguei o fone ao meu pai. — Miriam.

Ele pegou o telefone e escutou. Sua boca ficou firme, uma linha inflexível.

— Obrigado — disse ele. — Não. Não há nada que você possa fazer por mim.

Ouviu mais.

— Céus, Miriam. Como o quê? Não há nada que você possa fazer por mim. Ninguém pode fazer nada. Sim. Certo. Adeus.

Ele me entregou o telefone e terminou a cerveja.

— Parks ligou — disse ele.

Eu esperei.

— Acusaram Dolf formalmente hoje.

CAPÍTULO 30

O jantar foi doloroso. Tentei encontrar palavras que significassem alguma coisa, enquanto Grace tentava fingir que a acusação formal não havia arrancado o chão debaixo dela. Nós comemos em silêncio porque não podíamos discutir a etapa seguinte, a audiência da regra 24. Argumentações seriam feitas e aquilo seria decidido. Vida ou morte. Literalmente. A noite era opressiva, e nós não conseguíamos ficar bêbados o suficiente, alheios o suficiente. Disse para Grace não perder as esperanças, e ela foi para fora e ficou lá durante quase uma hora. Quando fomos para a cama, um negrume pairava sobre a casa e a esperança, eu soube, havia nos abandonado.

Deitei no quarto de visitas e pus a mão na parede. Grace estava acordada. Pensei que Dolf provavelmente também estivesse. Meu pai. Robin. Perguntei-me, só então, se alguém estaria dormindo. Como alguém poderia? O sono acabou chegando, mas foi agitado. Acordei às 2 horas e novamente às 4. Não recordei nenhum sonho, mas acordava para afugentar pensamentos e uma sensação de ameaça crescente. Às 5 horas eu me levantei com a cabeça latejando, sem chance de dormir. Vesti-me e saí discretamente. Estava escuro, mas eu conhecia os caminhos e os campos. Caminhei até o sol surgir. Procurei respostas e, falhando nisso, mendiguei esperança. Se algo não cedesse logo, eu seria forçado a tomar outro caminho. Teria de encontrar algum meio de convencer Dolf a retratar sua confissão. Eu precisaria me encontrar com os advogados. Nós teríamos de começar a planejar algum tipo de defesa.

Eu não queria passar por aquilo novamente.

Enquanto atravessava o último campo, planejei minha ação do dia. Os irmãos de Candy ainda estavam por lá e alguém precisava conversar com eles. Eu tentaria ver Dolf novamente. Talvez eles me deixassem entrar. Talvez ele recobrasse a razão. Eu não tinha os nomes dos apostadores de Charlotte, mas tinha um endereço e descrições. Poderia identificar os dois que haviam atacado Danny quatro meses antes. Talvez Robin pudesse conversar com alguém no Departamento de Polícia de Charlotte. Eu precisava conversar com Jamie. Ficar de olho em Grace.

O funeral seria ao meio-dia.

A casa estava vazia quando retornei. Nenhum bilhete. O telefone tocou quando eu estava para sair. Era Margaret Yates, mãe de Sarah.

— Eu liguei para a casa do seu pai — explicou ela. — Uma jovem me disse que eu poderia encontrá-lo nesse número. Espero que não se importe.

Imaginei a velha senhora em sua grande mansão: a pele murcha e as mãos pequenas, as palavras cheias de ódio que ela havia expelido com tanta convicção.

— Não tem problema — falei. — O que posso fazer pela senhora?

Ela falou com polidez, mas eu senti grande hesitação:

— Você encontrou minha filha? — perguntou ela.

— Sim.

— Será que eu poderia convencê-lo a me visitar hoje? Sei que é um pedido incomum...

— Posso perguntar por quê?

Sua respiração estava pesada do outro lado da linha. Algo retiniu no chão.

— Eu não dormi a noite passada. Não durmo desde que você veio à minha casa.

— Não entendo.

— Eu tentei parar de pensar nela, mas então vi sua foto no jornal e me perguntei se a havia encontrado. Sobre o que vocês conversaram. — Ela fez uma pausa. — Eu me perguntei o que poderia haver de bom na vida de minha única filha.

— Senhora...

— Eu acredito que você me foi enviado, Sr. Chase. Acredito que você é um sinal de Deus.

Eu hesitei.

— Por favor, não me faça implorar.

— Que horário a senhora tem em mente?

— Agora seria o ideal.

— Eu estou muito cansado, Sra. Yates, e tenho muitas coisas importantes para fazer.

— Vou servir um café.

Consultei meu relógio.

— Vou poder ficar uns cinco minutos — falei. — Depois realmente terei de ir.

A casa estava como eu a vira da última vez, uma grande joia branca sobre um leito de veludo verde. Aguardei na varanda, e as altas portas se separaram quando o lado direito se abriu. A Sra. Yates estava parada no escuro, com o pescoço curvado, melancólica em sua viçosa flanela cinza com laço no colarinho. O cheiro de cascas de laranja secas bafejou para fora, e me perguntei se alguma coisa algum dia havia mudado naquele lugar. Ela estendeu a mão de aparência seca e ossuda.

— Muito obrigada por ter vindo — disse. — Por favor.

Ela se pôs de lado e gesticulou com um braço para o interior sombrio. Passei por ela e a porta se ajustou ao seu umbral.

— Eu tenho a oferecer creme e açúcar para o seu café, ou algo mais forte, se você preferir. Estou tomando xerez.

— Só café, por favor. Puro.

Segui-a por um amplo corredor cheio de arte lúgubre e mobília de madeira finamente trabalhada. Cortinas pesadas defendiam o interior do excesso de luz solar, mas lâmpadas ornamentais estavam acesas em todos os cômodos. Através de portas abertas, vi couro reluzente e, além deles, toques de cores suaves. Um relógio de pêndulo tiquetaqueava em algum lugar da vastidão.

— A senhora tem uma bela casa — comentei.

— Sim — concordou ela.

Na cozinha, ela ergueu uma bandeja e carregou-a até uma pequena sala de estar.

— Sente-se — disse ela, e serviu café de um bule de prata. Sentei-me numa cadeira estreita com braços duros. A xícara de porcelana parecia leve como algodão doce. — Você me acha fria — disse ela sem preâmbulos. — Em se tratando da minha filha, você me acha fria.

Pousei a xícara no pires.

— Sei algumas coisas sobre disfunção familiar.

— Eu fui um tanto ríspida da última vez que falei sobre ela. Odiaria que você pensasse que eu sou senil ou sem coração.

— Essas coisas podem ser complicadas. Eu não estou aqui para julgar.

Ela provou um gole de seu xerez, e o cálice de cristal soou como um sino quando ela o pousou sobre a bandeja de prata.

— Eu não sou uma fanática religiosa, Sr. Chase. Não condeno minha filha porque ela adora as árvores e a terra e sabe Deus o que mais. Eu seria mesmo sem coração se expulsasse minha única filha de casa por razões tão intangíveis quanto meras diferenças de fé.

— Então, posso perguntar por quê?

— Não, você não pode!

Eu me recostei e entrelacei meus dedos.

— Com todo o respeito, Sra. Yates, a senhora puxou o assunto.

Ela deu um sorriso contido.

— Você tem razão, claro. A mente voa e a boca, ao que parece, é mais do que disposta a segui-la.

Sua voz sumiu, ela pareceu subitamente insegura. Inclinei-me para a frente, de modo que nossos rostos ficaram próximos.

— O que a senhora quer discutir comigo?

— Você a encontrou?

— Sim.

Ela abaixou os olhos, e vi linhas de sombra azul nas pálpebras finas como papel. Seus lábios se apertaram, delgados e lívidos, sob um batom da cor de um crepúsculo de dezembro.

— Faz vinte anos — disse ela. — Duas décadas desde que vi ou falei com minha filha pela última vez. — Ela ergueu o xerez e bebeu, depois pousou a mão leve sobre o meu pulso. Seus olhos se arregalaram e sua voz crepitou: — Como ela está?

Recuei do desespero em seu rosto, aquela ânsia reservada e débil. Era uma mulher velha, sozinha, e, depois de duas décadas, o muro da raiva havia finalmente se desintegrado. Ela perdera a filha. Eu entendia. E por isso contei-lhe o que pude. Ela ficou sentada, perfeitamente imóvel, e absorveu tudo o que eu disse. Não atenuei nada. No final, tinha os olhos baixos. Um grande diamante girou frouxamente em seu dedo enquanto ela retorcia o anel.

— Eu estava na metade da casa dos 30 anos quando a tive. Ela... não foi planejada. — A velha senhora ergueu os olhos. — Era mais criança que mulher da última vez que a vi. Metade da sua vida atrás.

Fiquei confuso.

— Que idade tem sua filha? — perguntei.

— Quarenta e um.

— Imaginei que ela fosse bem mais velha.

A Sra. Yates franziu o cenho.

— São os cabelos — disse ela, apontando para os seus próprios cabelos, finos, brancos e fixados com laquê. — Um infeliz traço familiar. Os meus apareceram no início dos 20 anos. Sarah era ainda mais jovem.

Ela içou seu corpo para fora da cadeira e atravessou a sala com tornozelos rígidos. De uma prateleira ao lado da lareira, ela apanhou uma fotografia numa moldura de prata polida. Um sorriso torceu as rugas de seu rosto enquanto a contemplava. Um dos dedos tremulou sobre o vidro enquanto ela traçava algo que eu não conseguia ver. Voltou ao seu lugar e entregou-me a fotografia.

— Esta foi a última que tirei dela. Tinha 19 anos.

Analisei a fotografia: o sorriso sensual e os olhos verdes inflexíveis, os cabelos loiros matizados de branco. Ela cavalgava em pelo um cavalo da cor de um mar setentrional. Dedos entrelaçados na crina. Uma das mãos jazia aberta sobre o pescoço do animal enquanto ela se curvava para a frente a fim de sussurrar no seu ouvido.

Senti-me momentaneamente desconexo, como se as palavras que saíam não fossem minhas.

— Sra. Yates, mais cedo eu lhe perguntei sobre os motivos pelos quais a senhora e sua filha pararam de se falar.

— Sim — respondeu, hesitante.

— Eu gostaria de perguntar-lhe de novo.

Ela se recusou, e eu olhei novamente para a foto.

— Por favor — pedi.

Ela cruzou as mãos no colo.

— Eu tento não pensar nisso.

— Sra. Yates...

Ela fez que sim.

— Talvez isso ajude — disse, mas um minuto se passou antes que ela repetisse: — Nós brigamos — disse ela, por fim. — Isso pode parecer normal a você, mas nós não brigávamos como a maioria das mães e filhas brigariam. Ela sabia como me ferir já naquela idade, sabia onde enfiar a faca e como torcê-la. Honestamente, suponho que a feri, também, mas ela se recusava a obedecer às regras. E eram boas regras — atalhou ela. — Regras justas. Necessárias. — Ela meneou a cabeça. — Eu sabia que ela estava destinada a um grande fracasso. Só não sabia que iria encontrá-lo tão jovem.

— Que fracasso?

— Ela já estava confusa. Correndo por todo o município como uma espécie de druida. Discutindo comigo sobre o significado de Deus. Fumando maconha e Deus sabe o que mais. Eu lhe juro, era o bastante para fazer uma mãe chorar pela alma da filha.

Ela reabasteceu seu xerez e bebeu um grande gole.

— Tinha 21 anos quando veio o bebê. Solteira e impenitente. Morava numa tenda na floresta. Com minha neta! — Ela sacudiu a cabeça. — Eu não aceitaria isso. Não poderia aceitar isso. — Ela fez uma pausa, com um olhar introspectivo. — Eu fiz o que tinha de fazer.

Eu aguardei, sabendo mais ou menos como a história terminaria.

Ela sentou-se mais ereta.

— Conversei com ela, claro. Tentei fazê-la ver o erro de sua conduta. Convidei-a a voltar a viver na minha casa, disse-lhe que a ajudaria a criar a criança de maneira apropriada. Mas ela não ouviu. Disse que ia construir uma cabana, mas estava se enganando. Ela não tinha dinheiro nem recursos.

A velha senhora tomou um gole de xerez e fungou.

— Eu envolvi as autoridades...

As palavras sumiram. Eu estava prestes a incitá-la, quando ela falou, muito alto:

— Ela fugiu. Com minha neta. Para a Califórnia, eu soube, numa busca entre pessoas que pensavam como ela. Aberrações, se quer saber.

Bruxas, pagãos e viciados em drogas. — Ela balançou a cabeça. — Bem, eu vou lhe dizer — ela balançou a cabeça novamente, repetindo-se — eu vou lhe dizer...

— Para a Califórnia?

Ela terminou o xerez.

— Ela estava drogada quando saiu da estrada. Drogada por maconha com o bebê no carro. Sarah nunca mais voltou a andar. E eu nunca mais vi a criança, também. Minha neta morreu na Califórnia, Sr. Chase. Minha filha voltou aleijada. Eu nunca a perdoei, e nós não nos falamos desde então.

Ela ficou abruptamente de pé, esfregando os olhos.

— Agora, que tal alguma coisa para comer?

Ela se dirigiu energicamente para a cozinha, onde parou com as mãos pressionando o granito polido, a cabeça abaixada. Não se moveu. Abriu os olhos. Comida, eu sabia, não seria preparada.

Levantei-me e coloquei a fotografia de volta sobre a prateleira. Inclinei-a para a luz.

Estava bem ali.

Tão claro para mim, agora.

Toquei o vidro com meu dedo, tracei a linha do seu sorriso radiante e entendi, finalmente, por que ela me parecia tão familiar.

Era exatamente como Grace.

Penetrei em meio às árvores depois de um luminoso trecho de estrada deserta e passei pelo ônibus de Ken Miller sem reduzir a marcha. Quando estacionei na frente da cabana de Sarah Yates, uma nuvem de poeira vermelha tomou o ar atrás do meu carro. Atravessei a varanda em dois passos, e minha mão soou alto na porta. Nenhuma resposta. Mas a van estava ali, e a canoa, no embarcadouro. Bati novamente e ouvi um barulho do lado de dentro, um ruído surdo e baixo que cresceu até se converter no som de passos.

Ken Miller abriu a porta.

Estava usando uma toalha em volta da cintura. O suor emaranhava os pelos do seu peito. Um rubor quente se infundiu no seu rosto.

— Que diabo você está fazendo aqui? — perguntou ele.

Por trás dele, sombras preenchiam a sala principal. A porta do quarto estava entreaberta.

— Eu gostaria de falar com Sarah — respondi.

— Ela está indisposta.

Então, de dentro, veio a voz de Sarah:

— Quem é, Ken?

Ele gritou por cima do ombro.

— É Adam Chase, todo afobado e incomodado com alguma coisa!

— Peça-lhe para esperar um minuto, depois venha me ajudar.

— Sarah... — disse ele, contrariado.

— Não me obrigue a repetir — disse Sarah.

Quando Ken olhou novamente para mim, havia um ódio mortal em seus olhos.

— Eu já estou farto de você — disse ele, depois apontou para a fila de cadeiras na varanda. — Espere ali.

Cinco minutos depois, a porta se abriu novamente. Ken passou por mim sem erguer os olhos. Suas calças jeans estavam abertas e os sapatos, desamarrados. Saiu sem olhar para trás sequer uma vez. Poucos momentos depois, Sarah foi com sua cadeira até a varanda.

Suas palavras saíram com naturalidade:

— Nenhum homem gosta de ser interrompido em flagrante delito. — Ela estava usando um robe de flanela e chinelos. O encosto de sua cadeira ainda estava úmido de suor. — É a nossa natureza animal.

— Você e Ken...? — perguntei.

Ela deu de ombros.

— Quando dá vontade.

Examinei seu rosto à procura de sinais que lembrassem Grace, e me perguntei como nunca havia percebido. Elas tinham o mesmo rosto em forma de coração, a mesma boca. Os olhos eram de cor diferente, mas tinham o mesmo formato. Sarah era mais velha, seu rosto era mais cheio, os cabelos brancos...

— Bem, desembuche — disse ela. — Você está aqui por um motivo.

— Vi sua mãe novamente hoje.

— Que bom para você.

— Ela me mostrou uma fotografia sua quando jovem.

— E daí?

— Você era exatamente como Grace Shepherd. Ainda é em muitos aspectos.

— Ah.

Ela não disse mais nada.

— O que isso significa?

— Eu venho esperando há vinte anos que alguém note isso. Você é o primeiro. Acho que não é surpresa. Não encontro muita gente.

— Você é a mãe dela.

— Não sou mais a mãe dela há vinte anos.

— Sua filha não morreu na Califórnia, então?

Ela me lançou um olhar agudo.

— Você fez um bom progresso com a minha mãe, não foi?

— Ela sente saudades de você.

Sarah fez um gesto desdenhoso com a mão.

— Bobagem. Ela tem saudades da sua juventude, das coisas que perdeu. Eu não passo de um símbolo daquilo tudo.

— Mas Grace é a neta dela?

A voz dela subiu de tom.

— Eu jamais permitiria que ela criasse uma filha minha! Eu sei como é essa estrada: estreita, perigosa e implacável.

— Então você mentiu sobre o acidente?

Ela esfregou as pernas sem vida.

— Aquilo não foi mentira. Mas minha filha sobreviveu.

— E você desistiu dela?

Seu sorriso foi frio, e seus olhos pareciam pedras verdes.

— Eu não sou mãe. Pensei que talvez pudesse ser, mas aquilo foi só um engano. — Ela desviou os olhos. — Eu fui desqualificada em todos os sentidos.

— Quem é o pai?

Ela suspirou.

— Um homem. Alto, bom e orgulhoso, mas só um homem.

— Dolf Shepherd? — falei.

Ela pareceu assustada.

— Por que você acha isso?

— Você lhe deu a criança para criar. No bilhete que me entregou, escreveu sobre pessoas boas que o amavam. Sobre pessoas boas que se lembrarão dele. — O rosto dela endureceu. — Não há outra razão para você fazer isso.

— Você não sabe de nada — disse ela.

— Isso faz sentido.

Ela me mediu com os olhos, ponderando as palavras. Quando falou, foi com firme determinação. Como se tivesse tomado alguma decisão brutal:

— Eu nunca deveria ter falado com você.

Enterraram Danny Faith sob um inexpressivo céu de aço. Nós nos acomodamos em cadeiras dobráveis que bem podiam ser feitas do mesmo metal. O calor se infiltrava através de tudo, de modo que as roupas ficavam úmidas e as flores murchavam. Mulheres que nunca vi agitavam leques dobráveis diante do rosto numa perfeição conseguida a duras penas. O funeral foi planejado e pago por uma tia de Danny que eu nunca havia conhecido. Identifiquei-a com bastante facilidade — tinha os mesmos cabelos ruivos — e reconheci o restante das mulheres como amigas dela. Elas haviam chegado em carros velhos com homens insignificantes, e seus diamantes lutavam para emitir algum brilho na luz vazia.

A tia dele parecia compungida, mas eu a observei em silenciosa admiração. O caixão custou mais do que o seu carro. Suas amigas haviam viajado de longe para ficar com ela.

Uma boa mulher, pensei.

Ela ficou sentada por algum tempo num silêncio quase perfeito, esperando pelo horário combinado e as palavras que acompanhariam Danny para baixo da terra. Vi Grantham ao mesmo tempo que os olhos dele me encontraram. Ele ficou parado a alguma distância, usando um paletó preto abotoado. Ele observou a reunião, estudou os rostos, e tentei ignorá-lo. Estava fazendo o seu trabalho — nada pessoal —, mas vi que meu pai também olhava para ele.

O pregador foi o mesmo que havia enterrado minha mãe, e os anos haviam sido cruéis com ele. Tristeza se derramava de seus olhos. Seu rosto estava esticado, alongado e marcado pela preocupação. No entanto, suas palavras ainda tinham o poder de trazer conforto. Cabeças balança-vam em concordância. Uma mulher fez o sinal da cruz.

Para mim, a ironia era terrível. Eu encontrara Danny num buraco para que ele pudesse ser posto em outro. Mas às vezes balançava a cabe-ça, e as orações saíam dos meus lábios, também. Havia sido meu amigo, e eu falhara com ele. Por isso, rezei pela sua alma.

E rezei pela minha.

Olhei para Grace quando o pregador concluiu sua conversa sobre salvação e amor eterno. O rosto dela não demonstrava nada, mas tinha olhos tão azuis quanto os de Dolf. Ela se mantinha numa postura rígida e segurava uma bolsinha contra o vestido preto. Era evidente por que Danny a amava, por que qualquer um a amaria. Mesmo ali, naquele lugar, olhos pareciam encontrá-la. Até as mulheres prestavam atenção nela.

Quando o padre terminou, fez um gesto para a tia de Danny, que caminhou vagarosamente até a sepultura e pousou uma flor branca so-bre o caixão. Depois ela deu as costas e seguiu pela fileira de assentos. Ela apertou as mãos e disse palavras de agradecimento para meu pai, para Janice e para Miriam. Seu rosto se suavizou quando parou diante de Grace. Tomou uma de suas mãos entre as dela e observou uma pausa, para que todos reconhecessem o momento.

Naquele intervalo de tempo, ela estava radiante.

— Eu soube que ele a amava muito.

Ela deixou a mão de Grace cair, e lágrimas se derramaram pela su-perfície murcha do seu rosto.

— Vocês teriam formado um lindo casal.

Então ela soluçou e se afastou, uma figura encurvada sob um céu de metal maculado.

Suas amigas a seguiram, embarcaram nos velhos automóveis com seus maridos silenciosos. Minha família partiu, também, mas eu me dei-xei ficar por alguma razão. Não, disse a mim mesmo. Isso era mentira.

Eu sabia a razão e não enganei ninguém. Nem meu pai. Nem o pregador.

Ninguém.

Fiquei sentado na pequena cadeira de metal até que todos tivessem ido embora menos os coveiros, que se mantiveram a uma distância respeitosa. Observei-os atentamente enquanto me levantava: homens rudes em roupas muito gastas. Eles esperariam o tempo que fosse necessário. Estavam acostumados, eram pagos para isso. Depois, quando todos tivessem ido embora, fariam com que Danny descesse terra adentro.

Procurei por Grantham, mas ele se fora. Pousei uma das mãos sobre o caixão de meu amigo, senti a lisura perfeita, depois desci a longa rampa que conduzia, ao final, à pedra que continha o nome de minha mãe. Ajoelhei-me na grama e ouvi o som distante da descida de Danny. Curvei a cabeça e entoei uma última oração. Fiquei ali por um longo tempo, revivendo as lembranças que eu tinha. Voltei várias vezes àquele dia sob o embarcadouro, quando a luz oblíqua tornou seus olhos em chamas. Ela dissera que havia muita mágica no mundo, mas estava errada. A maior parte dessa mágica morreu com ela.

Quando, finalmente, eu me levantei, vi o pregador.

— Desculpe-me por perturbá-lo — disse ele.

— Olá, padre. O senhor não está me perturbando. — Apontei para a sepultura de Danny. — Fez um lindo serviço fúnebre.

Ele se aproximou até parar ao meu lado e olhou para a lápide da minha mãe.

— Eu ainda penso nela, sabe — disse. — Uma pena. Tão jovem, tão cheia de vida...

Percebi para onde a mente dele se dirigiu. *Tão cheia de vida até que ela própria a tirou.* A paz que eu sentia desapareceu. Em seu lugar cresceu a conhecida raiva. Onde estava aquele homem, eu me perguntei, aquele padre? Onde ele estava quando a escuridão a consumiu?

— São só palavras, padre. — Ele notou minha emoção. — Palavras não servem para nada.

— Não é culpa de ninguém, Adam. Além das lembranças, palavras são tudo o que temos. Eu não quis deixá-lo zangado.

O arrependimento dele me aplacou, e olhando para a grama viçosa que cobria minha mãe, senti um vazio como nunca conhecera. Até mesmo a raiva se fora.

— Não há nada que o senhor possa fazer por mim, padre.

Ele entrelaçou as mãos na frente do hábito que vestia.

— Uma perda como essa pode causar um dano incalculável a almas revoltas. Você deveria olhar para a família que ainda tem. Vocês podem trazer conforto uns aos outros.

— Esse é um bom conselho.

Dei as costas para ir embora.

— Adam. — Eu parei. Os olhos dele tinham um aspecto perturbado. — Acredite ou não, eu normalmente me mantenho afastado dos assuntos alheios, a não ser, é claro, que recorram a mim. Por isso, estou hesitando em me intrometer. Mas estou confuso a respeito de algo. Posso lhe fazer uma pergunta?

— É claro.

— Estou certo em acreditar que Danny estava apaixonado por Grace?

— É verdade. Ele estava.

Ele meneou a cabeça, e o ar de perplexidade inquieta se aprofundou. A melancolia partia dele em ondas.

— Padre?

Ele apontou para a igreja distante.

— Depois do serviço fúnebre, eu encontrei Miriam ajoelhada no altar, chorando. Aos prantos, na verdade. — Ele sacudiu a cabeça novamente. — Ela estava quase em delírio. Amaldiçoou Deus bem ali, na minha frente. Estou preocupado. Ainda não entendo.

— Não entende o quê?

— Ela estava chorando por Danny.

Ele desentrelaçou os dedos e estendeu as palmas das mãos como se fossem asas.

— Ela disse que eles iam se casar.

CAPÍTULO 31

Imaginei a cena ao dar a partida no carro. Miriam em seu amplo vestido preto, seu rosto cheio de ódio e sofrimento secreto. Vi-a dobrada sob a cruz reluzente, com os punhos cerrados enquanto amaldiçoava Deus em Sua própria casa e repudiava a ajuda de um padre honesto. Pensei ter entendido, avistado os horríveis episódios daquilo tudo. Havia Grace, em perfeita imobilidade, com a cabeça voltada para o céu, enquanto a tia de Danny dizia: *Soube que ele a amava muito*. E havia o rosto de Miriam atrás dela, a imobilidade repentina, o vidro preto que cobria seus olhos enquanto aquelas palavras rolavam sobre o caixão de Danny e estranhos enlutados curvavam a cabeça em silenciosa condolência por um grande amor perdido.

Ela dissera ao padre que ela e Danny iam se casar. Dissera o mesmo para mim, mas sobre Gray Wilson.

Ele ia se casar comigo.

Danny Faith, Gray Wilson.

Ambos estavam mortos.

Tudo assumia um novo significado; e embora nada fosse certo, uma sensação de ameaça me tomou. Pensei na última coisa que o padre me contara, nas últimas palavras que Miriam dissera antes de fugir da igreja e seu ministro.

Deus não existe.

Quem diria algo assim para um homem de fé? Ela se fora. Perdida.

E eu havia sido tão complacente que não vira isso.

Tentei ligar para Grace, mas não obtive resposta. Quando telefonei para a casa de meu pai, Janice contou-me que ele havia saído atrás dos cães novamente. Não, disse ela. Miriam não estava. Grace também não.

— Você sabia que ela estava apaixonada por Danny? — perguntei.

— Quem?

— Miriam.

— Não seja tolo.

Desliguei o telefone.

Ela não sabia de nada, absolutamente nada, e eu dirigi mais rápido, acelerei até o carro parecer leve sob mim. Eu ainda podia estar errado.

Por favor, Deus, faça com que eu esteja errado.

Dobrei em direção à fazenda. Grace estaria lá. Fora de casa, talvez, mas estaria lá. Atravessei o mata-burro e parei o veículo. Meu coração martelava de encontro às costelas, mas eu não desembarquei. O cão na varanda tinha altas orelhas triangulares e uma imunda pelagem preta. Ele levantou a cabeça e olhou fixamente para mim. Sangue encharcava seu focinho. Dentes reluzindo em vermelho.

Mais dois cães contornaram o canto da casa, um preto e o outro marrom. Carrapichos e pelotas infestavam seus pelos emaranhados, muco rodeava suas narinas, e um deles tinha merda endurecida na longa pelagem de suas patas traseiras. Eles trotaram ao longo da parede, mantendo o focinho baixo, mas os dentes se exibiam dos lados. Um ergueu a cabeça e veio arquejante na minha direção, com a língua rosada de fora e os olhos ávidos e vivazes como pássaros em disparada.

Olhei novamente para o cão na varanda. Grande. Negro como o inferno. Regatos de sangue gotejavam do degrau de cima. Nenhum movimento na casa, a porta trancada. Os outros cães se juntaram ao primeiro, subindo os degraus e entrando na varanda. Um passou perto demais, e de repente o primeiro caiu sobre ele, um turbilhão de pele preta e dentes rangendo. Acabou em segundos. O intruso fez um ruído semelhante a um grito humano, depois saiu a passos rápidos, com o rabo entre as pernas e uma orelha em frangalhos. Vi-o desaparecer atrás da casa.

Restaram dois cães na varanda.

Lambendo o chão.

Abri meu celular e telefonei para Robin.

— Estou na casa de Dolf — contei a ela. — Você precisa vir para cá.

— O que está acontecendo?

— Algo ruim. Não sei.

— Preciso saber mais.

— Estou no carro. Tem sangue na varanda.

— Espere por mim, Adam.

Olhei para o sangue pingando nos degraus.

— Não posso fazer isso — falei, e desliguei. Abri a porta lentamente, com os olhos atentos. Um pé para fora, depois o outro. A carabina .12 estava no porta-malas. Carregada. Levei a mão à trava do porta-malas. Os cães ergueram a cabeça quando ele estalou, depois voltaram ao que estavam fazendo. Cinco passos, calculei. Cinco passos até a carabina. Quinze para os cães.

Deixei a porta do carro aberta, andei para trás ao longo da lateral do automóvel, tateando até o porta-malas destravado. Pus um dedo sob o metal e o ergui. Ele subiu em silêncio e eu arrisquei uma olhada para o interior. A arma estava com o cano apontado para dentro. Minha mão se fechou sobre a coronha. Olhos nos cães.

A arma saiu, lisa e lustrosa. Abri o cano para conferir a carga. Vazia. Droga. Jamie devia tê-la descarregado.

Olhei para a varanda. Um dos cães ainda tinha o focinho para baixo, mas o grande estava me encarando, imóvel. Arrisquei olhar para o porta-malas. A caixa de cartuchos estava no lado mais distante, emborcada, ainda fechada. Estendi a mão para pegá-la e perdi a varanda de vista. A coronha bateu contra o carro e meus dedos se fecharam sobre a caixa. Eu me endireitei, antecipando o decidido tropel silencioso, mas o cão ainda estava na varanda. Ele piscou, e a língua tingida se derramou para fora.

Manuseei desajeitadamente a tampa e abri a caixa. Lisos cartuchos plásticos. Cápsulas de bronze brilhando em contraste com o cartucho vermelho. Apanhei dois entre meus dedos e os introduzi, deixei que a arma se fechasse e soltei a trava de segurança. E somente com isso, a dinâmica mudou.

Era para isso que serviam as armas.

Apoiei a coronha em meu ombro e avancei para a varanda, conferindo os cantos afastados à procura de outros cães. Havia mais de três cães na matilha. Os outros tinham de estar em algum lugar.

Três metros, depois 2,5.

O cão alfa abaixou a cabeça. Os lábios se enrugaram, pretos e reluzentes do lado de dentro, presas com 5 centímetros de separação. O rosnado ressoou na sua garganta, ficou mais alto, de modo que o outro cão levantou a cabeça e juntou-se a ele; ambos com os dentes à mostra. O grande avançou um passo, e os cabelos de minha nuca se eriçaram. Era primal, aquele som. Ouvi as palavras de meu pai: *É só uma questão de tempo até que eles fiquem audaciosos.*

Mais um passo. Agora estava perto. Perto o bastante para enxergar o chão.

A poça de sangue se espalhava, ampla e volumosa, tão escura que poderia passar por preta. Formara esfregaços onde eles haviam lambido e pisado sobre ela, mas algumas partes estavam planas, como tinta talhada em linhas delicadas nos locais onde ela escorrera entre as tábuas. Da poça até a porta da frente, eu pude ver marcas de algo arrastado e impressões de mãos ensanguentadas.

Sangue na porta.

Mas aquilo não era um ataque de cães. Soube disso ao primeiro olhar. Era o modo como o sangue se empoçava, o modo como ele já havia ficado viscoso como cola.

Carniceiros, disse a mim mesmo. Nada mais que isso.

Avancei em diagonal até o lado da escada e os cães acompanharam cada passo, com os ombros corcovados e as cabeças baixas. Dei-lhes espaço de sobra, mas eles não se moveram. Ficamos congelados nessa posição. Arma erguida, dentes à mostra.

Então o cão alfa deslizou degraus abaixo e atravessou o gramado. Parou uma vez e pareceu sorrir, e então os outros cães juntaram-se a ele. Eles trotaram gramado acima e desapareceram no meio das árvores.

Subi os degraus, ainda atento aos cães, e atravessei a varanda o mais silenciosamente que pude. O cheiro de cobre tomou minhas narinas, pegadas de patas ensanguentadas se espalhavam pelo chão. Girei a maçaneta lentamente e empurrei a porta com a ponta de um dedo.

Grace estava enrodilhada no chão, com sangue em volta dela, o vestido preto escurecido e úmido. Ela apertava o estômago. Seus pés pressionavam-se debilmente contra o chão, os sapatos de ir à igreja deslizavam na fina película vermelha. Sangue minava por entre seus dedos. Eu segui a direção dos seus olhos.

Miriam estava sentada na beira de uma cadeira branca do outro lado da sala, encarando Grace. Ela se inclinou para a frente, os cotovelos sobre os joelhos, os cabelos caindo sobre o rosto. A arma pendia de sua mão direita, uma pequena automática, azulada e lubrificada. Entrei na sala e apontei a .12 para Miriam. Ela se empertigou, afastou o cabelo do rosto e apontou a pistola para Grace.

— Ela o tirou de mim — disse Miriam.

— Abaixe a arma.

— Nós íamos nos casar. — Ela fez uma pausa e esfregou as lágrimas. — Ele me amava. — Ela deu um safanão na arma. — Não amava Grace. Aquela tia vagabunda estava mentindo.

— Eu vou escutar, Miriam. Eu quero ouvir tudo. Mas antes largue a arma no chão.

— Não.

— Miriam...

— Não! — gritou ela. — Largue você a sua!

— Ele usou você, Miriam.

— Largue a arma!

Dei mais um passo.

— Eu não posso fazer isso.

— Vou dar o próximo tiro no peito dela.

Olhei para Grace: os dedos lustrosos e rubros, a agonia no seu rosto azulado. Ela meneou a cabeça, fez um som inarticulado. Eu abaixei a arma, coloquei-a sobre a mesa e levantei as mãos.

— Eu vou ajudá-la — falei, e ajoelhei-me ao lado de Grace. Tirei meu paletó, dobrei-o sobre seu estômago ferido e disse a ela para apertar. A dor ardeu em seus olhos. Ela gemeu enquanto apertava. Mantive as mãos entre as dela.

— Ela não tem nada de especial — disse Miriam.

— Ela precisa de um médico.

Miriam ficou de pé.

— Deixe-a morrer.

— Você não é uma assassina — falei, e dei-me conta imediatamente de que estava errado. Foi o modo como os olhos dela brilharam, emitindo centelhas de uma luz insana. — Oh, meu Deus. — Entendi tudo. — Danny terminou com você.

— Cale a boca!

— Ele estava rompendo com todas as namoradas dele. Ele queria se casar com Grace.

— Cale a boca! — gritou Miriam, avançando um passo.

— Ele usou você, Miriam.

— Cale a boca, Adam.

— E Gray Wilson...

— Cale a boca, cale a boca, cale a boca!

Nada além de incoerência. Elevando-se até um grito. Então a pistola saltou na mão dela. Um projétil partiu o chão, arrancando lascas brancas e brilhantes. O outro atingiu minha perna, e a dor explodiu através de mim. Desabei no chão ao lado de Grace, com as mãos apertando a ferida. Miriam se deixou cair ao meu lado, com o rosto contorcido de preocupação e de um arrependimento feroz.

— Oh, me desculpe — disse ela, rápido e alto. — Lamento tanto. Eu não queria fazer isso. Foi um acidente.

Lutei para tirar o cinto. O sangue jorrou no chão até que eu pusesse o cinto em torno da minha perna. O fluxo diminuiu. A dor, não.

— Você está bem? — perguntou Miriam.

— Meu Deus...

A agonia me atravessou em raias, com ferrões quentes e ácidos. Miriam ficou de pé. Começou a andar em círculos rápidos, movimentava a arma agitadamente, girando seus olhos escuros incessantemente, afastando-se de mim e depois voltando. Eu os observava com ansiedade, esperando que ela desse sua piscada rubra.

A velocidade do passo dela diminuiu, a cor sumiu do rosto de Miriam.

— As coisas que Danny me fez. O modo como ele me fez sentir. — Ela balançou a cabeça. — Ele me amava. É impossível que não tenha me amado.

Não pude me conter.

— Ele amava um monte de mulheres. Ele era assim.

— Não! — Um grito de raiva. — Ele me comprou uma aliança. Disse que precisava de dinheiro. Muito dinheiro. Ele não quis dizer para que era, mas eu sabia. Uma mulher percebe. Por isso, eu emprestei a ele. Para que mais ele usaria? Ele comprou uma aliança. Linda e eterna aliança. Ia me fazer uma surpresa. — Novamente, ela balançou a cabeça. — Mas eu sabia.

— Deixe-me adivinhar — falei. — Trinta mil dólares.

Ela congelou.

— Como você sabe? — Sua expressão se contorceu. — Ele contou a você?

— Ele usou para pagar uma dívida de jogo. Ele não a amava, Miriam. Grace não fez nada errado. Ela nem queria nada com Danny.

— Oh! Ela é uma vaca tão especial!

Algo invadiu o rosto de Miriam, a consciência de algo novo.

— Você acha que sabe tudo — disse ela. — Acha que é esperto? Você não sabe de nada. Nada!

Ela parou por um momento, com um choro súbito. Transtornada. Começou a balançar-se de um pé para o outro.

— Papai a ama mais do que a mim.

— O quê...?

— Mais do que a você! — A voz dela sumiu. — Mais do que a mim...

Ela começou a se balançar novamente, batendo a arma na cabeça do modo como Zebulon Faith fizera.

Uma voz veio da porta aberta.

— Isso não é verdade, Miriam.

Era meu pai. Eu não o ouvira se aproximar. Ele preenchia a porta, usando uma bota enlameada de couro de cobra e calças à prova de espinhos. Segurava o rifle em posição baixa, mas apontado para Miriam. Seu rosto estava cinzento por sob o bronzeado, seu dedo inserido na guarda do gatilho. Quando Miriam o viu, ela estremeceu e apontou a arma novamente para Grace. As lágrimas correram com mais intensidade.

— Papai... — disse ela.

— Isso não é verdade — repetiu meu pai. — Eu sempre amei você.

— Mas não como a ela — falou Miriam. — Nunca como a ela

Meu pai entrou na sala. Olhou para Grace, depois para Miriam. Não tornou a negar.

— Eu ouço as coisas que você diz — afirmou ela. — Você e Dolf, conversando à noite. Você nunca me notou. Não me veria nem que eu sentasse ao seu lado. Ah. Mas isso não acontece com Grace. A perfeita, a querida Grace! É como se uma luz partisse dela... É o que você gosta de dizer, não é? Ela é tão pura. Tão diferente de todo mundo. Diferente de mim. — Ela bateu a arma contra a cabeça novamente. — Melhor do que eu. A voz dela desapareceu novamente, e quando ergueu os olhos, poderia compartilhar da natureza de qualquer um daqueles cães selvagens.

— Eu sei o seu segredo — disse ela.

— Miriam...

— Seu segredo sujo e repulsivo!

Meu pai avançou um passo. O rifle nem mesmo oscilou.

— Você me arruinou — disse ela. Depois gritou novamente. — Veja como você me arruinou!

Ela rasgou a frente do vestido, os botões voaram até que ela o dilacerasse inteiramente. Segurou as duas partes bem abertas, exibindo-nos seu corpo pálido.

Seu corpo pálido e cortado.

Cada centímetro. Cada curva. As cicatrizes brilhavam como toda a dor que o mundo já conhecera. Seu estômago. Suas coxas. Cada lugar que a roupa poderia cobrir havia sido cortado e recortado.

A palavra *dor* entalhada sobre o coração; *rejeição* riscada sobre o estômago.

Ouvi a voz de meu pai, como se ele sufocasse.

— Meu Deus — disse ele, e, olhando para Miriam, compreendi que os cortes não eram algo que ela fizesse por cinco anos. Não desde a morte de Gray Wilson. Não havia a menor chance disso. Aquilo havia sido feito por um longo, longo tempo.

Ela voltou os olhos para mim, e seu rosto era uma ferida aberta.

— Ela é filha dele — falou.

— Pare, Miriam.

Mas ela não parou. A dor contorceu seu rosto. A perda. A angústia. Ela olhou para Grace, e eu vi ciúme e ódio. Emoções sombrias. Tanta escuridão.

— Todos esses anos. — A voz dela estava entrecortada. — Ele sempre a amou mais.

A pistola começou a se erguer.

— Não — disse meu pai.

A pistola esvoaçou. Miriam olhou de Grace para meu pai, e seu rosto se cobriu de rugas. Lágrimas. Ódio. Aquelas mesmas centelhas de luz insana. O cano se deslocou, seguindo um rastro pelo chão na direção de Grace.

Meu pai falou, e havia desolação em sua voz:

— Pelo amor de Deus, Miriam. Não me faça escolher.

Ela não lhe deu atenção e dirigiu-se a mim.

— Faça as contas — disse Miriam. — Ele arruinou você, também.

Então ela apontou a arma, e meu pai puxou o gatilho. O cano saltou, disparou fogo e ruído suficientes para pôr fim ao mundo. A bala atingiu Miriam bem no lado direito do peito. Fez com que ela girasse duas vezes, como uma dançarina, e arremessou-a para o outro lado da sala. Ela foi abaixo, como se não tivesse ossos, e eu soube no mesmo instante que não se levantaria.

Não mais.

Nunca mais.

A fumaça pairou na sala. Grace gritou.

E meu pai chorou pela quarta vez na vida.

CAPÍTULO 32

Grace ainda estava viva quando os paramédicos chegaram. Viva, mas por um triz. Eles agiram com ela como se pudesse morrer a qualquer segundo. Em dado momento, ela pestanejou. Os olhos se reviraram e ficaram brancos e os dedos vermelhos se abriram. Não me dei conta de que estava batendo a parte de trás de minha cabeça contra a parede até Robin pôr a mão em mim. Seus olhos estavam calmos e de um castanho vivo. Olhei para Grace. Uma de suas pernas tinha espasmos, os sapatos finos estalavam contra o chão enquanto os paramédicos forçavam o ar pela sua garganta e pressionavam impiedosamente seu peito. Eu mal ouvia o som de sua respiração quando eles a trouxeram de volta, mas alguém disse "ela está bem", e a levaram dali.

Olhei nos olhos de meu pai, que estava sentado no chão do outro lado da sala. Ele estava encostado a uma das paredes. Eu estava apoiado na outra. Por mais que doesse, e por mais perto da morte que Grace estivesse, meu pai, creio, era quem mais sofria. Observei-o enquanto os paramédicos se debruçavam sobre a minha perna. Ele havia examinado o corpo de Miriam uma vez, depois se agarrara a Grace como se fosse forte o bastante para conter a alma dela no lugar. Os paramédicos tiveram de puxá-lo para poderem trabalhar nela. Ele estava encharcado de sangue, em clara e franca angústia, e eu soube que parte disso provinha do que ele havia feito, e parte provinha da verdade do que Miriam dissera com seu último suspiro. Ele sabia o que aquilo significava, e eu também.

Grace era filha dele. Ótimo. Justo. Acontece o tempo todo. Olhando para o passado, fazia sentido. Seu amor por ela nunca havia sido algo atenuado. Mas ela não fora para a fazenda senão dois anos depois da morte de minha mãe. Eu nunca havia feito as contas. Nunca havia me ocorrido. Mas eu sabia a data de nascimento de Grace, e então enxerguei tudo, um presente de Miriam.

A verdade numa caixa preta.

Grace nasceu dois dias antes que minha mãe se matasse, e isso não podia ser coincidência.

Miriam estava certa.

Ele havia me arruinado, também.

Meu pai levantou os braços e abriu a boca, como se pudesse falar, mas eu não aguentaria isso. Pus uma das mãos no ombro do paramédico.

— Você pode me tirar daqui? — perguntei.

Olhei mais uma vez para meu pai, e quando ele viu meu rosto, sua boca se fechou.

Acordei entre os lençóis do hospital: luzes suaves, drogado, sem nenhuma lembrança da cirurgia que eles haviam feito na minha perna. Mas me lembrava de ter sonhado com Sarah Yates quando jovem. Era o mesmo sonho que eu tivera várias noites antes. Quase o mesmo. Ela caminhava no gramado iluminado pela Lua, com o vestido solto em volta das pernas. Quando se virou, levantou a mão como se segurasse uma moeda. No passado, havia sido neste ponto que o sonho acabava. Mas não desta vez. Desta vez eu vi tudo.

A mão se levantou e ela levou os dedos aos lábios. Ela sorriu e atirou um beijo, mas não para mim.

O sonho não era um sonho. Era uma lembrança. Parado na minha janela, quando garoto, eu vi tudo. O beijo soprado, o sorriso secreto. E depois meu pai, descalço sobre a grama pálida e úmida. Como ele a envolveu e beijou com intensidade. A paixão nua e crua que eu reconheci mesmo naquela época.

Eu havia visto e enterrado, enfiado em algum lugar pequenino daquela mente infantil. Mas agora eu lembrava, senti-a como uma lágrima na minha alma. Sarah Yates não me era familiar por ser parecida com Grace.

Eu a conhecia.

Pensei no que o padre havia me dito sobre a natureza da morte de minha mãe. "Não é culpa de ninguém", dissera ele, e à sombra da igreja que eu sempre conhecera, aquelas palavras faziam algum sentido. Mas não agora.

Eu estivera zangado por vinte anos, inquieto, indócil. Era como se eu tivesse uma lasca de vidro em minha mente, uma lâmina rubra sendo torcida entre as minhas partes moles, viajando pelas estradas escuras, cortando. Eu sempre culpara minha mãe, mas agora eu a entendia. Ela havia puxado o gatilho, sim, feito aquilo diante de mim, seu único filho. Mas o que eu havia dito para o meu pai era verdade. Ela queria que *ele* visse, e agora eu entendia o porquê. Abortos durante oito anos. Fracassos constantes até que isso a reduziu a nada.

Então, de algum modo, ela soube.

E puxou o gatilho.

A raiva, eu finalmente entendi, não era contra minha mãe, cuja alma havia definhado além de sua capacidade de recuperação. Sentir raiva dela era injusto, e nisso eu falhara com ela. Minha mãe merecia algo melhor. Merecia mais. Quis chorar por ela, mas não pude.

Não havia lugar em mim para reações bondosas.

Apertei o botão para chamar a enfermeira, uma mulher grande, de pele morena e olhos indiferentes.

— Pessoas vão querer falar comigo — disse-lhe. — Eu não quero conversar com ninguém até as 21h30. Você pode tornar isso possível?

Ela se inclinou para trás, com um esboço de sorriso no rosto.

— Por que 21h30?

— Preciso dar alguns telefonemas.

Ela se dirigiu à porta.

— Verei o que posso fazer.

— Enfermeira — falei —, se a detetive Alexander vier, eu a receberei.

Consultei o relógio: 17h45. Liguei para a casa de Robin. Ela estava acordada.

— Você estava sendo sincera quando falou em escolha?

— Pensei que isso estivesse bem claro.

— Falar é fácil, Robin; a vida é difícil. Eu preciso saber se você realmente estava falando sério. Sobre tudo. As coisas boas e as ruins. As consequências.

— Esta é a última vez que eu digo isso, Adam; portanto, não me pergunte novamente. Eu fiz minha escolha. Foi você quem recuou. Se quiser falar sobre escolhas, então precisamos falar sobre você. Não pode ser uma estrada de mão única. Qual é o problema?

Concedi-me um segundo e depois submeti a questão a ela, para o bem ou o mal.

— Eu preciso que você faça algo por mim. Isso significa colocar o que é importante para mim acima do que importa à polícia.

— Você está me testando? — Ela pareceu zangada.

— Não.

— Isso parece sério.

— Você nem imagina.

— Do que você precisa? — perguntou ela, sem nenhuma hesitação.

— Eu preciso que você me traga algo.

Ela estava no quarto uma hora mais tarde, com o cartão-postal do meu porta-luvas nas mãos.

— Você está bem? — perguntou ela.

— Indignado. Desnorteado. Principalmente indignado.

Ela me beijou e, quando endireitou o corpo, deixou o cartão sobre a cama. Olhei para a água azul, a areia branca.

— Onde você conseguiu isso? — perguntou ela.

— No hotel de Faith.

Ela se sentou e arrastou a cadeira para mais perto.

— Foi postado após a morte de Danny — disse. — Seja lá quem tenha remetido isso, é cúmplice do assassinato dele, no mínimo depois do fato consumado.

— Eu sei.

— Eu vou reavê-lo?

— Não sei.

— Você está falando sério?

Consultei o relógio.

— Nós saberemos em poucas horas.

— O que você planeja fazer?

— Conte-me sobre Grace — falei.

— Você não está tornando isto muito fácil.

— Eu não posso falar sobre o que vou fazer. Apenas preciso fazê-lo. Não tem nada a ver com você. Pode entender isso?

— Certo, Adam. Eu entendo.

— Você vai me contar sobre Grace.

— Foi por um triz. Alguns minutos mais e ela teria morrido. Provavelmente foi uma boa coisa você não ter esperado por mim.

— Como aconteceu?

— Ela voltou do funeral e entrou na casa. Meia hora depois, alguém bateu na porta. Ela abriu, e Miriam a baleou. Não disse nem uma só palavra. Ela puxou o gatilho e assistiu enquanto Grace se arrastava para dentro.

— Onde ela conseguiu a arma? — perguntei.

— Está registrada em nome de Danny Faith. Uma pistolinha de brinquedo. Provavelmente ele guardava no porta-luvas.

— Por que você diz isso?

— O Departamento de Polícia de Charlotte encontrou a caminhonete dele num estacionamento mensalista no aeroporto Douglas. Tinha uma caixa de projéteis calibre .25 no porta-luvas, mas não a arma.

— Miriam o matou — falei. — Ela usou a arma de Dolf para fazer isso, depois colocou-a de volta no armário. Ela deve ter encontrado a .25 quando se livrou da caminhonete.

Vi as engrenagens rodando, pequenas linhas nos cantos dos seus olhos.

— Há muitas lacunas nessa teoria, Adam. É um grande salto. Como você chegou a essa conclusão?

Repeti as coisas que Miriam havia dito sobre ela e Danny. Fiz uma pausa e depois contei-lhe o resto: Grace, minha mãe. Mantive a expressão neutra, mesmo quando falava da longa impostura de meu pai.

Robin também manteve sua máscara e balançou a cabeça somente quando eu terminei.

— Isso confere com a declaração de seu pai.

— Ele contou a você? Tudo?

— Ele contou a Grantham. Não foi fácil para ele, mas seu pai queria que Grantham entendesse por que Miriam surtou. Mesmo ela estando morta, quis assumir a culpa por aquilo. — Ela se inclinou para a frente. — Isso o está matando, Adam. Ele está sendo devorado pelo que aconteceu, como se fosse culpa dele.

— *É* culpa dele.

— Não sei. O pai de Miriam abandonou-a quando ela era muito jovem. Isso é uma coisa difícil para uma garotinha. Quando seu pai entrou na vida dela, ela o colocou num pedestal bem alto. Um longo caminho para uma queda.

Eu não estava a fim de embarcar nessa história.

— Matar Danny foi só uma parte — falei. — Foi ela quem atacou Grace. Espancou-a cruelmente porque Danny a amava. — Eu desviei os olhos. — E porque ela é filha do meu pai.

— Você não pode ter certeza disso.

— Eu suspeito. E pretendo provar.

Senti os olhos dela no meu rosto, não podia imaginar em que ela devia estar pensando.

— Você está bem? — perguntou ela.

— É verdade o que Miriam disse. — Fiz uma pausa. — Meu pai sempre amou mais Grace.

— Você está esquecendo a única coisa boa nisso tudo.

— Que é?

— Ter uma irmã.

Alguma coisa frágil se espalhou na minha caixa torácica. Olhei pela janela e vi o azul intenso preencher o ar da manhã.

— Miriam matou Gray Wilson — falei, por fim.

— O quê? — Robin ficou atônita.

— Ela estava apaixonada por ele.

Contei-lhe sobre ter encontrado Miriam na sepultura de Gray Wilson. Que ela ia até lá todos os meses com flores recém-cortadas, que ela alegava que ambos iriam se casar. A mesma coisa que dissera sobre Danny. Não podia ser coincidência.

— Ele era bonito e popular, tudo o que ela não era. Provavelmente ela passou meses reunindo coragem para contar a ele o que sentia, fantasiando sobre sua resposta. Representando isso na mente. Então, aconteceu a festa. — Dei de ombros. — Acho que ela tentou seduzi-lo e fracassou. Ele disse algo depreciativo. Riu, talvez. Acho que ela esmagou sua cabeça com uma pedra quando ele tentou se afastar.

— Por que você pensa isso?

— Foi mais ou menos o que aconteceu com Danny.

— Gostaria de saber mais.

— Pergunte-me novamente daqui a três horas.

— Está falando sério?

— Por enquanto, é só uma teoria.

Robin olhou para o cartão-postal. Era uma evidência material do que poderia facilmente ser um caso capital. Ela poderia ser demitida, processada. Apanhou o cartão.

— Se isto tiver impressões digitais, pode libertar Dolf. Você considerou isso?

— Ele vai sair livre, de qualquer forma.

— Está disposto a apostar nisso?

— Eu reconheço uma dúvida razoável quando a vejo. Você também. Miriam baleou duas pessoas numa crise de ciúmes por Danny. Ela usou a arma tirada de sua caminhonete abandonada, deu-lhe 30 mil dólares, pensou que ia se casar com ele. — Meneei a cabeça. — O caso jamais irá a julgamento.

— Você ao menos vai me contar o que está planejando?

— Você fez uma escolha. Eu fiz uma escolha. Está na hora de meu pai fazer o mesmo.

— Isso tem a ver com perdão?

— Perdão? — perguntei. — Eu nem mesmo sei o que essa palavra significa.

Robin se levantou e eu segurei sua mão.

— Eu não posso ficar aqui — falei. — Não depois disso. Sem saber o que fazer. Quando a poeira baixar, vou voltar para Nova York. E desta vez quero que você vá comigo.

Ela curvou-se e me beijou. Deixou dois dedos no meu queixo enquanto se endireitava.

— Seja lá o que você estiver fazendo — disse ela —, não estrague tudo.

Os olhos dela estavam bem abertos e escuros, mas aquilo não era resposta, e ambos sabíamos.

CAPÍTULO 33

Liguei para a casa de George Tallman. O telefone tocou nove vezes e ele derrubou o fone quando tentou atender.

— George? — perguntei.

— Adam? — A voz dele estava pastosa. — Espere um pouco.

Ele largou o fone. Ouvi o aparelho bater na madeira. Quase um minuto se passou antes que ele o apanhasse novamente.

— Desculpe — disse ele. — Eu não estou lidando muito bem com isto.

— Quer conversar?

Ele sabia da maior parte do que havia acontecido e soou como um homem totalmente chocado. Continuava conjugando os verbos no presente ao falar de Miriam, depois pediu desculpas, constrangido. Levou alguns minutos até que eu percebesse que estava bêbado. Bêbado e confuso. Não queria dizer nada que ferisse a memória de Miriam. Tocar no assunto o fez chorar.

A memória dela.

— Você sabe há quanto tempo eu estava apaixonado por ela? — perguntou ele finalmente.

— Não.

Ele me contou, aos trancos. Anos. Durante todo o colegial, mas ela nunca quisera nada com ele.

— Era o que a fazia tão especial — explicou ele. — Eu esperei. Sabia que era o certo. Eu me mantive fiel. Finalmente, ela também soube. Como se tivesse de ser assim.

Esperei pelo intervalo de uma dúzia de pulsações.

— Posso fazer uma pergunta?

— Pode

Ele fungou alto.

— Quando Miriam e Janice voltaram do Colorado, elas passaram a noite em Charlotte e ficaram lá durante o dia seguinte.

— Para fazer compras.

— Mas Miriam não estava se sentindo bem.

Era um palpite. Eu queria corroboração.

— Ela estava... como você soube disso?

— Você levou Janice às compras e deixou Miriam no hotel.

A suspeita se arrastava em sua voz.

— Por que você está me perguntando isso?

— Só mais uma pergunta, George.

— O quê? — Ainda desconfiado.

— Em que hotel elas ficaram?

— Diga-me por que você quer saber.

Ele estava ficando sóbrio, a suspeita aumentando, por isso eu fiz o que tinha de fazer. Eu menti:

— É uma pergunta inofensiva, George.

Um minuto depois, eu desliguei, e por outros dois mais, não fiz nada. Apenas fechei os olhos e deixei que tudo passasse por mim. A dor aumentou quando o efeito das drogas começou a escassear. Lembrei-me da bomba de morfina, mas mantive as mãos sobre a cama. Quando me senti capaz disso, liguei para o hotel em Charlotte.

— Recepção, por favor.

— Um momento.

O telefone tocou duas vezes e depois veio outra voz de homem.

— Recepção.

— Certo. Vocês têm automóveis disponíveis para seus hóspedes?

— Temos um serviço privativo de limusines.

— Vocês emprestam os carros aos seus hóspedes? Ou alugam-nos?

— Não, senhor.

— Qual é a locadora de veículos mais próxima do seu hotel?

Ele me disse. Era uma das grandes.

— Nós podemos levá-lo até lá de ônibus — disse ele.

— Você pode me fornecer o telefone deles?

A mulher que atendeu no balcão da locadora era um típico fruto de corporação. Monótona. Imperturbável. Nada solícita quando fiz minha pergunta.

— Não podemos dar essa informação, senhor.

Tentei manter a calma, mas foi difícil. Perguntei três vezes.

— É muito importante — falei.

— Lamento, senhor. Não podemos dar essa informação.

Desliguei o telefone, chamei Robin ao celular. Ela estava na delegacia.

— O que foi, Adam? Você está bem?

— Eu preciso de uma informação. Não estou conseguindo. Acho que eles falariam com a polícia.

— Que tipo de informação?

Contei o que queria e dei-lhe o número da locadora de veículos.

— Eles mantêm registros. Confirmações da administradora de cartões de crédito. Alguma coisa. Se ela enrolá-la, você sempre pode tentar o escritório administrativo.

— Eu sei como devo agir, Adam.

— Tem razão. Desculpe.

— Não precisa se desculpar. Eu conto o que descobrir. Fique perto do telefone.

Eu quase sorri.

— Isso foi uma piada?

— Anime-se, Adam. O pior já passou.

Mas eu estava pensando em meu pai.

— Não — falei. — Não passou.

— Eu ligo de novo daqui a pouco.

Afundei no travesseiro e observei o grande relógio na parede. Levou oito minutos, e eu soube no mesmo instante que ela havia conseguido o que eu queria. A voz dela tinha aquele quê aguçado.

— Você estava certo. Miriam alugou um Taurus verde, placa ZXF-839. No cartão de crédito dela. Visa, para ser exata. Alugado naquela manhã, devolvido naquela tarde. Cento e oitenta quilômetros marcados no odômetro.

— Isso equivale a uma viagem de ida e volta à fazenda.

— Quase com exatidão. Eu verifiquei.

Esfreguei os olhos.

— Obrigado — disse.

Ela aguardou um instante.

— Boa sorte, Adam. Eu vou vê-lo esta tarde.

A chamada seguinte teve de esperar até o horário comercial. Liguei às 9 horas. A mulher que atendeu o telefone era perigosamente alegre.

— Bom-dia — disse ela. — Agência de viagens Worldwide. Em que posso ajudá-lo?

Cumprimentei-a e fui direto ao ponto:

— Se eu quisesse viajar de Charlotte para Denver — perguntei —, você poderia me conseguir uma rota que passasse pela Flórida?

— Que lugar da Flórida?

Pensei nisso.

— Qualquer lugar.

Observei o relógio enquanto ela digitava. A resposta veio em 73 segundos.

Fechei os olhos novamente, trêmulo, com uma estranha falta de ar. A dor na minha perna aumentava como se nunca fosse parar: pontadas agudas que se irradiavam para fora em ondas. Toquei a campainha para chamar a enfermeira. Ela não teve pressa.

— Isto vai piorar? — perguntei.

Eu estava pálido e suando frio. Ela sabia o que eu queria dizer e não havia piedade em seu rosto. Ela apontou um dedo bem lavado.

— Aquela bomba de morfina está ali por uma razão. Aperte o botão quando a dor ficar muito forte. Ela não deixará você tomar uma overdose. — Ela começou a se retirar. — Você não precisa que eu segure a sua mão.

— Eu não quero morfina.

Ela se virou novamente para mim, com uma das sobrancelhas levantada e uma voz de desprezo.

— Então vai ficar bem pior.

Ela fez um muxoxo e deixou a sala com suas ancas largas e de movimentos lentos.

Eu me comprimi contra os travesseiros, afundei os dedos nos lençóis enquanto a dor arreganhava os dentes. Eu queria a morfina, queria muito, mas precisava manter a minha agudeza. Brinquei com o cartão-postal.

ÀS VEZES É O LUGAR PERFEITO.

E às vezes é o errado.

Meu pai chegou às 10 horas.

Ele estava com uma aparência horrível: olhos esgotados, postura quebrada. Ele parecia uma alma condenada à espera de que o chão desabasse sob seus pés.

— Como você está? — perguntou ele, e entrou no quarto arrastando os pés.

As palavras me faltaram. Busquei o ódio, mas não consegui encontrá-lo. Vi os primeiros anos, e como nós três havíamos sido. *Dourados.* O sentimento cresceu dentro de mim e eu quase entreguei os pontos.

— É verdade, não é?

Ele não disse nada.

— Mamãe sabia sobre Sarah e o bebê. Foi por isso que ela se matou; pelo que aquilo havia causado a ela. Aquela traição.

Ele fechou os olhos e baixou a cabeça. Não precisava dizer.

— Como ela descobriu? — perguntei.

— Eu contei — disse ele. — Ela merecia saber.

Desviei os olhos dele. Alguma parte de mim desejava que aquilo tudo fosse um engano. Que eu ainda pudesse voltar para casa.

— Você contou e ela se matou.

— Eu pensei que fosse a coisa certa a fazer.

— Um pouco tarde para se preocupar com isso.

— Eu nunca deixei de amar sua mãe...

Eu o interrompi. Não queria ouvir aquilo.

— Como Miriam descobriu? Tenho certeza de que você nunca contou a ela.

Ele virou as palmas das mãos para cima.

— Ela sempre foi muito calada. Ficava pelos cantos. Deve ter ouvido Dolf e eu conversando sobre isso. Nós falávamos sobre o assunto de tempos em tempos, geralmente tarde da noite. Ela provavelmente compreendeu tudo anos atrás. Faz pelo menos uma década desde que eu falei sobre isso pela última vez.

— Uma década.

Eu mal podia imaginar como Miriam devia ter sofrido ao saber da história, o que ela devia ter sentido quando via o rosto do velho se iluminar cada vez que Grace entrava no cômodo.

— Você magoou tanta gente. E para quê?

— Eu gostaria de uma chance para explicar — disse ele, e imediatamente o cristal em minha mente começou a se partir em pedaços.

— Não — respondi. — Eu não quero ouvir você justificar o que fez. Também não quero vomitar ou sair desta cama e ir até onde você está para esmurrá-lo. Não há nada que você possa dizer. Eu estava errado até em perguntar. Minha mãe era fraca, esgotada pela saúde debilitada e o desapontamento, já no limite. Ela descobriu que você tinha uma filha e isso foi a gota d'água. Ela se matou por sua causa. — Aguardei um momento sob o peso do que estava para dizer. — Não pela minha.

Uma força invisível pareceu esmagá-lo.

— Eu tive de viver com isso, também — disse ele.

De repente, eu não podia mais suportar aquilo.

— Saia daqui — ordenei. Ele começou a se virar, mas o gelo brotou novamente em mim. — Espere. Não vai ser tão fácil. Conte-me o que aconteceu. Eu quero saber de você.

— Sarah e eu...

— Não essa parte. O resto. Como Grace passou a viver com Dolf. Como vocês mentiram para nós durante quase vinte anos.

Ele sentou-se sem pedir licença, deixando-se cair dos joelhos para cima.

— Grace foi um acidente. Foi tudo um acidente.

— Droga...

Ele tentou se manter ereto.

— Sarah achou que queria a criança. Pensou que fosse o destino, que tinha de ser. Levou-a à Califórnia para começar uma nova vida. Dois anos depois ela voltou, aleijada, desiludida. Não ligava muito para ser mãe. Queria que eu assumisse a criança.

— Por que você continua dizendo "a criança", quando quer dizer Grace?

Ele curvou a cabeça.

— Grace não é o verdadeiro nome dela. Eu é que lhe dei esse nome.

— E o verdadeiro nome...?

— Céu.

— Nossa.

— Ela queria que eu assumisse a criança, mas eu tinha uma nova família. Ele fez uma pausa. — Eu já tinha perdido uma esposa. Não queria perder outra. Mas ela era minha filha...

— Por isso você subornou Dolf para que ele a criasse. Deu-lhe 200 acres para ajudá-lo a manter o seu segredo.

— Não foi assim.

— Não minta...

— A terra era para que Grace herdasse! Ela merecia. Nada disso foi culpa dela. Quanto a Dolf, ele era sozinho. Ele quis o emprego.

— Besteira.

— É verdade. A esposa dele o deixou anos atrás. Ele nunca viu a própria filha. Grace fez grandes coisas para ele.

— Ainda que tudo fosse uma mentira.

— Ele estava numa terra de sombras, filho. Todos nós estávamos depois que sua mãe morreu. Aquela criança era como o sol nascente.

— Grace sabe?

— Ainda não.

— Onde está Janice? — perguntei.

— Ela já sabe, filho. Eu contei a ela. Não há necessidade de arrastá-la para isto.

— Eu quero vê-la.

— Você quer me ferir. Eu entendo.

— Isto não tem a ver com você. Nós já estamos conversados. Isto é outro assunto.

— O que você quer dizer?

— Traga Janice — falei. — Então nós nos falaremos.

Uma nova dor invadiu seu rosto.

— Eu matei a filha dela na noite passada. Ela está sedada, e, mesmo que não estivesse, duvido que se sentisse disposta a falar com qualquer um de nós dois. Ela não está recebendo isto nada bem.

— Eu preciso que ela venha aqui.

— Por que, pelo amor de Deus? Nada disso foi culpa dela.

Senti-me alheio ao sofrimento dele.

— Diga a ela que eu quero falar sobre a Flórida.

— Isso não faz sentido.

— Apenas diga.

CAPÍTULO 34

Grantham chegou uma hora mais tarde, e eu prestei meu depoimento. Ele pressionou por detalhes sobre o tiroteio, e eu lhe disse que meu pai não havia tido escolha. Isso não era nenhum favor para o velho, simplesmente a verdade.

Era Grace ou Miriam.

Uma escolha dura, brutal.

Ele também quis conversar mais sobre a morte de Zebulon Faith. Quis saber por que eu tinha uma carabina no porta-malas do meu carro. Mas isso foi em outro município. Nem mesmo era o caso dele. Disse-lhe para me deixar em paz, e ele não teve escolha a não ser aceitar. Eu não era o assassino de Danny. Nem de Zebulon Faith. Agora ele sabia disso.

Quando ele saiu, achei que poderia tomar a morfina afinal, apertar o botão antes de fazer o que tinha de fazer. A agonia era tanta que, às vezes, me fazia tremer. Quase me dobrei ao meio, mas Robin ligou, e o som de sua voz me ajudou.

— Já faz mais de três horas — disse ela.

— Paciência — respondi, e tentei me obrigar a também ter isso.

Eles apareceram duas horas mais tarde.

Meu pai.

Minha madrasta.

Ela parecia pior, se é que isso era possível, do que ele. Suas pálpebras estavam caídas e uma das mãos agarrava o ar como se ela visse algo para se segurar onde o resto de nós não via nada. Batom borrado e cabelos em desalinho. Como se tivesse sido arrancada da cama. Mas quando se sentou e me encarou, vi o medo nela, e soube, então, que estava certo.

— Feche a porta — falei para meu pai. Ele a fechou e sentou-se. Olhei fixamente para Janice. Queria sentir raiva, e parte de mim sentia. O resto, porém, estava tomado pela tristeza.

Ela era uma mãe, em primeiro lugar, e tinha suas razões.

— Vamos conversar sobre a noite em que Gray Wilson foi morto.

Janice começou a se levantar, depois parou. Ela afundou de volta na cadeira.

— Eu não entendo...

— Miriam estava coberta com o sangue dele. Levou-o para dentro da casa depois que o matou. Foi por isso que você disse que fui eu. Por isso testemunhou contra mim. Para proteger Miriam.

— O quê?

Os olhos dela se arregalaram e ficaram esbranquiçados. As mãos agarravam-se ao tecido da sua saia.

— Se você tivesse dito que era alguma outra pessoa e os policiais encontrassem sangue na casa, então a história cairia por terra. Não poderia ser um estranho. Tinha de ser alguém com acesso à casa. Ao andar de cima, especialmente. Não poderia ser Jamie ou meu pai. Tinha de ser eu. Era o único a quem você não se sentia ligada.

Meu pai finalmente se manifestou, mas eu levantei uma das mãos antes que ele pudesse falar.

— Eu sempre achei que você acreditasse naquilo. Pensei que tivesse visto alguém que sinceramente tivesse confundido comigo. — Fiz uma pausa. — Mas não foi assim. Você *teve* de testemunhar contra mim. Por garantia.

Meu pai falou:

— Você está louco?

— Não. Não estou.

Janice pôs as mãos sobre a cadeira e apoiou-se para se levantar.

— Eu me recuso a ouvir isso — disse ela. — Jacob, eu quero ir para casa.

Puxei o cartão-postal de sob o lençol, segurei-o no alto para que ela pudesse ver. Uma das mãos instalou-se em sua garganta, a outra procurou pela cadeira.

— Sente-se — ordenei. E ela obedeceu.

— O que é isso? — perguntou meu pai.

— Gray Wilson, infelizmente, é uma história velha. Morta e enterrada. Eu não posso provar nada. Mas isto — brandi o cartão —, isto é outra coisa.

— Jacob...

Ela segurou o braço dele, os dedos crispados em volta do seu pulso. Meu pai repetiu a pergunta:

— O que é isso?

— Isto é escolha — disse-lhe. — Sua escolha.

— Eu não entendo.

— Quaisquer que fossem os demônios que perseguiam Miriam, estavam atrás dela havia um longo tempo, e Janice sabia tudo sobre eles. Por que ela os escondeu, eu não posso fingir que entendo. Mas Miriam estava doente. Ela matou Gray Wilson porque pensou que o amava e porque ele não quis nada com ela. O mesmo vale para Danny Faith.

— Aguardei um momento. — O morro é um lugar difícil de se chegar. Você precisaria de uma caminhonete para o corpo, e Danny era um homem grande.

— Do que você está falando? — perguntou meu pai.

— Miriam não poderia enfiar Danny naquele buraco por conta própria.

— Não — disse ele. Mas sabia. Vi isso no seu rosto.

— Não acho que Miriam tenha postado este cartão.

Virei o cartão para que ele pudesse ler o verso. *Curtindo muito*, dizia.

— Foi enviado *depois* que Danny morreu.

— Isso é ridículo — disse Janice.

— Janice levou Miriam até o Colorado um ou dois dias depois da morte de Danny. É possível fazer escala na Flórida a caminho de Denver. Eu dei alguns telefonemas esta manhã. Uma hora e quarenta minutos para trocar de avião. Tempo de sobra para largar um cartão-postal na caixa de correio. A polícia pode verificar os itinerários de viagem. As datas vão bater. — Enfrentei os olhos de meu pai. — Duvido que este cartão tenha as impressões digitais de Miriam.

Meu pai ficou em silêncio por um longo tempo.

— Isso não é verdade — disse Janice. — Jacob...

Ele não olhou para ela.

— O que isso tem a ver com escolhas?

— Seja lá quem postou este cartão, tentava ocultar o fato de que Danny estava morto. A polícia vai querer falar com a pessoa que o enviou.

Ele ficou de pé, ergueu a voz, e Janice contraiu-se quando ele falou.

— Que escolha, porra?

O momento se prolongou, e eu não obtive prazer nisso. Mas tinha de ser feito. Erros demais espalhados pela estrada atrás de nós: traição e mentiras; assassinato e cumplicidade. Uma montanha de desgraças.

Depositei o cartão na beira da cama.

— Eu o estou dando a você — falei. — Queime-o. Entregue-o à polícia. Dê para ela. — Apontei para Janice, e ela se encolheu. — A escolha é sua.

Ambos ficaram olhando para o cartão. Ninguém o tocou.

— Você deu outros telefonemas? — perguntou ele. — Que telefonemas foram esses?

— Janice e Miriam voltaram do Colorado na noite anterior à agressão de Grace. Elas passaram a noite num hotel no centro de Charlotte. George dirigiu-se para lá na manhã seguinte e passou o dia com Janice...

— Ele me levou às compras — interrompeu Janice.

— E Miriam ficou.

— No hotel — disse Janice.

Eu fiz que não.

— Ela alugou um carro duas horas antes de Grace ser agredida. Um Taurus verde. Placa ZXF-839. A polícia sabe sobre isso, também.

— O que você está dizendo? — perguntou meu pai.

— Estou dizendo que ela ainda estava zangada por Danny. Teve 18 dias para pensar sobre Grace e Danny juntos, sobre como Danny a descartara por Grace. Estou dizendo que ela ainda estava zangada com isso.

— Eu não...

Ele estava perdido, por isso eu fiz com que o argumento ficasse mais claro:

— Duas horas depois que Miriam alugou aquele carro, alguém avançou de trás de uma árvore e bateu em Grace com um porrete.

Ele olhou para o cartão, depois para mim. Janice apertou seu braço com tanta força que eu pensei que fosse sangrar.

— Mas e quanto ao anel de Danny? O bilhete...?

— Ela provavelmente conservou o anel quando matou Danny. Pode tê-lo deixado com Grace como algum tipo de estranha mensagem. Ou talvez, como aconteceu com o bilhete, estivesse cobrindo seus rastros, escondendo a verdadeira natureza do ataque a Grace. O anel implicava que Danny estivesse envolvido na agressão, como se ainda estivesse vivo. Se as pessoas não engolissem isso, ou se o corpo de Danny fosse encontrado, então o bilhete voltaria a atenção delas para aqueles que têm interesses no rio. Acho que aquilo foi um simples despiste. Algo que ela aprendeu observando a mãe.

Meu pai olhou para a esposa.

— Eu lamento — disse ele.

Ele apanhou o cartão e nossos olhos se encontraram. Tentou falar, mas desistiu quando não saiu nada. Janice se levantou apoiando-se na manga de meu pai. Este olhou para ela uma última vez, depois deu as costas como um velho e partiu. Janice abaixou a cabeça e seguiu no seu rastro.

Esperei que os passos deles morressem ao longe, depois estendi a mão até o disparador da morfina. Apertei o botão e um calor esguichou para dentro de mim. Mantive meu polegar sobre o gatilho, mesmo depois que a morfina cessou de fluir.

Meus olhos ficaram vidrados.

O botão estalou no quarto vazio.

Robin retornou quando o sol se ia. Ela me beijou e perguntou como eu estava. Contei-lhe tudo e ela ficou em silêncio por um longo tempo. Ela abriu seu telefone celular e fez algumas ligações.

— Ele não telefonou — disse ela. — Nem para o Departamento de Polícia de Salisbury, nem para o escritório do xerife.

— Pode ser que ele não ligue.

— Você está aceitando isso bem?

— Eu não sei mais. Odeio o que Janice fez comigo, mas Miriam era sua filha. Ela fez o que sentiu que tinha de fazer.

— Você está brincando.

— Eu nunca tive filhos, por isso posso apenas imaginar, mas eu mentiria por Grace. Mentiria por você. Faria coisa pior, se necessário.

— Um homem de palavras doces.

Ela se estendeu na cama comigo e encostou a cabeça no travesseiro ao lado da minha.

— Quanto a Nova York... — falei.

— Não me pergunte isso ainda.

— Pensei que você tivesse feito sua escolha.

— Eu fiz. Mas isso não significa que você vai tomar todas as decisões para o resto das nossas vidas.

Ela estava tentando fugir do assunto.

— Eu realmente não posso ficar aqui — falei.

Sua cabeça girou sobre o travesseiro.

— Pergunte-me sobre Dolf.

— Conte.

— O promotor público está prestes a retirar as acusações. A maioria das pessoas acha que ele não tem escolha. É só uma questão de tempo.

— Logo?

— Talvez amanhã.

Pensei em Dolf, imaginei como ele olharia para o sol quando saísse.

— Você já viu Grace? — perguntou ela.

— Ela ainda está na UTI e eles limitam as visitas. Mas tudo bem. Eu ainda não estou pronto.

— Você confrontou seu pai e Janice, mas hesita em conversar com Grace? Não entendo.

— Ela vai precisar de tempo para colocar a cabeça no lugar. Além disso, é difícil.

— Por quê?

— Eu tenho algo a perder com Grace. Com meu pai eu não tinha nada a perder.

Ela enrijeceu ao meu lado.

— O que foi? — perguntei.

— Não muito tempo atrás, eu teria dito o mesmo sobre você.

— É diferente.

Ela se virou de lado.

— A vida é curta, Adam. Não temos muitas pessoas que realmente importam. Devemos fazer o que for necessário para conservar aqueles que temos.

— O que você está dizendo?

— Estou dizendo que todos cometemos erros.

Nós ficamos deitados no quarto às escuras e em dado momento eu devaneei. A voz dela me assustou.

— Por que Miriam concordou em casar-se com George Tallman?

— Eu conversei com ele esta manhã. Estava bem arrasado. Perguntei-lhe como aconteceu. Ele era apaixonado por ela havia anos. Eles saíam, mas ela nunca disse sim. Ela o chamou um dia antes de partir para o Colorado. Falou-lhe para pedir novamente e disse sim, simplesmente. Ele já havia comprado o anel. Foi ideia de Janice, acho — prossegui. — Se o corpo aparecesse, poucos suspeitariam da noiva de um policial. Ela não planejava ir até o fim com essa história.

— Por que você diz isso?

— A primeira coisa que ela fez quando voltou foi mandá-lo às compras com sua mãe, para que pudesse escapar e vir até aqui dar uma sova em Grace. Ele era a cobertura. Essa é a única coisa que ele sempre foi.

— É triste — disse Robin.

— Eu sei.

Robin fechou os olhos e chegou mais perto. Enfiou a mão por dentro da minha camisa. Sua pele era fria em contato com o meu peito.

— Conte-me sobre Nova York — disse ela.

CAPÍTULO 35

Saí do hospital no mesmo dia em que Dolf saiu da cadeia. Ele me apanhou e nos conduziu até a borda da pedreira fora da cidade. O granito era cinzento à sombra e rosado onde a luz o tocava. As muletas se afundavam nos meus braços enquanto eu ficava ali de pé para olhar a água límpida no fundo da clareira. Dolf fechou os olhos e dirigiu seu rosto para o sol.

— Era nisto que eu pensava enquanto estava lá dentro — disse ele. — Não na fazenda ou no rio. Neste lugar. E eu não venho aqui há décadas.

— Não há lembranças aqui — falei. — Não há fantasmas.

— E é bonito.

— Eu não quero falar sobre meu pai — disse, e olhei para ele. — Esse é o verdadeiro motivo pelo qual você me trouxe aqui. Não é? Para poder fazer o trabalho sujo por ele.

Dolf apoiou-se na caminhonete.

— Eu faria qualquer coisa pelo seu pai. Quer saber por quê?

Eu dei as costas e comecei a mancar ladeira abaixo.

— Eu não vou ouvir isso.

— É um longo caminho de volta à cidade.

— Eu consigo.

— Que droga, Adam. — Dolf segurou o meu braço. — Ele é humano. Fez o que não devia. Foi muito tempo atrás.

Eu dei um puxão no meu braço, mas ele continuou falando.

— Sarah Yates era jovem, bonita e disponível. Ele cometeu um erro.

— Por alguns erros é necessário pagar — respondi.

— Eu perguntei se você queria saber por quê. Bem, eu vou lhe contar. É porque ele é o melhor homem que eu já conheci. Ser amigo dele tem sido um privilégio, uma honra e tanto. Você está cego se não vê isso.

— Você tem direito à sua opinião.

— Sabe o que ele vê quando olha para Grace? Ele vê uma mulher crescida e toda uma vida de lembranças, um ser humano maravilhoso que não estaria aqui sem o erro que você não hesita em censurar nele. Ele vê a mão de Deus.

— E eu vejo a morte da melhor mulher que eu já conheci.

— As coisas acontecem por um motivo, Adam. A mão de Deus está em todo lugar. Você ainda não se deu conta disso?

Eu dei as costas, comecei a caminhar, e sabia que ele tinha razão quanto a uma coisa: era um longo caminho de volta à cidade.

Passei os quatro dias seguintes na casa de Robin. Encomendamos comida. Bebemos vinho. Não falamos sobre morte, perdão ou futuro. Contei a ela tudo o que podia sobre a cidade de Nova York.

Lemos os jornais juntos.

O tiroteio foi notícia importante, e os artigos circularam por todo o estado. A fazenda Red Water foi descrita como um marco na Carolina do Norte. Três corpos em cinco anos. Seis torres. Bilhões em jogo. Não demorou para que as agências de notícias se interessassem. Um repórter ousado enredou a história num artigo maior sobre energia nuclear, profanação do meio rural e o preço do progresso descontrolado. Outros falaram em obstrucionismo. Editoriais veicularam discussões acaloradas em todos os principais jornais. Pessoas vociferavam para que meu pai vendesse a terra. Ambientalistas protestaram. A situação se avolumou.

No quarto dia, a companhia de energia anunciou que havia se estabelecido num local alternativo, na Carolina do Sul. Melhor suprimento de água, alegaram. Tão conveniente quanto o nosso. Mas eu tinha as minhas suspeitas. Controvérsia demais. Barulho demais.

Na esteira dos acontecimentos, um silêncio atônito se espalhou como uma onda por todo o município. Senti o estampido do vácuo formado quando toda a riqueza imaginária foi sugada para o éter. Foi nesse dia que chamei Parks. O dia em que decidi pôr os problemas de lado e fazer o que pudesse para ajudar. Nós nos encontramos para um café num restaurante a 15 quilômetros seguindo a interestadual. Depois de algumas palavras cautelosas, ele me pediu para ir direto ao ponto.

— Qual é a extensão das dívidas de meu pai? — foi a minha pergunta.

Ele me olhou por um longo tempo, tentando me decifrar. Eu sabia que ele e meu pai haviam conversado. Ele havia me dito.

— Por que você quer saber?

— A fazenda está na minha família há dois séculos. Grande parte dos vinhedos se queimou. Meu pai está devendo. Se a fazenda está em risco, quero ajudar.

— Você deveria estar conversando com seu pai — disse Parks. — Não recorrendo a um intermediário.

— Não estou preparado para isso.

Ele tamborilou os longos dedos sobre a mesa.

— Qual é a sua proposta?

— Ele comprou a minha parte por 3 milhões. Eu a comprarei de volta pelo mesmo preço. Deve ser o suficiente para tirá-lo do buraco.

— Você ainda tem essa quantia?

— Fiz bons investimentos. Se ele precisar de mais, eu tenho.

O advogado esfregou o rosto, pensando naquilo. Ele consultou o relógio.

— Você está com pressa? — perguntou.

— Não.

— Espere aqui.

Observei-o pela janela. Ele parou no estacionamento, com o celular no ouvido, e discutiu com meu pai. Seu rosto ainda estava afogueado quando ele voltou para a mesa.

— Ele disse não.

— Explicou por quê?

— Não posso falar sobre isso.

— Mas ele lhe deu um motivo?

O advogado balançou a cabeça.

— E muito bom.

— E você não vai me contar qual é.

Ele abriu as mãos e fez que não.

Foi Dolf quem finalmente me explicou. Ele apareceu na casa de Robin na manhã seguinte. Nós conversamos à sombra do prédio, na borda do estacionamento.

— Seu pai quer fazer as coisas da maneira certa. Ele quer que você volte para casa, mas não porque tem um interesse financeiro. Não para proteger o seu investimento.

— E quanto ao dinheiro que ele deve?

— Ele vai refinanciar, alavancar mais terra. O que for preciso.

— Ele pode fazer isso?

— Eu confio em seu pai — disse ele, e a afirmação tinha muitos significados.

Caminhei com Dolf até sua caminhonete. Ele me falou pela janela aberta.

— Ninguém mais viu Jamie — disse. — Ele não voltou para casa.

Ambos sabíamos o porquê. Miriam era sua irmã gêmea, e nosso pai a havia baleado. A preocupação preenchia os olhos de Dolf.

— Procure por ele, sim?

Liguei para o meu corretor em Nova York e arranjei a transferência de fundos para uma filial local. Quando saí à procura de Jamie, tinha um cheque ao portador no valor de 300 mil dólares no bolso. Encontrei-o num bar local. Estava sentado num reservado no canto do fundo. Garrafas vazias se estendiam de um canto ao outro da mesa. Pelo que eu podia ver, ele não se barbeava nem tomava banho havia dias. Manquei até a mesa, sentei diante dele e encostei as muletas na parede. Ele parecia arrasado.

— Você está bem? — perguntei.

Ele não disse nada.

— Todos estão à sua procura.

Quando falou, foi de um modo inarticulado, e vi nele o tipo de raiva que quase havia me destruído.

— Ela era minha irmã — disse. — Você consegue entender?

Eu entendia. Por mais diferentes que fossem, ainda assim eles eram gêmeos.

— Eu estava lá — falei. — Ele não teve escolha.

Jamie bateu com a garrafa na mesa. A cerveja espirrou para fora e respingou na minha manga. As pessoas olharam, mas Jamie estava alheio a elas.

— Sempre existe uma escolha.

— Não, Jamie. Nem sempre.

Ele se inclinou para trás, esfregou as mãos enormes e calosas sobre o rosto. Quando olhou para mim, foi como se olhasse para um espelho.

— Vá embora, Adam. Vá embora.

Ele pôs a cabeça entre as mãos, e eu fiz com que o cheque escorregasse para o outro lado da mesa.

— Qualquer coisa que precisar — falei, e saí coxeando. Voltei-me uma vez quando alcancei a porta e o vi ali. Ele segurou o cheque entre os dedos e depois o largou. Viu-me do outro lado do salão e levantou a mão. Nunca vou esquecer o rosto dele naquele instante.

Depois olhou para baixo e pegou outra cerveja.

Quando fui ver Grace, foi mais fácil do que eu pensei. Não vi minha mãe quando olhei para ela. Nisso, pelo menos, meu pai estava certo. Não era culpa dela, e eu não a amava menos. Ela parecia abatida, mas a verdade se assentara nela de maneira mais suave do que em mim.

— Sempre pensei que meus pais estavam mortos — explicou ela. — Agora tenho os dois, e um irmão.

— Mas Dolf não é seu avô — comentei. — Isso você perdeu.

Ela sacudiu a cabeça.

— Eu não poderia amá-lo mais do que amo. Nada vai mudar entre nós.

— E quanto a nós dois? Algum constrangimento?

Dei-lhe um minuto para responder. Quando o fez, senti sua confusão.

— A esperança é difícil de morrer, Adam. Isso dói. Eu vou me acostumar porque não tenho escolha. Só fico aliviada que você não tenha dormido comigo.

— Ah. Humor.

— Isso ajuda.

— E Sarah Yates?

— Eu gosto de Sarah, mas ela me abandonou.

— Quase vinte anos, Grace. Ela poderia ter ido morar em qualquer lugar, mas escolheu um lugar 5 quilômetros rio acima. Isso não foi acidental. Ela queria ficar perto de você.

— Ficar perto não é a mesma coisa.

— Não, não é.

— Vamos ver no que vai dar.

— E nosso pai?

— Estou ansiosa para seguir essa estrada.

O olhar dela era tão inabalável que eu tive de desviar o meu. Ela pôs a mão sobre a minha.

— Não vá embora, Adam. Caminhe nela comigo.

Eu retirei minha mão, fui até a janela e olhei para fora. Um dossel de árvores se estendia por toda a vizinhança atrás do hospital. Vi milhares de tons de verde.

— Eu vou voltar para Nova York — falei. — Robin vai comigo. Queremos que você venha conosco.

— Eu já disse a você: não sou uma fugitiva.

— Não é uma fuga — falei.

— Não?

CAPÍTULO 36

Enterraram Miriam num dia extemporaneamente frio. Fui ao funeral e fiquei de pé, com Robin ao meu lado. Meu pai estava lá com Janice, ambos parecendo insones, exauridos e desolados. Dolf estava entre eles como uma rocha. Ou um muro. Eles não olhavam um para o outro, e eu soube que o pesar e a culpa estavam nos devorando. Jamie se deixou ficar na periferia, os olhos fundos, manchas vermelhas nas bochechas. Estava bêbado e enraivecido, sem o menor perdão em seu rosto quando olhava para meu pai.

Ouvi o mesmo pregador que enterrara minha mãe e Danny. Usava o hábito alvo e dizia palavras semelhantes, mas elas não me trouxeram nenhum conforto. Miriam conhecera pouca paz em vida, e eu temia que sua alma pudesse partilhar da mesma predileção na morte. Ela morreu como assassina, impenitente, mas eu esperava que ela encontrasse um lugar melhor.

Olhei para sua sepultura.

Rezei por piedade para sua alma ferida.

Quando o padre acabou, minha madrasta curvou-se sobre o caixão e tremeu como uma folha na ventania. George Tallman olhava o vazio enquanto lágrimas escorriam pelo seu queixo e manchavam seu traje azul-escuro.

Afastei-me do pequeno ajuntamento e meu pai juntou-se a mim. Paramos a sós sob um sol distante.

— Diga-me o que fazer — pediu ele.

Olhei para o que restava da minha família e pensei nas palavras proféticas de Miriam. A família havia se feito em pedaços.

Rachaduras por toda parte.

— Você não chamou a polícia.

Eu falava do cartão-postal.

— Eu o queimei. — Ele abaixou a cabeça e repetiu. — Eu o queimei.

Então ele também começou a tremer.

E eu me retirei.

CAPÍTULO 37

Descobri uma coisa ao longo do ano seguinte. Nova York com alguém que você ama é melhor do que a mesma cidade quando você está totalmente só. Dez vezes melhor. Mil vezes. Mas eu não estava em meu lar. Isso era um fato, puro e simples. Tentei viver com o fato, mas era difícil. Quando fechava os olhos, pensava em lugares abertos.

Não tínhamos ideia do que faríamos com o resto dos nossos dias, apenas que os passaríamos juntos. Tínhamos dinheiro e tínhamos tempo. Falamos em nos casar.

— Um dia — disse ela.

— Em breve — objetei.

— Filhos?

Pensei em meu pai, e ela reconheceu minha dor.

— Você deveria retornar as ligações dele — falou.

Ele me telefonava toda semana. No domingo à noite. Às 8 horas. O telefone tocava e o número aparecia no identificador de chamadas. Toda semana ele me ligava. E toda semana eu deixava tocar. Às vezes ele deixava uma mensagem. Às vezes, não. Recebemos uma carta, certa vez. Continha uma cópia da certidão de divórcio e outra do seu novo testamento. Jamie ainda mantinha seus dez por cento, mas meu pai deixou o controle da fazenda com Grace e comigo. Queria que nós protegêssemos seu futuro.

Nós.

Seus filhos.

Grace e eu nos falávamos regularmente, e as coisas melhoraram com o tempo. O relacionamento começou a parecer normal. Nós pedíamos que ela nos visitasse, mas sempre recusava. "Um dia", dizia ela, e eu entendia. Ela caminhava às cegas por uma estrada nova. Isso exigia concentração. Falou, uma vez, do nosso pai.

— Ele está sofrendo, Adam.

— Pare — respondi, e ela nunca mais tocou no assunto.

Dolf veio duas vezes, mas não deu atenção à cidade. Nós saímos para jantar, visitamos alguns bares, contamos histórias. Ele pareceu melhor do que eu pensei que estaria, mas recusou-se a falar sobre o que os médicos estavam dizendo.

— Médicos — dizia ele, depois mudava de assunto. Perguntei-lhe uma vez por que ele havia assumido a culpa pelo assassinato de Danny. Sua resposta não me surpreendeu. — Seu pai teve um troço quando eu lhe contei que Danny havia batido em Grace. Em toda a minha vida eu nunca o vi tão furioso. Danny desapareceu logo depois disso. Eu pensei que talvez seu pai o tivesse matado. — Ele deu de ombros e olhou para uma garota bonita na calçada. — Eu estava morrendo, de qualquer jeito.

Eu pensava naquilo com frequência: o poder da amizade deles. Cinquenta anos ou mais. Uma vida.

A morte dele quase acabou comigo.

Eu não a vi chegar e não estava lá quando aconteceu. Voltei para Rowan County para mais um funeral, e meu pai me disse que Dolf morreu com o sol em seu rosto. Depois ele ergueu os braços e pediu-me para perdoá-lo, mas eu não consegui falar. Estava chorando como uma criança.

Quando voltei a Nova York, já não era o mesmo. Não durante dias. Não durante semanas. Sonhei três vezes com o gamo branco, e cada sonho vinha com mais força que o anterior. Suas galhadas eram lisas como ossos, e uma luz dourada brilhava entre elas. Ele parou na beira da floresta e esperou que eu o seguisse, mas não o fiz. Eu não poderia enfrentar o que ele tinha a me mostrar e tinha receio do que jazia por trás das duras árvores escuras.

Tentei explicar o sonho a Robin, sua força, a sensação de assombro e temor que quase me sufocava quando eu saía em disparada na escuridão. Disse-lhe que Dolf estava tentando me contar algo, ou talvez minha mãe; mas ela afastou a ideia com um encolher de ombros. Ela me cobriu e disse que aquilo significava que o bem ainda agia no mundo. Puro e simples. Fiz meus melhores esforços para acreditar nela, mas havia um vazio em mim. Por isso ela disse novamente, sussurrando com aquela voz que eu amava: *O bem ainda age.*

Mas não era isso o que significava.

Havia algo por trás daquelas árvores, algum lugar secreto, e eu pensei saber o que poderia encontrar lá.

Quando minha mãe se matou, matou minha infância, também. Ela levou a mágica consigo. Era muito para que eu pudesse perdoar, destrutivo demais, e na ausência do perdão, o ódio me preencheu, ao preço de vinte anos, e só agora eu estava começando a entender. Ela fez o que fez, mas o pecado que cometeu foi o da fraqueza, assim como o de meu pai; e embora as repercussões do crime tenham sido enormes, o pecado em si era uma das fragilidades humanas. Foi isso o que Dolf tentou me dizer, e eu sabia agora que suas palavras não se deviam apenas ao interesse de meu pai, mas também ao meu. A falha de meu pai foi onde o ódio começou, foi isso o que pôs a roda a girar, e a cada dia a coisa parecia menor. Por isso, abracei bem minha mulher e disse a mim mesmo que da próxima vez que sonhasse, seguiria um lampejo branco. Eu caminharia pela trilha escura e olharia para o que temia ver.

Talvez fosse mágica.

Ou perdão.

Talvez não fosse nada.

Ao anoitecer do dia seguinte, Robin disse que ia sair para uma caminhada. Ela me beijou com força e pôs o telefone na minha mão.

Parei diante da janela e olhei para o rio. Não era aquele que eu amava. Cor diferente. Margens diferentes. Mas a água se movia. Erodia as coisas e se renovava, desaguando no mesmo vasto mar.

Pensei nos meus próprios erros e em meu pai, depois em Grace e nas coisas que Dolf dissera; que os homens são humanos e a mão de Deus está em todas as coisas.

O telefone tocaria em dez minutos.

Eu me perguntei se nessa noite iria atender.

Este livro foi composto na tipologia Minion-Regular,
em corpo 11/15,1, impresso em papel off-white 80g/m²,
no Sistema Cameron da Divisão Gráfica
da Distribuidora Record.